本书出版得到国家古籍整理出版专项经费资助

苏轼禅意诗校注

肖占鹏
李勃洋
李广欣
刘 伟
校注

天津教育出版社
TIANJIN EDUCATION PRESS

图书在版编目(CIP)数据

苏轼禅意诗校注/肖占鹏等校注.
—天津:天津教育出版社,2010.1
ISBN 978-7-5309-5587-1
Ⅰ.苏… Ⅱ.肖… Ⅲ.古典诗歌-作品集-中国-北宋 Ⅳ.I222.744.1

中国版本图书馆 CIP 数据核字(2009)第 103406 号

苏轼禅意诗校注

出 版 人　肖占鹏

校　　注　肖占鹏　李勃洋　李广欣　刘　伟
责任编辑　王轶冰
装帧设计　郭亚非

出版发行　天津教育出版社
天津市和平区西康路 35 号 邮政编码 300051
http://www.tjeph.com.cn
经　　销　新华书店
印　　刷　天津泰宇印务有限公司
版　　次　2010 年 1 月第 1 版
印　　次　2010 年 1 月第 1 次印刷
规　　格　32 开(889×1194 毫米)
字　　数　258 千字
印　　张　9.5
插　　页　4

定　　价　38.00 元

前　言

苏轼(1037～1101),字子瞻,自号东坡。生于四川眉山,卒于江苏常州。作为中国古代文学史上最著名的人物,苏轼确有其出类拔萃、旷绝古今的文学艺术才能。他学养深厚,诗、词、文、赋无一体不精,琴、棋、书、画无一艺不能。他思想通达宏阔,兼融儒、释、道,旁采百家杂说。其中,儒家思想是他一生仕途进取的根本动力,影响至深,但由于儒家思想含蓄内敛的特性所限,表现在行为上的特征并不鲜明。佛家思想尽管只居于苏轼思想的次要地位,却由于他坎坷的人生际遇、一生广交僧友的行事经历而显出异常的精彩,尤其在其诗歌创作中有着大量展现,颇有可观之处。

中国古代,禅与诗的结合有着复杂的文化背景,胡适在《禅宗在中国——它的历史和方法》一文中指出:"我们只有把禅放在它的历史背景中加以研究,就像中国其他哲学流派都必须放在其历史背景中去予以研究、理解一样,才能予以正确的理解。"①禅与诗的关系不是简单地"在诗歌中加入佛教哲学阐述思想",也不仅仅是"用诗的语言来阐述佛理意趣",正如袁行霈先生曾经指出的:"诗与禅的沟通,表面看来似乎是双向的,其实主要是禅对诗的单向渗透。诗赋予禅的不过是一种形式而已,禅赋予诗的却是内省的功夫,以及由内带来的理趣。"②

禅宗强调直指人心、见性成佛、超然顿悟,重视人的主体完整性,努力使生命回归自然本真。这种思想特质对苏轼诗歌产生了极为重要的影响,其作品在内容与艺术表现形式上都可以轻易找到来自禅

① 胡适《禅学指归》,陕西师范大学出版社,2008年版,第34页。

② 袁行霈《中国诗歌艺术研究》,北京大学出版社,1987年版,第106页。

宗的因素。苏轼之词，是豪放派的发端，苏轼之诗，同样以气度、境界胜，不事雕琢，开阖大度，将禅的空灵之风、辽远之境、笋蔬之气带入诗坛，拓宽了中国古代诗歌的境界。

我们这里探讨的所谓“禅意诗”，是指苏轼因禅作诗、借诗喻禅、以禅（禅法与禅思）入诗、借禅（偈）为诗的作品，它们用诗的语言表现禅的理趣和智慧，用诗歌记述生活中的禅林、禅事、禅思。而这其中，虽然都是与禅有关的诗作，却在对佛禅的理解深度上、对佛禅的认可与投入程度上，存在着细微的差别；随苏轼的人生经历，蕴含着一条幽微深隐的思想脉络。

一

苏轼生长于四川眉山，青少年时代的成长环境，将佛教带入了他的日常生活，同时也决定了他一生与佛教的不解之缘。

四川，得山川之秀，称地灵人杰，自古有“天府佛国”之称。大约在东汉时期，汉地佛教即传入四川。隋唐时，禅宗史上的著名禅师如马祖道一、德山宣鉴等人皆出自巴蜀。“安史之乱”及唐末五代藩镇割据时期，中原动荡，巴蜀以僻处西南，相对安定，因此吸引大批高僧来此避乱。加之在此避难的唐玄宗、唐僖宗，在此建国的五代前蜀高祖王建，后蜀高祖孟知祥、后主孟昶父子等统治者尊崇佛教，建寺礼僧，使蜀地佛教迎来了前所未有的兴盛期。

赵宋统一中国后，太祖、太宗继续重视佛教，蜀地禅宗兴旺发展。苏轼的家乡眉山，距佛教四大名山、普贤菩萨道场——峨眉山仅百里之遥，佛教氛围浓厚，佛寺林立，高僧辈出。眉山掩映之下的眉州，青山碧水，人称“小桃源”，是僧人隐逸清修的绝佳之地。正是由于有这样的成长环境，附近山上的寺庙成为了少年苏轼时常光顾的游玩之所。醴泉寺中有一棵百年的老橘树，他常和表弟去那里摘橘子，直到多年以后，对此仍念念不忘。《蜀中名胜记》记载，苏轼少年时还经常在连鳌山栖云寺中读书，而东坡山中有实相寺，相传也是他少时读书的地方。

由于苏轼一生与佛家密切的交往和联系，很自然地会使人们将这些少年时的游玩之举当成苏轼奉佛之始；其实，这些与佛教的接触只是少年心性的游赏玩乐，至多是拉近了苏轼与佛教的感情距离，佛教精神对于一个天性活跃的少年来说，还很遥远。

今人张中行先生曾将士人与禅的关系分成两类：

> 过世间生活，日久天长，有些烦腻，或只是想换换口味，到禅林去转转，或同禅门中人你来我往，是近禅。过世间生活，不管由于什么，失了意，于是向往禅门的看破红尘，身未出家而有出家之念，并于禅理中求心情平静，是逃禅。

近禅、逃禅，正可用来描述苏轼中年、老年时期对佛教的态度；而对于青少年时的他，禅门并不具有宗教信仰的意义，只不过是一个充满趣味的场所，可供玩耍而已。应该说，以"游禅"来概括苏轼青少年时对佛家的接触是十分允当的。

环境影响之外，苏轼的家庭中也有佛教的影响。父亲苏洵一生好佛习禅，经常与僧人往来。特别是与云门宗圆通居讷禅师多年交往，使他在禅宗谱系上最终被列为居讷法嗣。也由于父亲的缘故，苏轼、苏辙兄弟多年后均与居讷禅师及其弟子们有过交游①。而苏轼母亲程氏也一生虔心向佛。苏轼在《真相院释迩舍利塔铭并叙》中说："先夫人武昌太君程氏，皆性仁行廉，崇信三宝"，"舍所爱作佛事"（《苏轼文集》卷十九）。她去世之后，苏洵特地请人塑了六尊菩萨像，施舍于寺庙，可见夫妇二人佛教信仰的深笃。

---

① 苏辙《赠景福顺长老二首》序中说："辙幼侍先君，闻尝游庐山，过圆通，见讷禅师，留连久之。元丰五年以遣居高安，景福顺公不远百里，惠然来访，自言昔从讷于圆通，逮与先君游。岁月迁谢，今三十六年矣。"（《栾城集》卷十一）。苏轼亦作有《圆通禅院，先君旧游也。四月二十四日晚，至，宿焉。明日，先君忌日也。乃手写宝积献盖颂佛一偈，以赠长老仙公。仙公抚掌笑曰："昨夜梦宝盖飞下，著处辄出火，岂此祥乎？"乃作是诗。院有蜀僧宣，逮事讷长老，识先君云》（《诗集》卷二十三）。

父母言行的耳濡目染，青少年时代“游禅”的经历，在苏轼心中埋下了佛禅的种子；少时成长的时空环境，也直接影响了他成年后的世界观、人生观、文学观、艺术观。

两宋时期，中国进入了一个鼎盛的“文官时代”。尽管依旧有太祖、太宗热衷于佛教，但中土佛教发展的主要动力已经不再是统治阶级的大力推广，而是依靠了广大居士阶层的推波助澜。这些居士大部分是拥有较高修养的知识分子，他们一方面倾慕佛法，钻研禅理，以禅宗的人生观、世界观指导个人的人生实践；另一方面，他们主动与僧人交往，在宗教思想交流的同时，更多进行的是广度的文化交往。这既在客观上提升了佛教的文化品格，也铸就了一段段士人与僧人之间朴素、真诚、非功利性的友谊，流传下大量文人僧侣间的唱和。

在中国古代，特别是魏晋唐宋时期，文人与僧人一直保持着良好而密切的朋友关系，因为他们在文学文化及思想哲学上有很多的共同语言。当时，僧人中很多人本身就是一流的学者、诗人，比如晋代的支遁、唐代的皎然以及宋代写作《冷斋夜话》的惠洪等等；而士人中也有很多人精通佛理，甚至为居士。比如创作了《文心雕龙》的刘勰以及香山居士白居易、六一居士欧阳修、东坡居士苏轼等等。僧人与文人的交游，成为了中国文化史上的一道风景。

苏轼思想兼综儒、道、释三家，但仍以儒家入世思想为主，道、释二家仅是旁及，是入世抱负与现实人生间的“调和剂”、“缓冲区”。自从幼年僧寺读书、游玩，少年时期开始跟随父亲游寺访僧，结交禅林僧友，苏轼一直没有真正地将佛教思想、佛经大义放在个人思想信仰的主导位置。直到二十六岁任凤翔签判期间，监军王彭喜钻研佛法，乃为苏轼讲说佛法大义。在《王大年哀辞》一文里，苏轼这样写道：“予始未知佛法，君为言大略，皆推见至隐以自证耳，使人不疑。予之喜佛书，盖自君发之。”尽管这不是他第一次接触佛教，但可以说，经历了幼年的“游禅”之后，“喜佛书”是苏轼“近禅”生涯之发端。

同是在凤翔任上，苏轼曾作《将往终南和子由见寄》诗，其中两句充分反映了苏轼“近禅”之初，对于佛教的认识水平和投入程度：

……终朝危坐学僧跌，闭门不出闲履凫[①]。下视官爵如泥淤，嗟我何为久踯躅。……（《诗集》卷四）

一个“学”字，表示苏轼此时如僧人般打坐，还仅是模仿而已，并非禅定之坐；“视官爵如泥淤”之语，尽管道出了对官位爵禄的轻视，但还远未达到佛家“万法本空”的思想宏旨——泥淤虽低贱，毕竟是“有”不是“空”，与佛家之旨，到底隔了一层。

苏轼自嘉祐六年（1061）二十六岁时制科登第，从凤翔签判之职开始自己的仕宦生涯，直到绍圣元年（1094）五十八岁时因文章获罪被贬惠州，这三十多年中，仕宦生涯一直起起落落，转徙各地。每到一地，他必定游寺访僧。对佛教的理解和投入程度，随着与禅林接触的增多而日渐加深。张中行先生所谓“近禅”的定义，正与他这三十多年中对佛教的态度相合。三十多年中，虽然自谪居黄州、躬耕东坡开始，苏轼就已自号“东坡居士”，“读释氏书，深悟实相”（《亡兄子瞻端明墓志铭》），但在他的内心深处，佛教始终被当做坎坷人生中临时的避风港湾，并非心灵完全的居所。生性乐观的他一直没有放弃自己“治国”、“齐家”的儒家入世理想，没有丧失对未来的美好想往。因此，他处逆如顺，在山光水色、禅院梵音之中排遣人生的不如意。而贯穿这整个“近禅”时期的，则是与众多禅僧的密切交往、诗文酬答。

这三十多年，是苏轼一生中与禅僧交往最为密切的时期。游寺访僧，除了在文化与心灵上能够与僧友畅快沟通之外，另一重要原因，是与这些方外之友交往能够让苏轼有安全感，能够彻底放松心情。他与禅僧品茗弹琴，斗辩机锋，赏花观画，诗词唱酬。这些诗歌

① 履凫，即鞋。典出《后汉书·方术传上·王乔》，传说中的神仙术士王子乔，能将鞋变化为凫鸟（野鸭），驾之来去。

作品，感情真挚丰沛，富于禅趣哲思；文笔轻松自适，多含巧喻，博用典故，具有很高的艺术价值，同时也为中国佛教史留下了很多宝贵的资料。

三十多年的“近禅”生涯中，两次出仕杭州的时期是他结交僧友最密集的时期。苏轼曾说：“默念吴越多名僧，与予善者常十九”（《东坡志林》卷二），这其中，就有海月慧辩、龙井辩才、天台梵臻、大觉怀琏、明教契嵩、大愚如照、净因道臻、佛印了元等等禅宗史上的著名人物；而与清顺、可久、垂云、仲殊、思聪、守诠、惠思等等禅宗史上不那么著名的僧人的交往，则由于这些僧人大多精诗文、通音律、善绘画，因此交往更为畅快，性情相投。苏轼与他们交游、唱和的诗作，也因此更为可观。

这三十多年中，两位僧友又堪称苏轼最可宝贵的朋友——一位是参寥道潜，一位是佛印了元。道潜以诗文著称，佛印则在佛法修为上少胜。在苏轼人生最困顿的时候，是他们二人给了他最坚强的扶助，有生活上的，更有精神上的。苏轼在《与参寥子二十一首》其二中说起黄州时期道潜陪伴自己的经历，异常感慨：

> 平生亲识，亦断往还，理故宜尔。而释、老数公，乃复千里致问，情义之厚，有加于平日，以此知道德高风，果在世外也。（《苏轼文集》卷六十一）

“道德高风，果在世外”，此言既道出了苏轼之所以看重僧友之“因”，同时，也说明了他一生结交僧友之“果”，是对其结交僧友经历中每一分真情付出的最大回报。正因有了如此真挚、深厚的情感作基础，苏轼与僧友间的诗作才能在文学、禅意之外，拥有文学作品最应拥有的真情实感为其底蕴。

苏轼本有济世志，但终其一生，却只能称得上是出色的文学家；在尔虞我诈、波谲云诡的官场，如汪洋中的小舟，弱小无力，任由风浪摆布。他正直为官，仁善爱民，却不知仕路艰险，不明官场倾轧，书生意气，明知其祸而吾往矣，终因党争得祸。如苏辙所云："其于人，见善称之，如恐不及；见不善斥之，如恐不尽；见义勇于敢为，而不顾其害，用此数困于世，然终不以为恨。"(《亡兄子瞻端明墓志铭》)加之他的文名太盛，才气逼人，最终引来小人的构陷。绍圣元年，苏轼被贬惠州，尽管他仍旧洒脱地接受了下来，但毕竟已入暮年，心灰意冷在所难免。他在惠州所作的《次韵定慧钦长老见寄八首》其一透露了他此刻的心境——"为鼠常留饭，怜蛾不点灯。崎岖真可笑，我是小乘僧。"自己一生与人为善、慈悲是怀，到头来却落得晚境凄凉，最终也许竟要身死蛮荒，这一生如此行事是不是有些"可笑"呢？对自己一生行事之宗旨的否定也许只是气话，但一句"我是小乘僧"却表明，哀莫大于心死，面对坎坷的人生，苏轼此时的生活目标只剩"自我解脱"，佛教，是他被迫为自己选择的暮年最好的人生寄托。老年苏轼对于佛教的态度，已是"逃禅"了。

二

苏轼生活在一个禅悦之风盛行的时代，他在攻读儒家经典的同时广泛涉猎佛禅典籍，对《般若经》、《金刚经》、《楞伽经》、《维摩诘所说经》、《楞严经》、《华严经》、《圆觉经》、《金光明经》、《阿弥陀经》、《坛经》等均有研习，并从中吸取养分。

由此形成的禅意诗写作，其中受佛教的影响是全方位的。无论是在创作内容上，还是在表现手法上，都时时可见佛教的影子，比如佛经中的事典、概念，比如禅宗偈颂的表达形式等等。此类问题，将在本书相关诗作的注文和疏解中进行论述。

对于不同的内容，在不同时期创作的作品所采用的表现手法都会有所不同，但在佛禅影响下，这些"禅意诗"所表现出的思想观念和美学特征却有其共性之处，归纳起来有以下若干特点。

一、心外无物的色空观念

缘起论是佛教世界观的根本观念，认为大千世界一切现象都是因缘和合而成，缘来则成，缘尽即散，其本质是虚幻不实的；尽管外部世界千变万化，千姿百态，但那不过是云烟过眼，转瞬即逝，终归空无。苏轼深受此种思想观念的影响，惯用佛家的色空观念看待事物；在诗人心中，物我是一体的，外相的山河大地就是内在的山河大地，大千世界就是内心的世界，物与我之间没有分别。泯除物我的对峙，才能得到物我间的圆融统一，才能见到圆满的实相。如那首著名的《和子由渑池怀旧》诗云：

人生到处知何似，应似飞鸿踏雪泥。泥上偶然留指爪，鸿飞那复计东西。老僧已死成新塔，坏壁无由见旧题。往日崎岖还记否，路长人困蹇驴嘶。（《苏轼诗集》卷三）

作者将佛家的生灭、常断、来去等观念融入虚渺轻飘的人生写意中，深刻表达出了人生漂泊无定、但不必太过挂怀的洒脱禅思。尤其是“雪泥鸿爪”之句，触动了无数后世文人的心弦，兴发出连绵不绝的“空幻之感”。此后，伴随着人生阅历的增长，苏轼不断将佛家空幻情结抒发在诗词创作之中，贯穿于他生命之始终。

佛禅经典中的色空观念往往以梦喻示，如《金刚经》“六如偈”：“一切有为法，如梦、幻、泡、影，如露亦如电，应作如是观。”《维摩诘所说经·方便品》：“是身如梦，为虚妄见。”这种观念，在一个人遇到挫折之时，无疑是很好的自我慰解方法。纵观苏轼诗词，视人生如梦幻、朝露、泡影、空花、浮云的句子随处可见，如“休言万事转头空，未转头时皆梦”（《西江月》），“聚散细思都是梦，身名渐觉两非亲”（《至济南李公择以诗相迎，次其韵二首》），“此身自幻孰非梦，故园山水聊心存”（《次韵滕大夫三首·雪浪石》）……梦幻观念本为虚空、幻灭的消极情绪，但对于如苏轼一般饱经坎坷的中国士人来说，“人生如梦”又颇有积极的意义，帮助苏轼摆脱了人生理想不得实现的困苦，并最终达到“也无风雨也无晴”的旷达境界。

既然万物本空，一切都是虚幻，因此，禅宗主张识见本心，不假外求，强调人清净本心的作用。《金刚经》云："应无所住而生其心。"《楞严经》等大乘经典则讲心镜万法，澄明观照，由心之观照功能而比之为镜。《楞严经》卷十说，悟者"观诸世间山河大地，如镜鉴明，来无所粘，过无踪迹"。既然心如明镜，苏轼诗中因此时时强调"修心"、"洗心"——"前年开阁放柳枝，今年洗心参佛祖"（《和蔡景繁海州石室》），进而达到"安心"的目的，"未知仰山禅，已就季主卜。安心会自得，助长毋相督"（《次韵子由浴罢》）；由"安心"、"洗心"更进一步上升到"无心"的状态，"无心"则可以摆脱一切物欲执著，从而斩断痛苦的根源——"得酒相逢乐，无心所遇安"（《送范景仁归洛中》）。苏轼所说的"无心"，并非要人们颓废枯寂、麻木混沌，而是要追求心无所待、心无所求、心无所住的绝高境界。他在徐州与道潜同游时所作的《百步洪》诗中写道："君看岸边苍石上，古来篙眼如蜂窠。但应此心无所住，造物虽驶如余何。"借佛教"无心"理论，表达自己对社会人生、得失否泰的超脱认识；字里行间展现出的，是在"无心"状态下，人的举手投足、扬眉瞬目间，洒脱的态度，盎然的禅趣。

在充分体认人生如梦、一切本空之后，苏轼以"无心"对待人生，将"无心"写入笔下文字，写入生命的歌诗，形成自己鲜明的艺术风格特征，以及流传千古、照耀古今的人性光彩。

二、平淡自然的艺术风格

自然，是古人参研宇宙人生规律、启迪心灵智慧的永恒本体。禅宗爱自然，经书典籍中时时以自然意象作为启悟禅机的工具——"满目青山起白云"、"如何是灵泉境"、"识得青山便是身"、"如何是清静法身"、"红日照青山"……在禅宗看来，山河大地，寒来暑往，都是自然界的自性显现，宇宙万籁皆是禅音。他们在山水自然中畅神冥思，感悟天地之美，体悟万事万物的规律和法则。

智者乐水，仁者乐山，在儒家思想的影响下，苏轼本就向往自然，亲近自然。而当仕途不顺、不得已将自己"放逐"到湖光山色之中，又接受了禅宗对自然的思想认识，接触到禅僧认识世界的角度和方法之后，“自然”对苏轼的精神世界、文学创作的影响就更为深远。

表现在文学创作上，最明显的就是其诗歌在美学追求上平淡自然、质朴无华的情趣和韵味。他的文字，记载他对自然的参悟，蕴含他对世事的看法，记叙他与朋友的心性砥砺，因其心态的平和，胸怀的阔大，而表现出平实天真、自然而然的艺术风格，反对过度藻饰，反对矫揉造作。他在《文说》中以泉水喻文风，言为文自然之旨：

吾文如万斛泉源，不择地而出，在平地滔滔汩汩，虽一日千里无难。及其与山石曲折、随物赋形而不可知也。所可知者，常行于所当行，常止于不可不止，如是而已矣。

在《书黄子思诗集后》一文中，他又在自然之外，进一步提出了“寄至味于淡泊”的审美理想：

然魏晋以来高风绝尘，亦少衰矣。李杜之后，诗人继作，虽间有远韵而才不逮意，独韦应物、柳宗元，发纤秾于简古，寄至味于淡泊，非余子所及也。（《苏轼文集》卷六十七）

而在《与二郎侄一首》中，结合自己的文学实践，他对“平淡”的美学主张进行了更深一层的阐释：

凡文字，少小时须令气象峥嵘，采色绚灿，渐老渐熟乃造平淡。其实不是平淡，绚灿之极也。（《侯鲭录》卷八）

所谓“造平淡”，关键在于平淡而不平白。苏轼所说的自然平淡之美一方面是叙事谋篇上的通达晓畅、自然无碍，不故弄玄虚；另一方面则表现为外在语言上的朴实无华、清新自然；讲求“言有尽而意无穷”，引人回味。他将此运用到诗歌创作之中，摒斥矫情，不饰雕琢，全然出自本心，合乎本性，因此，一些诗作虽然在语言词句上掉弄佛意禅理不多，却在自然而然之间蕴蓄着悠远的禅智佛思。如《残腊独出二首》其二颇为典型：

江边有微行，诘曲背城市。平湖春草合，步到栖禅寺。堂空不见人，老稚掩关睡。所营在一食，食已宁复事。客来岂无得，施子净扫地。风松独不静，送我作鼓吹。（《苏轼诗集》卷三十九）

通篇仅一个寺名与佛禅有关，其余无一字及禅事；所用都是最平常、最生活化的词句，却在短短数句之间，通过“造境”的手法，将垂暮的作者在冬日独游时平静、恬淡、从容的佛家心态充分彰显出来。这种平淡自然的诗歌风格所形成的艺术张力，显然是辞藻堆砌、雕琢章句所难望项背的，与佛禅的空灵之美旨趣相合。

三、随缘自适的人生态度

佛教对世界的认识有“真空妙有”之说，意为世间万物都是“空”，但同时又是“有”；“空”非实空，“有”非实有，“空”即是“有”，“有”即是“空”；宇宙本体是“即有即空，非有非空，亦有亦空”。从这个立场看，世间的一切，都是既存在又不存在，非存在又非不存在的。生命本体亦是如此。所谓快乐、忧愁、美好、丑陋，都不过是有执之“心”的产物。因而，佛教认为，要达到“随缘”的人生境界，关键在于破执，破“我执”，破“法执”，只有解除对外部世界与内部心理的所有执著，才能洞悉世间万物，心灵明畅。有了不执著的平常之心，便会脱离烦恼，身边世界四季如春，如无门慧开禅师所说：“春有百花秋有月，夏有凉风冬有雪。若无闲事挂心头，便是人间好时节。”

苏轼的诗中可以很轻易地找到“随缘自适”，也就是人们常说的“旷达”，但这种得自佛教的人生态度，却是在不断的人生坎坷中“换”来的。正如今人王水照所说：“苏轼的旷，形成于几次生活挫折之后的痛苦思考。他一生贬居黄州、惠州、儋州三地，每次都经过激烈的感情冲突和心绪跌宕，都经过喜—悲—喜（旷）的变化过程。”[①]每经历一次由荣而辱、否极泰来的过程，就如同一次自我的涅槃。他的这份旷达之心，不仅仅指仕途失意后能够自我解忧，也不仅仅指转身投入自然的怀抱，寓目山水，而是指能够超越凡尘俗物、是非对错、生死利害的精神境界。

在贬谪黄州期间，苏轼开荒东坡，躬耕自资，一首《东坡》小诗，将他的随缘自适、乐观旷达表露无遗，堪称无禅语的禅诗：

> 雨洗东坡月色新，市人行尽野人行。莫嫌荦确坡头路，自爱铿然曳杖声。（《苏轼诗集》卷二十二）

苏轼贬谪海南期间，生活条件比黄州时期还要艰苦，自己的身体状况也已不复当年，但他没有悲观绝望、消沉不振，依旧保持着对生活的无比热爱，保持着乐观旷达的精神品格。在《独觉》诗中，他这样写道：

> 瘴雾三年恬不怪，反畏北风生体疥。朝来缩颈似寒鸦，焰火生薪聊一快。红波翻屋春风起，先生默坐春风里。浮空眼缬散云霞，无数心花发桃李。倏然独觉午窗明，欲觉犹闻醉鼾声。回首向来萧瑟处，也无风雨也无晴。（《苏轼诗集》卷四十一）

南方的瘴气着实可怕，谪居三年，苏轼渐渐对此有些适应了。甫一习惯艰苦的生活，乐观的他就“得意忘形”，竟豪言“现在是反而害怕干燥的北风使身上长疥生疮”。居处之事能够如此泰然面对，折射出的，是苏轼对坎坷经历的安之若素。在寒冷的天气里，生一盆火就觉得如坐春风，醉后半醒就觉得眼亮窗明，苏轼的可爱、洒脱、随缘自

---

① 王水照《苏轼的人生思考和文化性格》，《中国苏轼研究》，北京：学苑出版社，2004 年版，第 15 页。

适，在这样的处逆如顺、潇洒豁达中得到了充分展现。回首前尘，他竟能对一生中经历的风雨萧瑟抱定“无是无非、无雨无晴”的态度，将宠辱看空，足见其心灵与思想已达到了佛家的大境界。

三

苏轼研究，本身是中国古代文学研究中的一个热门领域，近些年来，海内外学人做了大量相关研究工作。关于苏轼与佛教的话题，也有很多的论文及专著发表。但对于这一话题的研究本体——苏轼诗作中带有佛禅成分的作品，却尚未有人做比较全面、系统的梳理工作。

借“全国古籍整理出版规划项目”申报之机，本书的研究课题得以立项，之所以选择这样一个课题，并非为了填补什么空白，而是缘于深感苏轼诗作中大量存在的佛禅思想、佛教表达方式、佛教历史资料等等与佛教相关的成分，具有相当大的文学、历史与宗教研究价值。这项工作，不仅是对于相关领域的研究者具有学术参考价值，对于广大普通读者、古代诗词爱好者、佛教爱好者，同样具有阅读和参考的价值。

对于所谓“禅意诗”的选择，本身是一个没有绝对标准的工作，研究视角不同、个人对诗的理解和感悟不同，都会对篇目的选择产生不同的意见。本书尽可能选取蕴含佛教因素鲜明、佛禅思维方式鲜明的作品，选取能够记录苏轼与佛教界人士交往行迹的作品。由于佛教文化对苏轼乃至整个宋代士人群体的影响极为深入，一些具有佛教语源的词汇几乎成为当时社会的通用词语，对这些词汇的使用，有时并非含有语源含义之外更为深远的佛教意味，而纯粹是表情达意的一般性使用，对于有此类情况的诗作，则本书不作收录与注释。

本书的写作和出版得到国家古籍整理出版规划小组等多方大力支持，天津师范大学古籍研究所董志广先生更拨冗对书稿进行了全文审定，在此对他们表示诚挚的感谢。

对于苏轼禅意诗的校注，涉及苏轼文学、佛教文学、版本学等多个学科领域，笔者学力有限，黾勉为之，奉献学林之余，诚愿就教于方家。

笔者
二〇〇九年春

校注说明

1. 本书拣选苏轼禅意诗，以清人王文诰辑注、今人孔凡礼点校的《苏轼诗集》（中华书局 1982 年版）为底本。全书注释文字中凡提到此本的地方，为简便起见，一律写作“《诗集》”。

2. 本书以编年为线索，主要依据选诗的写作年代进行编排，自北宋嘉祐六年（1061）始，迄于建中靖国元年（1101）。对于少数难以考证其具体完成年代的作品，则沿用《苏轼诗集》的编排方法。

3. 在注释方面，本次并不局限于前人疏解苏诗的成果，而是稽考众书，辨明原委，以期获得某些独立而新颖的理解。

本书对于苏轼禅意诗的注释，由注解与疏文两部分组成。注解主要针对诗作词句，以诠解语词，究明典故为要务，其中亦有阐发诗意，评论苏轼禅释思想和交游情况的内容。重复出现的词语一般不予重注。疏文则着眼于选诗整体，或串讲大意，或品评作品，或考订史实。

4. 在校勘方面，鉴于《苏轼诗集》在苏诗原文上已是点校精详，因而本书主要将精力放在诸版本差异较大的少数文字上，参考文渊阁四库全书本《苏诗补注》、四部丛刊景宋本《东坡诗集注》、明成化本《苏文忠公全集》等进行校订。

另，本书不设独立的校勘记，相关校勘内容并入注解。

5. 本书采用简化汉字排印，部分用于人名、地名或其他专有名词的繁体字则加以保留。

目 录

和子由渑池怀旧[1]

人生到处知何似，应似飞鸿踏雪泥。泥上偶然留指爪，鸿飞那复计东西。[2] 老僧已死成新塔，坏壁无由见旧题。[3] 往日崎岖还记否，路长人困蹇驴嘶。[4]

1 北宋嘉祐六年（1061），苏轼离京赴凤翔府判官任，过渑池，和苏辙《怀渑池寄子瞻兄》而作此诗。渑池，北宋河南道渑池县，在今河南省西部。　2《续传灯录》卷六载越州天衣义怀禅师语，曰："雁过长空，影沉寒水。雁无遗踪之意，水无留影之心。若能如是，方解向异类中行。"清查慎行《苏诗补注》以为，"人生"四句即"暗用此语"。又，清人丁耀亢《天史》卷十二评此四句曰："见现在非真。"后世所谓"鸿泥之感"即源于此，明陆容《再至和前韵》："此度停桡入梵宫，橘花香里坐熏风。闲心颇为江山夺，实理元非梦幻空。云隐小窗禅榻静，日斜深殿佛灯红。留题欲和鸿泥句，谁复才情似长公。"《苏文忠公诗编注集成》卷三，清王文诰以为，苏轼与王彭遇后，始闻释氏之说，飞鸿雪泥之句乃性灵所发，而非援诸语录，"实以禅语，则诗为糟粕"。　3 苏辙于《怀渑池寄子瞻兄》"旧宿僧房壁共题"句下自注："辙昔与子瞻兄应举，过宿县中寺舍，题其老僧奉闲之壁。""老僧"二句和子由诗，感慨世事变迁，物坏人非。　4 苏轼自注："往岁，马死于二陵，骑驴至渑池。"

"人生到处知何似，应似飞鸿踏雪泥。泥上偶然留指爪，鸿飞那复计东西。"世事变幻无定、难以捉摸的怅惘贯穿于全诗。且不论苏轼于此是否暗援禅语，这种似真亦幻的感触已与释氏之论相契。尤其是飞鸿雪泥这一意象的创造，更是触动了后世无数文人的心弦，兴发起连绵不绝的“鸿泥之感”。诚如元刘埙所论：“鸿泥之谕，真是造理前人所未到也，且悠然感慨，令人动情。”（《隐居通议》卷十）

凤翔八观·王维吴道子画

何处访吴画，普门与开元[1]。开元有东塔，摩诘留手痕。[2]吾观画品[3]中，莫如二子尊。道子实雄放，浩如海波翻。当其下手风雨快，笔所未到气已吞。亭亭双林[4]间，彩晕扶桑暾[5]。中有至人[6]谈寂灭[7]，悟者悲涕迷者手自扪。蛮君鬼伯[8]千万万，相排竞进头如鼋。摩诘本诗老，佩芷袭芳荪[9]。今观此壁画，亦若其诗清且敦。祇园[10]弟子尽鹤骨[11]，心如死灰[12]不复温。门前两丛竹，雪节贯霜根。交柯乱叶动无数，一一皆可寻其源。吴生虽妙绝，犹以画工论。摩诘得之于象外[13]，有如仙翮[14]谢笼樊。吾观二子皆神俊，又于维也敛衽[15]无间言[16]。

1 普门与开元，皆寺名，在陕西。普门寺，《关中胜迹图志》卷十八：“在凤翔县东一里，唐建”，“旧有唐王维、吴道子画”。开元寺，宋邵博《闻见后录》卷二十八：“凤翔府开元寺大殿九间后壁吴道玄画，自佛始生修行说法，至灭度山林，宫室人物禽兽数千万种，极古今天下之妙。如佛灭度比丘众躄踊哭泣，皆若不自胜者，虽飞鸟走兽之属，亦作号顿之状。独菩萨淡然在旁如平时，略无哀戚之容，岂以其能尽死生之致者欤？曰画圣，宜矣。其识开元三十年云。” 2 清查慎行《苏诗补注》卷四引《名胜志》：“王右丞画竹，两丛交柯，乱叶飞动若舞，在开元寺东塔。” 3 画品，南朝谢赫《古画品录》：“夫画品者，盖众画之优劣也。” 4 双林，即娑罗双树。传释迦牟尼于娑罗双树间入涅槃。唐玄奘《大唐西域记》卷九:“佛世尊于双林间入般涅槃。”《魏书·释老志》:“释迦年三十成佛,导化群生,四十九载,乃于拘尸那城娑罗双树间,以二月十五日而入般涅槃。” 5 扶桑,乃日出之所。暾,指太阳,引申为太阳的光辉。《楚辞·九歌》:“暾将出兮东方,照吾槛兮扶桑。”王逸注曰:“谓日始出东方,其容暾暾而盛大也。” 6 至人,即释迦牟尼。 7 寂灭,“涅槃”之意译。宋释法云《翻译名义集》(三):“寂灭者是涅槃,三毒三衰火灭故名为寂灭。”《五灯会元》卷二:“诸行无常,是生灭法,生灭灭已,寂灭为乐。” 8 蛮君鬼伯,指诸界神怪。晋崔豹《古今注》卷中:“鬼伯一何相催促,人命不得少踟蹰。” 9 芷、荪,皆香草也。 10 祇园,即祇树园,又作祇树给孤独园,为佛祖说法之地。《法苑珠林》卷一百零九:“佛在舍卫国祇树给孤独园精舍中为天人龙鬼神说法。” 11 鹤骨,清癯矍铄貌,用以形容修道之人风神不凡。 12 死灰,《庄子·庚桑楚》:“身若槁木之枝而心若死灰,若是者,祸亦不至,福亦不来,祸福无有,恶有人灾也。”《法苑珠林·禅定部》:“书亦有言:当使形如枯木,心若死灰。” 13 象外,表象之外。唐司空图《与极浦书》:“象外之象,景外之景,岂容易可谭哉?”唐朱景玄《唐朝名画录》:“王宰家于西蜀,贞元中韦令公以客礼待之,画山水树石出于象外。故杜员外赠歌云:‘十日画一松,五日画一石。能事不受相促迫,王宰始肯留真迹。’” 14 翮,飞鸟。仙翮谢笼樊,犹言神鸟出樊笼。 15 敛衽,叹服钦敬之貌。《史记·留侯世家》:“德义已行,陛下南乡称霸,楚必敛衽而朝。” 16 无间言,无异议。《梁书·儒林传》:“惟助教沈峻,特精此书,比日时开讲肆,群儒刘喦、沈宏、沈熊之徒,并执经下坐,北面受业,莫不叹服,人无间言。”

嘉祐六年(1061)岁末,苏轼于凤翔开元寺观吴道子、王摩诘所绘之世尊双林灭度、祇园说法等画作,在慨叹吴王二家可谓神俊之余,因摩诘之画“得之于象外”而尤推崇之。此时,苏轼与王彭相识,且交游甚密,已闻知佛法。然从此诗来看,苏轼这时更为倾心的还是绘画艺术本身。

凤翔八观·维摩像，唐杨惠之[1]塑，在天柱寺[2]

昔者子舆病且死，其友子祀往问之。跰蹮鉴井自叹息，造物将安以我为。[3] 今观古塑维摩像，病骨磊嵬如枯龟。[4] 乃知至人外生死，此身变化浮云随。[5] 世人岂不硕且好，身虽未病心已疲。此叟神完[6]中有恃，谈笑可却千熊罴。当其在时或问法，俯首无言心自知。[7] 至今遗像兀不语，与昔未死无增亏。田翁俚妇那肯顾，时有野鼠衔其髭[8]。见之使人每自失，[9] 谁能与诘无言师。

1 杨惠之，唐人，精于雕塑。宋刘道醇《五代名画补遗·塑作门第六》："杨惠之不知何处人，唐开元中与吴道子同师张僧繇笔迹，号为画友，巧艺并著，而道子声光独显。惠之遂都焚笔砚，毅然发忿，专肆塑作，能夺僧繇画相，乃与道子争衡。时人语曰：道子画、惠之塑，夺得僧繇神笔路。"宋黄庭坚《怀安军金堂县庆善院大悲阁记》："昔杨惠之以塑工妙天下。" 2 天柱寺，在陕西天柱山。宋王应麟《诗地理考》卷四："《郡县志》：岐山亦名天柱山，在凤翔府岐山县东北十里。" 3"昔者"四句，典出《庄子·大宗师》："俄而子舆有病，子祀往问之，曰：'伟哉夫造物者，将以予为此拘拘也。曲偻发背，上有五管，颐隐于齐，肩高于顶，句赘指天。'阴阳之气有沴，其心闲而无事，跰蹮而鉴于井，曰：'嗟乎！夫造物者又将以予为此拘拘也。'"跰蹮，晋郭象注曰："病不能行，故跰蹮也。"盖为蹒跚之貌。 4 维摩诘藉己身之病来演说佛法，《维摩诘所说经》卷上："长者维摩诘，以如是等无量方便饶益众生，其以方便现身有疾。以其疾故，国王大臣长者居士婆罗门等，及诸王子并余官属无数千人，皆往问疾。其往者，维摩诘因以身疾广为说法。”故有“病维摩”之说。 5 此二句见《维摩诘所说经》卷上：“是身如浮云须臾变灭，是身如电念念不住。” 6 神完，大约有精神完满、餍足之意。唐独孤及《卢郎中浔阳竹亭记》：“欲不足则患不至，故意惬而神完也。” 7“当其”二句典出《维摩诘所说经》卷中：“于是文殊师利问维摩诘：‘我等各自说已，仁者当说何等是菩萨入不二法门？’时维摩诘默然无言。文殊师利叹曰：‘善哉善哉，乃至无有文字语言，是真入不二法门。’” 8 髭，胡须。 9 此处演绎《庄子·应帝王》中郑有神巫，四见壶子，壶子不言，神巫自失而走之事。（《庄子·应帝王》：“又与之见壶子，立未定，自失而走。”）自失，指因难以揣测、企及对方的境界，而自惭形秽、无地自容。

苏轼以此诗描绘凤翔天柱寺杨惠之所塑维摩像，意在慨叹维摩诘不为形骸所累、外生死而神完于内的“一以是终”的境界。

记所见开元寺吴道子画佛灭度以答子由[1]

西方真人谁所见，衣被七宝[2] 从双狻[3]。当时修道颇辛苦，柏生两肘乌巢肩。[4] 初如蒙蒙隐山玉，渐如濯濯出水莲。道成一旦就空灭，奔会四海悲人天。[5] 翔禽哀响动林谷，兽鬼踯躅泪迸泉。[6] 庞眉深目彼谁子，绕床弹指[7] 性自圆。隐如寒月堕清昼，空有孤光留故躔[8]。春游古寺拂尘壁，遗像久此霾[9] 香烟。画师不复写名姓，皆云道子口所传。纵横固已蔑孙邓[10]，有如巨鳄吞小鲜[11]。来诗所夸[12] 孰与此，安得携挂其旁观。

1 开元寺吴道子画佛灭度，见《凤翔八观·王维吴道子画》注释。

答子由，苏辙《栾城集》卷二有《画文殊普贤》诗："谁人画此二菩萨，趺坐花心乘象狻。弟子先后执盂缶，老僧槎牙森比肩。山林修道几世劫，颜貌伟丽如开莲。重崖宛转带林树，野水荒荡浮云天。峨眉高处不可上，下有绝涧錮九泉。朝阳未出白雾起，有光烛天如月圆。灵仙居中粗可识，有类白兔依清躔。游人礼拜千万万，迤逦渐远如飞烟。五台不到想亦尔，今之画图谁所传。吾兄子瞻苦好异，败缯破纸收明鲜。自从西行止得此，试与记录代一观。"此诗次苏辙诗原韵。 2 七宝，《苏诗补注》卷四："七宝有二种，一者七种珍宝，二者七种王宝。七种珍宝者，《无量寿经》云：金、银、琉璃、玻瓈、珊瑚、玛瑙、砗磲。《恒水经》云：金、银、珊瑚、玛瑙、真珠、砗磲、明月珠、摩尼珠(按，查注有误，《恒水经》七宝无玛瑙)。七种王宝者，《华严经注》：一金轮宝、二象宝、三绀马宝、四神珠宝、五主藏臣宝、六玉女宝、七兵主臣宝，得是七宝于阎浮提作转轮王。"又，《增一阿含经》卷十二："身着七宝衣，为人之所敬。" 3 狻，《尔雅》："狻麑如虦猫，食虎豹。"郭璞注曰："即师子也，出西域。" 4"柏生"句形容经年累月潜心静修，不为外物所动。《五灯会元》卷一："昔如来在雪山修道，乌尼巢于顶上。"(按，乌尼，即野鹊)唐王维《能禅师碑》："莲花承足，杨枝生肘，苟离身心，孰为休咎。"又，孔凡礼先生以为"柏"当作"柳"(见《苏轼诗集》188 页，中华书局 1982 年版)。 5"道成"二句指佛祖寂灭，四海悲恸。唐道宣《释迦氏谱》："于是世尊即入初禅二三四禅，空识不用，至非想定，入灭尽定。从定起已入非想定，乃至四三二初禅，又从初禅入二三四禅，从定起已入般涅槃。于时大地震动，幽冥大明，天雨香花散大会上，梵释神天各作偈颂，诸比丘等悲恸殒绝。" 6 苏轼《凤翔八观·王维吴道子画》："中有至人谈寂灭，悟者悲涕迷者手自扪。蛮君鬼伯千万万，相排竞进头如鼋。""翔禽"二句所述之画面即与之同。 7 绕床，即绕禅床。《五灯会元》卷四载赵州和尚事，"有一婆子令人送钱请转藏经，师受施利了，却下禅床转一匝，乃曰：'传语婆，转藏经已竟。'其人回举似婆，婆曰：'比来请转全藏，如何只为转半藏?'"其注曰："玄觉云：甚么处是欠半藏处，且道那婆子具甚么眼，便与么道。"

亦即，绕床喻指天然佛性。弹指，盖取弥勒弹指之典，有得获启示，以入法门之意。《华严经》中有弥勒菩萨弹指，为善财童子开启法门之典。《宗镜录》卷三十八以为："弹指者，去尘之义，尘亡执去，法门自开。" 8躔，日月星辰经天运行的轨迹。《六臣注文选》卷五："躔，行历之所。" 9霾，被遮蔽。 10孙、邓，皆古代名画家。宋王十朋《东坡诗集注》卷二十七以为即"孙知微、邓隐也"。宋刘道醇《宋朝名画评》卷一："孙知微，字太古，彭山人，知书通论语、黄老学，善杂画。"元夏文彦《图绘宝鉴》卷三："邓隐，梓州人，工佛像鬼神山水花鸟。" 11小鲜，小鱼。《老子》第六十章："治大国若烹小鲜。" 12来诗所夸，即苏辙所状之文殊普贤画。

本诗次韵苏辙《画文殊普贤》，状开元寺吴道子所绘佛祖灭度，赞叹吴道子精湛的绘画技艺。其中所涉释典掌故颇多，不过此时的这种语熟或许正如子由所言，乃由苏轼的"苦好异"所致。

腊日游孤山[1]，访惠勤[2]、惠思[3]二僧

天欲雪，云满湖，楼台明灭山有无。水清出石鱼可数，林深无人鸟相呼。腊日不归对妻孥，名寻道人[4]实自娱。道人之居在何许，宝云山[5]前路盘纡。孤山孤绝[6]谁肯庐，道人有道山不孤。纸窗竹屋深自暖，拥褐[7]坐睡[8]依团蒲[9]。天寒路远愁仆夫，整驾催归及未晡[10]。出山回望云木合，但见野鹘盘浮图[11]。兹游淡薄欢有余，到家恍如梦蘧蘧[12]。作诗火急追亡逋[13]，清景一失后难摹。

1孤山，在西湖上。《咸淳临安志》卷二十三："孤山在西湖中稍

西，一屿耸立，旁无联附，为湖山胜绝处。旧有智果观音院、玛瑙宝胜院、报恩院、广化寺。”宋祝穆《方舆胜览》卷一：“孤山，去钱塘旧治四里，湖中独立一山，人多留题。” 2 惠勤，江南僧人，居孤山，能诗文。宋欧阳修《山中之乐序》曰：“佛者慧勤，余杭人也。少去父母，长无妻子，以衣食于佛之徒。往来京师二十年，其人聪明材智，亦尝学问于贤士大夫。”按，苏轼访惠勤，亦是六一居士引介。苏轼《六一泉铭叙》云：“予昔通守钱塘，见公于汝阴而南。公曰，西湖僧惠勤甚文而长于诗，吾昔为《山中乐》三章以赠之。子间于民事，求人于湖山间而不可得，则盍往从勤乎？予到官三日，访勤于孤山之下。” 3 惠思，亦是孤山僧人，能诗，与其时文士多有交往。如梅尧臣有《送僧惠思》，王安石有《送僧惠思归钱塘》，苏辙有《张惕山人即昔所谓惠思师也，余旧识之于京师，忽来相访，茫然不复省，徐自言其故，戏作二小诗赠之》。苏轼也有《哭欧阳公孤山僧惠思示小诗次韵》，则惠思亦或由六一居士所荐。 4 道人，修行之人，即惠勤、惠思二僧。 5 宝云山，亦在西湖，与孤山相近，为宋代著名产茶之地。 6 孤山孤绝，按明田汝成《西湖游览志》卷二所述，孤山“岿介湖中，碧波环绕，胜绝诸山”，故有“孤绝”之谓。 7 褐，短衣。拥褐，此处即和衣之意。唐白居易《洛阳有愚叟》：“野食或烹鲜，寓眠多拥褐。” 8 坐睡，即坐姿入睡。唐韩愈《石鼎联句序》：“二子不自得，即退就坐……斯须，曙鼓动冬冬，二子亦困，遂坐睡。” 9 团蒲，即蒲团，僧人参禅礼拜等所用的坐垫。 10 晡，午后申时。清顾炎武《日知录》卷二十：“晡时者，申也。” 11 浮图，多有所指，如释僧顺《答道士假称张融三破论》以为：“经云浮图者，圣瑞灵图浮海而至，故云浮图也。”（《弘明集》卷八）清厉荃《事物异名录》则云：“浮图，通作浮屠，塔也。袁宏《汉书》以为佛也。”此处，浮图即指“塔”。《说文解字》卷十三：“塔，西域浮图也。” 12 蘧蘧，《庄子·齐物论》：“昔者庄周梦为胡蝶，栩栩然胡蝶也，自喻适志与！不知周也。俄然觉，则蘧蘧然周也。”唐成玄英疏：“蘧蘧，惊动之貌也。” 13 逋，逃。亡逋，盖指游访所见正逐渐模糊、淡忘。

熙宁四年(1071),苏轼通判杭州。赴任前,拜访欧阳修,得闻西湖僧惠勤、惠思等人。苏轼到官后,遂于年末腊日往孤山拜会惠勤、惠思二僧,并为他们结庐孤绝、去世幽居的生活状态,以及简淡而有道的气质所深深打动,故赋诗记之以示揄扬之意。而此诗之韵亦多为后世所用。

吉祥寺[1] 僧求阁名

过眼荣枯[2] 电与风[3],久长那得似花红。上人宴坐[4] 观空阁,观色观空色即空。[5]

1 吉祥寺,明田汝成《西湖游览志》卷二十:"安国坊与保和坊对,俗称北桥巷。宋有文思院、吉祥寺","吉祥寺,宋乾德三年睦州刺史薛温舍宅为寺,治平二年改广福"。 2 过眼荣枯,《金楼子》卷四:"纷纷然,荣枯宠辱之动也。"《摩诃止观》卷七:"诸倒荣枯无不空寂,一切即假。" 3 电、风,比喻世事无实,变幻不定。《楞伽经》卷二:"然不实一切法速灭如电,是则如幻。"唐韦庄《鄜州留别张员外》:"三楚故人皆是梦,十年陈事只如风。" 4 宴坐,即坐禅。《维摩诘所说经》卷上:"不于三界现身意,是为宴坐;不起灭定而现诸威仪,是为宴坐;不舍道法而现凡夫事,是为宴坐;心不住内亦不在外,是为宴坐;于诸见不动而修行三十七品,是为宴坐;不断烦恼而入涅槃,是为宴坐。"5《般若波罗蜜多心经》:"色不异空,空不异色,色即是空,空即是色。"《大智度论》卷二十二:"观无常即是观空因缘,如观色念念无常,即知为空。"《摩诃止观》卷七:"若法性空,故一切色一色,则一空一切空。"

苏轼此诗以为,世间万法,变幻无常,流迁不止,实不应"住色生心”,故而指出不若宴坐以观,把握空色不异、诸色皆空这一真谛。

游径山[1]

众峰来自天目山[2],势若骏马奔平川。中途勒破[3]千里足,金鞭玉蹬相回旋。人言山住水亦住,下有万古蛟龙渊[4]。道人天眼识王气,结茆宴坐荒山巅。[5]精诚贯山石为裂[6],天女下试[7]颜如莲。寒窗暖足来扑朔[8],夜钵咒水降蜿蜒[9]。雪眉老人朝扣门,愿为弟子长参禅。[10]尔来废兴三百载[11],奔走吴会[12]输金钱。飞楼涌殿压山破,朝钟暮鼓惊龙眠。晴空仰[13]见浮海蜃[14],落日下数投村鸢。有生共处覆载[15]内,扰扰膏火同烹煎。[16]近来愈觉世议隘,每到宽处差安便。[17]嗟余老矣百事废,却寻旧学心茫然。问龙乞水归洗眼,[18]欲看细字销残[19]年。

1 径山,宋潜说友《咸淳临安志》卷二十五:“在(临安)县北,去县五十里。《径山事状》云:山乃天目之东北峰,有径路通天目,故谓之径山。奇胜特异,五峰周抱,中有平地,人迹不到。” 2 天目山,在宋临安,《太平寰宇记》卷九十三:“天目山,《郡国志》云,山上有数百年树,名曰翔凤林。《舆地志》云:上有两池,若左右目,名天目也。山极高峻,上多美石、泉水、名茶。” 3 勒破,犹踏破。金刘昂《田若虚游龙门宝应用天随子体赋诗因次其韵二首》(其二):“骏足忽勒破,英才如拘庞。” 4 蛟龙渊,天目山之一池。《水经注》卷四十:“天目山山极高峻,崖岭竦叠,西临峻涧,山上有霜木,皆是数百年树,谓之翔凤林。东面有瀑布,下注数亩深沼,名曰浣龙池。”“蛟龙”乃“浣龙”之讹传。 5 道人,指法钦(714～792),唐代高僧,号国一大觉禅师,乃径山禅寺的开山祖师。茆，茅屋。“道人”二句言法钦大师初入径山，结庵传法之事。宋王十朋《东坡诗集注》卷三引《径山事状》：“大师讳法钦，吴郡昆山人，姓朱氏，年二十二。马素禅师见而识之，躬为去发，谓师曰：‘汝乘流而行，遇径而止。’师至临安东北山下而问之，樵者曰：‘此山中谓之径坞。’乃求挂锡之地，四顾无人，适遇苫盖覆罝罘，师就之宴坐，猎者见之，以其地结庐与师居之。” 6 王十朋引《径山事状》曰：“永泰中，师坐北峰石屏下，见白衣儒士拜于前，自言：是‘中子山人也，长安佛法有难，我闻师道行高邈，愿度为沙弥，往救。’师曰：‘汝有何术？’对曰：‘我诵《俱胝观音咒》，其功无比。’师曰：‘吾坐后石屏汝能咒令破否？’曰：‘可。’遂叱之，石屏裂为三片，今谓之碣石岩。师知神异，为去发，给衣赐名惠崇。至京师与术士竞，惠崇告胜云。”（《东坡诗集注》卷三） 7《华严大疏钞》卷二十一载：“魔又化为天女，云：‘天帝令我以备扫洒。’公（慧嵬禅师）曰：‘我心如地，难可倾动，无以革囊来相见试。’天女乃腾空而去，赞曰：‘大海可竭，须弥可倾。彼上人者，执志坚贞。’”故，“天女下试”在此喻指法钦大师执志坚贞，能经受住考验。 8 扑朔，指兔子。《东坡诗集注》卷三：“师（法钦）有二白兔，常跪于杖履之间。” 9《重修玉篇》卷二十五：“蜿蜒，龙儿。”据《高僧传》卷十载，涉公“能以秘咒咒下神龙”，“每旱，（苻）坚常请之咒龙，俄而龙下钵中，天辄大雨”。“夜钵”句或藉取涉公事，以喻法钦大师法力高深。 10“雪眉”二句所述之事，即“精诚贯山石为裂”所言事，详见注 6。意在赞颂法钦乃有道高僧，名声远播，从者甚众。 11 三百载，明吴之鲸《武林梵志》卷六：“唐代宗时僧法钦结庵于此（径山）。”而苏轼游径山是在熙宁五年（1072），其时距永泰、大历之世已三百余年矣。 12 吴会，吴与会稽，泛指两浙之地。 13 仰，文渊阁四库全书本《施注苏诗》等作“偶”。 14 蜃，大蛤。《埤雅》卷二云，蜃“嘘气成楼台，望之丹碧，隐然如在烟雾”。

15 覆载，犹天地。《庄子·德充符》：“夫天无不覆，地无不载。” 16“扰扰”句喻相互倾轧，因有才能而罹祸。《庄子·人间世》：“山木自寇也，膏火自煎也。桂可食，故伐之；漆可用，故割之。” 17 宋施元之《施注苏诗》卷四引《乌台诗话》:“熙宁六年游径山,留题云‘近来愈觉世议隘,每到胜处差安便’,以讥讽朝廷进用之人多是刻薄褊隘,不少容人过失,见山中宽闲之处为乐也。” 18 苏轼自注:“龙井水洗病眼有效。”按,传天目山之水有龙,清《浙江通志》卷一载,天目山“山多险潭,分上中下三级,最上一潭水腥不可触,有犯之者,风雨雷电交作,盖龙之灵气也,山下有洗眼池,相传梁昭明分经洗眼于此。” 19 残,一作“长”。

苏轼游览径山,既为此地幽异的山水和宏伟的寺宇所陶醉,更深深折服于曾隐逸于此的法钦禅师,盛赞其高邈道行。而且,面对静谧的山林和简单随性的参禅生活,苏轼隐约流露出一丝跳出膏火自煎的世事烦扰,以求怡然自适的愿望。

是日宿水陆寺寄北山清顺僧二首[1] · 其二

长嫌钟鼓聒湖山,此境萧条却自然[2]。乞食绕村[3] 真为饱,无言[4] 对客本非禅。披榛觅路冲泥入,[5] 洗足关门听雨眠。遥想后身穷贾岛[6],夜寒应耸作诗肩[7]。

1 水陆寺,在宋浙江仁和县。按《嘉靖仁和县志》卷十二:“水陆寺旧在城东汤镇,宋建隆二年建,元祐间赐额,绍兴十二年毁,乾道二年重建,嘉熙三年潮坏。”熙宁五年(1072),苏轼督开盐河,经水陆寺,寄宿于此。 2 自然,自然而然,不受外物干涉。《庄子·逍遥游》郭象注:“自然者,不为而自然者。” 3 乞食绕村,即僧侣托钵化缘。《释迦谱》卷一:“尔时阿舍婆耆比丘,著衣持钵入村乞食,善摄诸根,威仪详序,路人见者,皆生恭敬。”《宋高僧传》卷十七:“(道丕)巡村乞食,自专胎息,唯供母食。” 4 无言,《宋高僧传》卷二十九:“岂若孤松片云，禅座相对无言，而道合至静而性同哉。”《翻译名义集》（二）：“二禅已上无言语。” 5“披榛”句意谓生活条件艰苦。《抱朴子外篇》卷五十：“贫无僮仆，篱落顿决，荆棘丛于庭宇，蓬莠塞乎阶溜，披榛出门，排草入室。” 6 后身穷贾岛，即贾岛后身。北宋惠洪《冷斋夜话》卷六载，僧清顺“清苦多佳句”，“荆公游湖上爱之，称扬其名。坡晚年亦与之游，亦多唱酬”。此处，苏轼以为清顺清苦属句，有类贾岛。 7 耸作诗肩，唐韩愈《石鼎联句诗序》称，衡山道士轩辕弥明曾“袖手竦肩倚北墙”而吟诗。此处，苏轼或用此典，以比附僧清顺吟作诗赋。

虽然水陆寺僧清顺与客对坐无言的行为，并非蕴涵了什么禅机，但是苏轼笔下这种幽居听雨、寒夜觅诗的生活，本身别具一种禅趣。

盐官绝句四首・北寺悟空禅师[1] 塔

已将世界等微尘，[2] 空里浮花梦里身。[3] 岂为龙颜更分别，只应天眼[4] 识天人。[5]

1 悟空禅师，唐代僧人，苏轼自注：“名齐安。宣宗微时，师知其非凡人。”《宋高僧传》卷十一载：“释齐安，俗姓李，实唐帝系之英”，“悬知（唐）宣宗皇帝隐曜缁行，将来法会，预诫知事曰：‘当有异人至此。禁杂言止横事，恐累佛法。’明日行脚僧数人参礼，安默识帝，遂令维那高位安置，礼殊他等。安每接谈话益知贵气，乃曰：‘贫道谬为海众围绕患斋不供，就上座边求一供疏。’帝为操翰摅辞，安览惊悚，知供养，僧赍去，所护丰厚殆与常度不同。乃语帝曰：‘时至矣，无滞泥蟠。’嘱以佛法后事而去”，“武宗崩，左神策军中尉杨公讽宰臣百官，迎而立之（宣宗）。闻安已终，怆悼久之，敕谥大师曰悟空，乃以御诗追悼。后右貂卢简求为建塔焉”。 2《华严经》卷四十四:“一微尘中现一切佛一切法界。”《宗镜录》卷十一:“复量等大千世界,而全住在一微尘中。”北齐樊孝谦《答沙汰释李诏表》:“置世界于微尘,纳须弥于黍米。” 3“空里”句谓身、事皆为虚幻。《摩诃止观》卷十:“梦虚空花,如幻之有。”唐宗密《禅源诸诠集都序》卷上:“三十二相都是空花,三十七品皆为梦幻,意使心无所著,方可修禅。” 4 天眼,佛家神通之一种。《大乘义章》卷二十:“天眼通者,一切禅定名为天住,依禅得眼,故名天眼。照瞩无壅,名天眼通。”此处,天眼大约有洞悉一切之意。 5 天人,指唐宣宗。“岂为”二句,即言悟空禅师预知唐宣宗将登帝位之事。

苏轼督开盐河时曾游盐官北寺悟空塔,有感于悟空禅师慧眼识宣宗事,遂赋此诗。苏轼以为,齐安之礼宣宗,非为敬其贵为帝胄,后当驭宇;实际上,禅师天眼烛照,明见善业因缘,方是此中缘由。

上元过祥符[1] 僧可久[2] 房,萧然无灯火

门前歌舞斗分明,一室清风冷欲冰。不把琉璃闲照佛[3],始知无尽本无灯。[4]

1 祥符,即大中祥符寺,在杭州,宋潜说友《咸淳临安志》卷七十六:“梁大同二年邑人鲍侃舍宅为寺,旧名发心,唐正观中改众善,神龙元年改中兴,三年改龙兴,本朝大中祥符初改赐今额。 2 苏轼官杭州时,与江南僧侣多有交往,其中,僧清顺、可久颇负诗名。宋叶梦得《避暑录话》卷下云:“钱塘西湖旧多好事僧,往往喜作诗。其最知名者,熙宁间有清顺、可久二人。”僧可久,字逸老,《武林梵志》卷十:

“法师可久，钱塘钱氏，天圣初覃恩得度，学教观于净觉。无出世志，喜为古律诗。苏轼监郡日，与师为诗友。居西湖祥符，轼来守钱塘，当元夕九曲观灯，去从者独行入师室，了无灯火，但闻薝蔔余香，叹仰留诗。” 3 瑠璃照佛，指上元节张灯。宋陈元靓《岁时广记》卷十记正月十五有燃灯观佛之习俗：“汉法本传西域，（西域）十二月三十日乃中国正月之望，谓之大神农变月，汉明帝令烧灯以表佛法大明。”又引《岁时杂记》：“灯夕，外郡唯杭苏温华侈尤甚，自非贫人，家家设灯。” 4 无尽，即无尽灯，指一人传法于众人，得悟者又传于他人，有如一灯燃百灯，百灯燃万灯，燃灯不断，相继以至于无尽。《维摩诘所说经》卷上：“无尽灯者，譬如一灯燃百千灯，冥者皆明，明终不尽”；“夫一菩萨开导百千众生，令发阿耨多罗三藐三菩提心，于其道意亦不灭尽，随所说法而自增益一切善法，是名无尽灯也”。《释氏要览》卷中：“自行化彼，则功德弥增，法光不绝，亦名无尽灯。”无尽本无灯，意谓佛法昌明之道，在于以心相传，开悟众生之心智，而“烧灯以表佛法大明”这样的形式主义做法是没有意义的。《景德传灯录》卷二十八：“何言无尽灯？一切法皆是心法。一切名皆是心名。”唐张说《游龙山静胜寺》：“唯传无尽灯，可使有情悟。”

此诗虽短，然深得禅法三昧。时俗，上元之际，既是灯夕，又为燃灯明法之时。然苏轼造访可久，却只见一室清风，了无烟火。于此萧条冷境之中，苏轼悟到，佛法大明之道，不在瑠璃座七宝灯，其要诀却在心传情悟，传灯不尽。“闲”字用得妙，将传灯不用灯，心火相接以至无穷的禅理，浓缩于一字之中，引而不发，颇有韵味。

赠上天竺[1] 辩才师[2]

南北一山门，上下两天竺[3]。中有老法师，瘦长如鹳鹄[4]。不知修何行，碧眼照山谷。见之自清凉，洗尽烦恼毒[5]。坐令一都会，男女礼白足[6]。我有长头儿[7]，角颊峙犀玉。[8] 四岁不知行，抱负烦背腹。师来为摩顶，起走趁奔鹿。[9] 乃知戒律中，妙用谢羁束。何必言法华，佯狂啖鱼肉。[10]

1 上天竺，寺名，明李贤等《明一统志》卷三十八："上天竺寺，在（杭州）府城西一十九里，晋天福中建，有乳窦，白云、狮子、双桂诸峰拱揖左右。"寺以观音名，明田汝成《西湖游览志》卷十一："上天竺寺，晋天福间僧道翊结庵山中，一夕见瑞光发于前涧，就视之，得奇木，刻画观音大士像。后汉乾祐间，有僧从勋自洛阳持古佛舍利来，置顶中，妙相咸备，昼放白光，士民崇信。吴越王尝梦白衣人求缉其居，寤而有感，遂建天竺观音看经院。" 2 辩才师，即元净辩才（1011～1091），亦作龙井辩才，杭州僧人，天台德韶弟子，住上天竺观音道场。《释氏稽古略》卷四："师名元净，自仁宗嘉祐末历治平、熙宁三朝，住上天竺一十七年，道满朝野，元丰间辞而复住又三年，晚居龙井。"苏辙《龙井辩才法师塔碑》："师姓徐氏，名元净，字无象。"对于辩才的佛学思想，苏辙有颂评曰："我观世教师，皆谓教是实。由谓教实故，则为禅所诃。禅虽诃教乎，终以教致禅。禅若不取教，是杜所入门。教而不知禅，是不识家也，辩才真法师，于教得禅那。"（《栾城后集》卷二十四） 3 两天竺，《东坡诗集注》卷十九："钱塘诸寺，天竺最盛。山有一门，南北相望，有上下两天竺寺。"又，《苏诗补注》卷七："按旧志，并载三天竺，而云两者，尝见南宋人王信《华严阁记》云：南北山浮屠之居几四百所，而授禅家学者三，惟灵隐、净慈及中天竺耳。乃知上下两天竺皆律寺，其并称盖由此也”。 4 鹳，唐陆玑《毛诗草木鸟兽虫鱼疏》卷下：“鹳，鹳雀也，似鸿而大，长颈，赤喙，白身，黑尾翅。”鹄，天鹅。 5 烦恼毒，佛家以为贪、嗔、痴等烦恼有如剧毒，使人迷惑，消损善业。《悲华经》卷五：“是诸众生忍受三毒及诸烦恼。”《宗镜录》卷九：“菩提心者，犹如龙珠，能消一切烦恼毒故。”《佛说宝雨经》卷十：“九者于如来教中不说过患，能尽舍离诸烦恼毒。” 6 苏轼《杭州龙井院讷斋记》：“钱塘有大法师曰辩才，初住上天竺山，以天台法化吴越。吴越人归之如佛出世，事之如养父母。”白足，指高僧。据《高僧传・神异下・昙始》，后秦译经家鸠摩罗什的弟子昙始，脚上的皮肤比脸还白，人称“白足和尚”。后遂以白足借指高僧。 7 长头儿，即苏轼之子苏迨。“长头儿”或为宋时唤小儿之称，如陆游亦有《晨兴》诗曰：“奇哉长头儿，好勇不可当。” 8 角颊峙犀玉，谓相貌出众。明彭大翼《山堂肆考》卷一百四十二：“苏东坡诗‘未得丰盈犀角儿，先逢玉雪王郎子’，又云‘眼中犀角真吾子，身后牛衣愧老妻’，又云‘我有长头儿，角颊峙犀玉。四岁不知行，抱负烦背腹。师来为摩顶，起走趁奔鹿’。按《郑语》史伯言，幽王弃高明昭显，而好谗慝暗昧，恶犀角丰盈而近顽童穷固。注云，犀角谓头角有伏犀，丰盈谓颊辅丰满，皆贤明之相也；童，昏也，固，陋也，谓皆暗昧穷陋，不识德义也。故东坡诗句中丰盈犀角之语盖出于此。” 9 以上六句，可参见苏辙《龙井辩才法师塔碑》，其云：“予兄子瞻中子迨，生三年不能行，请师为落发摩顶祝之，不数日能行如他儿。” 10《东坡诗集注》卷十九：“京师开宝寺僧，俗姓张，好诵《法华经》，故等辈呼为张法华，其言语散乱，不谨细行，故亦呼为风法华”，又有“苏州义师，状如风狂，好活烧鲤鱼，不待熟而食之”。“乃知”四句，反映了苏轼关于持守戒律、教与不教的思考。辩才法师具戒定慧，“以法教人，叩之必鸣”（苏轼《杭州龙井院讷斋记》），“以智者教传四十年，学者如归，四方风靡”（释守一《杭州龙井山方圆庵记》），其法不类禅门。对其持律教人之行，苏轼深表钦佩。其《祭龙井辩才文》曰：“孔老异门，儒释分宫，又于其间，禅律相攻。我见大海，西北南东，江河虽殊，其至则同。维大法师，自戒定通,律无持破,垢净皆空,讲无辩讷,事理皆融,如不动山,如常撞钟,如一月水,如万窍风,八十一年,生虽有终,遇物而应,施则无穷。"相较于辩才法师事理皆融、应物有施的道行,苏轼对于那些佯狂疯癫之举,颇有不屑之意。当然,苏轼也绝非持戒而排禅,因为辩才法师亦是"兼统禅讲二教律"(宋李纲《上天竺天台教寺十六观堂碑》)。质言之,东坡所向往的,实际是"有叩而应,时止而止,非辩非讷,如如不动"(《杭州龙井院讷斋记》)的圆融境界。

苏轼于此诗中盛赞上天竺寺辩才法师境界不凡、法力高深,能彰明佛法,使从者云集,并对其持戒守度、施教惠人之修行深表钦服。

病中独游净慈[1],谒本长老[2],周长官以诗见寄[3],仍邀游灵隐,因次韵答之

卧闻禅老入南山[4],净扫清风五百间[5]。我与世疎[6] 宜独往,君缘诗好不容攀。自知乐事年年减,难得高人日日闲。欲问云公[7] 觅心地,要知何处是无还[8]。

1 净慈,即净慈寺,在杭州,明释大壑《南屏净慈寺志》卷二:"净慈寺倚南屏山,周显德元年钱俶建。" 2 本长老,即宗本禅师(1005～1087),宋云门宗僧人,天衣义怀弟子。 3 周长官,即周邠,字开祖。苏轼在杭时,与其多有唱和。所谓"以诗见寄"事,《东坡诗集注》卷十二载:"周邠长官云,窃闻子瞻学士昨日飘然单乘,独出南屏,旋至北山,穷幽览胜,真得物外自适之趣。邠尝从欧阳公诗云:'使君厌骑从,车马留山前。行歌招野叟,共步青林间。'然明公今日之乐正得于此,因成诗一章上寄云:'放归驺骑独寻山,直入青萝翠蔼间。谢客

藜杖方自适，阮公蜡屐许谁攀。何愁白髮能添老，须信黄金不买闲。应向林泉真得趣，徜徉终日未经还。'" 4"卧闻"句，即指宗本禅师入主净慈寺。《释氏稽古略》卷四："苏州瑞光寺禅师宗本，移住杭州净慈。"清人查慎行据此，以为："是时有两本长老，一圆照禅师宗本，姓管氏，熙宁中住净慈，见《传灯录》；其一大通禅师善本，姓董氏，元祐初亦住净慈，见《续灯录》，世谓之大小本。先生守杭时，有送小本禅师赴法云诗，此作在倅杭时，其为大本（宗本）无疑也。"（《苏诗补注》卷十） 5 五百间，元刘一清《钱塘遗事》卷一："净慈寺乃祖宗功德院，侧有五百罗汉。别创一田字殿安顿，装塑雄伟。"《明一统志》卷三十八："净慈寺，在西湖上，周显德中建，寺有五百罗汉，各高数丈。"清人王文诰以为，五百间当即田字殿也（《苏文忠公诗编注集成》卷十）。 6 疎，犹疏。苏洵《神女庙》诗云："巫阳仙子云为裾，高情杳眇与世疎。" 7 云公，《宋高僧传》卷十八载，唐释万回"声闻朝廷"，"中宗孝和皇帝诏见崇重，神龙二年敕别度，回一人而已；自高宗末天后时，常诏入内道场，赐绵绣衣裳，宫人供事"，"敕赐号为法云公"。苏轼在此以"云公"指称宗本禅师，有暗誉其声名远播、备受朝廷尊崇之意。8 无还，苏轼自注："我今示汝无所还地。"《楞严经》卷二："阿难言，若我心性各有所还，则如来说妙明元心云何无还，唯垂哀愍为我宣说。佛告阿难，且汝见我见精明元，此见虽非妙精明心，如第二月非是月影，汝应谛听，今当示汝无所还地。"又"诸可还者自然非汝，不汝还者非汝而谁？则知汝心本妙明净，汝自迷闷丧本受轮，于生死中常被漂溺，是故如来名可怜愍。"《楞严经》所云"无还"为"无因"之意，果可还于因，无可还者则有类终极之因。苏轼此处取"妙明元心无还"之意，亦即"无还"当是本心，当是"妙明元心"。

此诗为苏轼次韵酬答周邠之作，述访净慈寺拜谒宗本禅师事。最后二句为全诗要义所在：苏轼认同本心之净明无还，并表达了希冀有道高僧指点迷津，以使自己觅得"妙明元心"的愿望。

病中游祖塔院[1]

紫李黄瓜村路香，乌纱白葛[2] 道衣凉。闭门野寺松阴转，欹枕风轩[3] 客梦长。因病得闲殊不恶，[4] 安心是药[5] 更无方。道人不惜阶前水，借与匏樽[6] 自在尝。

1 祖塔院，即祖塔法云院，在杭州城外。《咸淳临安志》卷七十七："祖塔法云院，开成二年钦山法师建，旧名资庆。开运二年改仁寿，太平兴国六年改今额。" 2 白葛，即白葛衣。五代谭用之《贻费道人》："谁如南浦傲烟霞，白葛衣轻称帽纱。" 3 风轩，敞风之轩台。《玉台新咏》卷五收《咏灯》诗："风轩动丹焰，冰宇澹清晖。" 4《庄子·大宗师》：子舆有病，子祀往问之。子祀曰："女恶之乎？"曰："亡。予何恶？" 5 安心是药，《禅门章》："善根性及魔事等是业障，病患是报鄣，若能善识魔鄣者，禅定任运开发，安心入定也。"《删定止观》卷下："安心者，若人道场病时，既体解发心，则用止观悉檀善巧调适，是则大药，更不假用诸治也。"又，《五灯会元》卷一载："可（慧可）曰：'我心未宁，乞师与安。'祖（达摩祖师）曰：'将心来，与汝安。'可良久曰：'觅心了不可得。'祖曰：'我与汝安心竟。'" 6 匏樽，饮器，多用葫芦制成。苏轼《赤壁赋》："驾一叶之扁舟，举匏樽以相属。"

"因病得闲殊不恶，安心是药更无方"，苏轼以为，唯有内心的平和方能化解病患所致之不豫，故其能安心自解，任运顺性，不为躯疾所扰，进而也为本诗增添了一抹清新明快的色彩。

虎跑泉[1]

亭亭石塔东峰上，此老初[2] 来百神仰[3]。虎移泉眼趁行脚[4]，龙作浪花供抚掌。至今游人盥濯罢，卧听空阶环玦响[5]。故知此老如此泉，莫作人间去来想[6]。

1 虎跑泉，宋祝穆《方舆胜览》卷二十一："虎跑泉，在秦人峰下，旧传有虎至山，爪地泉涌。"泉在杭州西南大慈山定慧禅寺，明田汝成《西湖游览志》卷五："定慧禅寺，俗称虎跑寺。唐元和十四年僧寰中建，宪宗赐额曰广福院，大中八年改大慈禅寺，僖宗乾符间加定慧二字。" 2 此老，指唐僧寰中，即性空禅师。《宋高僧传》卷十二："释寰中，姓卢氏，河东蒲坂人也"，"敕谥大师号性空，塔名定慧也"。 3 百神仰，为神灵所仰慕。《咸淳临安志》卷三十八："旧传性空禅师尝居大慈山，无水，忽有神人告之曰：'明日当有水矣。'是夜二虎跑地作穴，泉涌出，因名。"明彭大翼《山堂肆考》卷二十二："唐性空大禅师来游此山（大慈山），以无水，将他之。忽神人告曰：'自师来，我等徼惠甚大，奈何弃去？南岳童子当遣二虎来移，师无忧也。'翌日，果见二虎跑山出泉，甘冽胜常，大禅师因留建立伽蓝。" 4 行脚，出行，此处指性空禅师因无水欲往他处。《禅林宝训》卷二："行脚出关，所至小院，多有不如意事。" 5 环玦响，形容泉水声。宋僧梵崇《寓居西林》："流水响环玦，芳林列扶疏。" 6 去来，往昔与将来。《佛本行经》卷五："去来今现在，三世无不达。"《维摩义记》卷二："六识之心三世流转名为去来。去是过去，来是未来。真法不尔，故无去来。"莫作去来想，《正法华经》卷一："起三脱门至三达智，无去来今现在之想。"《华严经》卷十八："离去来想，遍往十方。"又，《补续高僧传》："师曰：无劳悲恋，但念世界空花，苦乐梦幻，即见我已，慎勿作去来想。"

熙宁六年(1073)秋,苏轼游赏虎跑泉,赋此诗以赞誉性空禅师之神迹。最后二句颇有韵味,苏轼以为,虎跑泉空阶留响,惠濯众人,性空禅师亦因之而常留人心,获得了某种永恒,故谓其已超越去来之囿。

吊天竺海月辩师[1] 三首

其一

生死犹如臂屈伸[2],情钟我辈[3] 一酸辛。乐天不是蓬莱客,凭仗西方作主人。[4]

1 海月辩师,即僧慧辩(1014～1073),亦称海月慧辩,宋云门宗僧,杭州僧都正,为苏轼方外之交。《释氏稽古略》卷四:"(熙宁六年)秋七月十七日,天竺灵山寺海月大师慧辩,晨起盥洁谢众,趺坐而寂。杭州通守苏轼吊以三诗,序而赞之。"《佛祖统纪》卷四十五:"天竺灵山海月大师慧辩合掌坐亡,遗言,须东坡至方阖龛。四日坡至,见趺坐如生,乃作三诗以吊之。" 2 臂屈伸,喻时间短促。《法苑珠林》卷二十:"五百罗汉受大迦叶教,如人屈伸臂顷,即到十方恒河沙刹土。"《景德传灯录》卷二十八:"其渐也,历僧祇劫犹处轮回;其顿也,屈伸臂顷便登妙觉。" 3 情钟我辈,《晋书·王戎传附从弟衍传》:"圣人忘情;最下不及于情;然则情之所钟,正在我辈。" 4"乐天"二句演绎唐白居易诗。白居易有《有客说》及《答客说》诗,以此表达"结弥勒上生业"之愿,二诗分别为:"近有人从海上回,海山深处见楼台。中有仙龛虚一室,多传此待乐天来。""吾学空门非学仙,今君此说是虚传。海山不是吾归处,归即应归兜率天(佛家以兜率天为众生欢喜俱足之界)。"又,白氏《与果上人殁时题此决别兼简二林僧社》:"本结菩提香火社，为嫌烦恼电泡身。不须惆怅从师去，先请西方作主人。”这里，苏轼化用之意有二：一谓海月禅师已赴西方净土；二以乐天自况，暗示己愿，并称赞海月禅师乃教诲、指引自己到往净土之有道高僧。

苏轼于此诗化用白居易诗，语句自然而意蕴深远。既寄托了对于海月禅师的哀悼，希冀其早赴极乐净土，又暗誉禅师乃指点自己往赴净土的不倦教诲者，同时更含蓄地表示，愿与白居易一样，“应归兜率”。不过，苏轼虽则结愿佛土，然却更属钟情之辈，而这或许就是东坡的本色吧。

其三

欲访浮云[1]起灭[2]因，无缘[3]却见梦中身[4]。安心好住王文度，[5]此理何须更问人。

1 浮云，喻指生命变幻不定。《维摩诘所说经》卷上：“是身如浮云，须臾变灭。” 2《楞严经要解》卷六：“反观幻身，起灭无从。”《宗镜录》卷五：“本端竟何从，起灭有无际。” 3 缘，佛教语，由藉之意。《广弘明集》卷十八收刘少府《答何承天》：“一切诸法从缘起灭耳。”又，《宗镜录》卷四十四：“当知色生时，但是空生，色灭时，但是空灭。《中观论》偈云：无物从缘起，无物从缘灭，起唯诸缘起，灭唯诸缘灭，故知万法既不从缘生，亦不非缘生。” 4 梦中身，后秦僧肇选《注维摩诘经》卷二：“是身如梦，为虚妄见。梦中妄见，觉后非真。”《大宝积经》卷九十六：“是身虚妄如梦中”，“是身不实如幻化”。 5 用晋僧法印与王文度事自比。《法苑珠林》卷六十一：“晋沙门竺法印者，晋太元中称为隹流，甚见知遇。安北将军太原王文度友而亲之，尝共论说死生报应，茫昧难明，为当许其理耳，未能审其实也，因为约誓，死而有知，果见罪福者，当相报告也。印后居会稽，经年而卒。王在都，弗之知也，忽见印来，王惊喜，相慰劳问。印云：‘贫道以某时病死，罪福不虚，应若影响，檀越宜勤修道德，以升济神明，既有前约，故诣相报。’言讫忽不复见，王自此后乃勤信向。”

苏轼因海月禅师之卒而颇有慨叹，以为是身如云似梦，须臾变灭，而无处觅得端由。然其深信因缘报应不爽，故而表示无需禅师现身诫告，自己亦当安心好住，勤修道德。

孤山[1] 二咏并引

孤山有陈时柏二株，其一为人所薪。山下老人自为儿时，已见其枯矣。然坚悍如金石，愈于未枯者。僧志诠作堂于其侧，名之曰柏堂。堂与白公居易竹阁相连属。余作二诗以记之。

柏堂[2]

道人手种几生前，[3] 鹤骨龙姿[4] 尚宛然。双干一先神物化，[5] 九朝三见太平年。[6] 忽惊华构[7] 依岩出，乞与佳名到处传。此柏未枯君记取，灰心聊伴小乘禅[8]。

1 孤山，即杭州西湖孤山。 2 柏堂，《西湖游览志》卷二：“柏堂，宋僧志铨作。陈文帝天嘉二年有植两桧于孤山寺中，至宋时犹存其一，号陈朝桧。志铨作堂其侧，曰柏堂，与竹阁连属。” 3《东坡诗集注》卷二十三：“道人，指言志铨。手种几生前，乃诗人之高意也。”此句谓僧志铨与陈朝柏有前世之因缘。 4 姿，一作“筋”。鹤骨龙姿，松柏之貌。若明赵琦美《赋得白公桧》：“鹤骨峙深沚，虬枝跨芳坻。” 5“双干”句指双柏其一已枯，然“坚悍如金石”。宋杨蟠亦有《柏堂诗》咏此枯柏：“零落雪霜后，犹含千载春。一株化为石，谁是种时人。” 6 九朝，《东坡诗集注》卷二十九：“谓陈、隋、唐、梁、后唐、晋、汉、周及宋朝也。”三见太平年，《苏诗补注》卷十以为：“谓隋、唐、宋也。《汉书·食货志》：‘凡三登曰太平。’” 7 华构，盖指柏堂之屋宇。《抱朴子外篇》卷三十九：“章华构而丰屋之过成，露台辍而玄默之风行。”宋范仲淹《寄题许州钱相公信美亭》：“华构高轩敞，名湖一面分。” 8 小乘禅，大约指为成就阿罗汉、解脱轮回之苦而修持之禅，度己而不度人。《金刚经注解》卷三：“乘乃车乘之乘。大乘，谓菩萨乘也。阿罗汉独了生死，不度众生，故云小乘，盖如车乘之小者，唯能自载而已；缘觉之人，半为人，半为己，故为中乘，盖如车乘之适中者也；菩萨为大乘者，谓如车乘之大者，普能载度一切众生也。”

苏轼以枯柏“坚悍如金石，愈于未枯者”，而赞其修行小乘禅法，实非枯灭，不过是只顾“自度”罢了。面对这九朝古木，“此柏未枯君记取，灰心聊伴小乘禅”一语既颇有风趣，又似乎隐约暗含着某种深意。

竹阁[1]

海山兜率[2] 两茫然[3]，古寺无人竹满轩[4]。白鹤不留归后语，苍龙犹是种时孙。两丛恰似萧郎笔[5]，千亩空怀渭上村[6]。欲把新诗问遗像，病维摩诘[7] 更无言[8]。

1 竹阁，《西湖游览志》卷八：“竹阁，旧在孤山寺中，白乐天所作，杭人因以祀公。” 2 兜率，即兜率天，佛家所谓欲界六天之第四天，亦作喜足天、喜乐天等。其有内外两院，外院为天人所居，皆欢乐喜足，内院为弥勒净土。《翻译名义集》(二)：“若单修习上品十善，乃生欲界，一四天王天，二忉利天；若修十善，坐未到定，乃生三夜摩天，四兜率天，五化乐天，六他化自在天，由禅定力，故使四天皆悉居空。”《一切经音义》卷六“珊覩史多”条释义：“梵语也，上方欲界中天名也。古名兜率陀，或云兜术，皆讹略也。唐云知足。以下天多放逸，上天多暗钝，受乐不进，故云知足。一生补处最后身菩萨多作此天王，当来弥勒见今在彼天为王。” 3 此句演绎唐白居易《答客说》诗“海山不是吾归处，归即应归兜率天”。详见前注。 4 竹满轩，竹阁之地多竹。《明一统志》卷三十八：“竹阁，在孤山，唐白居易建，每偃息其间，多种竹。有诗云：‘晚坐松檐下，宵眠竹阁间。’” 5 萧郎笔，白居易有《画竹歌》：“植物之中竹难写，古今虽画无似者。萧郎下笔独逼真，丹青以来唯一人。”诗前引云：“协律郎萧悦善画竹，举时无伦。” 6 白居易于元和中尝居于渭地乡村，《旧唐书·白居易传》：“（元和）六年四月，丁母陈夫人之丧，退居下邽。”其亦有诗《渭村退居寄礼部崔侍郎翰林钱舍人诗一百韵》：“圣代元和岁，闲居渭水阳。”按，古渭川之地盛产竹，《史记·货殖列传》：“齐鲁千亩桑麻，渭川千亩竹。” 7 病维摩诘，《历代名画记》卷二：“顾生（顾恺之）首创维摩诘像，有清羸示病之容，隐几忘言之状。” 8 无言，《维摩诘所说经》卷中：“文殊师利曰：‘如我意者，于一切法无言无说，无示无识，离诸问答，是为入不二法门。’于是文殊师利问维摩诘：‘我等各自说已，仁者当说，何等是菩萨入不二法门。’时维摩诘默然无言。文殊师利叹曰：‘善哉善哉，乃至无有文字语言，是真入不二法门。’”

苏轼题咏白公竹阁，诗境颇为清幽寂寥。竹阁中，白居易遗像无言，苏轼以之为维摩语默，内有不二法门。诗中隐隐暗示白居易之去都就杭、偃息竹阁，实乃深悟释家法门之举。

游诸佛舍，一日饮酽茶七盏，戏书勤师[1]壁

示病维摩元不病[2]，在家灵运已忘家[3]。何须魏帝一丸药[4]，且尽卢仝七碗茶[5]。

1 勤师，即僧惠勤。熙宁六年（1073）九月九日，苏轼游于孤山报恩院，其时惠勤住寺。 2《维摩诘所说经》卷上载，佛告文殊师利诣维摩诘问疾，文殊师利曰："居士是疾何所因起？其生久如。当云何灭？"维摩诘言："从痴有爱，则我病生。以一切众生病，是故我病；若一切众生病灭，则我病灭。"同卷："文殊师利言：'居士所疾。为何等相？'维摩诘言：'我病无形不可见。'"敦煌本《维摩经疏》释云："维摩答言我病无形不见，释有二意，一者若彰病应有，言我本无病，为众生故，假现有病，假病之病，有何形相。二者若彰病实无，言我病本空，何相可见也。"又，《维摩诘所说经》卷上："诸仁者，欲得佛身断一切众生病者，当发阿耨多罗三藐三菩提心。如是长者维摩诘，为诸问疾者如应说法，令无数千人皆发阿耨多罗三藐三菩提心。" 3《景德传灯录》卷四："汝若了净智妙圆，体自空寂，即真出家，何假外相？汝当为在家菩萨，戒施俱修，如谢灵运之俦也。" 4 魏帝一丸药，喻指服之即可成仙之药。《宋书·乐志》载魏文帝曹丕《折杨柳行》："西山一何高，高高殊无极。上有两仙童，不饮亦不食。与我一丸药，光辉有五色。服药四五日，胸臆生羽翼。轻举乘浮云，倏忽行万亿。流览观西海，茫茫非所识。……" 5 唐卢仝有《走笔谢孟谏议寄新茶》诗，其文曰："一碗喉吻润，两碗破孤闷。三碗搜枯肠，唯有文字五千卷。四碗发轻汗，平生不平事，尽向毛孔散。五碗肌骨清，六碗通仙灵。七碗吃不得也，唯觉两腋习习清风生。蓬莱山，在何处？玉川子，乘此清风欲归去。"

此乃苏轼戏题之作，然亦深蕴禅意。诗引典故颇多，其意在言说若本心得以发明，则当堪明疾患皆空，断一切众生病，又可不出世而戒施俱修，不求仙丹妙药，亦能解脱而登至人之境。

赠治易僧智周

寒窗孤坐冻生瓶[1]，尚把遗编照露萤[2]。阁束九师[3]新得妙，梦吞三画旧通灵[4]。断弦挂壁知音丧[5]，挥麈[6]空山乱石听。斋罢何须更临水，胸中自有洗心经[7]。

1 冻生瓶，谓缸中之水结冰。唐郑綮《老僧》诗："冻瓶粘柱础，宿火陷炉灰。"（一作僧景云作）宋僧参寥《次韵太虚夜坐》："炉底眠枯枿，窗根立冻瓶。" 2 此处用车胤事，《晋书·车胤传》："胤恭勤不倦，博学多通。家贫不常得油，夏月则练囊盛数十萤火以照书，以夜继日焉。" 3 九师，《东坡诗集注》卷九："淮南王安聘明易者九人，号九师。《文中子》云：九师兴而易道微。" 4 三画，《周易》一卦（六爻）中之三爻。唐李鼎祚《周易集解》卷十四："侯果曰：谓三画成天地雷风日月山泽之象，此八卦未尽万物情理，故曰小成也。""梦吞"句用虞翻事，《白氏六帖事类集》卷七"吞三爻"条："吴虞翻立易注，奏上曰：臣郡吏陈桃梦臣与道士相遇，放发被鹿裘，布易六爻绕其身，其三以饮臣，臣乞尽吞之。道士曰：易道在天，三爻足矣。岂臣当受经也。" 5 苏轼自注："师与契嵩深相知，时已逝矣。"按，《僧宝传》卷二十七载，明教嵩禅师"名契嵩，字仲灵，自号潜子，生藤州镡津李氏"，"宰相韩琦、大参欧阳修皆延见而尊礼之"，"熙宁五年六月四日晨兴写偈曰：'后夜月初明，吾今独自行。不学大梅老，贪闻鼯鼠声。'至中夜而化"。 6 麈，即拂尘。宋欧阳修《和圣俞聚蚊》："抱琴不暇抚，挥麈无由停。" 7 洗心经，指《易经》。因《易·系辞上》有"圣人以此洗心"句，故称。

此诗写僧智周潜心治《易》，反映了宋代佛道融合、僧人研习道家经典的独特文化景观。

书普慈长老壁[1]

普慈寺后千竿竹，醉里曾看碧玉椽[2]。倦客再游行老矣[3]，高僧一笑故依然。久参白足[4]知禅味[5]，苦厌黄公[6]聒昼眠。惟有两株红百叶[7]，晚来犹得向人妍。

1 普慈，即普慈寺，在京口（今江苏镇江）。《苏诗补注》卷十一："（京口）城西南有寿岳，宋武帝家此至，陈时即其宅基建慈和寺，至宋改普慈。"又，《嘉定镇江志》卷八："昭庆报慈院，在城西二里，伪吴顺义三年置，曰延寿院，宋朝改普慈。"普慈长老，苏轼自注"志诚"。 2 碧玉椽，指竹。如宋李格非《洛阳名园记》："竹万余竿，皆大满二三围，疎筠琅玕如碧玉椽。" 3 行老矣，犹言已老矣。宋陆游《秋日泛镜中憩千秋观》诗："冉冉年光行老矣，茫茫世路欲何之。" 4 白足，指高僧。参见前文《赠上天竺辩才师》注。 5 知禅味，领悟禅之妙处。《维摩诘所说经》卷上："虽服宝饰而以相好严身，虽复饮食而以禅悦为味。" 6 黄公，苏轼自注"鸟名"。宋史能之《咸淳重修毗陵志》诗卷十三释"莺"曰："《诗》云仓庚，疏云黄莺，又黄鹂、鹂鹒、黄公、黄栗。" 7 红百叶，《东坡诗集注》卷二十一："江浙间有花，谓之百叶红。"

本诗叙苏轼游普慈寺且闲居其中之观感，宋王十朋将其归为苏诗"禅悟"一类。此中，竹林寂寥，故人依旧，倦客昼眠，黄鹂惊梦，诸般意象共同营造了一个清幽之境。尤其最后二句"惟有两株红百叶，晚来犹得向人妍"似突兀而起，却留下一种颇为杳渺幽微之禅思。

刁景纯席[1] 上和谢生二首·其一

误入仙人碧玉壶[2]，一欢那复问亲疎。杯盘狼藉吾何敢，车骑雍容[3] 子甚都[4]。此夜新声闻北里[5]，他年故事记南徐[6]。欲穷风月三千界[7]，愿化天人[8] 百亿躯[9]。

1 刁景纯，即刁约，润州丹阳（今江苏镇江）人。《京口耆旧传》卷一："约字景纯，少有盛名，擢天圣八年进士第，为诸王宫教授"，"前后如范公仲淹、欧阳公修、司马公光、王公安石、王公存、苏公轼皆爱敬之"。苏轼《祭刁景纯墓》自称："我少君四十二岁，君不我少，谓我昆弟。" 2 此句用"壶公"典。《后汉书·方术列传》："费长房者，汝南人也。曾为市掾。市中有老翁卖药，悬一壶于肆头，及市罢，辄跳入壶中。市人莫之见，唯长房于楼上睹之，异焉，因往再拜奉酒脯。翁知长房之意其神也，谓之曰：'子明日可更来。'长房旦日复诣翁，翁乃与俱入壶中。唯见玉堂严丽，旨酒甘肴盈衍其中，共饮毕而出。"另，苏轼有《减字木兰花》词云："云鬟倾倒，醉倚阑干风月好。凭仗相扶，误入仙家碧玉壶。" 3《史记·司马相如列传》："相如之临邛，从车骑，雍容闲雅甚都。" 4 都，美，姣好。《诗经·郑风·有女同车》："彼美孟姜，洵美且都。" 5 北里，唐长安城平康里为妓馆汇聚之地，因近于北门，亦称北里。唐孙棨有《北里志》一卷。此处，新声闻北里，意谓席上唱和之作日后必将为坊间所传唱。 6 南徐，指刁景纯晚年所居之润州。清厉荃《事物异名录》："《舆图辑要》：三国吴置京口镇，刘宋曰南徐，隋曰润州，唐曰丹阳，宋曰镇江。" 7 三千界，佛典关于空间的一种认识。敦煌本《本业璎珞经疏》："一佛世界凡有三千大千国土。其一国者，以一须弥山，一日月，照四天下，东拂婆提，南阎菩提，西俱耶尼，北忧单越，上至二十八天，下至五轮际，为一小国；以一小国数至千，为小千；复以小千为一，复数至千，为中千；复以中千为一，复数至千，为大千。” 8 天人，文渊阁四库全书本《东坡全集》等作“人天”。 9 百亿躯，即分身千百亿，以穷极三千世界。《菩萨璎珞本业经》卷上：“尔时释迦牟尼佛初至树下，观视十方法界众生根缘现故，放大光明悉照佛界，上至四空一时来下入法会中，十八天六天四天皆悉集会，无量国土”，“释迦文佛分身百亿，悉遍其中”。又，《翻译名义集》(三)：“三界通有三种，谓小千、中千、大千也。如《俱舍》云：四大洲日月，须弥卢欲天，梵世各一千，此名小千界；此小千千倍，说名一中千；此千倍大千，皆同一成坏。昔南山尊者问韦天将军曰：余闻一佛化境三千国土日月岁数，或言百亿，或言千百亿。答曰：如师问，百亿千百亿者，经文分明，千百亿化身释迦牟尼佛，一佛化一日月下。”

此诗乃苏轼于刁景纯席上的唱和之作，极写宴饮之欢、酬唱之乐。末二句反映出苏轼以佛国为乐土，愿遍游之以享其乐的思想认识。

书焦山纶长老壁[1]

法师住焦山，而实未尝住[2]。我来辄问法，法师了无语。法师非无语，不知所答故。君看头与足，本自安冠屦。譬如长鬣人[3]，不以长为苦。一旦或人问，每睡安所措。归来被上下，一夜无着[4]处。展转遂达晨，意欲尽镊去。此言虽鄙浅，故自有深趣。持此问法师，法师一笑许。[5]

1 焦山纶长老，《苏诗补注》卷十一：“失考。先生前游焦山诗云：‘老僧下山惊客至，迎笑喜作巴人谈。”孔凡礼《苏轼年谱》卷十三据

《芦川归来集》卷十："（苏轼）尝为纶长老作木石并跋。" 2 唐实叉难陀译《华严经》卷七十有"舍离一切执著心，不住一切世间境界心"之说；又，《金刚般若论会释》卷二曰："若心有住，便是执著。" 3 长鬣人，此处指苏轼。 4 无着，四部丛刊景宋本《东坡诗集注》等作"着无"。 5 明释真可尝遥和此诗，亦可视作一解："苏子恁么来，法师恁么住。两名白拈贼，无舌能解语。此意本平常，游人自多故。譬如风狂子，颠倒冠与屦。既以苦为乐，亦将乐为苦。梦中苦乐事，试问谁安措。长鬣我自裁，我裁我解处。无端我疑我，石火电光去。我若不疑我，从他趣非趣。忽逢明眼人，未语心先许。"（《紫柏老人集》卷十九）

苏轼问法于纶长老，长老不答却反问子瞻：其长髯睡时且如何安置？苏轼归，就寝，果然不知何处着须是好，以致彻夜辗转，直欲尽去之而后快。故此诗颇有机趣，然其中寓意亦深。纶长老或以为，诚若头安冠、足适屦，一切本自清静自然，然世人执著有念，故自扰而生无谓之烦恼；而苏轼意欲尽除长鬣，则是求诸空寂，以至尽除烦恼，故可谓亦有深趣。二人虽曰殊途，然而在"去执"一事上却是所见略同，所以长老会一笑许之。

留别金山宝觉、圆通二长老[1]

沐罢巾冠快晚凉，睡余齿颊带茶香。舣舟[2] 北岸何时渡，晞[3] 发东轩未肯忙。康济[4] 此身殊有道，医治外物本无方。风流二老[5] 长还往，顾我归期尚渺茫。

1《苏诗补注》卷十一引《金山志》："宋宝觉禅师，乃育王琏禅师法嗣，南岳下十二世，传云门宗。"又："圆通，失考。" 2 舣舟，泊船靠岸。唐元稹《黄明府诗序》:“因馈酒一樽,舣舟请予同载。” 3 晞,干、晾干。前言“沐罢”,故有晞发之举。“舣舟”二句或语涉双关,既言乘舟离金山而去,又有欲求解脱得度之意。 4 康济,使得解脱。唐释法琳《辩证论》卷三:“以大愿力康济群生,以大庄严戡剪多难。” 5 风流二老,即宝觉、圆通二僧。此句或取意唐杜甫《寄赞上人》诗:“与子成二老,来往亦风流。”

此诗用意双关:一层叙离别之意,言宝觉、圆通二师同居金山,常相往还,其乐融融,而自己将行却不知归期,故生怅然留恋之感;二层抒钦羡之情,以为济身之道在于己心,宝觉、圆通二师明心见性,得解脱而风流自在,然反观自己,却不知何时能臻于此种境界,故慕其乐而又叹弗如。

虎丘寺[1]

入门无平田,石路穿细[2]岭。阴风生涧壑,古木翳潭井。湛卢[3]谁复见,秋水光耿耿[4]。铁花秀岩壁[5],杀气噤蛙黾。幽幽生公堂,左右立顽矿。当年或未信,异类服精猛。[6]胡为百岁后,仙鬼互驰骋。[7]窃然留清诗,读者为悲哽。[8]东轩有佳致,云水丽千顷。熙熙览生物,春意破凄冷。我来属无事,暖日相与永。喜鹊翻初旦,愁鸢蹲落景。坐见渔樵还,新月溪上影。悟彼良自咍[9],归田行可请。

1 虎丘,在苏州,旁有剑池。《越绝书》卷二:“阖庐冢在阊门外,名虎丘。下池广六十步,水深丈五尺,铜椁三重,坟池六尺,玉凫之流,扁诸之剑三千,方圆之口三千,时耗鱼肠之剑在焉。千万人筑治之，取土临湖口。筑三日而白虎居上，故号为虎丘。”《艺文类聚》卷八云，虎丘“先名海涌山”。虎丘寺，《明一统志》卷八：“在虎邱山，晋司徒王珣与弟珉舍宅为之寺。有生公（竺道生）讲堂，昔生公讲经于此，无人信者，乃聚石为徒，与讲至理，石皆点头。” 2 穿细，文渊阁四库全书《吴都文粹》等作“细穿”。 3 湛卢，宝剑名。《越绝书》卷十一：“欧冶子乃因天之精神，悉其伎巧造为大刑三、小刑二，一曰湛卢，二曰纯钧，三曰胜邪，四曰鱼肠，五曰巨阙。吴王阖庐之时，得其胜邪、鱼肠、湛卢。阖庐无道，子女死，杀生以送之。湛卢之剑去之如水。” 4 耿耿，明朗貌。谢朓《暂使下都夜发新林至京邑赠西府同僚》：“秋河曙耿耿，寒渚夜苍苍。” 5《东坡诗集注》卷二十三：“（虎丘）寺中有铁花岩，在剑池之侧。” 6“幽幽”四句言竺道生事。生公，即竺道生（335～424），东晋至南朝宋间名僧，受业于鸠摩罗什，主张众生皆有佛性。元释觉岸《释氏稽古略》卷二载，罗什法师弟子道生“袖手来晋，入平江虎丘山，竖石为听徒，讲《涅槃经》，至阐提有佛性处曰：‘如我所说义契佛心否？’群石皆首肯之”。 7《拾遗记》卷八：“《吴越春秋》、百家杂说云，吴王阖闾，崇饰厚葬，生埋美人，多藏宝物。数百年后，灵鹄翔于林壑，神虎啸于山丘，湛卢之剑飞入于楚，收魂聚怪，富丽以极，而诡异失中，不如速朽。” 8《施注苏诗》卷八：“清远道士与沈恭子同游虎丘，有诗，历论商周及近代二千年事。颜真卿为之刻石。又鬼诗：青松多悲风，萧萧清且哀。白日徒昭昭，不照长夜台。李道昌为刺史，奏其事。陆龟蒙、皮日休松陵唱和皆及之。”按，《唐诗纪事》卷三十四：“道昌唐大历十三年为苏州观察使，一日郡城外虎丘山有鬼题诗二首，隐于石壁之上。云：‘青松多悲风，萧萧声且哀。南山接幽垄，幽垄空崔嵬。白日徒昭昭，不照长夜台。虽知生者乐，魂魄安能回。况复念所亲，恸哭心肝摧。恸哭更何言，哀哉复哀哉。’又曰：‘神仙不可学，形化空游魂。白日非我朝，青松为我门。虽复隔幽显，犹知念子孙。何以遣悲惋，万物归其根。寄语世上人，莫厌临芳罇。庄生问枯骨，王乐成虚言。’道昌异其事，遂具奏闻，准敕令致祭。……祭后经数日，再有诗一绝于石，云：‘幽冥虽异路，平昔忝攻文。

欲知潜昧处，山北两孤坟。’后于寺山之地果有二坟极高大，荆榛蘩茂，询诸耆艾竟不知何姓氏，至今犹存。皮日休和云：‘念尔风雅魂，幽咽犹能文。空令伤魂鸟，啼破山边坟。’陆龟蒙和云：‘灵气犹不死，尚能成绮文。如何孤窆里，犹自读三坟。’”“窈然”二句，或言此事。9 咍，汉王逸《楚辞章句》卷四：“咍，笑也。楚人谓相啁笑曰咍。”

熙宁七年(1074)五月，苏轼至苏州，游虎丘寺，属句以记之。其中既有对古刹的钦赞之感，更深蕴长公之思悟。诗中，苏轼以极强的“好奇”心理，历数虎丘寺之异闻逸事，猎奇之余亦有沧桑之感。然诗的后半却笔锋一宕，尽写水丽日暖、鹊飞鸢栖之景，颇有解脱旷达之意。于古刹之中，暖日相与，熙熙然而关于众生，长公不禁自咍，这种境界实是蕴含着不可言说的禅悟。

过永乐文长老[1] 已卒

初惊鹤瘦[2] 不可识，旋觉云归[3] 无处寻。三过门间老病死[4]，一弹指顷[5] 去来今。存亡惯见浑无泪，乡井难忘[6] 尚有心。欲向钱塘访圆泽，葛洪川畔待秋深。[7]

1 永乐，地名，在嘉兴。《苏诗补注》卷十一引《嘉兴志》：“秀水县治西北十五里有永乐乡。慎按，永乐乡有本觉寺。”文长老，即本觉寺僧文及。按，《本觉寺碑记》载：“寺所由始，唐宣宗时僧冀来自临海，道宿亭下，感异人梦，结庵以居。罙力清苦，施舍者众，经营相度，粗备规制，事闻，额赐报本禅院。咸通、乾符中，累赐田二千六百亩，而殿庑庖库渐次落成，冀卒，赐号静惠禅师。宋蜀僧文及翁主之，请易为寺，爰赐今额。元祐中龙图学士苏轼出守杭州，以文乡里而三访焉，访辄留诗。”（明姚绶《穀庵集选》卷八） 2 鹤瘦，形容病中之貌。

唐白居易《酬杨九弘贞长安病中见寄》:“龙卧心有待,鹤瘦貌弥清。” 3 云归,死之讳称。 4 苏轼尝三访文及,并三次留诗:熙宁五年(1072)岁末,苏轼晤文长老,作《秀州报本禅院乡僧文长老方丈》,其诗云“每逢蜀叟谈终日,便觉峨眉翠扫空”,此为一过,时文及老矣;熙宁六年(1073)十一月,苏轼又有《夜至永乐文长老院,文时卧病退院》,此为二过,则文及病矣;本诗成于熙宁七年(1074)五月,文及死。故有“三过门”、“老病死”之谓。 5 一弹指顷,喻时间极短。《法苑珠林》卷一:“二十念为一瞬,二十瞬名一弹指,二十弹指名一罗预,二十罗预名一须臾,一日一夜有三十须臾。” 6 苏轼与文及皆蜀人,故曰乡井难忘。 7 苏轼有《僧圆泽传》。其言李源与僧圆泽交游甚密,二人自荆州舟行赴蜀,于南浦见妇人锦裆负罂而汲。圆泽告源曰:“妇人姓王氏,吾当为之子,孕三岁矣。吾不来,故不得乳。今既见,无可逃者,公当以符咒助我速生,三日浴儿时,愿公临我,以笑为信。后十三年中秋月夜杭州天竺寺外当与公相见。”至暮,圆泽亡而妇乳。后十三年,李源自洛适吴赴其约。“至所约,闻葛洪川畔有牧童扣牛角而歌之曰:‘三生石上旧精魂,赏月吟风不要论。惭愧情人远相访,此身虽异性长存。’呼问:‘泽公健否?’答曰:‘李公真信士,然俗缘未尽,慎勿相近,惟勤修不堕,乃复相见。’又歌曰:‘身前身后事茫茫,欲话因缘恐断肠。吴越山川寻已遍,却回烟棹上瞿塘。’遂去不知所之。”按,唐袁郊《甘泽谣》载此事,为《太平广记》、《诗话总龟》等引录,然其中僧人皆作“圆观”。此处,“欲向”二句将苏轼与文及比况于李源与圆泽,表达了相见后身、再续前缘的心愿。

苏轼以诗凭吊文及长老,念及佛家的生死观而略显豁达,然又因同乡交游之谊而难以释怀。其将己与文及之交比于圆泽与李源的传奇之事,既是因缘轮回之慨,亦有勤修不堕,以期复见的深意。

去年秋，偶游宝山[1] 上方，入一小院，阒然无人。有一僧，隐几低头读书。与之语，漠然不甚对。问其邻之僧，曰："此云阇黎也，不出十五年矣。"今年六月，自常、润还，复至其室，则死葬数月矣。作诗题其壁。

云师来宝山，一住十五秋。[2] 读书常闭户，客至不举头。去年造其室，清坐忘百忧。[3] 我初无言说，师亦无对酬。今年复扣门，空房但飕飗[4]。云已灭无余[5]，薪尽火不留[6]。却疑此室中，常有斯人不。所遇孰非梦，事过吾何求。

1 明何镗《古今游名山记》卷十引明薛应旗《吴山志》："宝月山与蛾眉山并列，浅山在其东。宝山在吴山西南，石佛山西联宝山，竹园山在吴山西，一脉隆起为杭州府治，主山七宝山在吴山后，宝莲山与之并列。"此处，宝山当指七宝山。　2 云师，即云阇黎。《西湖游览志》卷十二："七宝山在宋天庆观后，今白马庙巷之西，旧有宝严院、广严院、樱桃园，并废"，"宝严院，唐清泰二年钱氏建……苏子瞻佐郡时，有云阇黎者寓院中，闭户十五年，谢绝人事，日礼《观音经》，忽一日留偈端逝。偈云：'诵经一字礼一拜，头白眸眵坐尘界。天鸡临梦啼一声，明月一轮观自在'"。　3 清坐忘百忧，《佛祖历代通载》卷十六："庵于翳荟非食不出，栖栖风雨默坐而已，恬然昼夜物不能害，非夫外死生忘忧患冥顺大和者，熟能于是哉?"　4 飕飗，风声。清胡文英《吴下方言考》卷六："飕飗，风徐至之貌。吴中谓风徐吹曰飕飗。"　5《维摩诘所说经》卷上："是身如浮云须臾变灭。"另，《大宝积经》卷十九："或有阿罗汉将欲灭度，身中出火而自阇维；或有自然化灭无遗舍利；或有于灭度时游行空中如五色云，须臾消散灭无遗迹。"　6《四教义》卷八:“双树入无余涅槃,如薪尽火灭。”《宗镜录》卷三十九:“故知缘谢形枯,真灵不坠,如薪尽火灭,火性常然,此缘虽灭于今生,彼缘复兴于异世。”“云已”二句皆谓云阇黎已死,如云散焰灭。

此诗记宝严院所遇云阇黎事,对比今昔,去年相对无语,今年却人去屋空,因而颇多人生空幻之感。此外,其中亦包含对云阇黎谢绝人事之境界的慨叹,以及希冀云僧缘兴于异世的祝愿等复杂情感。

听僧昭素琴

至[1] 和无攫醳[2],至平无按抑[3]。不知微妙声,究竟从何出。散我不平气,洗我不和心。此心知有在[4],尚复此微吟。

1 至,一作温。 2 攫醳,勾紧后松开琴弦。攫,抓取;醳,释放。《史记·田敬仲完世家》:“驺忌子曰:‘夫大弦浊以春温者,君也。小弦廉折以清者,相也。攫之深,醳之愉者,政令也。钧谐以鸣,大小相益,回邪而不相害者,四时也。吾是以知其善也。’”《史记集解》释“攫”曰:“以爪持弦也。”《史记索隐》释“醳”曰:“醳音释,与下文‘舍’字并同。” 3 按抑,亦是操琴技法之一。《乐律全书》卷九:“观其指法,则秦筝多撮,琵琶多拶,空侯多擘,柳琴多击,窃比于琴家之猱吟按抑,孰若一弦一柱取声于自然,而不假弄手以为力也。” 4《高僧传》卷五:“法师持心有在,何惧后生,若慧心不萌,斯可悲矣。”唐湛然《法华文句记》卷四:“今于权智上加勇猛精进者,有二意,一者期心有在,二者身心俱勤,二智并由精进。”

此诗述僧昭素琴声平淡和缓,然亦精微玄妙,有洗心舒气之能。而苏轼以为，自己能够于琴声中得此等感受，当是缘于慧心未泯、持心有在，故能触及禅家精义。

僧惠勤初罢僧职[1]

轩轩[2]青田鹤[3]，郁郁[4]在樊笼。既为物所縻，遂与吾辈同。今来始谢去，万事一笑空。新诗如洗出，不受外垢蒙。清风入齿牙，出语如风松[5]。霜髭茁病骨，饥坐听午钟。非诗能穷人，穷者诗乃工。[6]此语信不妄，吾闻诸醉翁。

1 僧职，佛教在寺院、僧侣的管理方面有系统的制度和人事安排，并设有相应的职位。 2 轩轩，飞举之貌。《太平广记》卷二百三十六："鹫高二丈，以金饰之，轩轩若飞。" 3 青田，地名，在永嘉。《太平御览》卷一百七十一引《永嘉记》曰："青田县有草，叶似竹，可染碧，名为竹青。此地所丰，故名青田。浮丘公《相鹤经》曰：'青田之鹤。'"青田鹤，清倪璠《庾子山集注》卷五曰："郑缉之《永嘉记》曰：'有沐溪野，去青田九里，有双白鹤，年年生子，长大便去，只恒余父母一只耳。精白可爱，多云神仙所养浮。'" 4 郁郁，苦闷貌。 5 风松，形容诗文优秀，摇曳生姿。唐权德舆《送灵澈上人庐山回归沃州序》："有沃州澈上人，心冥空无而迹寄文字，故语甚夷易，如不出常境，而诸生思虑终不可至。其变也，如风松相韵，水玉相扣，层峰千仞，下有金碧。"

6 欧阳修有"诗穷而后工"之说，其《梅圣俞诗集序》曰："予闻世谓诗人少达而多穷，夫岂然哉！盖世所传诗者，多出于古穷人之辞也。凡士之蕴其所有而不得施于世者，多喜自放于山巅水涯之外，见虫鱼草木风云鸟兽之状类，往往探其奇怪，内有忧思感愤之郁积，其兴于怨刺，以道羁臣寡妇之所叹，而写人情之难言。盖愈穷则愈工，然则非诗之能穷人，殆穷者而后工也。"苏轼所言即此，故后曰"闻诸醉翁”。

苏轼以为，惠勤虽属方外之士，却因身系僧职，亦不能免于羁绊，此番得罢，方为解脱。在东坡看来，世事诚然纷纭，然万法皆空，故不若一笑以应之，且惟有不縻于外物，诗句方能清新如洗，不蒙外垢。而诗中所描绘的霜髭茁骨、饥坐听钟、穷且益工的境界，既是放达洒脱，更是禅意深远，值得玩味。

海会寺清心堂[1]

南郭子綦初丧我[2]，西来达摩尚求心[3]。此堂不说有清浊[4]，游客自观随浅深[5]。两岁频为山水役，一溪长照雪霜侵。[6] 纷纷无补竟何事，惭愧高人[7] 闭户吟。

1《咸淳临安志》卷八十三载："海会寺，在（余杭）县西二里。"宋蔡襄《临安海会寺殿记》称，海会寺"梁大同中始作，号曰竹林。及五代正明之初，吴越王又新之……益广前制，当是时吴中浮屠居虽千百数，无是伦者。大中祥符间，例易天下寺名，遂赐今额。天禧五年冬十月，火通夕而墟"，后总持僧有明主持重修，费钱三千万，历十一年而成。清心堂，《东坡诗集注》卷三："堂在无量寿佛阁西北法照大师房。" 2《庄子·齐物论》："南郭子綦隐几而坐，仰天而嘘，嗒焉似丧其耦。颜成子游立侍乎前，曰：'何居乎？形固可使如槁木，而心固可使如死灰乎？今之隐几者非昔之隐几者也。'" 3《宗镜录》卷九十七："达摩西来，唯传一心之法。三界唯心，森罗及万像，一法之所印，凡所见色，皆是自心。"《历代佛祖通载》卷二十二："达摩西来，不立文字，直指人心，见性成佛。" 4 清浊，清净与浑浊，此处有佛家语义。《大智度论》卷三十六："譬如清净池水，狂象入中，令其混浊，若清水珠入水即清净，不得言水外无象无珠。心亦如是，烦恼入故能令心浊，诸慈悲等善法入心令心清净。”另，《佛性论》卷二：“譬如水性，体非清浊，但由秽不秽故有清浊名。若泥滓浊乱，故不澄清，虽不澄清，而水清性不失，若方便澄渟，即得清净。” 5 浅深，亦涉佛家语义。《宗镜录》卷十六：“故知随见不同，迹分多种，不唯见佛，观法亦然，随智浅深，法成高下。”《大乘起信论义记》卷中：“未穷源者，随行浅深觉有前后；达心源者，一念四相俱时而知。” 6“两岁”二句谓临水而照，见容颜已老。唐李中《冬中书怀寄惟真大师》：“自别吾师后，风骚道甚孤。雪霜侵鬓发，音信隔江湖。” 7 高人，指堂中礼佛修行之人。另，《苏诗补注》卷十以为即“僧有明也。”

诗谓海会寺清心堂之境使人生清净心，入室能忘却俗世烦扰而明心见性。于此境界，苏轼不禁慨叹，自己虽已鬓发斑驳，却无补于事，较之堂上高人参禅礼佛，实是相形见绌。

送春[1]

梦里青春可得追，欲将诗句绊余晖[2]。酒阑病客惟思睡，蜜熟黄蜂亦懒飞。芍药樱桃俱扫地[3]，鬓丝禅榻[4] 两忘机。凭君借取法界观[5]，一洗人间万事非。

1 熙宁八年（1075）春夏之交，苏轼于密州任上，苏辙寄来《次韵韩宗弼太祝送游太山》、《次韵刘敏殿丞送春》、《次韵赵至节推首夏》、《次韵李昭叙供备燕别湖亭》四诗，长公亦次其韵而和之。此为其中之一首，和《次韵刘敏殿丞送春》。苏辙原诗曰：“春去堂堂不复追，空余草木弄晴晖。交游归雁行将尽，踪迹鸣鸠懒不飞。老大未须惊节物，醉狂兼得避危机。东风虽有经旬在，芳意从今日日非。” 2“欲将"句谓欲以诗句系春不去。 3 苏轼自注"病过此二物"，指芍药、樱桃花期已过。按，苏轼诗词中常有感伤于芍药凋落、樱桃花谢之句。如《送笋芍药与公择二首》(其二)："今日忽不乐，折尽园中花。园中亦何有，芍药袅残葩。"又若《蝶恋花·暮春别李公择》："蔌蔌无风花自亸，寂莫园林，柳老樱桃过。" 4 鬓丝禅榻，唐杜牧《题禅院》："觥船一棹百分空，十岁青春不负公。今日鬓丝禅榻畔，茶烟轻扬落花风。" 5 苏轼自注："来书云近看此书余未尝见也。"法界观，即《修大方广佛华严法界观门》一卷，亦简称《华严法界观门》，传为唐僧法顺(杜顺和尚)所撰。唐裴休《注华严法界观门序》云："有杜顺和尚，叹曰：大哉法界之经(华严经)也。自非登地，何能披其文、见其法哉？吾设其门以示之。于是著法界观，而门有三重，一曰真空门，简情妄以显理；二曰理事无碍门，融理事以显用；三曰周遍含容门，摄事事以显玄，使其融万象之色相，全一真之明性，然后可以入华严之法界矣。"

此诗次子由原韵，绘暮春之景，表达了欲入华严法界，以却人间是非纷扰的愿望。苏轼思想中多有华严宗法界观的踪迹，且常形诸文字，如清王士祯评曰："淋漓大笔千年在，字字华严法界来。"不过，亦有异议，如清阮葵生《茶余客话》卷十四言："予谓长公不过藉为文境波澜耳，非溺于彼教者。"

张安道乐全堂[1]

列子御风殊不恶，犹被庄生讥数数。[2] 步兵饮酒[3] 中散琴[4]，于此得全非至乐。乐全居士[5] 全于天，维摩丈室空翛然[6]。平生痛饮今不饮，无琴不独琴无弦[7]。我公天与英雄表，龙章凤姿[8] 照鱼鸟。但令端委[9] 坐庙堂，北狄西戎谈笑了[10]。如今老去苦思归，小字亲书寄我诗。试问乐全全底事，无全何处更相亏。[11]

1 张安道，即张方平（1007～1091），北宋重臣，《宋史》有传。《两宋名贤小集》卷一百一十八："张方平，字安道，宋城人，举茂才异等为校书郎。英宗朝累迁礼部尚书，出知郓州。神宗即位，拜参知政事，致仕。薨，赠司空，谥文定，有《乐全先生集》。"张安道《乐全集》卷三有《题乐全堂》诗，曰："乐全得意自庄书，静阅流光乐有余。四句幻泡明般若，一篇力命信冲虚。心闲自觉浮云薄，才拙诚知与世疎。只此空名漫儿戏，何王城阙不丘墟。"按，"乐全"语出《庄子·缮性》"乐全之谓得志"。 2"列子"二句，典出《庄子·逍遥游》："夫列子御风而行，泠然善也，旬有五日而后返，彼于致福者，未数数然也。此虽免乎行，犹有所待者也。" 3 步兵，指阮籍。《白氏六帖事类集》卷十八："阮籍性乐酒。"《世说新语·任诞》："步兵校尉缺，厨中有贮酒数百斛，阮籍乃求为步兵校尉。" 4 中散，嵇康。嵇康尝拜中散大夫，晋嵇喜《嵇康传》言其"弹琴咏诗，自足于怀抱之中"（清严可均辑《全上古三代秦汉三国六朝文》之《全晋文》卷六十五）。又，南北朝庾信《拟咏怀》（其一）："步兵未饮酒，中散未弹琴。索索无真气，昏昏有俗心。" 5 乐全居士，即张安道。苏轼《张文定公墓志铭》："公晚自谓乐全居士，有《乐全集》四十卷。" 6"维摩"句典出《维摩诘所说经》卷中："尔时长者维摩诘心念，今文殊师利与大众俱来，即以神力空其室内，除去所有及诸侍者，唯置一床以疾而卧，文殊师利既入其舍，见其室空无诸所有，独寝一床。……文殊师利言，居士此室何以空无侍者？维摩诘言：诸佛国土亦复皆空。又问：以何为空？答曰：以空空。又问：空何用空？答曰：以无分别空故空。又问：空可分别耶？答曰：分别亦空。又问：空当于何求？答曰：当于六十二见中求。又问：六十二见当于何求？答曰：当于诸佛解脱中求：又问：诸佛解脱当于何求？答曰：当于一切众生心行中求，又仁所问何无侍者，一切众魔及诸外道皆吾侍也，所以者何？众魔者乐生死，菩萨于生死而不舍，外道者乐诸见，菩萨于诸见而不动。” 7琴无弦，传陶渊明有无弦琴。《晋书·隐逸传》载：“（陶渊明）性不解音而畜素琴一张，弦徽不具，每朋酒之会，则抚而和之曰：‘但识琴中趣，何劳弦上声。’”唐司空图《书怀》：“陶令若能兼不饮，无弦琴亦是沽名。” 8龙章凤姿，形容相貌不凡。《文选李善注》颜延之《五君咏·嵇中散》诗，注引《嵇康别传》：“康美音气，好容色，龙章凤姿，天质自然。” 9端委，礼服官衣，此处指着礼服。《左传·昭公元年》：“吾与子弁冕端委，以治民临诸侯。”唐孔颖达引东汉服虔语，释曰：“礼衣端正无杀，故曰端；文德之衣尚褒长，故曰委。”《施注苏诗》卷十：“《左传·哀七年》，吴太伯端委以治吴。《国语》，晋侯端委以入。注云，诸侯祭服也。《晋书·谢鲲传》，明帝在东宫问鲲：‘论者以君方庾亮，自谓何如？’答曰：‘端委庙堂，使百僚准则，鲲不如亮。一邱一壑，自谓过之。’” 10按《宋史·张方平传》，仁宗时西夏元昊叛乱，张方平曾上《平戎十策》，后亦屡有谏议；其建言“愿因郊赦，引咎示信，开其自新之路”，为仁宗采纳，“敕边吏通其善意，元昊竟降”。又，张方平“以修起居注使契丹”，“契丹主顾左右曰：‘有臣如此，佳哉！’骑而击球于前，酌玉卮饮之，且赠以所乘马”。张方平多有御边之功，故曰“北狄西戎谈笑了”。 11相，一作“求”。“无全”句意谓，全、亏相对而生，无“全”则无“亏”。清王芑孙《观宋张文定公乐全堂玉印，督学刘石庵先生所藏，出示命赋》云：“还将好古心，涵养到恬逸。无全自无亏，意珠抱圆月。”另，《庄子·缮性》：“乐全之谓得志。古之所谓得志者，非轩冕之谓也，谓其无以益其乐而已矣。”

此诗盛赞乐全先生张方平仪姿不凡，事功卓著，且能深悟佛家“空无”之真谛，故精神境界已远过前贤。苏轼以为，唯明了“一切皆空无”而后方可臻于无待至乐之境界，亦即无全方能无亏。

和文与可[1] 洋川园池[2] 三十首

望云楼[3]

阴晴朝暮几回新，已向虚空付此身[4]。出本无心归亦好，白云还似[5] 望云人。

1 文与可，即文同（1018～1079），字与可，北宋梓潼人，善画竹，尝出守邛、陵、洋诸州，元丰初改知湖州，未赴而卒，人称文湖州。苏轼为其从表弟。苏轼《书文与可墨竹叙》曰："亡友文与可有四绝，诗一，楚辞二，草书三，画四。与可尝云：'世无知我者，惟子瞻一见识吾妙处。'"文与可亦颇通佛理，与僧惟巳、净因道臻禅师、觉济大师等多有交游。 2 洋川，在蜀地，四部丛刊本《东坡诗集注》等作"洋州"。按，《通典》卷一百七十五："（洋州）三国时蜀之重镇，晋宋齐梁亦属汉中郡，西魏后周并为洋州及洋川郡。隋初郡废，炀帝初州废，并其地入汉川郡。大唐复置洋州，或为洋川郡，领县五。"熙宁八年（1075），文与可守洋州。《苏诗补注》卷十四："《文湖州墓志》：熙宁中知陵州，既复旧秩，历度支司封员外郎，徙知洋州。家宜父所编《石室先生年谱》：先生赴洋州，在熙宁八年秋冬之交。" 3 望云楼，《明一统志》卷三十四："在旧洋州郡圃，唐德宗幸梁洋，尝登是楼，御题一字于梁上，及还京，凿取以归。宋文同诗：'巴山楼之东，秦岭楼之北。楼上卷帘时，满楼云一色。'" 4 晋佛驮跋陀罗译《华严经》卷三十七："随顺觉知一切法界，随顺觉知一切虚空界。"又，唐澄观《大方广佛华严经随疏演义钞》卷七十六："又如虚空，三千世界现成现坏，而虚空界无坏无成"；"又如依空，种种色相坏烂烧烁变异可得，而虚空界非彼所变，亦无劳蔽"。付，或作"寄"。 5 似，文渊阁四库全书本《苏诗补注》

作“是”。

苏轼借应和题咏望云楼，表达了对于佛家虚空之说的认同。他以为，万象无实，诸法变幻，楼上望云之人洵若所望之云，皆是须臾变灭，因此于“出”、“归”之间实不应执著，不如寄身“虚空”之界以得解脱。

二乐榭[1]

此间真趣[2]岂容谈，二乐并君已是三。仁智更烦诃妄见[3]，坐令鲁叟作瞿昙[4]。

1 二乐榭，《方舆胜览》卷六十八：“在（洋州）郡圃，北望秦岭，一目数万里。”其名源于《论语·雍也》“知者乐水，仁者乐山”，故下文有仁智之谈。 2 文与可《二乐榭》诗：“暖山孰云静，汉水亦非动。”此处，“真趣”即谓文与可登临远眺之独特观感。 3 苏轼自注：“来诗云：‘二见因妄生。’”按，文氏《二乐榭》曰“二见因妄生，仁智何常用”，有诃诋仁、智之意。更烦，犹言何烦。如苏轼《浴日亭》：“已觉沧凉苏病骨，更烦沆瀣洗衰颜。” 4 瞿昙，《一切经音义》卷十六释“乔答摩”：“梵语也，义译云牛粪种，或名甘蔗种，或名泥土种。古曰瞿昙，梵语讹也。”《佛说佛名经》卷八：“我释迦牟尼佛姓瞿昙。”又，《华严经》卷四：“此四天下佛号不同，或称悉达，或称满月，或称师子吼，或称释迦牟尼，或称神仙，或称卢舍那，或称瞿昙，或称大沙门，或称最胜，或称能度。”此处以“鲁叟”、“瞿昙”分别代指儒士、佛徒。

诗中认同文与可登榭之乐，但又对诃责仁智乃虚妄之见的观点不以为然，反映了长公是佛而又不非儒的态度。

苏轼谈佛并不溺于其中，如其《答毕仲举书》便表达了对于那些“所谓超然玄悟者”的不屑，文中他以食龙肉喻溺于论禅，而以食猪肉比喻自己谈佛而不溺，以为“终日说龙肉，不如仆之食猪肉实美而真饱也”。此诗亦是一证。

无言亭[1]

殷勤稽首维摩诘[2]，敢问如何是法门[3]。弹指未终千偈了[4]，向人还道本无言[5]。

1 文与可《无言亭》诗：“谁此设孏床，颇称我衰惰。公事凡少休，须来默然坐。” 2 稽首，一作“致问”。《维摩诘所说经》卷上：“于是诸比丘稽首礼维摩诘足，时维摩诘因为说法，于阿耨多罗三藐三菩提不复退转。” 3《维摩诘所说经》卷中：“于是文殊师利问维摩诘：‘我等各自说已，仁者当说，何等是菩萨入不二法门。’时维摩诘默然无言。文殊师利叹曰：‘善哉善哉，乃至无有文字语言，是真入不二法门。’” 4 按《华严经》所载，善财童子欲入毘卢遮那庄严藏大楼阁，请弥勒启阁门；弥勒诵偈弹指，法门自开。《大方广佛华严经愿行观门骨目》（下）：“是时弥勒观察善财指示大众，叹其功德而说偈言：汝等观善财，智慧心清净，为求菩提行，而来至我所等。一百一十四行偈赞已，善财闻已，欢喜踊跃，以文殊之力，众华璎珞忽然现手，以散弥勒。弥勒摩顶偈赞善财，善财又以偈赞弥勒。……于是善财右绕弥勒白言：惟愿为我开此阁门。弥勒弹指，其门即开。” 5 即上述文殊师利问维摩诘，维摩诘默然无言。

苏轼借题咏无言亭，探讨登庄严法界之门径。其以为，若弥勒弹指一类的神力实难企及，而维摩诘默然无言之境界方可谓现实的不二法门。

座上赋戴花得天字

清明初过酒阑珊[1]，折得奇葩晚更妍。春色岂关吾辈事[2]，老狂[3]聊作座中先。醉吟不奈欹[4]纱帽，起舞从教落酒船[5]。结习[6]渐消留不住，却须还与散花天[7]。

1 阑珊，将尽，趋弱。唐白居易《咏怀》诗："白发满头归得也，诗情酒兴渐阑珊。" 2"春色"句意谓年华已逝，垂垂老矣。唐杜甫《曲江陪郑南史饮》："自知白发非春事，且尽芳尊恋物华。"唐熊孺登《寒食野望》："冢头莫种有花树，春色不关泉下人。"又，陆游有《晓雨》诗："睡过花时慵著句，老来春事不关身。" 3 老狂，老且狂。《吴越春秋·夫差内传第五》："子胥欲尽诚於前王，自谓老狂，耳目不聪，不知当世之所行。"又，苏轼《江城子》词："老夫聊发少年狂。" 4 欹，附着，粘靠。 5 酒船，此谓酒杯。唐姚合《送殷尧藩侍御赴同州》："吟诗掷酒船，仙掌白楼前。""醉吟"二句言花不着帽，掉落杯中。 6 结习，烦恼习气。宋僧知礼《观音玄义记》卷四："结习者，结使之余习也，以小教中未说声闻别惑正使，且寄通惑余习言之。"佛典语境下，一般指不能彻底抛却俗世之欲情烦恼的状态，有结习故不能解脱。唐柳宗元《巽公院五咏·净土堂》："结习自无始，沦溺穷苦源。" 7"却须"句用天女散花事。《维摩诘所说经》卷中："时维摩诘室有一天女，见诸大人闻所说法，便现其身，即以天华散诸菩萨、大弟子上。华至诸菩萨即皆堕落，至大弟子便着不堕。一切弟子神力去华不能令去。尔时天女问舍利弗：'何故去华？'答曰：'此华不如法，是以去之。'天曰：'勿谓此华为不如法。所以者何？是华无所分别，仁者自生分别想耳，若于佛法出家有所分别为不如法，若无所分别是则如法。观诸菩萨华不着者，已断一切分别想故。譬如人畏时非人得其便，如是弟子畏生死故，色声香味触得其便也。已离畏者一切五欲无能为也。结习未尽华着身耳，结习尽者华不着也。'"

全诗述戴花之事，苏轼由宴饮起舞、花坠杯中，联想起天女散花之典故，戏称自己渐趋菩萨境界，结习已断，故花不着身。诗思精巧、化用自然，更反映出苏轼希冀尽消结习，破除业障而得解脱的愿望。

闻辩才法师复归上天竺[1]，以诗戏问

道人出山去，山色如死灰。白云不解笑，青松有余哀。忽闻道人归，鸟语山容开。神光出宝髻[2]，法雨洗浮埃[3]。想见南北山，花发前后台。[4] 寄声问道人，借禅以为诙。何所闻而去，何所见而回。[5] 道人笑不答，此意安在哉。昔年本不住，今者亦无来。[6] 此语竟非是，且食白杨梅[7]。

1 辩才法师，见前文《赠上天竺辩才师》注。复归上天竺，按苏辙《龙井辩才法师塔碑》，辩才法师住上天竺十七年后，“有僧文捷者，利其富，倚权贵人以动转运使，夺而有之，迁师于下天竺。师恬不为忤，捷犹不厌，使者复为逐师于潜。逾年而捷败，事闻朝廷，复以上天竺畀师”。 2 晋佛驮跋陀罗译《华严经》卷二：“宝髻天，于众宝海现种种色境界法门。”另，《施注苏诗》卷十四：“世尊从肉髻中涌百宝光，光中涌出千叶宝莲。” 3《大宝积经》卷十四：“敷演法雨润泽三界，宣甘露水净除心秽，若如天雨洗诸风尘，疗治众疾淫怒痴病。”《大集经》卷四十六：“惟佛慈云降法雨，洗众生意烦恼垢。” 4“想见”二句演白居易诗，苏轼《天竺寺引》：“近城山中天竺寺有乐天亲书诗，云：‘一山门作两山门，两寺元从一寺分。东涧水流西涧水，南山云起北山云。前台花发后台见，上界钟清下界闻。遥想吾师行道处，天香桂子落纷纷。’”以上诸句可参以《龙井辩才法师塔碑》：“捷之在天竺也，吴人不悦，施者不至，岩石草木为之索然。及师之复，士女不督而集，山中百物皆若有喜色。清献赵公抃与师为世外友，亲见而赞之曰：‘师去天竺，山空鬼哭。天竺师归，道场光辉。’” 5“何所”二句用钟会、嵇康典。《世说新语·简傲》：“钟士季精有才理，先不识嵇康。钟要于时

贤儁之士，俱往寻康。康方大树下锻，向子期为佐鼓排。康槌不辍，傍若无人。移时，不交一言。钟起去，康曰：‘何所闻而来？何所见而去？’钟曰：‘闻所闻而来，见所见而去。’”苏轼以为嵇、钟二人之问答有禅趣，借以问辩才法师。 6 昔年不住、今者无来，此处涉佛家语义。晋佛驮跋陀罗译《华严经》卷四：“观一切法如化如焰，水月镜像，如梦如电，如呼声响，如旋火轮，如空中字，如因陀罗阵，如日月光，非常非断，无来无去无住。”《大智度论》卷五：“是法无来处无去处无住处，何以故？须菩提，色无所从来亦无所去亦无所住，受想行识无所从来亦无所去亦无所住。”又，《大宝积经》卷二：“此乘无来无去无住无见无知，前际不可得，后际不可得，中际不可得，三世平等，犹如虚空。” 7 白杨梅，《东坡诗集注》卷二十引《杭州图经》：“杨梅坞在南山近瑞峰，杨梅尤盛，有红白二种，今杭人呼白者为圣僧梅。”

诗赞辩才法师回归上天竺，使此间草木生物再沐佛法、重焕光辉，且戏问高僧此番去而复还的感受。由其笑而不答之举，苏轼以为辩才法师明察诸色皆空、万法无来无去亦无住，故而来去无谓，早已不为世事纷争所羁牵。然诗末又云辩才法师对于苏轼之论亦不做是非评断，故平添余韵而不可尽言。

次韵僧潜见赠[1]

道人胸中水镜[2] 清，万象起灭无逃形[3]。独依古寺种秋菊，要伴骚人餐落英[4]。人间底处有南北[5]，纷纷鸿雁何曾冥[6]。闭门坐穴一禅榻，头上岁月空峥嵘[7]。今日偶出为求法，欲与慧剑[8] 加砻硎[9]。云衲新磨山水出[10]，霜髭不翦儿童惊。公侯欲识不可得，故知倚市无倾城[11]。秋风吹梦过淮水，想见橘柚垂空庭[12]。故人各在天一角，相望落落如晨星。彭城老守何足顾，枣林桑野[13]相邀迎。千山不惮荒店远，两脚欲趁飞猱轻[14]。多生绮语[15]磨不尽，尚有宛转诗人情。[16]猿吟鹤唳本无意，不知下有行人行。空阶夜雨自清绝，谁使掩抑啼孤惸[17]。我欲仙山掇瑶草，[18]倾筐坐叹何时盈[19]。簿书鞭扑[20]尽填委[21]，煮茗烧栗宜宵征[22]。乞取摩尼[23]照浊水，共看落月金盆倾。[24]

1 僧潜，即道潜（1044～1106），字参寥。按《四库全书总目提要》卷一百五十四："道潜，於潜人，苏轼守杭州，卜智果精舍居之。《墨庄漫录》载，其本名昙潜，轼为改曰道潜。轼南迁，坐得罪，返初服。建中靖国初，诏复祝发，崇宁末归老江湖。尝赐号妙总大师。"参寥能诗善文，深受苏轼推崇。明释明河《补续高僧传》卷二十三："道潜，字参寥，杭于潜何氏子，幼试《法华》得度。于书无所弗窥，能文章，尤喜为诗，与秦太虚、苏长公为方外交。苏甚重之，以书告文与可，谓其诗句清绝，与林逋相上下，而通了大义，见之令人肃然。"苏轼与参寥过从甚密，交谊至深。苏轼谪居齐安，参寥"不远二千里相访"，后子瞻南迁，参寥更"欲转海访之"，凡此种种（见《补续高僧传》卷二十三、《施注苏诗》卷十六等）。二人往来酬和之诗文甚多，此诗作于元丰元年（1078），参寥访苏轼于徐州任上，是为两人初次相见。参寥作《访彭门太守苏子瞻学士》，苏轼遂以此诗次其韵和之。　2 水镜，形容澄澈清明。裴松之《三国志注》卷四十："夫水至平而邪者取法，镜至明而丑者无怒，水镜之所以能穷物而无怨者，以其无私也。"又，释僧叡《大品经序》："摩诃般若波罗蜜者，出八地之由路，登十阶之龙津也。夫渊府不足以尽其深美，故寄大以目之，水镜未可以喻其澄朗，故假慧以称之……"（《出三藏记集》卷八）　3 唐实叉难陀译《华严经》卷三十二："如净明镜，种种色像自然显现。"《摩诃止观》卷五："明镜体若不动，色像分明；净水无波，鱼石自现。"　4 餐落英，比喻志行高洁，语出屈原《离骚》："朝饮木兰之坠露兮，夕餐秋菊之落英。"　5《东坡诗集注》卷十九："六祖曰：人有南北，佛性无南北。"　6 汉扬雄《法言・问明》："鸿飞冥冥，弋人何慕焉？"《白氏六帖事类集》卷七释"鸿飞冥冥”曰:“喻高道不仕也。”又唐吴融《题扬子津亭》:“前路莫知霜凛凛,故乡何处雁冥冥。” 7峥嵘,形容生活多坎坷变故。南朝宋鲍照《舞鹤赋》:“岁峥嵘而愁暮,心惆怅而哀离。”唐杜甫《敬赠郑谏议十韵》:“筑居仙缥缈,旅食岁峥嵘。” 8慧剑,亦称智慧剑。唐实叉难陀译《华严经》卷五十一:“以大智慧剑断一切烦恼怨。”《景德传灯录》卷三十:“大丈夫秉慧剑,般若锋兮金刚焰,非但能摧外道心,早曾落却天魔胆。” 9砻硎,磨刀石。唐韩愈、孟郊《纳凉联句》:“殷勤相劝勉,左右加砻斫。贾勇发霜硎,争前曜冰槊。”宋陈祥道《礼书》卷二十一:“郑氏曰:砺,砻也。则砺,谓之硎,亦谓之砻,又谓之砥。” 10云衲,指僧衣,唐释慧祥《清凉传》卷中:“丝发皓然,顶骨图起。身挂云衲,神彩严峻。”唐杜荀鹤《赠休粮僧》:“争似吾师无一事,稳披云衲坐藤床。”此句谓衣破体出。 11倚市无倾城,《东坡诗集注》卷十九:“《史记·货殖列传》:刺绣文不如倚市门。言倚市必丑悍,无倾城之容也。”按,《史记·货殖列传》:“夫用贫求富,农不如工,工不如商,刺绣文不如倚市门。此言末业,贫者之资也。”此段文字亦见于《汉书·货殖列传·巴寡妇清传》,颜师古注曰:“言其易以得利也。”此谓营营于富贵之辈皆不免丑陋,意在称赞参寥不为名利所动,坚贞有操守。

12唐杜甫《禹庙》诗:“禹庙空山里,秋风落日斜。荒庭垂橘柚,古屋画龙蛇。”(按,杜甫此诗作于蜀地夔州。)“秋风”二句并下二句,约有怀人思乡之意。盖因参寥《访彭门太守苏子瞻学士》诗有言“同时父子擅芳誉,芝兰玉树罗中庭。风流浩荡摇江海,粲若高汉悬明星”,而引发苏轼怀人思乡之情。 13枣林,即棘林。《诗经·魏风·园有桃》:“园有棘,其实之食。”汉毛亨注曰:“棘,枣也。”枣林桑野,《淮南子·地形训》:“东方曰棘林,曰桑野。”此句或谓参寥不远万里,自东而来。 14猱,猿属,身轻而迅捷。唐贾餗《教猱升木赋》:“猱之为物兮,敏捷无伦。” 15绮语,华丽的文字。《一切经音义》卷十六释云:“绮语,谓绮饰文词,赞过其实也。”另,《大宝积经》卷三十五:“我观世间一切众生,由于十种不善业道,而能建立安处邪道,多堕恶趣。何等为十?一者夺命,二者不与取,三者邪淫,四者妄语,五者离间语，六者粗语，七者绮语，八者贪着，九者瞋恚，十者邪见。” 16“多生”二句盖苏轼自谓诗情难消，故不能尽断绮语。另，《苏诗补注》卷十六引朱弁风《月堂诗话》，以为此处语句有所指：“参寥自杭谒坡于彭城，一日燕郡宾，谓客曰：‘参寥虽不与此集，然不可不恼之也。’遣官妓马盼盼持纸笔就求诗。参寥援笔立成，有‘禅心已作沾泥絮，不逐春风上下狂’之句。坡喜曰：‘吾尝见柳絮落泥中，谓可以入诗，偶未收入，遂为此人所先。’” 17 惸，孤独。宋汪应辰《书节行王夫人事》：“夫亡子夭，惸然无归，而能誓死不嫁。” 18 唐杜甫《赠李白》：“李侯金闺彦，脱身事幽讨。亦有梁宋游，方期拾瑶草。”瑶草，宋蔡梦弼笺曰：“乃瑚树之类，仙家用以合丹药服饵。”（《杜工部草堂诗笺》卷一） 19《诗经·周南·卷耳》：“采采卷耳，不盈顷筐。”毛亨以为此句乃“忧者之兴也”；汉郑玄亦言“不盈顷筐”乃“忧思深也”。本诗“倾筐”句亦暗含求之难得、忧愁不已的情绪。 20 鞭扑，刑讯之事。《唐律疏议》卷一：“古者大刑用甲兵，其次用斧钺，中刑用刀锯，其次用钻笮，薄刑用鞭扑。”其与“簿书”并谓俗务。 21 填委，堆积。汉刘祯《杂诗》：“职事相填委，文墨纷消散。”唐张铣注：“言事烦，填积于目前也。”（《文选六臣注》卷二十九） 22 宵征，通夜不眠。《诗经·召南·小星》：“肃肃宵征，夙夜在公。” 23 摩尼，即摩尼珠，佛家以之为宝，认为其能禳灾去疾、澄清浊水。《大般涅槃经》卷九：“如摩尼珠投之浊水，水即为清。”《大宝积经》卷六十一：“如摩尼宝澄清水，游行世间净众生。” 24“乞取”二句亦化用老杜诗，唐杜甫《赠蜀僧闾丘师兄》有云：“景晏步修廊，而无车马喧。夜阑接软语，落月如金盆。漠漠世界黑，驱驱争夺繁。惟有摩尼珠，可照浊水源。”

本诗次参寥韵，内容驳杂。既有对参寥的风行节操的赞颂，又表示自己难当其过誉称美之辞，同时亦表达了因参寥千里相访而生发的惶恐之情。诗末，苏轼自谓有心超世，然无奈俗务缠身，不得解脱，故欲求诸佛法，以除车马区区、喧嚣之烦扰，而重获清静之心。

次韵潜师放鱼[1]

法师说法临泗水[2]，无数天花随麈尾[3]。劝将净业[4]种西方，莫待梦中呼起起[5]。哀哉若鱼竟坐口，远愧知幾穆生醴[6]。况逢孟简对卢仝[7]，不怕校人欺子美[8]。疲民尚作鱼尾赤[9]，数罟未除吾颡泚[10]。法师自有衣中珠[11]，不用辛苦泥沙底[12]。

1 潜师，即参寥。参寥有《虚白斋》诗："嘉鱼满盘初出水，尚有青萍点红尾。银腮戢戢畏烹煎，掘强有时俄自起。彼客殷勤赠使君，愿向中厨荐醪醴。使君事道不事腹，杞菊终年食甘美。传呼慎勿付庖人，百步洪边放清泚。回首无欺子产淳，漫道悠然泳波底。"其于题下自注："与子瞻共坐，有客馈鱼于子瞻。瞻遣放之，遂命赋是诗。"本诗所叙当亦是此事。 2 泗水，指徐州，《通典》卷一百七十二："泗水，徐州之域，今彭城、临淮郡地。"按，元丰元年（1078），参寥赴徐州访苏轼，此诗成于其时。 3 此句赞参寥说法精切，有感染力。《续高僧传》卷二十五："释僧意，不知何人，贞确有思力，每登座讲说，辄天花下散在于法座。"《佛祖统记》卷三十七："光宅云法师讲法华经，感天花满空下如飞雪。"又，《五灯会元》卷八："诸佛出世，天花乱坠。"麈尾，唐颜师古《急就篇注》："麈似鹿，尾大而一角，谈说者饰其尾而执之以为仪。"又元杨士弘《唐音》卷五注云："高僧手常持如意麈尾以资谈兴。" 4 净业，指善业，往生西方净土之业因。《佛说观无量寿佛经》卷十五："亦令未来世一切凡夫欲修净业者，得生西方极乐国土。欲生彼国者，当修三福：一者孝养父母，奉事师长，慈心不杀，修十善业；二者受持三归，具足众戒，不犯威仪；三者发菩提心，深信因果，读诵大乘，劝进行者。如此三事名为净业。"又，唐实叉难陀译《华严经》卷十五："随其所念，一切众生皆为说法，令增净业而得度脱。" 5"莫待”句，清冯应榴《苏文忠公诗合注》以为“此言不待临死而忏悔求福也”。　6 幾，细微的征兆。《汉书·楚元王刘交传》载：元王以穆生、白生、申公为中大夫，“初，元王敬礼申公等，穆生不耆酒，元王每置酒，常为穆生设醴。及王戊即位，常设，后忘设焉。穆生退曰：‘可以逝矣。醴酒不设，王之意怠，不去，楚人将钳我于市。’称疾卧。申公、白生强起之曰：‘独不念先王之德与？今王一旦失小礼，何足至此。’穆生曰：‘《易》称，知幾其神乎！幾者动之微，吉凶之先见者也。君子见幾而作，不俟终日。先王之所以礼吾三人者，为道之存故也。今而忽之，是忘道也。忘道之人，胡可与久处。岂为区区之礼哉？’遂谢病去”。后刘戊果因谋叛而身亡。　7 孟简、卢仝，皆唐人。宋祝穆《古今事文类聚》后集卷三十四：“孟简为常州刺史，与卢仝游北湖，尽买渔人所获鱼，放之。仝作文(即《观放鱼歌》)。”　8 子美，指春秋时郑国子产。《孟子·万章上》：“昔者有馈生鱼于郑子产，子产使校人畜之池，校人烹之，反命曰：‘始舍之，圉圉焉，少则洋洋焉，攸然而逝。’子产曰：‘得其所哉，得其所哉。’校人出曰：‘孰谓子产智，予既烹而食之，曰得其所哉，得其所哉。’故君子可欺以其方，难罔以非其道。”按，宋费衮《梁谿漫志》卷七：“东坡《和潜师放鱼》诗云：‘况逢孟简对卢仝，不怕校人欺子美。’或云校人乃欺子产，非子美也。岂少陵曾用校人事？遂直以为子美邪。予按，《左氏杜预注》：子产，一字子美。”　9 鱼尾赤，《诗经·周南·汝坟》：“鲂鱼赪尾，王室如毁。”毛亨释曰：“赪，赤也。鱼劳则尾赤。”　10 颡泚，《孟子·滕文公上》：“其颡有泚。”汉赵岐注曰：“颡，额也。泚，汗出泚泚然也。”“疲民”二句，宋胡仔《苕溪渔隐丛话前集》卷四十四以为：“是时，徐州大水之后，夫役数起，言民之疲病如鱼劳而尾赤也。数罟，谓鱼网之细密者。又言民既疲病，朝廷又行青苗、助役法，不为除放，如密网之取鱼也。皆以讥讽朝政阙失，及青苗、助役新法不便，致大水为灾也。”　11 衣中珠，比喻自性灵明。《法华经》卷四：“譬如有人至亲友家，醉酒而卧。是时亲友官事当行，以无价宝珠系其衣里，与之而去。其人醉卧，都不觉知。起已游行，到于他国。为衣食故，勤力求索，甚大艰难；若少有所得，便以为足。于后亲友会遇见之，而作是言：'咄哉，丈夫！何为衣食乃至如是。我昔欲令汝得安乐、五欲自恣，于某年日月，以无价宝珠系汝衣里。'"又，《宗镜录》卷四十四："方知穷子衣中宝，乃轮王髻里珠，贫女室中金，是如来藏中物。何假高推极圣，自鄙下凡，一向外求不能内省，枉功多劫，违背己灵，空滞行门，失本真性。" 12"法师"二句化用唐白居易《放鱼》诗，原诗曰："施恩即望报，吾非斯人徒。不须泥沙底，辛苦觅明珠。"

苏轼以为，已辈常耽于口腹之欲，而不能行净业，故若赤尾之鱼一般，疲弊而难解脱于罟网，然幸得参寥师劝教，而识得先幾。同时，诗亦赞参寥不求诸外，灵光不昧，见性自得而获解脱。另，前辈诸家多以为诗中有讥议新法之音，其论亦有可观之处。

百步洪[1]

王定国[2] 访予于彭城。一日，棹小舟与颜长道携盼、英、卿三子[3] 游泗水，北上圣女山，南下百步洪，吹笛饮酒，乘月而归。余时以事不往，夜着羽衣，伫立于黄楼上，相视而笑，以谓李太白死，世无此乐三百余年矣。定国既去，逾月余复与钱塘参寥师放舟洪下，追怀曩游，已为陈迹。喟然而叹，故作二诗，一以遗参寥，[4] 一以寄定国，且示颜长道、舒尧文[5] 邀同赋云。

长洪斗落[6] 生跳波[7]，轻舟南下如投梭。水师绝叫凫雁起，乱石一线争磋磨。有如兔走鹰隼落，骏马下注千丈坡[8]。断弦离柱箭脱手，飞电过隙珠翻荷。四山眩转风掠耳，但见流沫生千涡。险中得乐虽一快，何意水伯夸秋河[9]。我生乘化日夜逝，坐觉一念逾新罗[10]。纷纷争夺醉梦里，岂信荆棘埋铜驼。[11]觉来俯仰失千劫[12]，回视此水殊委蛇。君看岸边苍石上，古来篙眼如蜂窠。但应此心无所住[13]，造物虽驶如吾何！回船上马各归去，多言哓哓[14]师所呵[15]。

1 百步洪，在徐州城东南二里，为泗水所经。宋曾巩《彭城道中》："百步洪声潦退初，白沙新岸凑舟车。"又《明会典》卷一百八十五："徐州洪，在徐州，为运河要害，乱石峭利，凡百余步，又名百步洪。" 2 王定国，即王巩，字定国。清黄宗羲《宋元学案》卷九十九："王巩，字定国，莘县人，文正公旦之孙，工部尚书素之子也。长于诗，从东坡游，东坡守徐州，先生往访之，与客游泗水……东坡得罪，先生亦窜宾州。数岁得还，后历宗正丞，每除官辄为言者所议，故终不显。" 3 清冯应榴《苏文忠公诗合注》云："《宋诗纪事》：贺方回有《和彭城王生悼盼盼》诗，注云，盼盼，马氏，善书染，死葬南台。又《菊坡丛话》：陈后山《南乡子词序》曰，晁大夫增饰披云，欲压黄楼，而张、马二子皆常年尊下世，所谓英英、盼盼者，盼卒英嫁，黄楼不可胜也。据此，则英英姓张。卿之姓则无考矣。" 4 此处所选即遗参寥之诗。 5 颜长道，即颜复，字长道，鲁人，官至中书舍人兼国子祭酒。舒尧文，即舒焕，字尧文，时为徐州教授。 6 斗落，即陡落。 7 跳波，陆龟蒙《马当山铭》："屹于大江之旁，怪石凭怒，跳波发狂。" 8《诗话总龟》卷九："东坡作百步洪诗云：有如兔走鹰隼落，骏马下注千丈坡。当在黄时，有人云：'千丈坡，岂注马处？'及还朝，其人云：'惟善走马，方能注坡。'闻者以为注坡。" 9《庄子·秋水》："秋水时至，百川灌河，泾流之大，两涘渚涯之间，不辨牛马。于是焉河伯欣然自喜，以为天下之美为尽在己也。"此二句言乘舟涉洪之乐，若河伯之于海若，诚为小快而非至乐。 10 一念，心思起灭，用以形容时间极短。《僧祇律》："一刹那者为一念，二十念为一瞬，二十瞬为一弹指，二十弹指为一罗预，二十罗预为一须臾，一日一夜有三十须臾。"一念逾新罗，禅语，出

《景德传灯录》卷二十三:“有僧问从盛禅师:‘如何是觌面事?’禅师说:‘新罗国去也。新罗在海外,一念已逾。’” 11 此句谓世事多变。《晋书·索靖传》:“有先识远量,知天下将乱,指洛阳宫门铜驼叹曰:‘会见汝在荆棘中耳。’” 12 劫,亦称劫波,为时间单位。《法苑珠林》卷三:“合有十二重:一名刹那,二名怛刹那,三名罗婆,四名摩睺罗,五名日夜,六名半月,七名一月,八名时,九名行,十名年,十一名双,十二名劫”;“从十岁增至八万,复从八万还至十岁,经二十返一小劫,二十小劫为一成劫,以年算之则经八千万万亿百千八百万岁也止一为小劫矣”。 13 取《金刚经》“应无所住而生其心”意。 14 哓哓,亦作譊譊。扬雄《法言》:“譊譊者,天下皆讼也。” 15 师所呵,《华严经》:“愚人之所贪,诸佛所呵。”此处“师”即指参寥。按,苏轼思想多受“华严”思想影响,诗词中多有《华严经》痕迹,王士祯《古夫于亭杂录》“东坡文”条:“虞山钱先生云:吾读子瞻《司马温公行状》、《富郑公神道碑》,如万斛水银,随地涌出,茫然莫得其涯涘也。晚赞《华严经》,称性而谈,浩如烟海,无所不有,无所不尽,乃喟然而叹曰,子瞻之文其有得于此乎!文而有得于《华严》法界,事理开遮涌现,无门庭,无墙壁,无差择,无拟议,世谛文字固已荡无纤尘,何自而窥其浅深,议其工拙乎?子由为子瞻行状云云,然则子瞻之文,黄州已前得之于庄,黄州已后得之于释。吾所谓有得于《华严》者信也。中唐已前,文之本于儒学者,以退之为极则;北宋已后,文之通释教者,以子瞻为极则。孟氏曰,孔子之谓集大成。二子之于文也,其庶几乎此!跋论东坡,语语破的,诸家序论皆可废矣。余昔有题坡集后绝句云:‘庆历文章宰相才,晚为孟博亦堪哀。淋漓大笔千秋在,字字华严法界来。’”

“我生乘化日夜逝,坐觉一念逾新罗。纷纷争夺醉梦里,岂信荆棘埋铜驼”四句乃此诗关节所在。东坡以为,世间诸法变幻,不过一念之迷,盛衰宠辱,亦如梦影缥缈;世事变迁不定,何必苦苦执著。缘此,“心无所住”方为解脱之道,即惟有不为物系，得生清静之心，才能最终拨开法象纷扰之迷雾，达到“造物虽驶如吾何”的逍遥境地。

这首《百步洪》既有禅意，又不乏庄学之悟。东坡由百步洪之水流激越，而联想到《庄子》所言之“丈夫游于流沫四十里”，其意在喟叹“安于命、长于性”诚为置身危流而不被凶险之至道；也只有这种生存状态，才称得上是超越了一时之快的至乐。因而，打通庄禅，成为了本诗的又一特色。要之，清静心抑或适性安命，其本质上都是东坡所思索的人生哲学。

与参寥师行园中，得黄耳蕈[1]

遣化何时取众香[2]，法筵斋钵久凄凉。寒蔬病甲[3] 谁能采，落叶[4] 空畦半已荒。老楮忽生黄耳菌，故人兼致白芽姜[5]。萧然放箸东南去，又入春山笋蕨乡。

1 黄耳蕈，菌类，能食。《释氏稽古略》卷一：“十五祖迦那提婆大士……既得法，至迦毘罗国。彼有长者曰梵摩净德，园树生耳如菌，取而食之，随取随长。” 2 本句用《维摩诘经》事。《维摩诘所说经》卷下：诸菩萨会于维摩诘处，无有饭食，维摩诘问孰能至众香国界谒佛求取饭食，而诸菩萨皆默然，“于是维摩诘不起于座，居众会前，化作菩萨，相好光明，威德殊胜，蔽于众会，而告之曰：‘汝往上方界，分度如四十二恒河沙佛土，有国名众香，佛号香积，与诸菩萨方共坐食，汝往到彼如我辞曰，维摩诘稽首世尊足下，致敬无量，问讯起居，少病少恼，气力安不，愿得世尊所食之余，当于娑婆世界施作佛事，令此乐小法者得弘大道，亦使如来名声普闻。时化菩萨即于会前升于上方，举众皆见其去到众香界礼彼佛足，又闻其言。……于是香积如来。以众香钵盛满香饭与化菩萨。”遣化，即言维摩诘遣化身赴众香界。

3 甲，犹言菜叶、蔬菜。唐杜甫《有客》诗：“自锄稀菜甲，小摘为情亲。”唐白居易《二月二日》诗：“二月二日新雨晴，草芽菜甲一时生。”
4 落叶，四部丛刊景宋本《东坡诗集注》作“落蕊”。 5 芽，文渊阁四库全书本《苏诗补注》等作“茅”。宋吴自牧《梦粱录》卷十八：“菌多生山谷，名黄耳蕈。东坡诗云：‘老楮忽生黄耳蕈，故人兼致白芽姜。’盖大者净白名玉蕈，黄者名茅蕈，赤者名竹菇。若食，须姜煮，姜黑勿食。”

“维摩遣化”及“树生耳菌”乃此诗关节所在，苏轼或以维摩诘遣化取香饭以遗会众一事作比，隐喻参寥的诲教有如众香界之饭食，闻之使人“身意快然，叹未曾有”，即使法师东南归去，自己亦是受用不尽。

送参寥师[1]

上人学苦空[2]，百念已灰冷。剑头惟一吷[3]，焦谷无新颖[4]。胡为逐吾辈，文字争蔚炳[5]。新诗如玉屑[6]，出语便清警。退之论草书[7]，万事未尝屏。忧愁不平气，一寓笔所骋。颇怪浮屠人，视身如丘井[8]。颓然寄淡泊，谁与发豪猛。细思乃不然，真巧非幻影。欲令诗语妙，无厌空且静。静故了群动，空故纳万境。[9] 阅世走人间，观身[10]卧云岭。咸酸杂众好，中有至味永。诗法不相妨，此语当更请。

1 元丰元年(1078)岁末，参寥自徐州归返，苏轼以诗送之。 2 苦空，佛家言苦谛有四行相：无常、苦、空、无我。《维摩诘所说经》卷下：“依于诸法实相之义，明宣无常苦空无我寂灭之法。”又，《大集经》

卷二十二："有人入信根乃至慧根；有人修定；有人修慧；有人得初禅乃至四禅，入决定观，观一切行无常次第生灭，远离一切凡夫之法；有人观一切行无常苦空不净，不得自在无有寂静，从缘而生从缘而灭，作是观已，得寂静灭谛。" 3《庄子·则阳》："惠子曰：'夫吹管也，犹有嗃也。吹剑首者，吷而已矣。'"吷，转瞬即逝的声响，唐陆德明《经典释文》卷二十八曰："吷然如风过。" 4 按《维摩诘所说经》卷中载，文殊师利问维摩诘："菩萨云何观于众生？"维摩诘答曰："如热时焰，如呼声响，如空中云，如水聚沫，如水上泡……如无色界色，如焦谷牙……"又，《大宝积经》卷二十九："又如焦谷种，其牙本不生。" 5 蔚炳，形容文辞绮丽华美。《魏书·崔玄伯传附僧祐弟僧渊传》："至于文章错综，焕然蔚炳，犹夫子之墙矣。" 6 屑，明成化本《苏文忠公全集》、文渊阁四库全书本《韵府群玉》卷十二等均作"雪"。 7 唐韩愈《送高闲上人序》云："张旭善草书，不治他技，喜怒窘穷，忧悲愉佚，怨恨思慕，酣醉无聊不平，有动于心，必于草书发之。"此句并后三句皆用退之事。 8 丘井，丘墟枯井。《维摩诘所说经》卷上："是身如丘井，为老所逼。"《大宝积经》卷四十四："眼如丘井，常为老逼。何以故？丘井等法，本无有我。亦无有情。" 9"欲令"四句语涉苏轼关于创作的思考。另，清宋长白《柳亭诗话》卷十评曰："东坡《送参寥》诗：'欲令诗语妙，无厌空且静。静故了群动，空故纳万境。'以音声语言而作佛事，深有得于此邦真教体之意，不必成佛在灵运后也。" 10 观身，《宗镜录》卷三十二："不修身者，不能观身。"又，《四教义》卷四："佛说修身观身观者是慧。"

苏轼以为，参寥作诗以佛法修养为底蕴，淡泊静寂，非同"气盛言宜"，然亦出语精警，中有至味，进而领悟到"欲令诗语妙，无厌空且静。静故了群动，空故纳万境"的创作精神。诗中，苏轼肯定了以禅家精神为诗、不求文字蔚炳之创作亦有别开生面处，故而有"诗法不相妨"的结论。

次韵参寥师寄秦太虚三绝句，时秦君举进士不得·其一

秦郎文字固超然，汉武凭虚意欲仙。[1] 底事[2] 秋来不得解，定中试与问诸天[3]。

1“汉武”句用司马相如事。《史记·司马相如列传》：“相如既奏《大人》之颂，天子大说，飘飘有凌云之气，似游天地之间意。”“秦郎”二句言秦观文采卓然，堪比司马相如。 2 底事，即秦观举进士不得事。 3“定中”句化用唐刘禹锡《宣上人远寄贺礼部王侍郎放榜后诗因而继和》诗：“礼闱新榜动长安，九陌人人走马看。一日声名遍天下，满城桃李属春官。自吟白雪铨词赋，指示青云借羽翰。借问至公谁印可，支郎天眼定中观。”按，支郎，即指汉末三国时僧人支谦，《释氏要览》卷上：“魏有三高僧，曰支谦、支纤、支亮。于中，谦者为人细长黑瘦，眼多白而睛黄，复多智。时贤谚曰：支郎眼中黄，形躯虽小是智囊。”

此诗虽言秦观事，实为和参寥之诗。苏轼与僧人酬唱，善取儒释相交之典，且化用自如。此即为一例，用刘禹锡与宣上人事，洵若《砦溪诗话》卷八所云：“坡赠辨才云：‘我比陶令愧，公为远公优。’时辨才退居，未尝出入，坡往见之，遂出至风篁岭。‘聊使此山人，永记二老游。’用老杜《寄赞上人》‘与子成二老，来往亦风流’。皆一儒一释也。又寄参寥问少游失解云：‘底事秋来不得解，定中试与问诸天。’盖刘禹锡《和宣上人贺王侍郎发榜后》诗云：‘借问至公谁印可，支郎天眼定中观。’不唯兼具儒释，又正属科场事，其不泛如此。”又若《过永乐文长老已卒》以圆泽、

李源事比己与文及，亦复如是。凡此种种，不赘。

和参寥见寄[1]

黄楼南畔马台东[2]，云月娟娟[3]正点空。欲共幽人洗笔砚，要传流水入丝桐[4]。且随侍者寻西谷[5]，莫学山僧老祝融[6]。待我西湖借君去，一杯汤饼泼油葱。[7]

1 元丰元年(1078)岁末，参寥自徐州归返，至于淮上，寄诗简予苏轼。其诗《自彭门回，止淮上，因寄子瞻》曰："揭来淮上卧萧宫，回首人间万事空。院静水沉销薄幔，睡余寒日耿修桐。南山访古思杯渡，北海谈经忆孔融。寂寞蒹葭霜雪后，何时重倚玉青葱。"苏轼遂次其韵答诗。　2 此句忆与参寥共游于徐州之事。孔凡礼《苏轼年谱》卷十七："道潜留徐州日，苏轼尝与道潜等游戏马台；与道潜放舟百步洪之下(按，其时登黄楼，见《百步洪》序)。"(第411页)　3 娟娟，《文选六臣注》卷三十："娟娟，明媚貌。此月初出，光微也。"　4 丝桐，即琴。　5 后汉崔骃《西巡颂》："苟西谷之方收兮，约舆服以轻举。"(民国适园丛书本《文馆词林》卷三百四十六)6《苏诗补注》卷十七释曰："《南岳记》：衡山者，火台之宝洞，赤帝馆其岭，祝融托其阳；祝融，衡山一峰也。'山僧老祝融'，暗用懒残事。"按，唐袁郊《甘泽谣》有"懒残"条，记天宝初衡岳寺执役僧明瓒事。此处，祝融泛指隐居山林而不出。7 苏轼答参寥诗之余，并有答简，其文曰："某开春乞江浙一郡，候见去处，当以书奉约也。"(《与参寥》)

此诗忆与参寥徐州同游之乐，思怀友人，并期盼于江浙再次相逢。诗中，苏轼更为看重故友之谊，主张洒脱旷达的乐群之游，而对终老深山、静修不出的僧侣生活不以为然。

雪斋[1]

君不见峨眉山西雪千里，北望成都如井底[2]。春风百日吹不消，五月行人如冻蚁。纷纷世人争夺中，谁信言公[3]似赞公[4]。人间热恼无处洗[5]，故向西斋作雪峰。我梦扁舟入吴越[6]，长廊静院灯如月。开门不见人与牛[7]，惟见空庭满山雪。

1 苏轼自注："杭僧法言，作雪山于斋中。"按，宋秦观《雪斋记》云："雪斋者，杭州法惠院言师所居室之东轩也。始，言师开此轩，汲水以为池，累石以为小山，又洒粉于峰峦草木之上，以象飞雪之集。州倅太史苏公过而爱之，以为事虽类儿嬉，而意趣湛妙，有可以发人佳兴者，为名曰'雪斋'。而去后四年，公为彭城，复命郡从事毕君景儒篆其名，并自作诗以寄之。于是雪斋之名浸有闻于时，士大夫喜幽寻而乐胜选者，过杭而不至，则以为恨焉。"（《续文章正宗》卷十三）
2《旧唐书·李德裕传》："（大和）五年九月，吐蕃维州守将悉怛谋请以城降。其州南界江阳，岷山连岭而西，不知其极。北望陇山，积雪如玉；东望成都，若在井底。" 3 言公，即雪斋主人僧法言。宋秦观《雪斋记》："言师，名法言，字无择，泊然萧洒人也。" 4 赞公，唐大云寺僧，与杜甫多有交游。唐杜甫诗《别赞上人》称其"还为世尘婴，颇带憔悴色"。 5 热恼，佛家语，指逼于剧苦而焦灼烦恼。《佛本行集经》卷三十五："时耶输陀闻于世尊如是语已，即免一切心诸忧苦，即得心定。譬如有人后春行路，被诸热恼，疲极饥渴，忽值一池，其水凉冷，入于其内，澡洗饮水，除灭一切热恼诸苦。" 6 时苏轼在徐州，故言梦入吴越。 7 苏轼自注："有诗见寄，云'林下闲看水牯牛'。"

苏轼以为，僧法言能不为纷扰世尘所婴，得心定而除热恼，故能有作雪斋之雅趣。而诗末四句，梦入吴越，雪斋寞然，无人无牛，惟雪满庭，颇显清冷静寂，亦深蕴禅意，反映了苏轼同样清冷静寂之心，或曰是长公对于此种境界的追求。

罢徐州，往南京，马上走笔寄子由[1]

吏民莫扳援[2]，歌管莫凄咽。吾生如寄耳[3]，宁独为此别。别离随处有，悲恼缘爱结[4]。而我本无恩，此涕谁为设。纷纷等儿戏，鞭镫遭割截[5]。道边双石人，几见太守发。有知当解笑，抚掌冠缨绝[6]。

1 元丰二年(1079)，苏轼罢徐州太守，以祠部员外郎、直史馆知湖州军州事。赴南都途中，寄诗五首予苏辙，此为其中第一首。 2 扳援，《楚辞·哀时命》："往者不可扳援兮来者不可与期。"汉王逸曰："扳一作攀。"宋洪兴祖补注："扳与攀同引也。"又，《荀子杨倞注》卷十七："援，牵引也。"扳、援，皆为拉、拽之意，此处引申为挽留。 3 三国魏曹丕《善哉行》："人生如寄，多忧何为？今我不乐，日月如驰。"(《文选》卷二十七) 4 此句谓哀伤烦恼因贪爱而郁结。《大宝积经》卷七十八："我于众生不应瞋恨，不应爱念，所以者何？憎爱二事俱是烦恼。我今于此不应生爱，应善通了诸法如实，所以者何？诸烦恼中，爱缘所合此最为重，如是烦恼深彻骨髓。"《大般涅槃经》卷十三："业因缘爱，烦恼因缘爱，苦因缘爱"，"譬如大王若出游巡，大臣眷属悉皆随从。爱亦如是，随爱行处，是诸结等亦复随行。譬如膩衣随有尘着，着则随住。爱亦如是，随所爱处，业结亦住"。另，此句亦可解为，因有"爱结"，故生悲恼。《阿毘达磨集异门足论》卷十九："九结者，云何为九？答一爱结，二恚结，三慢结，四无明结，五见结，六取结，七疑结，八嫉结，九悭结。云何爱结？答三界贪是名爱结。" 5

五代王仁裕《开元天宝遗事》卷上记有“截镫留鞭”事，云：“姚元崇初牧荆州，三年受代日，阖境民吏泣拥马首，遮道不使去。所乘之马，鞭镫民皆截留之，以表瞻恋。新牧具其事奏之，褒诏美焉，就赐中金一千两。”6 冠缨绝，《史记·滑稽列传》：“淳于髡仰天大笑，冠缨索绝。”

诗叙苏轼离徐州而南下，民吏相送不舍之场景。而苏轼却以为，诚如佛家所言，世人皆因爱而恋，且执著于此，故而常生烦恼，郁结不去。然人生如寄，别离本是空幻，且若置身于历史长河，一次分别则更显微不足道。故而，儿女沾巾、截镫留鞭之事，实在是执著爱念，自结烦恼，可笑至极。

余去金山五年[1]而复至，次旧诗[2]韵赠宝觉长老

谁能斗酒博西凉[3]，但爱斋厨法豉香[4]。旧事真成一梦过，高谭为洗五年忙。清风偶与山阿[5]曲，明月聊随屋角方。稽首愿师怜久客[6]，直将归路指茫茫[7]。

1 苏轼于熙宁七年(1074)离杭赴密州任，元丰二年(1079)又自徐州往湖州，途经金山，其间历时五载。 2 旧诗，即《留别金山宝觉、圆通二长老》一诗。 3 斗酒博西凉，即以斗酒换取西凉，《白氏六帖事类集》卷三十：“《续汉书·炖煌张氏传》曰：扶风孟佗以蒲酒一斗遗张让，拜佗为凉州刺史。”又，《旧唐书·李密传》：“而钱神起论，铜臭为公，梁冀受黄金之蛇，孟佗荐蒲萄之酒。” 4 法豉香，《施注苏诗》卷十六：“法豉出金山，他处莫能及，僧每以小罂馈遗远客。” 5 山阿，山峦曲折之处。《文选六臣注》卷二十五：“山阿，山曲也。” 6 久客，比喻不得归宿。《古尊宿语录》卷四十四：“是禅者放身命处，大众若择得出，如久客归家；若择不出，若行人失路。” 7“直将”句有指

点迷津，使得解脱之意。唐僧详《法华经传记》卷八："法华文字，变身放大光，尚救不信者，何况信心人，即示归路得还活。"

苏轼于诗中表示，自己无意官爵名利，却倾心于佛法禅道，然过去五年之中，自己随俗就世，不得醒悟，如久客他乡而难辨归路，故恳请宝觉长老指点迷津，以明解脱之途径。

赠惠山僧惠表[1]

行遍天涯意未阑，将心到处遣人安[2]。山中老宿[3] 依然在，案上楞严[4] 已不看。欹枕落花余几片，闭门新竹自千竿。客来茶罢空无有，卢橘杨梅尚带酸。

1 元丰二年(1079)，苏轼赴湖州任，途中与秦观、参寥同游惠山。 2 遣，使、让之意。此用达摩祖师与二祖慧可事。《景德传灯录》卷三："光(慧可名光)曰：'我心未宁。乞师与安。'师曰：'将心来，与汝安。'曰：'觅心了不可得。'师曰：'我与汝安心竟。'" 3 老宿，年长者。唐僧怀海《百丈丛林清规证义记》卷六："耆宿，德高腊长之称也。"又，《翻译名义集》(一)："体毘履，此云老宿。"按，《文殊师利问经》卷下载，佛祖告文殊师利"未来我弟子，有二十部能令诸法住"，"初二部者，一摩诃僧祇，二体毘履"。《高僧传》卷十一："体毘履部，纯老宿共会出律也。" 4 楞严，即首楞严，意为穷究佛理，而坚固不可摧。《翻译名义集》："首楞严，大论秦言健相，分别知诸三昧行相多少深浅，如大将知诸兵力多少也。菩萨得是三昧，诸烦恼魔及魔人无能坏故，譬如转轮圣王，主兵宝将，所住至处，无能坏伏，故名健相三昧也。大经云：首楞者，一切事竟，严名坚固，一切毕竟而得坚固，名首楞严，是故首楞严定名为佛性。慈恩翻为金刚藏，此诸菩萨证此定故，以是为名。”又《一切经音义》卷五十：“首楞伽摩，梵语此云健行定，亦云健相，旧云首楞严也。”此处楞严指《楞严经》。严，或作“伽”。

苏轼谓僧惠表处竹木葱茏，清幽静谧，居其间而得心安。诗中所描绘的清空静寂之居境，其实是惠表佛性修养所臻之境界，或可看作苏轼遇惠表、得心安后之心境，某种程度上亦可以认为是一种形象化了的禅境。

端午遍游诸寺得禅字[1]

肩舆[2] 随所适，遇胜辄流连。焚香引幽步，酌茗开净筵。微雨止还作，小窗幽更妍。盆山[3] 不见日，草木自苍然。忽登最高塔[4]，眼界穷大千[5]。卞峰[6] 照城郭，震泽[7] 浮云天。深沈既可喜，旷荡亦所便。幽寻未云毕，墟落生晚烟。归来记所历，耿耿[8] 清不眠。道人亦未寝，孤灯同夜禅。

1 元丰二年（1079），苏轼与秦观等游湖州诸寺。《东坡志林》卷九载：“仆寓吴兴有《游飞英》诗云：‘微雨止还作，小窗幽更妍。盆中不见日，草木自苍然。’非至吴越，不见此景也。”按，飞英，即飞英寺，在湖州府治北。另，秦观有诗《同子瞻端午日游诸寺赋得深字》。 2 肩舆，即轿子一类，明严衍《资治通鉴补》卷八十六：“肩舆，平肩舆也，以肩举之而行。” 3 盆山，在吴兴，清厉鹗有《盆山小隐图记》一文。 4 最高塔，《苏诗补注》引《吴兴志》以为：“飞英寺，在湖州府治北，寺中有塔名飞英。” 5 大千，《文选李善注》卷二十九：“大千者，谓一三千界。下至阿毗地狱，上非想天，为一世界；千三界为小千世界；千小世界为中千世界；至千中千世界为大千世界。”《一切经音义》卷二十五：“三千大千，一四天下，一日月照临，名一世界。即此千世界名一小千，一千小千名一中千，一千中千名一大千，故云三千大千也，其数百亿亿，有三等。” 6 卞峰，宋谈钥《嘉泰吴兴志》卷二云，湖州城“诸山回环拱揖屏列于前，北有卞峰以踞于后。” 7 震泽，即太湖。《通典》卷一百八十二载，湖州有太湖，“太湖一名震泽”，“震泽亦名具区泽”。 8 耿耿，《诗经·鄘风·柏舟》：“耿耿不寐，如有隐忧。”汉毛亨注曰：“耿耿，犹儆儆也。”汉王逸《楚辞章句》卷五亦云：“耿耿，儆儆也，不寐貌也。”

元丰二年(1079)端午，苏轼赏玩于飞英诸寺，归来耿耿难寐，则必是因游而有所思。全诗无一字论禅，却又似乎处处透露禅思。若“忽登最高塔，眼界穷大千”、“深沈既可喜，旷荡亦所便”等句，皆意蕴深沉，既为巡游之观感，也是有思于禅之所得。

送刘寺丞[1] 赴余姚

中和堂[2] 后石楠树，与君对床听夜雨。玉笙哀怨不逢人，但见香烟横碧缕。讴吟思归[3] 出无计，坐想蟋蟀空房语。明朝开锁放观潮[4]，豪气正与潮争怒。银山动地君不看，独爱清香生云雾[5]。别来聚散如宿昔[6]，城郭空存鹤飞去[7]。我老人间万事休，君亦洗心[8] 从佛祖。手香新写法界观[9]，眼净不觑登伽女[10]。余姚古县亦何有，龙井白泉[11] 甘胜乳。千金买断顾渚春[12]，似与越人降日注[13]。

1 刘寺丞，名撝，字行甫，与弟刘谊(字宜翁)皆从苏轼游。元丰二年(1079)，刘撝自长兴取道湖州赴余姚，苏轼以此诗送别，同时亦赠《南歌子》词：“山雨潇潇过，溪桥浏浏清。小园幽榭枕苹汀。门外月华如水、彩舟横。茗岸霜花尽，江湖雪阵平。雨山遥指海门青。回首水云何处、觅孤城。”　2 中和堂，在杭州府治。此句并下句，言熙宁中与刘行甫于杭州共处之情状。按《东坡诗集注》卷十五称：“先生为倅日，监秋试，意者刘寺丞为试官也。”　3 讴吟思归，歌讴叹念，以期归去。《汉书·高帝纪》：“汉王既至南郑，诸将及士卒皆歌讴思东归。”《新唐书·李光弼传》：“思明使谍宣言贼将士皆北人，讴吟思归。”另，此处亦可解作讴吟《思归》。按晋石崇有《思归叹》、《思归引》，表达返归林泉、享乐余生之情感。其中《思归叹》有云：“超逍遥兮绝尘埃，福亦不至兮祸不来。”苏轼或取此意。　4 开锁放观潮，《东坡诗集注》卷十五：“先生监试杭州时，以八月十六日发榜，故云开锁放观潮。”按，钱塘大潮约出现于八月半，而观榜日亦是人潮汹涌。　5 清香生云雾，指佛家清修生活。宋欧阳修《送慧勤归余杭》诗云：“日夕焚清香，烟霏四面起。云雾杂芬芳，岂如车马尘。”云，四部丛刊景宋本《东坡诗集注》、文渊阁四库全书本《宋诗钞》等作“雪”。　6 昔，犹夕。宿昔，旦夕，言时间短暂。三国魏曹丕《于清河见挽船士新婚别妻》：“与君结新婚，宿昔当别离。”　7 此处或化用唐骆宾王《与博昌父老书》“仙鹤来归，辽东之城郭犹是；灵乌代谢，汉南之陵谷已非”，言人事变迁。　8 洗心，洗涤心垢。《六度集经》卷八：“就清净心，远离爱欲，捐诸恶行，内洗心垢，灭诸外念。”　9 刘撝尝手写《华严经》八十一卷。　10 登伽女，即摩登伽女，《楞严经》称摩登伽女尝引诱阿难。《楞严经要解》卷一：“尔时阿难，因乞食次经历淫室，遭大幻术摩登伽女以娑毗迦罗先梵天呪摄入淫席，淫躬抚摩，将毁戒体。”　11 龙井白泉，余姚有龙泉，在灵绪山（亦称屿山，即今浙江余姚龙泉山）。　12 顾渚春，湖州长兴县顾渚所产之名茶。唐李肇《国史补》卷下：“风俗贵茶，茶之名品益众”，“湖州有顾渚之紫笋。”　13 日注，或作日铸，会稽名茶。宋晏殊《烹日注茶》诗云：“稽山新茗绿如烟，静挈都监煮惠泉。”

此诗叙写与刘寺丞杭州共处之旧谊，亦有临行惜别之情愫。

其中,苏轼盛赞刘撝不为外物所动,潜心修习佛法,且因感喟人事迁徙不定、瞬息变幻却又难以捉摸,而首肯于刘撝洗心向佛之举。

李公择[1] 过高邮,见施大夫与孙莘老[2] 赏花诗,忆与仆去岁会于彭门折花馈笋故事[3],作诗二十四韵见戏,依韵奉答,亦以戏公择云

汝阳真天人,绢帽着红槿。[4] 缠头三百万[5],不买一笑哂。共夸青山峰[6],曲尽花不陨。当时谪仙人,逸韵谢封畛。诗成天一笑[7],万象解寒窘。惊开小桃杏,不待雷发轸。[8] 余波尚涓滴,乞与居易稹[9]。尔来谁复见,前辈风流尽。寂寞两诗人,残红对樱笋。饥肠得一醉,妙语传不泯。君来恨不与,更复相牵引[10]。我老心已灰[11],空烦扇余烬。天游照六凿,虚室扫充牣。[12] 悬知色竟空[13],那复嗜刍吻[14]。萧然一方丈,居士老庞蕴[15]。散花从满裓,不答天女问。[16] 故人犹故目[17],怨句写余恨。疑我此心在,遮防费栏楯[18]。应虞已毙蛇,折尾时一蠢。[19] 仄闻孟光贤[20],未学处仲忍[21]。寄招应已足,左右侍云鬒。何时花月夜,羊酒谢不敏[22]。此生如幻耳,戏语君勿愠。应同亡是公,一对子虚听。[23]

1 李公择,即李常,字公择,《宋史》有传。 2 孙莘老,即孙觉,《宋史》有传。施大夫,不详,疑为施广誉(见孔凡礼《苏轼年谱》卷十八)。 3 苏轼守徐州时有《送笋芍药与公择二首》。 4 汝阳,唐汝阳王李琎。明彭大翼《山堂肆考》卷二百零一引《开元天宝遗事》:"汝阳王琎尝戴砑绢帽打曲,上自摘朱槿花置帽上,极滑,久而方安。曲

终花不坠,以为能,曰:'花奴资质明莹,必是神仙中谪坠来也。'"又,唐杜甫《赠太子太师汝阳郡王琎》:"汝阳让帝子,眉宇真天人。" 5 宋潘自牧《记纂渊海》卷四十引《杨妃外传》:"谢阿蛮善舞,上就按于清元殿,宁王吹笛,上羯鼓,妃琵琶,秦国夫人端坐视之。上戏曰:'阿蛮(蛮,或当作瞒)乐籍,今日幸得供养夫人,请一缠头。'对曰:'岂有大唐天子阿姨无钱用耶?'遂出三百万为一局。"(按,阿瞒,玄宗自称也,参见《说郛》卷一百十一下)。 6 宋王谠《唐语林》卷五:"开府(宋璟)又曰:'头如青山峰,手如白雨点,此即羯鼓之能事。'山峰取不动,雨点取碎急。"此句,即取青山峰"不动"之意,并后句"曲终花不陨",誉李琎端方稳重。 7 天一笑,指闪电。宋蔡梦弼《杜工部草堂诗笺》卷二十九引《神异传》曰:"东王公与玉女投壶,投而不接,天为之笑,开口流光,今电是也。" 8 以上诸句,前六句写李琎,后六句言李白。因同为李姓,苏轼遂取其事以比李公择,夸赞李公择资质明莹,稳重端方,且诗赋绝伦,惊天动物,堪称天人谪坠。 9 此以白居易、元稹之唱和比己与李公择之次韵酬答。 10 牵引,推重、荐引。 11 心已灰,《庄子·庚桑楚》:"身若槁木之枝而心若死灰。若是者,祸亦不至,福亦不来,祸福无有,恶有人灾也。" 12《庄子·外物》:"室无空虚,则妇姑勃豀;心无天游,则六凿相攘。"六凿,即六窍。"天游"二句化用《庄子》典,谓心空,已无阻塞,故有天游而六窍皆明。 13《般若波罗蜜多心经》:"舍利子色不异空,空不异色;色即是空,空即是色。受、想、行、识,亦复如是。" 14 乌吻,乌喙,此处喻美味。南唐谭峭《化书》卷四:"踯躅之酒,乌喙之脯,莨菪之膏,冶葛之乳,初嗽之若芥,再嗽之若黍,复嗽之若丸,又嗽之若脯。" 15 庞蕴,《释氏稽古略》卷三有"庞居士"条,云:"襄州居士庞蕴者,衡州衡阳县人也,字道玄。世本业儒,少悟尘劳,志求真谛。德宗贞元初谒石头迁禅师,乃问不与万法为侣者是甚么人,头以手掩其口,豁然有省。后与丹霞天然禅师为友。"《景德传灯录》卷八亦有传。"我老"以下八句皆苏轼自谓。 16"散花"二句用《维摩诘经》"天女散花"事,详见前诗注。裓,此为衣裓之意。 17 目,明成化本《苏文忠公全集》、文渊阁四库全书本《宋诗钞》等作“日”。 18 栏楯，栏杆，《法华义疏》卷六：“栏楯以譬总持，持内物不失为栏，遮外物不侵如楯。” 19“应虞”二句或化用唐杜甫《义鹘行》，杜诗有云：“折尾能一掉，饱肠皆已穿。生虽灭众雏，死亦垂千年。物情有报复，快意贵目前。”折尾一蠢，谓已毙之蛇尚能蠢动，含报复攻击之意。 20 孟光，后汉梁鸿之妻，姿貌甚丑而德行甚修，有贤名，奉食于梁鸿，举案齐眉不敢正视。事见《后汉书·梁鸿传》、汉刘向《古列女传》卷八等。 21 苏轼自注：“开阁放出，事见本传。”按，晋王敦，字仲处。《晋书·王敦传》载：“（敦）尝荒恣于色，体为之弊，左右谏之，敦曰：‘此甚易耳。’乃开后阁，驱诸婢妾数十人并放之，时人叹异焉。”此句并以下三句似揶揄李公择流连声色。 22 唐韩愈《寄卢仝》有云：“买羊沽酒谢不敏，偶逢明月曜桃李。先生有意许降临，更遣长须致双鲤。” 23 亡是公、子虚，皆为汉司马相如《子虚赋》中虚构的人物。宋洪迈《容斋随笔·容斋五笔》：“自屈原词赋假为渔父、日者问答之后，后人作者悉相规仿：司马相如《子虚上林赋》以子虚、乌有先生、亡是公。扬子云《长杨赋》以翰林主人、子墨客卿，班孟坚《两都赋》以西都宾、东都主人，张平子《两都赋》以凭虚公子、安处先生，……”

此诗为戏作，其中不乏溢美之誉，亦有嘲讽李公择结习难除、纵情声色等报复攻讦之词。但苏轼明白地表示，自己已经省悟人生空幻，诸色皆空，故而心如死灰，不恋世情，有如“萧然一方丈，居士老庞蕴”，同时更规劝李公择也要看透人生虚幻的真谛，不必执著于言语之争。

王巩清虚堂[1]

清虚堂里王居士，闭眼观心[2]如止水。水中照见万象空[3]，敢问堂中谁隐几[4]。吴兴太守[5]老且病，堆案满前长渴睡。愿君勿笑反自观，梦幻去来殊未已。长疑安石恐不免[6]，未信犀首终无事[7]。勿将一念住清虚，居士与我盖同耳。

1 王巩，字定国，与苏轼多有交游，参见前注。清虚堂，明李濂《汴京遗迹志》卷八："清虚堂，在汴城内之东隅，宋王巩建，苏轼有记。"苏辙有《王氏清虚堂记》，其文曰："王君定国为堂于其居室之西，前有山石环奇琬琰之观，后有竹林阴森冰雪之植，中置图史百物，而名之曰清虚。日与其游，贤士大夫相从于其间，啸歌吟咏，举酒相属，油然不知日之既夕。凡游于其堂者，萧然如入于山林高僧逸人之居，而忘其京都尘土之乡也。" 2 观心，观照内心以明本性。唐澄观《大方广佛华严经疏》卷三十六："初禅庆背欲恶故名离生，今庆觉观心息故名定生，如净鉴止水，故身心适悦。"心，明成化本《苏文忠公全集》、文渊阁四库全书本《施注苏诗》等作"身"。 3"水中"句谓观心以见万象皆空。《维摩经玄疏》卷四："观心因缘所生一切法，心空则一切法空。" 4《庄子·齐物论》："南郭子綦隐几而坐，仰天而嘘，嗒焉似丧其耦。颜成子游立侍乎前，曰：'何居乎？形固可使如槁木，而心固可使如死灰乎？今之隐几者非昔之隐几者也。'子綦曰：'偃，不亦善乎，而问之也。今者吾丧我，汝知之乎？'"中，文渊阁四库全书本《东坡诗集注》作"前"。 5 吴兴太守，即苏轼。 6 安石，东晋谢安，字安石。《晋书·谢安传》载，谢安早年放情丘壑，累辟不就，"简文帝时为相，曰：'安石既与人同乐，必不得不与人同忧，召之必至。'时安弟万为西中郎将，总藩任之重。安虽处衡门，其名犹出万之右，自然有公辅之望，处家常以仪范训子弟。安妻，刘惔妹也，既见家门富贵，而安独静退，乃谓曰：'丈夫不如此也？'安掩鼻曰：'恐不免耳。'及万黜废，安始有仕进志，时年已四十余矣。" 7 犀首，汉赵歧曰："公孙衍，魏人也，号为犀首，常佩五国相印，为纵长。"（《孟子注疏》卷六）《史记·张仪列传》载，陈轸过梁，见犀首，"陈轸曰：'公何好饮也？'犀首曰：'无事也。'"；然而此后犀首从陈轸计，得以主齐、楚、燕、赵、魏五国国事。

苏轼认为，王巩虽醉心佛法，参悟万象皆空，但是像他这种怀才有志之士，是不可能终老于清虚之境的，其早晚要像公孙衍、谢安等人一样投身社会，建功立业。当然，这也是苏轼自己在清修与入世之间所做出的抉择。

仆去杭五年[1]，吴中仍岁大饥疫，故人往往逝去，闻湖上僧舍不复往日繁丽，独净慈本长老[2]学者益盛，作此诗寄之

来往三吴[3]一梦间，故人半作冢累然。独依旧社传真法，要与遗民度厄年。赵叟近闻还印绶[4]，竺翁[5]先已反林泉[6]。何时策杖相随去，任性逍遥不学禅。

1 此诗作于元丰二年（1079）湖州任上。苏轼于熙宁七年（1074）由杭州迁密州，距此时已有五年。 2 净慈本长老，即杭州净慈寺宗本长老，详见前诗注。 3《元和郡县志》卷二十六载，“苏州”汉时属会稽郡，“后汉顺帝永建四年，阳羡令周喜、山阴令殷重上书求分为二郡，遂割浙江以东为会稽，浙江以西为吴郡。孙氏创业亦肇迹于此。历晋至陈不改，常为吴郡，与吴兴、丹阳号为三吴”。另，《水经注》卷四十：“汉高帝十二年一吴也，后分为三，世号三吴。吴兴、吴郡、会稽其一焉。”此处当以前者为是，即三吴指苏州、吴兴、丹阳之地。 4 苏轼自注：“闻资政赵公致政得谢。”赵叟，指赵抃（1008－1084），字阅道，尝知成都、杭州、越州等地，有政绩，卒谥清献。宋陈均《宋九朝编年备要》卷二十：“元丰二年春正月，赵抃致仕。”即诗中所谓“还印绶”之事。 5 竺翁，《东坡诗集注》卷十、《施注苏诗》卷十七以为指净慈本长老；《苏诗补注》卷十九以为当是上天竺辩才法师。 6 林泉，山林与泉溪，指环境清幽之地（常用于归隐）。唐杜甫《重过何氏

五首·其五》有云:"蹉跎暮容色,怅望好林泉。何日沾微禄,归山买薄田。"

此诗赞宗本禅师虽在凶年,却仍传法不辍,与民度厄,并表达了相随以游的愿望。不过,此时苏轼欣羡林泉,期与高僧同游,更多地是向往一种旷达洒脱的生活状态,而并非穷究禅理。

赵阅道高斋[1]

见公奔走谓公劳,闻公隐退云公高。公心底处有高下,梦幻去来[2] 随所遭。不知高斋竟何义,此名之设缘吾[3] 曹。公年四十已得道,俗缘未尽余伊皋[4]。功名富贵俱逆旅,黄金知系何人袍。超然已了一大事[5],挂冠而去真秋毫。坐看猿猱落罝罔,两手未肯置所操。乃知贤达与愚陋,岂直相去九牛毛。长松百尺不自觉,企而羡者蓬与蒿。我欲赢粮往问道,未应举臂辞卢敖[6]。

1 赵阅道,即赵抃,《宋史》有传。《冷斋夜话》卷十载:"赵阅道休官,归老三衢,作高斋而居之。禅诵精严如老烂头陀,与钟山佛慧禅师为方外友,唱酬妙语,照映丛林。" 2 梦幻去来,谓人生多变,如梦似幻。唐一行述记《大日经义释》卷八:"无有生灭断常去来一异,皆如梦幻泡影镜像水月。"苏轼《和陶停云四首·其四》亦云:"对弈未终,摧然斧柯。再游兰亭,默数永和。梦幻去来,谁少谁多。弹指叹息,浮云几何。" 3 吾,文渊阁四库全书本《东坡全集》作"我"。 4 伊皋,即伊尹、皋陶。《东坡诗集注》卷二十八以为,此句谓赵抃"尚余经济之具耳"。 5 一大事,即一大事因缘,指佛出于世,以启迪众生。事见《法华经》卷一，佛祖告舍利弗："我以无数方便，种种因缘、譬喻言辞，演说诸法。是法非思量分别之所能解，唯有诸佛乃能知之。所以者何？诸佛世尊唯以一大事因缘故出现于世。……云何名诸佛世尊唯以一大事因缘故出现于世？诸佛世尊，欲令众生开佛知见，使得清净故，出现于世；欲示众生佛之知见故，出现于世；欲令众生悟佛知见故，出现于世；欲令众生入佛知见道故，出现于世。……是为诸佛以一大事因缘故出现于世。" 6 卢敖，秦时燕人，幼而好游。《神仙传》卷一载，卢敖游北海，至于蒙谷之山，见仙人若士，卢敖自谓"穷观六合之外"而"周行四极"，然若士笑曰："我昔南游乎洞沵之野，北息乎沉默之乡，西穷乎窈冥之室，东贯乎澒洞之光，其下无地，其上无天，视焉无见，听焉无闻，其外犹有汥汥之汜，其行一举而千万里，吾犹未之能也，今子游始至于此，乃云穷观，岂不陋哉然！"遂举臂竦身入于云中。卢敖仰而视之，怆恨若有丧者，曰："吾比夫子也，犹鸿鹄之与壤虫也。"以上六句皆是苏轼自谦之辞，意谓自己的见识修养与赵抃相比，有如天渊之别。

此诗借赵抃居于高斋、禅诵精严之事，称赞其勘破世事，随遇而安，视功名富贵如逆旅的觉悟。"超然已了一大事"一句，暗喻赵抃之行止，恰似佛陀现世、开示众生，使自己对于人生、功名诸事有了更加深沉的领悟。

书麘公[1] 诗后并引

过加禄镇南二十五里大许店，休马于逆旅祁宗祥家。见壁上有幅纸题诗云："满院秋光浓欲滴，老僧倚杖清松侧。只怪高声问不应，瞋余踏破苍苔色。"[2] 其后题云"滏水僧宝麘"。宗祥谓余此光黄闲狂僧也，年百三十，死于熙宁十年。既死，人有见之者。宗祥言其异事甚多，作是诗以识之。馨公本名清戒，俗谓之戒和尚云。

馨公昔未化，来往淮山曲。寿逾两甲子，气压诸尊宿。但嗟浊恶世，不受龙象蹴[3]。我来不及见，怅望空遗躅[4]。霜颅隐白毫[5]，锁骨[6] 埋青玉。皆云似达磨，只履还西竺。[7] 壁闲余清诗，字势颇拔俗。为吟五字偈，一洗凡眼肉。

1 馨公，即僧宝馨，其事不详，史载多如苏轼引文所述。 2 清宋长白《柳亭诗话》称赞宝馨此诗“似不食烟火人语，远出琴聪、蜜殊之上”。 3 龙象，一般喻指菩萨之威德大力。龙象蹴，即龙象蹴踏，有以威德教化、开导之意，《维摩诘所说经》卷上：“住不可思议解脱菩萨，有威德力，故现行逼迫，示诸众生，如是难事，凡夫下劣，无有力势，不能如是逼迫菩萨。譬如龙象蹴踏，非驴所堪。” 4 遗躅，犹言遗迹、遗物。宋李纲《武夷山赋》：“览魏子之遗躅，访刘公之旧庐。” 5 白毫，佛相，传佛祖眉间有白毫，如日正中。《华严经》卷五十：“世尊从眉间白毫相中放大光明。” 6 锁骨，亦是佛相。南朝萧子良《出三界外乐门》：“若善庄严不解众生支节，得佛钩锁骨相。”（《广弘明集》卷二十七）“霜颅”二句，谓僧宝馨骨相不凡，乃得道高人。 7“皆云”二句用达摩脱化西去之典。《佛祖统记》卷三十八云：“初祖达摩坐少林九年，先传法及袈裟于慧可，乃往禹门千圣寺，十月五日端坐示灭，门人奉全身葬熊耳山定林寺。明年使者宋云西域还，遇师手携只履，翩翩独迈，云归为言。门人启圹视之，唯空棺只履。”

苏轼以为，宝馨虽不为世人所知，但观其遗诗语意超凡、字势拔俗，又闻其行迹殊异，则可知其人必为有道高僧，故而生仰慕之情，有意为之留诗以传扬其名。

游净居寺并叙

净居寺，在光山县南四十里，大苏山之南，小苏山之北。寺僧居仁为余言：齐天保中，僧惠思[1]过此，见父老，问其姓，曰苏氏，又得二山名。乃叹曰：吾师告我，遇三苏则住。遂留结庵。而父老竟无有，盖山神也。其后僧智顗[2]见思于此山而得法焉，则世所谓思大和尚、智者大师是也。唐神龙中，道岸[3]禅师始建寺于其地。广明庚子之乱[4]，寺废于兵火，至乾兴中乃复，而赐名曰梵天云。

十载游名山，自制山中衣。愿言毕婚嫁[5]，携手老翠微。不悟俗缘在，失身陷危机[6]。刑名非夙学，陷穽损积威。[7]遂恐生死隔，永与云山违。今日复何日，芒鞋自轻飞。稽首两足尊[8]，举头双涕挥。灵山会未散[9]，八部[10]犹光辉。愿从二圣往[11]，一洗千劫非。徘徊竹溪月，空翠摇烟霏。钟声自送客，出谷犹依依。回首吾家山[12]，岁晚将焉归。

1 惠思（513～577），亦作慧思，南北朝时高僧，时称“思大和上”。为智顗之师，天台宗三祖，尝结庵传法于大苏山，后迁于南岳衡山。《释氏稽古略》卷二、《佛祖历代通载》卷十等有传。　2 智顗（538～597），俗姓陈，字德安，颍川人，被尊称为智者大师。南朝陈天嘉中，智顗至于大苏山，师从惠思；陈太建七年（575），智顗南下江浙，又率徒众入天台山，为天台宗的实际创立者。　3 道岸（654～717），唐代律僧，亦通禅法，故诗叙称其为“禅师”。《新修科分六学僧传》卷五：“唐道岸，姓唐氏，其先颍川人，晋永嘉南渡迁光州，遂世为光州人……（唐）中宗朝，诏偕诸大德见内殿，宠遇隆渥……历任白马、中兴、庄严、荐福、罔极等寺。”唐神龙中，道岸还归光州乡里，度人建寺，主持修建了净居寺。　4 广明庚子之乱，即唐僖宗广明时黄巢之乱。5 毕婚嫁，指操持完毕儿女娶嫁之事，意谓无所牵挂。《后汉书·逸民传》载：“向长字子平，河内朝歌人也，隐居不仕，性尚中和……建武中，男女娶嫁既毕，敕断家事勿相关，当如我死也。于是遂肆意，与同好北海禽庆俱游五岳名山，竟不知所终。”又唐韩愈《县斋有怀》诗云：“闲爱老农愚，归弄小女姹。如今便可尔，何用毕婚嫁。”　6 危机，指“乌台诗案”。　7 刑名，为官仕宦之学。穽，捕猎时所挖的陷阱。司马迁《报任安书》：“猛虎在深山，百兽震恐，及在槛穽之中，摇尾而求食，积威约之渐也。”“刑名”二句谓仕宦无术，故而招损。　8 两足尊，即佛祖，谓佛于一切生灵中为尊。《妙法莲华经玄赞》卷三：“佛于二足、多足、无足一切中尊。今云两足尊，于三类中两足为贵，能入道故，谓人天类，佛亦两足，故言两足尊。”另，敦煌本《法华问答》曰：“问：何为两足尊？答：或心定惠为两足，或以权实为两足，或以缘行为两足，或以人天为两足。”　9 灵山，佛祖说法之地。灵山会未散，《五灯会元》卷二载，智顗“在南岳诵《法华经》至《药王品》，曰：是真精进，是名真法，供养如来。于是悟法华三昧，获旋陀罗尼，见灵山一会，俨然未散”，喻指彻悟佛学真谛，仿佛直接领受佛祖教诲。　10 八部，《阿弥陀经要解便蒙钞》卷上：“八部者，即护法八部也。一提婆，此云天；二龙；三夜叉，此云勇健能飞行守天城；四干闼婆，此云香阴，以香资身，天之乐神；五阿修罗，此云无端正，男丑女美；六迦楼罗，此云金翅鸟；七紧那罗，此云疑人，似人非人，天之伎神；八摩睺罗伽，此云大腹行，蟒神也。复有四天王所统八部鬼神，即非人等也。”佛祖于灵山说法，八部亦在座。　11 二圣，《苏诗补注》卷二十以为即惠思、智顗。　12 吾家山，即净居寺所在之大、小苏山，曰“吾家”，大约有皈依之情。

元丰三年初（1080），苏轼因“乌台诗案”被贬离京，赴黄州途中过光山，遂游净居寺。在流连景致，思慕前贤的过程中，苏轼深感困于宦海，不能自控，以至身陷囹圄，而其本真之性情更是渐趋杳渺，难以追觅，故而稽首世尊，期望得悟佛法真谛，以求一洗"前非"，解脱于俗事烦扰。

和何长官六言次韵五首·其四

清风初号地籁[1]，明月自写天容。贫家何以娱客？但知抹月批风[2]。

1 地籁，风过山林所生之音响，语出《庄子·齐物论》："子綦曰：'夫大块噫气，其名为风，是唯无作，作则万窍怒呺。而独不闻之翏翏乎？山林之畏佳，大木百围之窍穴，似鼻，似口，似耳，似枅，似圈，似臼，似洼者，似污者，激者，謞者，叱者，吸者，叫者，譹者，宎者，咬者。前者唱于而随者唱喁，泠风则小和，飘风则大和，厉风济则众窍为虚，而独不见之调调之刁刁乎？'子游曰：'地籁则众窍是已……'" 2 抹月批风，禅语，《五灯全书》卷七十九："问：'如何是和尚家风。'师曰：'不是打人。便是骂人。'曰：'忽遇客来，如何管待。'师曰：'薄批明月，细切清风。'"

苏轼此诗巧妙，贫家惟有风月，然批风抹月，自有一番乐趣，其似信手拈来，然又颇具机趣。凭心而为，任性自适，为禅家乐道，在此亦是苏轼唱和为诗之道。

武昌酌菩萨泉[1] 送王子立[2]

送行无酒亦无钱[3]，劝尔一杯菩萨泉。何处低头不见我，四方同此水中天。[4]

1 菩萨泉，在今湖北鄂州市，传说与文殊菩萨像有渊源。苏轼《菩萨泉铭序》："陶侃为广州刺史，有渔人每夕见神光海上，以白侃。侃使迹之，得金像，视其款识，阿育王所铸文殊师利像也。初送武昌寒溪寺……其后，惠远法师迎像归庐山……会昌中，诏毁天下寺，二僧藏像锦绣谷。比释教复兴，求像不可得，而谷中至今有光景……今寒溪少西数百步，别为西山寺，有泉出于嵌窦间，色白而甘，号菩萨泉，人莫知其本末。建昌李常谓余，岂昔像之所在乎？" 2 王子立，王适，字子立，苏辙之婿。此时，将往徐州赴试。 3 此诗成于元丰四年(1081)，苏轼已因"乌台诗案"被贬黄州，生活相对窘迫，故有"无酒无钱"之说。 4 唐布袋和尚有诗："手把青秧插满田，低头便见水中天。六根清净方为道，退步原来是向前。"水中天，即为佛教"水镜"思想之变体，《大般涅槃经·序》："故真净水镜于万法。水镜于万法，故非净不能渝。"送行而言"水中天"，正与"千里共婵娟"同一思路。

传文殊菩萨司智慧，故苏轼邀王子立酌菩萨泉水，寓有祝愿其赴考成功之意。古人的认识中，两人相隔再远，在同一个时间，头顶的天空都是一样的，"但愿人长久，千里共婵娟"(苏轼《水调歌头》)，"隔千里兮共明月"(谢庄《月赋》)，举头望天、望月，遥想异地的友人也能在此时此刻与自己同望一片图景，空间距离由此在心理上得以打破。因此，送行、怀人之时，低头望望手中的水杯、身边的泉水，看着其中映照、含纳的天空，这间接的观照，已足以令人借水中天空慰藉离愁，体会到友人、亲人远在天边、近在眼前。“何处低头不见我，四方同此水中天”，两句既是临别时略带洒脱的劝慰，又是苏轼暗陈心迹之词，表示自己已无欲无求，不为荣辱得失所羁，只留有如一泓清水般澄澈的明净本心。

次韵答元素[1] 并引

余旧有赠元素词云：天涯同是伤流落。[2] 元素以为今日之先兆，且悲当时六客之存亡。六客[3]，盖张子野、刘孝叔、陈令举、李公择及元素与余也。

不愁春尽絮随风，但喜丹砂入颊红。流落天涯先有识，摩挲金狄[4] 会当同。蘧蘧未必都非梦[5]，了了[6] 方知不落空[7]。莫把存亡悲六客[8]，已将地狱等天宫[9]。

1 元素，即杨绘，字元素，绵竹人，尝官亳州、应天府、杭州等地，《宋史》有传。元丰四年(1081)，杨绘寄诗，苏轼遂作此诗以答之。
2 按，苏轼有《醉落魄》词，其云：“分携如昨，人生到处萍飘泊。偶然相聚还离索。多病多愁，须信从来错。樽前一笑休辞却，天涯同是伤流落。故山犹负平生约。西望峨嵋，长羡归飞鹤。” 3 六客，熙宁中，李常(公择)守湖州，与张子野、刘孝叔、陈令举、杨元素、苏轼会聚于其地，是为六客。《苕溪渔隐丛话后集》卷三十九：“吴兴郡圃今有六客亭，即公择、子瞻、元素、子野、令举、孝叔。时公择守吴兴也。东坡有云：余昔与张子野、刘孝叔、李公择、陈令举、杨元素会于吴兴时，子野作《六客词》。” 4 金狄，铜人。按《水经注》卷四载，秦始皇尝铸金狄十二座，后“汉自阿房徙之未央宫前，俗谓之翁仲矣。地皇二年，王莽梦铜人泣，恶之，念铜人铭有'皇帝初兼天下'文，使尚方工镌灭所梦铜人膺文。后董卓毁其九为钱，其在者三。魏明帝欲徙之洛阳，重不可胜，至霸水西停之。《汉晋春秋》曰：'或言金狄泣，故留之。'石虎取置邺宫，苻坚又徙之长安，毁二为钱，其一未至。而苻坚乱，百姓推置陕北河中，于是金狄灭。"此处，金狄喻指能够预知日后命途多舛。　5 此句用庄周梦蝶典，《庄子·齐物论》："昔者庄周梦为胡蝶，栩栩然胡蝶也……俄然觉，则蘧蘧然周也。不知周之梦为胡蝶与？胡蝶之梦为周与？"蘧蘧，此处有模糊不明之意。　6 了了，清晰貌。　7 落空，归于虚幻。《宗镜录》卷九十："佛道皆因何法成，悟心无体荡无明。莫怕落空沈断见，万法皆从此处生。"《景德传灯录》卷六："有律师法明，谓师曰：'禅师家多落空。'师曰：'却是坐主家多落空。'法明大惊，曰：'何得落空。'师曰：'经论是纸墨文字，纸墨文字者俱空，设于声上建立名句等法，无非是空。坐主执滞教体，岂不落空。'法明曰：'禅师落空否。'师曰：'不落空。'曰：'何却不落空。'师曰：'文字等皆从智能而生，大用现前，那得落空。'"　8 其时，张子野、刘孝叔、陈令举已卒。　9 宋元照录、道询集《芝苑遗编》卷下："心净土净，《圆觉》：地狱、天宫皆为净土。志公、六祖等皆云：即心是净土，不须求西方。"《古尊宿语录》卷二十八："得念失念无非解脱，成法破法俱名涅槃，地狱天宫皆为净土。"

此诗情感颇为复杂，面对故人或天各一方、或生死相隔的现实，苏轼深喟世事变迁并非空幻，从而不得不去面对它的真实与残酷；不过与此同时，东坡更清楚地认识到，坎坷多舛的境况虽然无法幻化落空，却可以凭借内心的清净旷达来化解现实中的痛苦与哀伤。

蜀僧明操思归书龙丘子壁[1]

更嫌劳生能几日，莫将归思扰衰年。片云会得无心否[2]，南北东西只一天。

1 龙丘子，即陈慥，字季常，亦称龙丘居士。宋黄庭坚《跋东坡长短句》："龙丘子，陈慥季常之别号也。"按，文渊阁四库全书、明成化本《苏文忠公全集》等所录此诗，皆题作"蜀僧明操思归龙丘子书壁"，此处从《苏文忠公诗编注集成》。 2 此句用《楞严经》典。《楞严经》卷九："当知虚空生汝心内，犹如片云点太清里，况诸世界在虚空耶。"其意有二：第一，心中迷妄，方有地域国土之界限观。《楞严经》卷九："由汝妄想迷理为咎，痴爱发生，生发遍迷，故有空性，化迷不息，有世界生，则此十方微尘国土非无漏者，皆是迷顽妄想安立。"又，《翻译名义集》（二）："当知虚空生汝心内，犹如片云点太清里。是则众生计乎妄想，太虚绝于灵照，既迷妄以成空，故背觉而有限。"第二，世界本是虚妄微渺，故不必执著于所在。《楞严经要解》卷十七："空生大觉中，如海一沤发，又喻片云，以明世界虚幻微芒，易以消殒也。"又，《楞严经通议》卷九释云："真心至大，故虚空生于妙心，如片云点于太清，眇乎小矣，况空中之世界，岂不至微哉。"下句"南北东西只一天"亦是承接此意而来。

苏轼援佛家经义劝慰明操，世界既虚且渺，依空而立，本就是迷顽妄想的产物，故而不必执著于他乡故乡之别，以免为归思所扰，搅乱内心的平和清净。

子由作二颂，颂石台长老问公[1] 手写莲经[2]，字如黑蚁，且诵万遍，胁不至席二十余年，予亦作二首

其一

眼前扰扰黑蚍蜉[3]，口角霏霏[4] 白唾珠。要识吾师无碍[5]处，试将烧却看嗔无[6]。

1 石台长老问公，苏辙有《赠石台问长老二绝》诗，其叙曰："石台长老问公，本成都吴氏子，弃俗出家，手书《法华经》，字细如黑蚁，前后若一，将诵之万遍，虽老而精进不倦，胁不至席者二十有三年。" 2 莲经，《妙法莲华经》，即《法华经》。 3 蚍蜉，大蚂蚁，此处喻指《法华经》文字。 4 霏霏，飞散、飞溅之貌。 5 无碍，即无有障碍，通达自在。《景德传灯录》卷二十九："慧至乃明，明则不昧，明至乃通，通则无碍。无碍者何？变化自在。" 6 嗔，指嗔火。佛家以为，嗔怒之气会如烈火焚烧般减损功德。唐栖复《法华经玄赞要集》卷八："如贪、嗔、痴，亦名三毒，损慧命故，亦名三惟一，然烧人功德，亦名三株杌，亦为名三火，亦名漏，亦名六贼。"明一如《法华经科注》卷七："嗔恚能破善业，退上堕下，皆名为火。"烧却嗔无，即毒火已灭，无有嗔恚。此处赞石台长老修持善业，境界高深。宋闻达《法华经句解》："嗔火起时，焚烧三界，一念转善，火作池凉。"又，《法华经玄赞要集》卷九："世间皆为贪欲、嗔恚、愚痴猛火之所烧煮，汝等往事三火，既能绝弃除此外火。今三毒火尚在汝等身内，宜速灭之。时诸比丘，亦闻佛此语，于诸法中远尘离苦，得法眼净，又为广说四谛法，皆悉得阿罗汉果。"另，嗔，文渊阁四库全书本《苏诗补注》、清曾文正公全集本《十

八家诗钞》等作“瞋”。

苏轼盛赞石台长老问公手写经文、诵吟廿载之行举，以为能够臻于此种无碍境界，乃是尽却心中嗔火，不复计较于俗世蝇营的表现。

其二

眼睛心地两虚圆[1]，胁不沾床[2] 二十年。谁信吾师非不睡，睡蛇[3] 已死得安眠。

1 虚圆，指一种灵明澄澈、通达无碍的至高境界。苏辙《病中郭尉见访》：“却问药王求妙剂，惭非摩诘已虚圆。”明陈献章《道学传序》：“去耳目支离之用，全虚圆不测之神。” 2 胁，身体两肋的部位。胁不沾床，指勤于修行，不眠不寐。如《景德传灯录》卷三载，道信“摄心无寐，胁不至席”。 3 睡蛇，喻心中烦恼。《佛垂般涅槃略说教诫经》(《遗教经》)云：“烦恼毒蛇，睡在汝心，譬如黑蚖在汝室睡，当以持戒之钩早摒除之。睡蛇既出，乃可安睡，不出而眠，是无惭人也。”

此诗亦是称赞问公能摒除烦恼，净心修持。苏轼以为，石台长老虽未卧榻而眠，但心中已无烦恼毒蛇，其实已得清休之乐。

圆通禅院[1]，先君旧游也。四月二十四日晚至，宿焉。明日，先君忌日也。乃手写宝积献盖[2]颂佛一偈，以赠长老仙公[3]。仙公拊掌笑曰："昨夜梦宝盖飞下，着处辄出火，岂此祥乎？"乃作是诗。院有蜀僧宣逮，事讷长老[4]，识先君云

石耳峰头路接天，梵音堂[5]下月临泉。此生初饮庐山水，他日徒参雪窦禅[6]。袖里宝书犹未出，梦中飞盖已先传。何人更识嵇中散，野鹤昂藏未是仙[7]。

1 圆通禅院，在庐山，清毛德琦《庐山志》卷十三载，"甘泉口西为圆通山，山南有圆通寺"；又引《九江志》曰，"圆通寺在石耳峰西北，建于唐"。苏洵尝游于圆通禅院，结识寺僧居讷，苏辙《赠景福顺长老二首叙》曰："辙幼侍先君，闻尝游庐山，过圆通，见讷禅师，留恋久之。"

2 宝积献盖，指宝积长者献盖于佛祖之典故。《维摩诘所说经》卷上："尔时毘耶离城有长者子，名曰宝积，与五百长者子俱持七宝盖来诣佛所，头面礼足，各以其盖共供养佛，佛之威神令诸宝盖合成一盖，遍覆三千大千世界，而此世界广长之相悉于中现。……于是长者子宝积，即于佛前以偈颂。"下文所谓"颂佛一偈"，即是《维摩诘经》中宝积长者所作之偈文，其曰"目净修广如青莲，心净已度诸禅定"云云，详见《维摩诘所说经》卷上。 3 长老仙公，圆通寺僧可仙禅师，亦称可仙法镜禅师，为东林总禅师法嗣。 4 讷长老，即居讷禅师，宋云门宗僧人，字中敏，蜀地梓州人，《五灯会元》卷十六有传。 5 梵音堂，在圆通寺内。 6 雪窦，即雪窦山，在明州（今浙江奉化），为佛教圣地。参雪窦禅，代指苏轼在江浙时参禅悟道的经历。 7 昂藏，超凡拔俗。《晋书·嵇绍传》载："嵇绍，字延祖，魏中散大夫康之子也。

……绍始入洛，或谓王戎曰：'昨于稠人中始见嵇绍，昂昂然如野鹤之在鸡群。'戎曰：'君复未见其父耳。'""何人"二句乃称誉之辞，赞可仙禅师道骨仙风，气度不凡。

此诗主要表达对可仙禅师梦得先机之大能的钦敬、推崇之情，不过"他日徒参雪窦禅"一句情感较为暧昧，其既是抑己扬人的赞誉之词，同时亦隐约反映了苏轼对于自己参悟佛理多年，却不得神通的遗憾之感。

余过温泉[1]，壁上有诗云：直待众生总无垢，我方清冷混常流。问人，云长老可遵[2]作。遵已退居圆通，亦作一绝

石龙[3]有口口无根，自在流泉谁吐吞。若信众生本无垢[4]，此泉何处觅寒温[5]？

1 温泉，在庐山，《白氏六帖事类集》卷二引《庐山记》："主簿山有温泉，冬夏常如热沸。" 2 可遵，福州僧人，《冷斋夜话》卷七载："福州僧可遵好作诗，暴所长以盖人，丛林貌礼之而心不然。尝题诗汤泉壁间，东坡游庐山，偶见，为和之。" 3 石龙，其时温泉泉水涌出处，被雕饰成龙首之形。按清毛德琦《庐山志》卷四，温泉附近有灵阳净慧禅师寺，亦称灵汤寺，寺僧"常凿石为龙首以出泉"。 4 垢，指妨碍觉悟的障碍。无垢，此处为清净、无碍之意。《大宝积经》卷三十九："虚静故清净，无碍故无垢，空寂故无执。"《大乘宝云经》卷三："云何菩萨清净无浊？善男子，譬如净水，体性清净，无有垢秽，菩萨亦尔，自性清净，无垢无秽。言清净者，一切随眠、烦恼、结使、贪、瞋、痴等皆消灭故，诸根无染无垢无秽。" 5 此句意指，众生无垢，故无需

此泉浴洗。明如卺《禅宗正脉》卷三："有一院名无垢净光，造浴室。有人问：'既是无垢净光，为甚么却造浴室？'僧无语。"

关于无垢而浴的话题，释家历来多有解说，本诗之问仅是针对可遵诗而发。在此，苏轼倾向于禅宗直指人心、见性成佛的观点，以为众生性本清净，不须借助外力之涤洗，亦能无垢。

赠东林[1] 总长老[2]

溪声便是广长舌[3]，山色岂非清净身[4]。夜来八万四千偈，他日如何举似[5] 人。

1 东林，庐山东林寺，佛教著名道场，为净土宗发源之地，始建于东晋。《山堂肆考》卷一百七十四引《庐山疏》："东林寺者，晋沙门慧远之道场也。初慧远自楼烦至庐山，结庵以居，曰龙泉精舍，其后刺史桓伊为之请立寺，曰东林，而名其殿曰神运。又有西林寺在东林之西。" 2 总长老，即东林照觉常总禅师，亦称东林照觉总禅师，名常生，剑州人，为临济宗黄龙慧南禅师法嗣。《僧宝传》卷二十四有传。3 广长舌，传佛有长舌之相。《宝云经》卷六："尔时如来即出广长舌相，自覆其面，其舌广长，踰于发际，乃至覆头，覆头已复覆其身，覆身已覆师子座，又覆菩萨、声闻、缘觉、护世四天王、梵天、帝释，遍覆一切无量大众。佛还摄舌相，告诸大众：善男子等，如是舌相无虚妄耶。"广长舌一般用来形容能够精妙无妄地演说佛法。 4 清净身，即清净法身，指离除一切烦恼障碍、得获解脱的状态。唐昙旷《大乘起信论广释》第三："何者成就自身利益？谓得解脱，远离烦恼障、智障，得无障碍清净法身。"《摄大乘论释》卷八："得如来无垢清净法身，即漏尽无畏。" 5 举似，犹言拿给、呈予，为禅宗语录、宋儒语录中常用之辞。

苏轼以为东林山泉之音，皆是不可言说的精妙偈语法言，反映了禅家佛性自有、清净本然的思想。

叶涛致远[1] 见和二诗，复次其韵・其一

平生无一女，谁复叹耳耳[2]。滞留生此儿，[3] 足慰周南史[4]。那知非真实，造化聊戏尔。[5] 烦恼初无根，恩爱为种子。[6] 烦公为假说，反复相指似[7]。欲除苦海浪，先干爱河水。弃置一寸鳞，悠然笑侯喜。[8] 为公写余习[9]，瓶罍一时耻[10]。

1 叶涛，字致远，处州龙泉人，官至中书舍人，尝与苏轼游，《宋史》有传。 2 耳耳，含遗憾、抱恨之意。清段玉裁《说文解字注》卷十二上："曹操曰：'俗语云，生女耳耳。'是不足之词。"又，《山堂肆考》卷九十八："（东坡）诗云：'平生无一女，谁复叹耳耳。'按谚有'生女耳耳'之言，故云。"另，耳耳，文渊阁四库全书本《苏诗补注》作"尔耳"。 3"乌台诗案"后，苏轼被贬黄州，于元丰六年（1083）得幼子苏遯。 4 周南史，指西汉司马谈。司马谈留滞周南而卒，临终嘱托遗愿于其子司马迁。《汉书・司马迁传》："天子始建汉家之封，而太史公留滞周南，不得与从事，发愤且卒。而子迁适反，见父于河洛之间。太史公执迁手而泣曰：'……予死，尔必为太史。为太史，毋忘吾所欲论著矣。'"此处，苏轼以司马谈之留滞周南，比况自己因贬而谪居黄州；同时，亦暗含称赞幼子聪颖、能发扬己之遗愿的情愫。 5 元丰七年（1084）七月，苏轼幼子苏遯因病夭亡于金陵，"那知"二句即指此事。 6 佛家以为，一切烦恼障碍，皆因爱、取、无明等因缘而起，故以爱为萌生烦恼之种子。《文殊师利问经》卷上："无明、爱、取，此谓烦恼

魔贼。"《佛说佛名经》卷二:"弟子等从无始已来至于今日,积聚无明,障蔽心目,随烦恼性造三世罪业,或耽染爱着起于贪欲烦恼,或瞋恚忿怒怀害烦恼……" 7 指似,犹言指点、指示。似,文渊阁四库全书本《苏诗补注》等作"示"。 8 侯喜,唐人,字叔起,韩愈之友。退之尝作《赠侯喜》,诗中有描绘侯喜临渊垂钓之词,其文曰:"晡时坚坐到黄昏,手倦目劳方一起。暂动还休未可期,虾行蛭渡似皆疑。举竿引线忽有得,一寸才分鳞与鬐。""弃置"二句对侯喜不以为然,揶揄其兢兢半日,却仅得寸鳞。在此,苏轼意在强调一种旷达通脱、切勿执著的人生态度。 9 余习,指烦恼虽除,然仍有残存,不能尽断。 10 瓶、罍,皆盛器。《诗经·小雅·蓼莪》:"瓶之罄矣,维罍之耻。"汉毛亨释曰:"瓶小而罍大。"此处,"瓶罍一时耻"为苏轼自谦之辞,意为自己难断烦恼余习,与叶致远的境界相比,有如瓶之于罍,高下自现。

苏轼由痛失爱子的切身经历体会到,无尽烦恼常因爱念而生,进而赞同佛家"痴爱取是烦恼流,行有是业余皆苦"的观点,以为要摒除烦恼之苦,则不能执著于世事,去欲断爱方能得获解脱。

次韵答宝觉[1]

芒鞋竹杖布行缠[2],遮莫[3] 千山更[4] 万山。从来无脚不解滑,谁信石头行路难[5]。

1 宝觉,金陵定林寺僧,名务周。 2 行缠,亦名行縢,古人用以裹脚之布幅,其长者可至膝,裹完行缠后着履。清王先谦《释名疏证补》卷五:"幅,所以自偪束,今谓之行縢,言以裹脚可以跳腾轻便也。"王氏证补曰:"乐府有《双行缠》词,双行缠即行縢。" 3 遮莫,犹言任凭，尽管。南朝宝志《十四科颂·运用无碍》："遮莫刀剑临头，我自安然不采。"(《景德传灯录》卷二十九，《指月录》卷二)《苕溪渔隐丛话后集》卷八引《艺苑雌黄》："遮莫，俚语，犹言尽教也。自唐以来有之。"

4 更，文渊阁四库全书本《苏诗补注》作"与"。按，唐岑参《原头送范侍御》诗："别君祇有相思梦，遮莫千山与万山。" 5 用丹霞天然禅师事。《景德传灯录》卷十四载，丹霞天然禅师早年弃儒从佛，由马祖大师推荐至南岳石头(希迁大师)处，执爨役三年而得剃度，希迁为之说戒律，天然禅师掩耳而出。遂返谒马祖，"未参礼便入僧堂内，骑圣僧颈而坐"，"马师问：'从什么处来?'师(即天然)云：'石头。'马云：'石头路滑，还踢倒汝么?'师曰：'若踢倒即不来。'"此后，天然"乃杖锡观方"，游于四域。丹霞天然禅师主张："今时学者纷纷扰扰，皆是参禅问道。吾此间无道可修，无法可证。一饮一啄各自有分，不用疑虑。"

苏轼赞宝觉参禅问道不辞辛苦，遍游千山。此诗关节在最后一句，苏诗将宝觉巡游千山之举比况于丹霞天然禅师之杖锡观方，意在指出芒鞋竹杖，遮莫千山亦能参悟禅机，亦即问道参禅更多地在于寻常日用，而并非只有埋首经堂之一途。

以玉带施元长老[1]，元以衲裙相报[2]，次韵二首

其一

病骨难堪玉带围，钝根仍落箭锋机[3]。欲教乞食歌姬院[4]，故与云山旧衲衣[5]。

1 元长老，即佛印(1032～1098)，名了元，字觉老，饶州浮梁(今

江西景德镇）人，宋云门宗僧，为苏轼方外之交。苏轼贬黄州，恰逢佛印居庐山归宗寺（按，黄州与庐山隔江相望）；后佛印转丹阳金山寺，苏轼亦得还吴中，故二人之间酬唱交游颇多。本诗所谓施玉带事，即在金山。 2 衲裙，即僧衣。传苏轼尝与佛印斗机锋，输腰间玉带，佛印则赠衲衣以报。《续传灯录》卷五载："师（佛印）一日与学徒入室次，适东坡居士到面前。师曰：'此间无坐榻，居士来此作甚么？'士曰：'暂借佛印四大为坐榻。'（按，此处四大即指身体。佛家以地、水、火、风为四大，认为其是构成人身之基本元素）师曰：'山僧有一问，居士若道得即请坐，道不得即输腰下玉带子。'士欣然曰：'便请。'师曰：'居士适来道暂借山僧四大为坐榻，祇如山僧四大本空，五阴（蕴）非有，居士向甚么处坐？'士不能答，遂留玉带，师却赠以云山衲衣。"另，传苏轼以为己之前身乃师戒禅师，故发愿勤加修行，以续前身之事。《僧宝传》卷二十九曰："（苏轼）后与真净（按，即克文禅师）书，其略曰：'戒和尚不识人嫌，强颜复出，亦可笑矣。既是法契，愿痛加磨励，使还旧观。'自是常着衲衣。故元以裙赠之，而东坡酬以玉带。" 3 锋机，即机锋、禅机之意，指寓意深邃、含蕴玄机的话语，锐利难当，故而能够翦破蒙昧障碍，启发心智。此句谓自己根性愚钝，较之佛印机锋如箭，实在难以望其项背。 4《苕溪渔隐丛话前集》卷十四："苕溪渔隐曰：余读《北梦琐言》'裴休尝披毳衲于歌姬院，持钵乞食，自言不为俗情所染，可以说法为人'，盖东坡以玉带施元老，元以衲裙相报，即用此事。" 5 云山，即云居山。云山旧衲衣，佛印至金山寺前，于云居山居住，故称其所赠僧衣为云山衲衣。按，佛印一生"四住云居"，亦称"云居佛印元禅师"。

苏轼借佛印赠衲衣之事，自况于裴休，表达了虽身在红尘，但仍愿修持不辍，传法度人之意。

其二

此带阅人如传舍[1]，流传到我亦悠哉。锦袍错落真[2] 相称，乞与佯狂老万回[3]。

1 传舍，古称客栈、驿站为传舍，可以引申为被众人相继分享、拥有之意。《汉书》卷四十三颜师古注曰："传舍者，人所止息，前人已去，后人复来，转相传也。"又《汉书·盖宽饶传》："然富贵无常，忽则易人，此如传舍，所阅多矣。" 2 真，文渊阁四库全书本《苏诗补注》作"差"。 3 万回，唐代名僧，俗姓张，唐中宗赐号法云公，传见《宋高僧传》卷十八。武则天尝赐万回玉带锦袍。此处以万回代指佛印禅师。

此诗赞玉带与佛印禅师相称，并将佛印与唐代名僧万回相联系，有称誉之意。不过，苏轼在玉带得失之间的态度，也多少反映了一种俗世万象即如传舍，故不必执著计较的思想观念。

龟山[1] 辩才师[2]

此生念念[3] 浮云改，寄语长淮今好在。故人宴坐[4] 虹梁[5] 南，新河[6] 巧出龟山背。木鱼呼客振林莽，铁凤[7] 横空飞彩绘。忽惊堂宇变雄深，坐觉风雷生謦欬[8]。羡师游戏浮沤[9] 间，笑我荣枯弹指[10] 内。尝茶看画亦不恶，问法求诗了无碍。千里孤帆又独来，五年一梦谁相对。[11] 何当来世结香火[12]，永与名山躬井硙[13]。

1 龟山，位于今江苏盱眙，在淮河汇入洪泽湖处，宋属泗州。 2 此辩才非上天竺辩才师元净。 3 念，《大乘义章》卷二："念谓心念，心道峻速。"念念，佛家用以形容时间极短，瞬息变化。唐湛然《法华文句记》卷六："刹那不住，名为念念。"《维摩诘所说经》卷上："是身如电，念念不住。" 4 宴坐，即坐禅，这里有安坐之意。 5 虹，指宋时虹县(大约在今安徽泗县地域)，亦属泗州。梁，山梁。 6 新河，宋人为排除淮河水患而在龟山开凿的运河。《宋史·蒋之奇传》载，元丰六年(1083)，蒋之奇"请凿龟山左肘至洪泽为新河，以避淮险，自是无覆溺之患"。 7 铁凤，房脊上的凤状装饰物。东汉张衡《西京赋》有"凤骞翥于甍标，咸溯风而欲翔"之语，三国吴薛综注曰："谓作铁凤皇，令张两翼，举头敷尾，以函屋上，当栋中央，下有转枢，常向风如将飞者焉。" 8 謦欬，咳嗽，在佛家语境下，可以用来表示以佛法令人开悟。《法华经》卷六："释迦牟尼佛及宝树下诸佛现神力时，满百千岁，然后还摄舌相，一时謦欬俱共弹指，是二音声，遍至十方诸佛世界，地皆六种震动。其中众生，天、龙、夜叉、干闼婆、阿修罗、迦楼罗、紧那罗、摩睺罗伽、人非人等，以佛神力故，皆见此娑婆世界，无量无边百千万亿众宝树下、师子座上诸佛；及见释迦牟尼佛共多宝如来，在宝塔中、坐师子座；又见无量无边百千万亿菩萨摩诃萨及诸四众，恭敬围绕释迦牟尼佛。"宋从义《法华经三大部补注》卷四释曰："一出广长舌，二謦欬声，三弹指令，修行者觉悟。"故此处謦欬可引申为说法、讲法之意。另，謦欬或可解作谈笑，宋司马光《类篇》卷二十四："謦欬，言笑也。" 9 浮沤，即水中泡沫，常用以比喻世事变幻无常，生命短暂易逝。《诸法集要经》卷二："又一切众生，命若浮沤起。"宋刘才邵《题欧阳炳文真止亭》："诸法如露电，乾坤一浮沤。试看究竟处，还有起灭不?" 10 弹指，此处亦是用以形容时间短暂。唐法宝《俱舍论疏》卷十二："如一弹指顷，六十五刹那。"《净土十要》卷七："无常迁变，不可久留。纵寿百年，不逾弹指。" 11 元丰七年(1084)末，苏轼抵于泗州，过龟山，有是诗。按，元丰二年(1079)，苏轼自徐州迁湖州，尝过淮水，至此已有五载，故有孤帆又来，五年一梦之说。

12 香火，即焚香与燃灯，可用以指代崇拜、侍奉神佛之事。结香火，这里有皈依佛法、侍奉佛祖之意。《大宋僧史略》卷下："晋宋间有庐山慧远法师，化行浔阳，高士逸人辐凑于东林，皆愿结香火。"宋吕本中《示内》诗:"稍回功名心,来结香火愿。" 13 硙,石磨。井硙,指汲水磨米之事,意谓劳作。

苏轼于诗中感喟人生如梦,短暂易逝,更欣羡辩才师精研佛法,觉悟无碍,而得以游刃于世事浮沤,故而生发出皈依佛祖,以求淡泊平和的愿望。

记梦并叙

乐全先生[1] 梦人以诗三篇示之,字皆旁行而不可识。旁有人道衣古貌,为读其中一篇,云'人事且常在,留质悟圆间',凡四句,觉而忘其二,以告其客苏轼。轼以私意广之云:

圆[2] 间有物物间空[3],岂有圆空[4] 入井中。[5] 不信天形真个样,故应眼力自先穷。连环易解如神手[6],万窍犹号未济风[7]。稽首问公公大笑,本来谁碍更求通[8]。

1 乐全先生,即张方平,见前《张安道乐全堂》诗注 1。 2 圆,此处指心,《楞严经》卷三:"心精遍圆,含裹十方。" 3 物间空,指世间万物本是空,有诸法皆空、色即是空的意思。 4 圆空,空的最高境界,大约是一种观诸事皆空,且自然为之的状态。唐湛然《法华文句记》卷九:"能空只是一大空耳,大无大相即圆空也。"宋智圆《般若心经疏》:"通观即空,空不具法,而此圆空具足。" 5"圆间"二句意谓:诸法自性蕴空,而心含万法,则心亦是空;心物皆空,则自然臻于圆空,故圆空无有障碍,不可束缚。 6《庄子·天下》"连环可解也",晋郭象注:“夫物尽于形,形尽之外,则非物也。连环所贯,贯于无环,非贯于环也,若两环不相贯,则虽连环故可解也。”其意为:对于连环而言,如若令其中各环不相接触,则环环不“连”,也就不能称之为“连环”了。亦即连环可以自解,故曰“易解”。 7“万窍”句反用《庄子·齐物论》之“地籁则众窍是已”,以为即使不凭借风力,众窍亦仍能发出声响。 8“本来”句意谓有碍者必不求通,即问法求理,乃是本性无碍的表现。

此诗虽曰记梦,实则论禅家道理。“圆间有物物间空,岂有圆空入井中”二句乃全诗关节所在,苏轼以为,心本是空,故人能臻于圆空而无有障碍。其意在暗示,正因为本身便拥有佛性,所以人能领悟佛法的真谛,诚如必是先有穷千里之目,而后才有探察天形之举。苏轼指出,连环自解,万窍自鸣,无有外力,故而求法问道,要先从自性上下工夫。

赠眼医王彦若[1]

针头如麦芒,气出如车轴。[2] 间关[3] 脉络中,性命寄毛粟[4]。而况清净眼,内景含天烛[5]。琉璃[6] 贮沆瀣[7],轻脆不任触。而子于其间,来往施锋镞。笑谈纷自若,观者颈为缩。运针如运斤,去翳[8] 如拆屋。常疑子善幻,他技杂符祝[9]。子言吾有道,此理君未瞩。形骸一尘垢,贵贱两草木。[10] 世人方重外,妄见瓦与玉。[11] 而我初不知,刺眼如刺肉。君看目与翳,是翳要非目。目翳苟二物,易分如麦菽[12]。宁闻老农夫,去草更伤谷?鼻端有余地,肝胆分楚蜀[13]。吾于五轮[14] 间,荡荡见空曲[15]。如行九轨道,并驱无击毂[16]。空花谁开落[17],明月自朏朒[18]。请问乐全堂，忘言老尊宿[19]。

1 四部丛刊景宋本《东坡诗集注》、明成化本《苏文忠公全集》等题作“赠眼医王生彦若”。王彦若，宋苏籀《栾城遗言》：“箴眼医王彦若，在张文定公门下。坡公于文定坐上赠之诗，引喻证据博辩，详切高深，后学读之茫然。坡公敏于著述如此，先祖屡云。” 2 古人以为，针刺入人体，会使体内之气泻出。清郝懿行《证俗文》卷三引《黄帝素问》：“针头如芒，气出如筐。” 3 间关，逼仄、狭窄。《骈雅》卷二：“间关，偪碊也。” 4 毛粟，比喻极细微的事物。性命寄毛粟，有命悬一线、生死一线之间的意思。 5 天烛，本指日月星辰，引申为目睛明亮，可烛照众物。清阮元《眼镜》诗：“嗟我年未耄，眸子灭天烛。” 6 琉璃，比喻眼睛。唐张说《苏摩遮四首・其一》：“摩遮本出海西湖，琉璃宝眼紫髯须。”元杂剧张国宾《相国寺公孙合汗衫》：“我这眼不唤做眼，唤做琉璃葫芦儿。” 7 沆瀣，水气。《说文解字》卷十一下：“沆瀣，气也。”《文选六臣注》卷十五注文：“沆瀣，露气也。” 8 翳，指眼中所生的障蔽视力之物。 9 符祝，符咒，指咒语以及书有咒语的符纸。古人以为符咒有治疗病疾、驱驭神鬼等神秘能力。 10 佛家以为，此身无我，此身无知，躯体形骸本不值一提，且终将归于消亡，富贵皆不可免。《维摩诘所说经》卷上：“是身为空，离我我所；是身无知，如草木瓦砾；是身无作，风力所转；是身不净，秽恶充满；是身为虚伪，虽假以澡浴衣食必归磨灭……”又，元僧善住《遣兴五首》(其五)：“自来贵贱皆归尽，草木衰荣岂足伤。” 11“世人”二句谓，世人不悟躯骸皆如草木瓦砾之事，而有贵贱轻重之分。也就是说，世人执著于眼“贵”肉“贱”的观念，故而于眼目之事患得患失，见针锋施于眼，则惊惧不已，顾虑颇多。以下“而我初不知，刺眼如刺肉”二句即是承此意而来。 12 菽，豆类。明卓明卿《卓氏藻林》卷三：“菽麦易别。” 13《淮南鸿烈》卷二：“是故自其异者视之，肝胆胡越。”汉许慎注曰：“肝胆谕近，胡越谕远。”肝胆分楚蜀，与肝胆胡越意近，谓肝胆相连，然在王彦若看来，却是界限清晰，有如蜀楚二地之分野。 14 五轮，古人将眼部由内到外分为五个圈层，大约为瞳仁、黑眼仁、白眼仁、眼眦（眼角）和眼睑，称为五轮；并以为五轮与体内五脏相互关联。题为唐孙思邈所撰之《银海精微》卷上载："五脏分五轮，八卦名八廓。五轮：肝属木，曰风轮，在眼为乌睛；心属火，曰血轮，在眼为二眦；脾属土，曰肉轮，在眼为上下胞睑（按，即胞睑）；肺属金，曰气轮，在眼为白仁；肾属水，曰水轮，在眼为瞳人。" 15 曲，指道路、大道。 16 毂，车轮中心贯插车轴处。击毂，车毂相碰撞，形容车水马龙，十分拥挤。 17 空花开落，指因眼疾之故，所见模糊不清，似空中有花；待疾去，则不见花。此处盖用《楞严经》典。《楞严经》卷四："此迷无本，性必竟空，昔本无迷，似有迷觉，觉迷迷灭，觉不生迷。亦如瞖人，见空中花，瞖病若除，花于空灭。" 18 朏朒，即朓朒。清周广业《经史避名汇考》卷十九引《太元索隐》："月朝见曰朒，夕见曰朓，宋避僖祖讳，改为朏朒。"又，《九章算术》卷七："盈者谓之朓，不足者谓之朒。" 19 尊宿，即有德长者，是对老年人的敬称。

本诗之精要在于王彦若论医眼之道，以及"空花谁开落，明月自朏朒"二句。王彦若施锋鏃于"不任触"之睛目，大刀阔斧，干脆利落，且能笑谈自若，其要诀便在于王生并不以眼为贵，反以寻常皮肉视之，故能眼界澄明，详辨目、翳。苏轼津津乐道于此，其意在指出，万法皆归于虚幻，本无分别，但人们却不能视之以空，又往往偏执一端，患得患失，因而不能自在无碍；恰如明月盈虚交替，世事亦变化无定，眼前的花花世界，不过是翳障之下的幻象罢了，若以无疾无碍之眼观之，一切皆空。

云师无著自金陵来，见余广陵[1]，且遗余支遁[2]鹰马图。将归，以诗送之，且还其画

道人自嫌三世将[3]，弃家十年今始壮。玉骨犹含富贵余[4]，漆瞳已照人天上[5]。去年相见古长干[6]，众中矫矫如翔鸾。今年过我江西寺，病瘦已作霜松寒。朱颜不办供岁月，风中蒿火汤中雪。好问君家黄面翁[7]，乞得摩尼照生灭[8]。莫学王郎与支遁，[9]臂鹰走马怜神骏[10]。还君画图君自收，不如木人骑土牛。[11]

1 广陵，即扬州。 2 支遁（314～366），字道林，东晋著名僧人，精通般若义理，在玄学上亦颇有造诣。 3 三世将，家族三代皆为将领。《史记·白起王翦列传》载，王翦及其子王贲皆为秦将，至于陈胜起义时，秦二世又遣王翦之孙王离率兵攻赵，“或曰：‘王离，秦之名将也。今将强秦之兵，攻新造之赵，举之必矣。’客曰：‘不然。夫为将三世者必败。必败者何也？必其所杀伐多矣，其后受其不祥。今王离已三世将矣。’居无何，项羽救赵，击秦军，果虏王离。”嫌三世将，即是嫌忌业障深重。 4 玉骨犹含富贵余，盖谓贵族气质仍在。宋僧惠洪《题王路分容膝轩》：“诗眼爱云泉，玉骨含富贵。”金蔡松年《水调歌头》词：“云间贵公子，玉骨秀横秋。”按，本句文渊阁四库全书本《苏诗补注》作“玉骨犹寒富贵余”。 5 人天上，指超越人道与天道的崇高境界。《大集经》卷八：“不求人天上快乐，甘乐为众受诸苦。” 6 长干，地名，宋时属金陵。宋张敦颐《六朝事迹编类》卷下：“长干是秣陵县东里巷名。江东谓山陇之间曰干，建康南五里有山冈，其间平地，庶民杂居，有大长干、小长干、东长干，并是地名。” 7 黄面翁，指佛祖释迦牟尼。佛祖金身，故面亦黄，遂有此称，亦作黄面老子、黄面

老、黄面瞿昙等。宋梅尧臣诗《和江邻幾景德寺避暑》:“廊壁画地狱,狱具镬锯舂。铁城何焰焰,铁床亦彤彤。谁知炮烙死活间,传自西域黄面翁。”明陈际泰诗《仰竹兄身长八尺,膂力绝人,凡杀贼数四,事甚奇》:“日从黄面翁,合掌选佛场。” 8 摩尼,即摩尼宝,为有神力之珍宝。摩尼照生灭,隋吉藏《大品经义疏》卷七:“摩尼是生灭法,故得之则生乐,失之则受苦。”又,明镇澄《物不迁正量论》:“譬如清净摩尼,万象森罗去来生灭于中影现。” 9 王郎,王羲之。王羲之尝与支遁论《逍遥游》,《高僧传》卷四:“王羲之时在会稽,素闻遁名,未之信。谓人曰:‘一往之气何足言?’后遁既还剡,经由于郡,王故诣遁,观其风力。既至,王谓遁曰:‘《逍遥》篇可得闻乎?’遁乃作数千言,标揭新理,才藻惊绝。王遂披衿解带,流连不能已。” 10 怜神骏,传支遁爱鹰马,唐许嵩《建康实录》卷八引《许玄度集》:“遁字道林,常隐剡东山,不涉人事,好养鹰马而不乘放,人或讥之。遁曰:‘贫道爱其神骏。’”《高僧传》卷四亦载:“人尝有遗遁马者,遁爱而养之。时或有讥之者,遁曰:‘爱其神骏,聊复畜耳。’” 11 木人骑土牛,比喻徒具外表,实则无用。宋赵介之有《沁园春》词:“悠悠不复徼求,但安分随缘休便休。纵官居极品,徒为美玩,家称巨富,未免闲愁。遇酒开颜,逢欢乐意,有似木人骑土牛。从他笑,看一朝解悟,八极遨游。”末二句意谓,臂鹰走马之事与探究佛理相比,乃一无是处,故此画无甚价值。

诗赞云师无著资质不凡,又饱经历练;亦告诫其当心无旁骛,潜心佛法,切勿仿效前人崇尚玄谈、豢鹰走马之类的无用之举。

常州太平寺法华院[1] 薝蔔亭醉题

六花薝蔔林间佛[2],九节菖蒲[3] 石上仙。何似东坡铁拄杖,一时惊散野狐禅[4]。

1 太平寺法华院，宋史能之《咸淳重修毗陵志》卷二十五："华严教院在州东四里，旧为太平寺，支院名法华，有曼殊、普贤二台，东西对峙。" 2 佛家以为，各种法门虽名相各异，但其理无隔碍，皆是引导众生入于正道。《摩诃止观》卷六："何用前来种种分别？但凡情暗钝，不说不知，先诱开之，后入正道。法华云：虽说种种道，其实为一乘，若得此意，终日分别，无所分别。涅槃名为复有一行，是如来行；法华名正直舍方便，但说无上道；大品名为一切种智，知一切法；净名称为入薝蔔林，不嗅余香；华严称为法界。"入薝蔔林，比喻超越法门分别之境界，得佛法实理而入正道。按，薝蔔，即栀子，其花六瓣，故曰六出。《酉阳杂俎》前集卷十八："诸花少六出者，唯栀子花六出。陶真白言：栀子翦花六出，刻房七道，其花香甚相，传即西域薝蔔花也。" 3 菖蒲，多年生草本植物。《太平御览》卷九百九十九引《本草经》："菖蒲生石上，一寸九节者。"《神仙传》卷十："闻中岳有石上菖蒲，一寸九节，服之可以长生。" 4 野狐禅，禅家以野狐禅喻外道。"何似"二句，《苏文忠公诗编注集成》卷二十五王文诰案曰："惊禅，犹棒喝也。"

诗中反映了苏轼崇尚正法，不屑外道的态度。

次韵许遵[1]

蒜山渡口[2]挽归艎，朱雀桥边看道装。供帐[3]已应烦百两，击鲜毋久溷诸郎。问禅时到长干寺[4]，载酒闲过绿野堂。此味只忧儿辈觉[5]，逢人休道北窗凉。

1 许遵，字仲涂，泗州（今安徽泗县）人，熙宁间判大理出知润州，为苏轼好友。2 蒜山渡口，即京口渡也。陆游《南唐书·马仁裕传》云："初给使烈祖，署为右职。烈祖镇润州，仁裕监蒜山渡。首闻朱瑾之乱，驰入白之，烈祖即日渡江定乱。"3 供帐，又作僧帐、僧籍，乃僧尼之名籍，亦即记录僧尼之名称及出家得度等事项之簿册。4 长干寺，位于江苏江宁府城（今南京）。相传此寺古称建初寺，唐代曾一度被废，后又重建，自梁代改称长干寺，宋天禧二年（1018）改为天禧寺，明代改称大报恩寺。寺内阿育王塔，自古有名。2008 年南京市博物馆考古发掘宋代长干寺地宫，出土石碑一块，上刻"佛顶真骨"、"感应舍利十颗"、"诸圣舍利"、"金棺银椁"和"七宝阿育王塔"等字样，说明塔内曾有"佛顶真骨"等物，可见长干寺在宋代佛教中的地位。5 觉，即证悟涅槃妙理之智慧，指心性远离妄念而照用朗然。据《大乘起信论》所道，阿赖耶识（万有之本体）有觉与不觉二义，而觉又有本觉、始觉之别。其中，以万有之本体本为清净之觉体（本觉），然无始以来为无明妄念所覆，故依现实状态，而称不觉；若依修行观智即可达觉了心源，则称始觉。

此诗系许遵自润州罢官往金陵，有诗寄苏轼，苏轼复次韵送之。苏轼劝解许遵致仕之闷，在畅游金、焦、北固之后尚有余暇，登一登蒜山，抒发怀古之幽情，无疑是一件赏心乐事。更重要的是，可以时常到长干寺修禅问道，洗涤心灵，净化精神境界。

金山妙高台[1]

我欲乘飞车，东访赤松子[2]。蓬莱不可到，弱水[3] 三万里。不如金山去，清风半帆耳。中有妙高台，云峰自孤起。仰观初无路，谁信平如砥。台中老比丘[4]，碧眼[5] 照窗几。巉巉玉为骨，凛凛霜入齿。机锋[6]不可触，千偈[7]如翻水。何须寻德云[8]，即此比丘是。长生[9]未暇学，请学长不死。

1 金山，山名，在江苏省镇江市西北。上有金山寺，寺中有妙高台，乃苏轼好友、高僧佛印于元祐初年在金山山崖之上凿建。晴天阳光明媚，佛印禅师将珍贵的佛经放在台上晾晒，所以又称“晒经台”。2 赤松子，亦称“赤诵子”、“赤松子舆”。相传为上古时神仙，但各家所载其事互有异同。有相传为晋代得道成仙的黄初平，据晋葛洪《神仙传》卷二载：“丹溪人皇初平十五岁时外出牧羊，被道士携至金华山石室中，四十余年不复念家。其兄初起行山寻索历年不得。后经道士指引于山中见之，问羊何在，初平叱白石成羊数万头。初起乃弃家从初平学道，共服松脂、茯苓至五百岁，能坐在立亡，行于日中无影，而有童子之色。后乃俱还乡里，亲族死终略尽，乃复还去。初平改字为赤松子，初起改字为鲁班。” 3 弱水，古水名。由于水道浅或当地人不习惯造船而不通舟楫，只用皮筏济渡，古人认为是水弱不能载舟，因称弱水。古时所称弱水者甚多，如《书·禹贡》云：“黑水西河惟雍州弱水既西。”等等。弱水又指古代神话传说中所称险恶难渡的河海。 4 比丘，佛教语，又名苾刍，煏刍。为出家受具足戒者之通称。男曰比丘，女曰比丘尼。其义甚多，以乞士之翻为本义。《嘉祥法华义疏》卷一云：“比丘名为乞士，上从如来乞法以练神，下就俗人乞食以资身，故名乞士。世之乞人，但乞衣食，不乞于法，不名比丘。”5 碧眼，原指绿眼之异国僧人，于禅林则专称初祖达摩大师，略称碧眼、碧眼胡。《祖庭事苑》卷四称碧眼之胡人指达摩也。《祖庭事苑》卷四云：“初祖达磨大师眼有绀青色，故称祖曰碧眼。” 6 机锋，禅林用语，又作禅机。机，指受教法所激发而活动的心之作用，或指契合真理之关键、机宜；锋，指活用禅机之敏锐状态。意谓师家或禅僧与他人对机或接化学人时，常以寄意深刻、无迹象可寻，乃至非逻辑性之言语来表现一己之境界或考验对方。《林间录》卷下云：“云庵大称赏之，谓其机锋不减英邵武。” 7 偈，偈他的简称，华译为颂，即一种略似于诗的有韵文辞，通常以四句为一偈。《天台仁王经疏》云："偈者，竭也。摄义尽，故名为偈。"有广狭二义，广义之偈，包括十二部教中之伽陀与祇夜两者均为偈颂之体，然两者之意义互异：偈前无散文（长行），而直接以韵文记录之教说，称为孤起偈，即伽陀；偈前有散文，而尚以韵文重复其义者，称为重颂偈，即祇夜。然诸经论中或有混用此二者之情形。狭义之偈音译伽陀、伽他、偈陀、偈他，意译讽诵、偈颂、造颂、孤起颂、不重颂偈、颂、歌谣。为九部教之一，十二部经之一。此文体之语句，则称偈语。梵文文献中由特定音节数与长短组成之韵文，通用于佛教经律论。 8 德云，佛经中人名，善财童子所参的五十三知识之一。《华严经·入法界品》云："善财童子问法于德云比丘。" 9 长生，佛家术语，言极乐之寿命也。《无量寿经》下云："何不弃世事，勤行求道德，可获极长生，寿乐无有极。"

元丰八年（1085）苏轼官职多次调转，因此深感宦海浮沉之累，此诗是苏轼游览镇江金山寺时的即情之作。登临金山妙高台，气象万千，每到中秋，这里是赏月胜地。金山寺更是佛门净地，高僧云集，苏东坡经常来到金山访友佛印。妙高台上，秋风送爽，眺望天空，玉兔东升，明月照高台，江城展风姿。如此情境，充满禅悦意味，栖心于此，仿佛置身仙境之中，世俗干扰，顿消烟云。诗人通过描绘神奇莫测的江山景物，抒发了羁旅行役之愁和怀乡归隐之情，同时也净化抚慰了迷失困倦的心灵。

赠杜介[1] 并叙

元丰八年七月二十五日，杜几先自浙东还，与余相遇于金山，话天台之异，以诗赠之。

我梦游天台[2]，横空石桥小[3]。松风吹菌露[4]，翠湿香袅袅。应真飞锡[5]过，绝涧度云鸟。举意欲从之，倏然已松杪。微言粲珠玉，未说意[6]先了。觉[7]来如堕空，耿耿窗户晓。群生陷迷[8]网，独达从古少。杜叟子何人，长啸万物表。妻孥[9]空四壁，振策[10]念轻矫。遂为赤城[11]游，飞步凌缥缈。问禅[12]不归舍，屡为瓠壶[13]绕。何人识此志，佛眼[14]自照了。我梦君见之，卓尔非魔娆[15]。仙葩[16]发茗椀，剪刻分葵蓼。从今更不出，闭户闲騕褭[17]。时从佛顶[18]岩，驰下双莲[19]沼。

1 杜介，字几先，扬州人，是苏氏兄弟的故交。 2 天台，位于浙江台州府（天台县）佛霞岭山脉东北端，又称天梯山，或称台岳。自古即颇负盛名，为道士、隐士栖隐之地。唐末以来，禅宗兴盛，故天台山禅寺特多。至宋代，知礼、遵式等人将天台教学迁至四明山、西湖，其后天台山逐渐衰微。 3 石桥，特指浙江省天台山的名胜石梁，梁连接二山形似桥故称。 4 菌露，菌露即菌草上的露水。菌草即莽草，多生于水边潮湿处。 5 飞锡，锡即锡杖，比丘十八物之一，为僧侣外出时携行之物。飞锡为佛教语，谓僧侣行脚游历各处。僧人等执锡杖飞空，喻指游方僧。据《释氏要览》卷下载："今僧游行嘉称飞锡。此因高僧隐峰游五台出淮西掷锡飞空而往也。若西天得道僧往来多是飞锡。"这里指僧人游方。 6 意，谓佛言"思量"，即周遍思维之心理作用。如将之作为认识机能之依据，则称意根，为六根之一。于十二处中，称为意处；于十八界中，称为意界。依六识家之见，心、意、识三者同体异名。依八识家而言，心即指阿赖耶识，意指末那识，而识则指前五识（眼、耳、鼻、舌、身等识）兼及意识。 7 觉，参见前《次韵许遵》注。 8 迷，与"悟"之对称。不能如实觉知事物之真实性，而执著于错误之事理者，称为迷；反之，自迷中觉醒，体达真实者，称为悟。执著假相为实，妄念不绝的心，称为迷情、迷心。执于迷情，遂不知事物真实理之境地，即三界，称为迷界、迷境。若以渡河来譬喻，迷的此岸(即迷界)称作迷津;对此而言,开真实知见而得证道者,称作悟道。 9 妻孥,妻子和儿女,《诗经·小雅·常棣》云:“宜尔室家,乐尔妻帑。” 10 振策,扬鞭走马。晋陆机《赴洛道中作》诗之二云:“振策陟崇丘,案辔遵平莽。”这里指飞锡游方。 11 赤城,山名。这里指浙江省天台县北,为天台山南门。东晋孙绰《游天台山赋》云:“赤城霞举以建标。”又指传说中的仙境。 12 问禅,即参禅问答之意,又作问话。宋代以后之禅院,逢檀越及官人来向住持求升座说法时,有选派一特定僧人向住持质问之惯例,此质问僧称为禅客。《禅林象器笺·职位门》云:“盖官人入寺,屡请升座说法,及时禅客出众问答,名之曰问禅。”此外,一般问者以对句之韵语求问,有时亦有用颂叩问之通例。尔后,此种问禅渐次倾向口头之形式,而脱离本来禅问答之领域。 13 瓠壶,一种盛液体的大腹容器,常用来比喻虚有其表。 14 佛眼,指诸佛照破诸法实相,而慈心观众生之眼,系五眼之一。谓诸佛具有肉、天、慧、法四眼之用,乃至无事不见、无事不知、无事不闻,闻见互用,无所思维,一切皆见。《法华文句》卷四下云:“佛眼圆通,举胜兼劣;又四眼入佛眼,皆名佛眼。” 15 魔娆,世传存《魔娆乱经》一卷,译者不详,收于大正藏。内容叙述魔王波旬化作微小身,入尊者目犍连腹中,而目犍连入定加以看破,魔王遂从目连口出,立于其前。目连乃为之解说其与魔王过去世互为冤亲之本生故事,其后并以善恶果报之教法诫劝之。魔王闻言,忧戚恐怖,遁形而去。本经与《弊魔试目连经》皆为《中阿含降魔经》之别译。 16 仙葩,苏轼《十八罗汉颂》后跋云:“轼家藏十六罗汉像,每设茶供,则化为白乳,或凝为雪花,桃李芍药,仅可指名。” 17 騕褭,古骏马名。东汉张衡《思玄赋》云:“斥西施而弗御兮,絷騕褭以服箱”。 18 佛顶,佛教语,意译髻、顶髻、肉髻相、无见顶相,为佛三十二相之一。佛之顶骨,自然隆起,呈一髻形,故有肉髻之称。佛之顶相乃常人所无法见到之殊胜相,表示此种功德之佛像,即称佛顶尊。在密教,佛顶尊依其表示内容,可分三佛顶(表如来胎藏界三部之德)、五佛顶(表如来之五智)、八佛顶(三佛顶与五佛顶之合称)、九佛顶、十佛顶等。

19 莲，弥陀之净土，以莲华为所居，故指净土曰莲。盖由莲花出淤泥而不染之德，故佛、菩萨之台座系表示其居秽国而得离尘清净、神力自在之意。

本诗题旨在于与杜介"话天台之异"，天台山为著名佛教胜地，禅寺颇多，天台宗对苏轼有着深刻的影响。天台宗的"一切诸法，皆由心生"成为苏轼佛学思想中的重要思想源泉，本诗即可见"觉来如堕空，耿耿窗户晓。群生陷迷网，独达从古少"诸语十分明显。苏轼在《阿弥陀佛颂并叙》中说："佛以大圆觉，充满河沙界。我以颠倒想，出没生死中。云何以一念，得往生净土。我造无始业，本从一念生。既从一念生，还从一念灭。生灭灭尽处，则我与佛同。如投水海中，如风中鼓橐。虽有大圣智，亦不能分别。"（《东坡禅喜集·一目》）这都能看出苏轼对于天台禅学的熟知程度。

余将赴文登[1]，过广陵，而择老移住石塔[2]，相送竹西亭下，留诗为别[3]

竹西失却上方[4] 老，石塔还逢惠照师[5]。我亦化身[6] 东海去，姓名莫遣世人知。

1 文登，登州属县，在今山东省蓬莱市，境内有文登山。 2 择老，即石塔戒和尚，本驻扬州竹西寺，后移驻石塔寺，因名石塔戒。石塔，扬州石塔寺，原址在扬州西门外，始建于晋代，初名"蒙因显庆禅院"，后几度易名。唐开成三年（838），得古佛舍利于寺中，于是建五级六面石塔藏之，因此更名石塔寺。 3 元丰八年（1085）五月，苏轼被任命为登州军州事；七月，离开常州赴登州任；途经扬州，与戒和尚盘桓数日。此诗即作于离别之际。 4 上方，佛教语，原指称山寺，后呼寺院住持为上方，因其所居在寺之最高深处也。 5 惠照师，与上句上方老同指高德圣僧。 6 化身，乃佛为利益地前凡夫等众生而变现种种形相之身。化身与应身、法身合称三身，与自性身、受用身亦合称三身。即佛为人、天等五趣众生所化现之龙、鬼等非佛形之身。

苏轼职官不定，常为之迁徙奔波，深受其苦。元丰八年(1085)苏轼赴文登经过扬州石塔寺，无择(即戒和尚)来别，此诗系为与友人分别之题作，诗中表达了对高德惠僧无择长老的留恋与不舍，同时亦表达了脱蜕尘缘、化身而去、远离宦海沉浮的意愿，抒发了羁旅行役之愁和怀乡归隐之情。

次韵孙莘老[1] 斗野亭[2] 寄子由，在邵伯堰[3]

落帆谢公渚，日脚[4] 东西平。孤亭得小憩，暮景含余清。坐待斗与牛，错落挂南甍[5]。老僧[6] 如夙昔，一笑意已倾。新诗出故人，旧事疑前生[7]。吾生七往来，送老海上城。逢人辄自哂，得鱼不忍烹。似闻绩溪老，复作东都行[8]。小诗如秋菊，艳艳霜中明。过此感我言，长篇发春荣[9]。

1 孙莘老(1028～1090)，名孙觉，江苏高邮人，与欧阳修、苏轼等人交好，是黄庭坚的岳父。孙莘老为人耿直，因为反对王安石变法被逐出京城，贬于湖州、润州、苏州、福州等地。 2 斗野亭，在江苏江都县邵伯埭，宋熙宁二年(1069)建，因亭的位置“于天文属斗分野”，故名。斗野亭雄踞高丘，面临邵伯湖，凭眺湖光浩渺，远观帆影点点，近看田家炊烟，都有无穷的乐趣。数百年来，斗野亭引动了诸多文人墨客来此观景赋诗，尤以北宋年间的文人来得最为集中，名声最显，而且来必写诗，诗必绝妙。孙莘老、苏轼、黄庭坚皆有诗。 3 邵伯堰，在江苏江都县北四十五里，邵伯湖东、运河左岸，为水陆孔道，有埭，晋之步丘。《河防志》记载：谢安镇广陵，见步丘地势西高东下，为筑埭以界之，高下两利，民思其德，以比邵伯甘棠，名之曰邵伯埭。 4 日脚，即地平线，此句化用杜甫《羌村》诗“峥嵘赤城西，日脚下平地”之句。 5 南甍，屋脊的南面，引申指房屋南面的门户即屋南门。 6 老僧，名荣，斗野亭主人也。 7 旧事疑前生，《高僧传》记载，唐人“邢和璞与房琯游废佛堂，以杖击地，令掘之，得一瓦瓶，中有娄师德《与永禅师书》。和璞笑谓琯曰：省此乎？琯仿佛记前生尝为僧，名智永。”前生，佛教语，指过去世之身。 8 此句指言子由，苏轼自黄移汝，子由亦自监筠州盐酒税移知歙之绩溪，苏轼未至汝，继得请归常，寻又起知登州，而子由自绩溪以校书郎被召入京，亦须由邵伯堰至东都，于篇末及之。 9 春荣，犹言春日景象。

宋神宗元丰八年（1085）六月，苏轼复朝奉郎，起知登州军州事，八月过扬州，十月抵登州任，诏以礼部郎中召还，十一月过齐州，十二月抵礼部郎中任，迁起居舍人。这一期间苏轼曾途经邵伯，于是系舟停楫，在文人雅士的陪同下游玩了邵伯的斗野亭。从“新诗出故人，旧事疑前生。吾生七往来，送老海上城。逢人辄自哂，得鱼不忍烹”等语可以看出作者此诗中浓浓的佛禅意味。

再过常山[1] 和昔年留别诗

伛偻[2] 山前叟，迎我如迎新。那知梦幻[3] 躯，念念[4] 非昔人。江湖久放浪，朝市谁相亲。却寻泉源去，桃花逢避秦[5]。

1 常山，位于山东省诸城市南十公里处。早先，常山以其山形如猛虎在卧，名卧虎山。后因密州地近海滨多风，所以沟渎不留，常常苦旱，祷雨于兹山，无不应，故百姓认为这座山值得信任，是有“常德”，所以将其称为“常山”。另据明王之臣《诸城县志》记载，苏轼祈雨常祈常应，所以把卧虎山改名常山。常山虽不甚高大，当地人却视为神山。据说，宋代以前，山古树参天，时有野兽出没。此山除常山寺、广丽亭外，还筑有道观、尼庵，终年香火很盛。苏轼知密州时，常山是其经常涉足之处。他曾多次按照密州风俗，亲率州、县官员赴常山祈雨，留下了“祭常山文”达六篇之多。苏轼在他调离密州临行前，曾怀着眷恋之情，别游常山，驻足雩泉，写下了著名的《留别雩泉》诗。后来苏轼赴登州路过密州时，又留下了《再过常山和昔年留别诗》，表达对密州的一往情深。常山因苏轼多次登临祈雨并留下了许多脍炙人口的诗文名篇而声名远播。 2 伛偻，腰背弯曲，《淮南子·精神训》：“子求行年五十有四，而病伛偻。” 3 梦幻，梦，为睡眠中之妄想；幻，为幻术师之化作。二者皆为虚假不实之事。据《大毗婆沙论》卷三十七之说，于睡眠时，心与心所法于所缘而转，而于睡醒之后，随所记忆而能对他人转述睡时所见者，称之为梦。另据《佛说大方等顶王经》载，一切诸法犹如幻化，幻化本空，悉无所有，然迷惑之凡夫妄执有“我、我所”及一切万法，故沉沦于五趣之中，轮转不已。佛典中常以“梦”与“幻”比喻一切法之非实有。 4 念念，即刹那刹那，意谓极其短暂之时间。经典中常以念念一词，形容现象界生、住、异、灭之迁流变化。《楞伽经》卷四：“念念正受，离一切性自性相正受，非声闻缘觉。” 5 诗的末二句运用陶潜桃花源记典故：晋武陵人捕鱼忽逢桃花林，林尽水源其中有人，言先世避秦来此。

苏轼在密州，公务之余流连于山麓、清野之间，了解当地的历史文化、风土人情，行踪遍及密州各县，游览兴致极高，时发感慨，常山就是他常到访的清幽佳处。纵观全诗，内容真切，感情真挚，语言朴实无华，读者从中可以感受到诗人经过痛苦磨难后自然质朴、大彻大悟的思想感情。

登州海市并叙[1]

予闻登州海市旧矣。父老云：尝出于春夏，今岁晚不复见矣。予到官五日而去，以不见为恨。祷于海神广德王[2]之庙，明日见焉。乃作此诗。

东方云海空复空，群仙出没空明[3]中。荡摇浮世生万象，岂有贝阙藏珠宫[4]。心知所见皆幻影[5]，敢以耳目烦神工。岁寒水冷天地闭，为我起蛰鞭鱼龙。重楼翠阜出霜晓，异事惊倒百岁翁。人间所得容力取，世外无物谁为雄。率然有请不我拒，信我人厄非天穷。潮阳太守南迁归[6]，喜见石廪堆祝融[7]。自言正直动山鬼[8]，岂知造物哀龙钟[9]。伸眉一笑岂易得，神之报汝亦已丰。斜阳万里孤鸟没，但见碧海磨青铜[10]。新诗绮语亦安用，相与变灭[11]随东风。

1 元丰八年（1085）秋苏轼复被起用，知登州。十月十五日到任，二十日奉调为礼部郎中，所以序中说“到官五日而去”。 2 广德王，即民间所俗称的东海龙王。 3 空明，空旷澄净的天空。 4《楚辞·九歌·河伯》：“鱼鳞屋兮龙堂，紫贝阙兮珠宫。”贝阙、珠宫皆想象中水神居住的宫室。 5 幻影，指假相。一切事象皆无实体性，唯现出如幻之假相；其存在则谓幻有。以佛教立场而言，诸法皆由因缘和合而生，由因缘离散而灭，本身并无实体，其因缘和合之际，虽可形成一一之法，然实为幻假之相。 6 韩愈因劝阻皇帝迎佛骨，被贬为潮州刺史，后召还。 7 石廪、祝融，均衡山峰名。 8 韩愈北归途中，留游衡山，作诗云："我来正逢秋雨节，阴气晦昧无清风。潜心默祷若有应，岂非正直能感通！须臾都扫群峰出，仰见突兀撑青空。紫盖连延接天柱，石廪腾掷堆祝融。"(见韩诗《谒衡岳庙遂宿岳寺题门楼》) 9 龙钟，老态状。东坡以为不是韩愈感动了神灵，不过是造物者可怜他年老，让他看看衡山诸峰罢了，作者以此自喻。 10 青铜，即青铜镜。这两句说只见碧海无波，有如磨得很光亮的青铜镜，所见海市幻景，已随东风消失。 11 灭，灭尽之意，又作灭相、无常，佛家四谛之一。寂灭之称，即涅槃之意。度脱生死，进入寂静无为之境地，称为入灭。

此诗写海市蜃楼从无到有，从有到无，层次清楚。中间插入韩愈游衡山故事，随意吐属，独得风人之旨。全诗暗合苏轼当时心境，随着宦海沉浮，诗人已经悟到：荣华富贵、功名利禄正如海市云烟，终归空无。

次韵穆父舍人[1] 再赠之什

诏语[2] 春温昨夜班，屋头鸣鴃便关关[3]。游仙梦觉[4] 月临幌，贺雨诗[5] 成云满山。怜我白头来仗下[6]，看君黄气发眉间[7]。凤池故事同机务[8]，火急开樽及尚闲。

1 舍人，此时苏轼任起居舍人，故用《新唐书·百官志》所载每仗下议政事起居郎执笔记录事。 2 诏语，《后汉书·礼仪志》云："立春之日，下宽大书曰制诏。" 3 鴃，通鵙，即伯劳鸟。《四书释地又续》卷下云："楚、越间声音特异，鴃舌踔噪，今听之恬然不怪。"关关，像声词，雎鸠的鸣叫声。《诗经·周南·关雎》云："关关雎鸠。" 4 梦觉，梦与觉均为佛教语。梦，于睡眠中，心、心所(心之作用)对于对象（所缘之境）所呈现出之种种事相，犹如见现实般之真实，称之为梦。觉，指佛陀所证得之觉知，亦即成就涅槃之智慧。佛陀之觉知系究竟至极，故称究竟觉、无上觉，又称正觉、大觉。地上菩萨之觉知系一分未满，故称随分觉；依大乘佛教的观点，三贤及二乘之觉知相似于觉悟，然未真得，故称相似觉；凡夫无法真实觉知，故称不觉。 5 贺雨诗，唐白居易有《元和三年贺雨》诗，卒章云："君以明为圣，臣以直为忠，敢贺有其始，亦愿有其终。" 6 仗下，谓皇帝视朝毕所列仪仗兵卫退下，借指朝堂。《新唐书·仪卫志》云："衙凡朝会之仗，三卫番上分为五仗，一曰供奉仗，二曰亲仗，三曰勋仗，四曰翊仗，五曰散手仗，每月以四十六人立内廊阁外，号曰内仗，以左右金吾将军当上中郎将一人押之。朝罢，皇帝步入东序门，然后放仗。"又《百官志》云："每仗下议政事，起居郎一人执笔，记录于前。" 7 黄气发眉间，古代迷信以为黄色云气是祥瑞之气。韩愈《郾城晚饮奉赠副使马侍郎及冯李二员外》诗云："城上赤云呈胜气，眉间黄色见归期。"《相书》又云："喜色红黄。" 8 凤池，《晋书·荀勖传》云："夺我凤凰池，诸君贺我耶。"机务，嵇康《与山涛绝交书》云："机务缠其身。"

宋神宗元丰八年（1085）六月，苏轼复朝奉郎，起知登州军州事，八月过扬州，十月抵登州任，诏以礼部郎中召还，十一月过齐州，十二月抵礼部郎中任，迁起居舍人。诗人一年之内几经转徙沉浮，如同梦幻，身心疲惫。苏轼既渴望清闲又不忘朝堂之事，内心矛盾苦楚不得禅觉，只得付于酒中。

送陈睦[1] 知潭州

华清缥缈浮高栋[2]，上有缬林藏石瓮[3]。一杯此地初识君，千岩夜上同飞鞚[4]。君时年少面如玉，一饮百觚[5] 嫌未痛。白鹿泉[6]头山月出，寒光泼眼如流汞[7]。朝元阁[8]上酒醒时，卧听风鸾鸣铁凤[9]。旧游空在人何处，二十三年真一梦。我得生还雪髯满，君亦老嫌金带重[10]。有如社燕与秋鸿[11]，相逢未稳还相送。洞庭青草[12]渺无际，天柱紫盖[13]森欲动。湖南万古一长嗟[14]，付与骚人发嘲弄。

1 陈睦（？～1085），字和叔。嘉祐六年进士，神宗擢为御史，元丰元年假起居舍人，除鸿胪少卿。 2 浮高栋，《长安志》云："汤泉宫，咸亨二年名温泉宫，天宝六年改为华清宫。北向正门曰津阳门，东面曰开阳门，西面曰望京门，南面曰昭阳门，其中有瑶光殿、飞霜殿、九龙殿、宜春亭、重明阁、芳春阁……十八名，此所谓浮高栋也。" 3 石瓮，即石瓮寺，坐落在临潼骊山石瓮谷东侧的东绣岭山腹之中。石瓮谷，有悬泉激石，成臼，似瓮形，因以谷名为石瓮寺。 4 飞鞚，谓策马飞驰，杜甫《丽人行》云："黄门飞鞚不动尘。" 5 百觚，古谚云："尧饮千钟，孔子饮百觚。" 6 白鹿泉，《类编长安志》卷六引《述征记》云："长安东则骊山，西则白鹿原，而骊山中又有白鹿观。云：本骊山观，有老母殿，唐高祖武德六年幸温泉傍观川原，见白鹿，遂改观名。而白鹿泉三字未见显载，唯华清宫有饮鹿泉，又有饮鹿槽。" 7 流汞，泉水名，《广博物志》卷六云："登汞泉，在沧州九枧山，山出泉阔百步，亦云流汞渠。虽泛金石，终不沉，故州人欲渡此泉以瓦铁为船舫。" 8 朝元阁，天宝七年（748），唐玄宗将朝元阁改名降圣阁。 9 铁凤，陆倕《石阙铭》云："苍龙玄武之制，铜雀铁凤之工。"铁凤盖施雀凤于屋脊上者，薛综《西京赋注》云："圆阙上作铁凤凰，令张两翼，举头敷尾。" 10 金带重，《归田录》："国朝之制，自学士以下，赐金带，谓之重金。"此句化用杜祁相"老嫌金带重，瘦觉玉堂寒"之诗句。 11 秋鸿，秋日的鸿雁，古诗文中常以之象征离别。南朝梁沈约《愍衰草赋》云："秋鸿兮疏引，寒鸟兮聚飞。" 12 洞庭青草，二湖名，相连接，乃往潭州之所经也。 13 天柱紫盖，衡山有天柱紫盖峰，韩愈《谒衡岳庙》诗云："紫盖连延接天柱，石廪腾掷堆祝融。森然魄动下马拜,松柏一径趋灵宫。” 14 化用杜甫《祠南夕望》“湖南清绝地,万古一长嗟”句。

经历过“乌台诗案”和黄州之贬后,苏轼对人生的虚幻性有更深的认识,“人生如梦”是他历经磨难后的最大心得,所以本诗的题眼亦在“旧游空在人何处,二十三年真一梦”之句。苏轼诗中不断重复着这一人生感慨:“吾生如寄耳,何者为祸福?不如两相忘,昨梦那可逐。”(《和王晋卿》)“再入都门万事空,闲看清洛漾东风。当年帷幄几人在,回首觚棱一梦中。”(《送杜介归扬州》)“纷纷荣瘁何能久,云雨从来翻覆手。恍如一梦堕枕中,却见三贤起江右。”(《次韵三舍人省上》)“坐来念念失前人,共向空中寓一尘。”(《次韵王晋卿惠花栽所寓张退傅第中》)这些足以说明“人生如梦”思想已经植根于苏轼灵魂深处,成为他人生哲学的一部分。在某种程度上说这些作品中的“人生如梦”是积极的,它帮助苏轼摆脱了政治理想破灭的惶惑,对人生大彻大悟,并最终使其达到了“归去,也无风雨也无晴”的旷达境界。诗人得此深识,可谓是其对待荣华富贵的醒酒汤。

和蒋发运[1]

夜语翻千偈[2],书来又一言。此身真佛祖[3],何处不羲轩[4]。船稳江吹坐,楼空月入樽。遥知思我处,醉墨[5] 在颓垣。

1 蒋发运,即蒋之奇(1031～1104),字颖叔,常州(江苏宜兴)人。擢进士第,举贤良方正,试六论,中选,及对策,以失书间目报罢。英宗览而善之,擢监察御史。神宗朝进副端,历诸道转运,遂为江淮发运,以诬动欧阳修,贬监道州酒税,历淮东转连副使,其所经度皆为一司故事。徽宗时，累观文殿学士，知杭州，因事降为中大夫，提举灵仙觀卒，谥文穆。　2 千偈，偈即偈他的简称，华译为颂，即一种略似于诗的有韵文辞，通常以四句为一偈。《晋书·鸠摩罗什》云："从师授经，日诵千偈。"　3 佛祖，即佛与祖师也，禅宗以佛即祖师，祖师即古佛，两者并无差别，一般多用于指大悟彻底、达佛分际之祖师，如《碧岩录》第二十五则云："垂一转语，且要报佛祖恩，传佛心印。"　4 羲轩，伏羲氏和轩辕氏（黄帝）的并称。如唐李白《金陵凤凰台置酒》诗云："明君越羲轩，天老坐三台。"　5 醉墨，指醉后所作的书画。

此诗为元丰七年（1084）苏轼寄居真州之时，与蒋之奇燕集东园所作。诗人醉酒酣歌，禅心飞动，悟人生之真谛，弃烦忧于九霄，堪为东坡禅诗典范。

道者院[1] 池上作

下马逢佳客，携壶傍小池。清风乱荷叶，细雨出鱼儿[2]。井好能冰齿，茶甘不上眉。归途更萧瑟，真个解催诗[3]。

1 道者院，明李濂《汴京遗迹志》云："道者院，在郑州门外五里。"宋人高文虎《蓼花洲闲录》记载："五代时，有僧卓庵道边艺蔬，一日昼寝，梦一金色龙，食所种萵苣数畦。已而见一伟丈夫于所梦之处，取萵苣食。遂摄衣延之，馈食甚勤，因以梦告，且曰：'公他日得志，愿为老僧于此建一寺。'伟丈夫，乃艺祖也。既即位，求僧，尚存，遂命建寺，赐名普安，都人称为道者院。"（《古今说海》卷六）　2 此二句化用杜甫诗："细雨鱼儿出，微风燕子斜。"　3 此句化用杜甫诗："片云头上黑，应是雨催诗。"

北宋文人十分喜欢喝茶，喝茶不仅是那个时代的风尚，更能体现出他们的雅趣，斗茶、品茶，一洗心中烦闷，悠然自得地感受那份闲情逸致，做到不以物喜，不以己悲，一切归于自然。喝茶能让人心定气闲，茶能明目，清心寡欲，引人走进静默的世界。喝下一瓯好茶，不仅享受到了茶的清美甘醇，同时也可以领略到禅理真谛。宋哲宗元祐元年(1086)丙寅正月，苏轼入侍延和殿，三月除中书舍人，八月擢翰林学士知制诰，至十二月作此诗。诗人和好友在池边一同喝茶，极为尽兴，周围环境是那样优雅清丽，微风细雨中，圆荷摇曳，鱼儿游跃，正所谓的往来无白丁，交往的都是一些心投意合的知音。苏轼喜欢品茗，在品茶中修心，达到心灵的平静，追求的是一种宁静淡泊、空澈清明的境界。

题文与可墨竹并叙

故人文与可为道师王执中作墨竹，且谓执中勿使他人书字，待苏子瞻来，令作诗其侧。与可既没八年而轼始还朝，见之，乃赋一首。

斯人定何人，游戏得自在[1]。诗鸣草圣余[2]，兼入竹三昧[3]。时时出木石，荒怪轶象外。举世知珍之，赏会[4]独予最。知音[5]古难合，奄忽不少待。谁云死生隔，相见如龚隗[6]。

1 自在，佛禅术语，进退无碍，谓之自在。又心离烦恼之系缚，通达无碍，谓之自在。即自由自在，随心所欲，做任何事均无障碍。此为诸佛及上位菩萨所具之功德，故佛亦称为自在人。《法华经》“序品”云：“尽诸有结，心得自在。”《唯识演秘》卷四云：“施为无拥，名为自在。” 2 韩愈称孟东野以诗鸣，汉末张芝善草书，人谓之草圣。

3 三昧，佛家语，旧称三摩提，三摩帝。译言定，正受，调直定，正心行处，息虑凝心。又一般俗语形容妙处、极致、蕴奥、诀窍等之时，皆以"三昧"称之，盖即套用佛教用语而转意者。这里喻指佛家修养之玄妙境界。心定于一处而不动，故曰定。正受所观之法，故曰受。调心之暴，直心之曲，定心之散，故曰调直定。正心之行动，使合于法之依处，故曰正心行处。息止缘虑，凝结心念，故曰息虑凝心。《智度论》五云："善心一处住不动，是名三昧。" 4 赏会，欣赏领会。 5 知音，古代俞伯牙善于弹琴，钟子期善于听琴，能从伯牙的琴声中听出他寄托的心意。子期死，伯牙绝弦，以无知音者。后来用知音称知己，能赏识的人，即知心朋友。 6 龚隗，《晋书・艺术传・隗炤》载，隗炤善《易》，临终书版授其妻曰："吾亡后，当大荒穷虽尔慎莫卖宅也。却后五年春，当有诏使来顿此亭，姓龚，此人负吾金，即以此版往责之。"期日，果有龚使者止亭中，妻遂赍版往责之。使者执版惘然不知所以，沉吟良久而悟。乃曰："贤夫何善？"妻曰："夫善于《易》而未曾为人卜也。"使者曰："噫，可知矣！"乃命取蓍筮之，卦成，抚掌而叹曰："妙哉隗生！"于是告照妻曰："吾不相负金也，贤夫自有金耳……知吾善《易》，故书版以寄意耳。金有五百斤，盛以青瓮，覆以铜柈埋在堂屋东头。"妻还掘之皆如卜。后因以"龚隗"喻生死相隔的知交。

文与可平生爱竹、种竹、写竹，善画墨竹，创造"浓墨为面、淡墨为背"的技法，他的画室名为"墨君堂"。以后画竹者学习他的风格，形成了湖州派。作为文与可的知音，苏轼深得个中三昧。文学艺术本源于人心，艺术家多以作品表现内心的志向、思想、情感。苏轼认为文同画竹已经达到了随心所欲的境界，因而以禅语"自在"称之。苏轼在题画之际，偶尔会表现出自我排解、不忘老庄思想的超脱个性，以贬而不屈的坚持，借题画抒发情志，以表达自己对社会、对人生、对道德的态度与观点。

西山诗和者三十余人，再用前韵为谢

朱颜发过如春醅，胸中梨枣初未栽。丹砂未易扫白发[1]，赤松却欲参黄梅[2]。寒溪本自远公社，白莲翠竹依崔嵬[3]。当时石泉照金像，神光夜发如五台[4]。饮泉鉴面得真意，坐视万物皆浮埃[5]。欲收暮景返田里，远溯江水穷离堆[6]。还朝岂独羞老病，自叹才尽倾空罍。诸公渠渠若夏屋[7]，吞吐风月清隅隈。我如废井[8]久不食，古甃缺落生阴苔。数诗往复相感发，汲新除旧寒光开。遥知二月春江阔，雪浪倒卷云峰摧。石中无声水亦静，云何解转空山雷[9]。欲就诸公评此语，要识忧喜何从来。愿求南宗一勺水[10]，往与屈贾湔余哀。

1 白发，言服食求仙返老还童事也，杜甫《丈人山》诗云："扫除白发黄精在。" 2 赤松，赤松子，古仙人也。黄梅，指五祖弘忍大师。《传灯录》"弘忍大师者，蕲州黄梅人也。" 3 此二句指庐山惠远大师与谢灵运等十八人结为白莲社事，今寒溪有此遗迹。 4 此二句指苏轼《菩萨泉铭》所载事：陶侃为广州刺史，有渔人每夕见神光海上，使迹之得金像，初送武昌寒溪寺，其后惠远禅师迎像于庐山。唐会昌中毁天下寺，有二僧藏像锦绣谷，比佛教兴复求像，不可得，而谷中至今有光景发见，如峨眉五台山所见。今寒溪西数百步有泉出于嵌窦间，色白而甘，岂昔金像之所在乎？五台山在河东太原郡境内。 5 此二句深含万物皆空的禅意，苏轼在宦海沉浮、历经磨难后，始得人生哲理真谛。 6 离堆，山名，在蜀之永康军，李冰为蜀太守，凿离堆以除沫水之患。 7 夏屋，《诗经·秦风·权舆》云："于我乎夏屋渠渠。" 8 废井，指诗思枯涩，孟浩然《戏赠友人》诗云："一日不作诗，心源如废井。” 9 此二句化用韦应物《听嘉陵江水声寄深上人》诗:“水性本云静,石中固无声。如何两相激,雷转空山惊。”其中蕴含的,是佛教缘起论的思想逻辑。与苏轼《琴诗》中所说的“若言琴上有琴声,放在匣中何不鸣?若言声在指上头,何不于君指上听?”同一旨趣。 10“一勺水”最早出自《礼记·中庸》,此句苏轼认为南宗一勺水可湔洗屈原贾谊之哀。弘忍弟子,有慧能神秀二弟子,分南北二宗。五家七宗之分派悉属于此,后世以南宗为禅之正宗,以慧能称六代之祖。净慧曾问“如何是曹溪一滴水”。

禅有南宗北宗,慧能于江南布化,故云南宗。神秀入洛阳而其道盛,故云北宗。此中至后世极隆盛者,南宗也。南宗六祖慧能以顿悟为法门,北宗神秀大师以渐修为法门。苏轼耽禅,尤喜南宗,屡遭迫害、备受打击之后,历经磨难的东坡对官场早已厌恶,“饮泉鉴面得真意,坐视万物皆浮埃”是其心境的真实写照。南宗讲求“超然顿悟”,苏轼于此心领神会,禅空思想消解了诗人失意悲沉之痛,由此得来的“放下”实现了精神的解放与自由。

送杜介[1] 归扬州

再入都门[2] 万事空[3],闲看清洛漾东风。当年帷幄几人在,回首觚棱[4] 一梦[5] 中。采药会须逢蓟子[6],问禅何处识庞翁[7]。归来邻里应迎笑,新长淮南旧桂丛[8]。

1 杜介,见前《赠杜介》诗注 1。《书史会要》称其:“善草书,清爽圆媚,诚为奇绝。” 2 都门,京都城门,借指京都。 3 空,佛教最基本要义,因缘所生之法,究竟而无实体曰空,又谓理体之空寂。《维摩经·弟子品》云:“诸法究竟无所有,是空义。”《大乘义章》二云:“空者就理彰名，理寂名空。” 4 觚棱，学书之牍，或以记事，削木为之，或六面，或八面，皆可书，以有圭角，故谓之觚。 5 梦，梦中所现无实事，以譬世间之诸法无实性。《维摩经·方便品》云：“是身如梦，为虚妄见。” 6 蓟子，《后汉书·蓟子训传》云：“有百岁翁，自说为儿时，见子训卖药于会稽市，颜色不异于今。” 7 庞翁，指庞居士，《景德传灯录》卷九云：“江湖缁白，伤悼谓禅门庞居士，即毗耶净名。” 8 桂丛，《楚辞·招隐士》云：“桂树丛生兮山之幽，偃蹇连卷兮枝相缭。”（《楚辞集注》卷八）

此诗为宋哲宗元祐二年（1087）苏轼在翰林学士知制诰任上所作。苏轼历经长时间的颠簸流徙，思想有了深刻的变化，此次还朝任京官的他没有丝毫的沾沾自喜，将功名利禄视如过眼烟云。在苏轼看来，故友离京赴乡不但不是悲伤惆怅之事，反而可喜可贺，因为这样可以解脱樊篱、远离仕宦烦扰，实现生命精神的惬意与自由。

和黄鲁直[1] 烧香二首

其一

四句烧香偈子[2]，随香遍满东南。不是闻思[3] 所及，且令鼻观先参[4]。

1 黄鲁直，即黄庭坚（1045～1105），字鲁直，自号山谷道人，洪州分宁（今江西修水）人。举进士，历事神宗、哲宗、徽宗，官至吏部员外郎。善书，工诗。与苏轼交好，为“苏门四学士之一”。传有《山谷集》，卒年六十一。苏轼所和为黄庭坚《惠江南帐中香者戏赠二首》。

2 烧香偈，佛前燃香时所唱之偈，亦称“烧香回向文”。《华严经》云：“戒香定香解脱香，光明云台遍法界，供养十方无量佛，见闻普熏证寂灭。” 3 闻思，即听闻教法、思惟义理、修行。闻指听闻教法，思指思惟义理，修指修行。闻慧、思慧、修慧等三慧，即为经由闻、思、修而成之智慧。此三慧乃佛法修行之次第，闻慧者，闻他人说教法而得之智慧；思慧者，自我思惟而得之智慧；修慧者，实地修行而得之智慧。《大毗婆沙论》卷九十五云：“闻所成慧者，谓于文义如理决择；思所成慧者，谓不净观、持息念及念住等；修所成慧者，谓暖、顶、忍、世第一法、现观边世俗智、无量、解脱、胜处、遍处。” 4 鼻观，六根之一。梵语，揭逻拏，译言鼻。生鼻识之所依为鼻根。《义林章三本》云：“鼻者能嗅义，梵云揭罗拏，此云能嗅。”

其二

万卷明窗[1]小字，眼花只有斓斑。一炷[2]烟消火冷，半生身老心闲。

1 明窗，僧堂之制大，而复前后架屋，堂内暗矣。故当前板首座板头西堂板头之上屋上开窗，故第一座板言明窗下。2 一炷，炷为烧香之意，烧香一次即称为一炷。《楞严经》卷六：“于身上爇一香炷。”《敕修百丈清规》卷七亦云：“圣僧前，烧香一炷，大展三拜，巡堂一匝。”

黄庭坚《山谷集》中原作为《惠江南帐中香者戏赠二首》，其一云：“百炼香螺沉水，宝熏近出江南。一穟黄云绕几，深禅相对同参。”其二云：“螺甲割昆仑耳，香材屑鹧鸪斑。欲雨鸣鸠日永，下帷睡鸭春闲。”苏黄之诗对较互参，可以看出二人禅学造诣深厚。香烟一炷，经书万卷，东坡一生濡染佛禅，以佛家之空观消释仕宦的纷扰和化解人生的痛苦，使心灵世界找到了精神皈依。

送钱承制[1] 赴广西路分都监

当年我作表忠碑[2]，坐觉江山气未衰。舞凤尚从天目下[3]，收驹时有渥洼姿[4]。踞床到处堪吹笛[5]，横槊何人解赋诗[6]。知是丹霞破佛手[7]，先声应已慑群夷[8]。

1 承制，官阶名称，《职官分纪》云："横行东西班内，有内殿承制官，秩正八品，乃武职也。"钱承制乃吴越之裔，名失考。据苏轼《奏修表忠观》及《愤庙状》，有钱晖，亦武职，盖推钱承制乃钱晖也。 2 表忠碑，《施注苏诗》云："东坡作《表忠观碑》，有持以示荆公。读之，沉吟曰：'此何语耶？'客有在旁者，遽指摘而诋訾之。荆公不答，读之再三，又携之而起，行且读，忽叹曰：'此《三王世家》也，可谓奇文矣。'客大惭，或曰客乃其壻蔡卞也。" 3 此句援郭璞诗："天目山前两乳长，龙飞凤舞到钱塘。"天目山以其上有两湖似左右目名天目也。 4 汉武帝元鼎四年秋，马生渥洼水中，作天马之歌。《周礼·夏官》云：教駣，攻驹，注作收驹也。 5《晋书·桓伊传》云："伊有蔡邕柯亭管，常自吹之。王徽之赴召京师，泊舟青溪侧，素不相识，伊于岸上过，徽之令人谓曰：'闻君善吹笛，试为我一弄。'伊时已显贵，素闻徽之名，便下车，踞胡床，为作三调，弄毕，便上车去。客主不交一言。" 6 元稹论曰："建安之后，曹氏父子，鞍马间为文，往往横槊赋诗，故其状抑扬怨哀悲离之作，尤极于古。"(《旧唐书·杜甫传》) 7 邓州丹霞山之天然禅师，嗣石头，唐代禅僧，法号天然，以曾驻锡南阳(河南省)丹霞山，故称丹霞天然，或丹霞禅师，籍贯不详。原习儒业，应科举途中偶遇禅僧，乃转入佛门。首参马祖，后礼石头，随侍三年，披剃受戒，再往谒马祖，受"天然"之法号。《五灯会元》卷五云："丹霞禅师尝到洛东慧林寺，值天寒，遂于殿中取木佛烧而向火。院主偶见而呵责云：

何得烧我木佛？师以杖拨灰曰：吾烧取舍利。主云：木佛安有舍利？师云：既无舍利，更请两尊，再取烧之。院主自眉须堕落。” 8 苏轼自注云：“广西僧寺，顷有佛动之异，钱君取而投之江中。”

此诗系宋哲宗元祐二年(1087)作，苏轼时任翰京官，钱氏友人赴新职，诗人操管成篇。“踞床到处堪吹笛”典说明作者与钱氏友人情投意合，心领神会。分别在即，苏轼鼓励友人当如丹霞破佛，奋勇直前，无所畏惧。

偶与客饮，孔常父[1] 见访，方设席延请，忽上马驰去，已而有诗，戏用其韵答之

扬雄他文不皆奇[2]，独称观瓶居井眉[3]。酒客法士两小儿，陈遵张竦曾何知[4]。主人有酒君独醉，蟹螯何不左手持。岂复见吾横气机[5]，遣人追君君绝驰。尽力去花君自痴[6]，醍醐[7] 与酒同一卮，请君更问文殊师[8]。

1 孔常父，即孔武仲(1041～1097)，字常父，临江新喻(今江西新余)人，孔文仲之弟，与苏轼交好。有诗文百余卷，《宋史》有传。 2 曹丕《典论》云：“如王粲之《初征》、《登楼》、《槐赋》、《征思》，徐干之《玄猿》、《漏卮》、《员扇》、《橘赋》，虽张、蔡不过也，然于他文，未能称是。” 3《汉书·陈遵传》云：“遵与张竦，俱以列侯归长安。竦居贫无宾客，时时好事者从之论道经书，而遵昼夜号呼，车骑满门。先是扬雄作《酒箴》，为酒客难法度士，譬之于物，曰：‘子犹瓶矣，观瓶之居，居井之眉，自用如此，不如鸱夷。’” 4 陈遵见扬雄《酒箴》大喜谓竦曰：“吾与尔犹是矣。足下苦心自约，而我放意自恣，官爵功名不减于子，而差乐顾不优耶。”竦曰：“子欲为我亦不能，吾而效子亦已败矣。”

5 横气机，《庄子·应帝王》云："列子与季咸见壶子，壶子曰：'吾向示之以太冲莫胜，是殆见吾横气机也。'明日，又与之见壶子，立未定，自失而走，壶子曰：'追之。'列子追之不及，返，以报壶子曰：'已灭矣，已失矣，吾弗及矣。'" 6《联灯会要·释迦牟尼佛》："世尊在灵山会上，拈花示众。众皆默然，唯迦叶破颜微笑。世尊云：吾有正法眼藏，涅槃妙心，实相无相，微妙法门，不立文字，教外别传。付嘱摩诃迦叶。"《维摩经》云："花至大弟子便着不堕，一切弟子神力去花不能令去。" 7 醍醐，指由牛乳精制而成最精纯之酥酪。乃五味之一，即乳、酪、生酥、熟酥、醍醐等五味中之第五种味，故亦称醍醐味。为牛乳中最上之美味，故经典中每以醍醐比喻涅槃、佛性、真实教。《大乘理趣六波罗蜜多经》卷一云："契经如乳，调伏如酪，对法教者如彼生酥，大乘般若犹如熟酥，总持门者譬如醍醐。醍醐之味，乳、酪、酥中微妙第一，能除诸病，令诸有情身心安乐。总持门者，契经等中最为第一，能除重罪，令诸众生解脱生死，速证涅槃安乐法身。" 8 文殊师，文殊师利的简称，菩萨名，以大智著称，与普贤常侍于释迦如来的左右。又称文殊师利童真、孺童文殊菩萨，为我国佛教四大菩萨之一，与般若经典关系甚深。

孔常父《谒苏子瞻因寄》原诗云："华严长者貌古奇，紫瞳奕奕双眉垂，颜如桃花两侍儿，问其姓名不自知。嗫嚅欲吐新奇词，岂亦有虎来护持。维摩高卧尽不应，蓬山藏史策马驰。三豪兀坐浑如痴，错认醍醐是酒卮，谁将此景付画师。"从苏轼与孔常父的和唱中我们可以看出，宋代士大夫濡染佛禅的普遍社会风尚，他们对佛经、佛教典故、佛禅人物深有谙习，这无疑开阔了他们的视野。

次韵刘贡父[1] 独直省中

明窗畏日晓先暾，高柳鸣蜩午更喧[2]。笔老新诗疑有物，心空[3] 客疾本无根[4]。隔墙我亦眠风榻，上马君先锁月轩。共喜早归三伏近[5]，解衣盘礴[6] 亦君恩。

1 刘贡父，北宋著名文学家、史学家，是苏轼的挚友。传说也是个联句高手，王安石给出上句："三代夏商周"，他对曰："四诗风雅颂"。2《文选·陆士衡〈拟古诗〉》："寒蝉鸣高柳。"3 心空，佛家语，指心性广大，能容摄万象，犹如大虚空，故称心空。又谓心离自障而空寂无相，《仁王般若波罗蜜经》卷上："空慧寂然无缘观，还观心空无量报。"4 无根，形容超越情识之境界。《景德传灯录》卷二十三《石门慧彻》章云："问：'如何是和尚家风'？师曰：'解接无根树，能挑海底灯。'" 5 据《太平御览》记载，汉武帝诏赐从官肉，大官丞日宴不来，东方朔曰："伏日当早归，请受赐。"遂拔剑割肉怀去。苏轼诗《谢三伏早出院表》："伏当早归下，遂疎愚之性。"6 解衣盘礴，《庄子·田子方》："宋元君将图画，有一史后至，因之舍。公使人视之，则解衣盘礴。"

此诗勾勒了一幅静谧山林的禅意画，归隐竹山，解去樊篱，潇洒为诗，枕榻而眠，表达了苏轼对禅境自由生活的向往与追求。

轼以去岁春夏，侍立迩英，而秋冬之交，子由相继入侍，次韵绝句四首，各述所怀·其四

微生偶脱风波地，晚岁犹存铁石心。定是香山[1]老居士[2]，世缘[3]终浅道根[4]深。

1 香山，寺名，在龙门山之阳，伊水之左，本为唐日照三藏之墓处，后因梁王之请立伽蓝，敕为香山寺。白居易晚年，自称香山居士。
2 居士，指印度四姓中吠舍种之富豪，或在家有道之士。经、律典籍中常称吠舍种之富豪为居士，而《大智度论》等则称居家有道之士为居士。佛教中之居士常与古来所称之长者混同，今则泛指在家修道之男子为居士，亦有称女在家修道之女子为居士者。 3 缘，佛家语。人之心识，攀缘于一切之境界也。如眼识攀缘色境而见之，乃至身识攀缘触境而觉之。因而心识为能缘，其境界为所缘，其心识向境界而动之作用，谓之缘。即心攀缘境界也。缘为心对于境之作用，易言之，则为心之虑知。故常曰缘虑，示缘即虑知也。《成唯识论》云："在第六识，缘识所变五取蕴相。"《大乘义章三本》云："缘者由藉之义，缘别不同，故分为四：一者因缘，二者次第缘，三者缘缘，四者增上缘。" 4 道根，佛道之根芽，与"道元"、"佛缘"同义。以过去世所发之菩提心为缘，至今世而得开发宿善，称为道根。《憬兴之无量寿经连义述文赞》卷中云："宿无道根，现无信乐，不知感圣。"

苏轼仕途风波四起，此诗表达了佛禅的皈依之情，苏轼自注云："乐天自江州司马除忠州刺史，旋以主客郎中知制诰，遂拜中书舍人。轼虽不敢自比，然谪居黄州，起知文登，召为仪曹，遂忝侍从，出处老少，大略相似，庶几复享此翁晚节闲适之乐焉。"

送张天觉[1] 得山字

西登太行岭，北望清凉山[2]。晴空浮五髻[3]，晻霭卿云间。余光[4] 入岩石，神草[5] 出茅菅。何人相指似，稍稍落人寰。能令坠指[6] 儿，虬髯茁冰颜。祝君如此草，为民已恫瘝[7]。我亦老且病，眼花腰脚顽。念当勤致此，莫作河东悭[8]。

1 张天觉，即张商英（1043～1121），字天觉，号无尽居士，蜀州新津（今四川成都新津）人。举进士。《宋史》、《东都事略》有传。 2 太行岭，在泽州晋中县；清凉山，即代州五台山也，均在今山西境内。 3 五髻，指五台山之五峰。《华严疏》云："五台耸出，顶无林木。"《水经注》卷十一云："此山五峦巍然，故名清凉山。"观国师云："五台者，表我大圣五智已圆，五眼已净，总五部之真秘，洞五阴之性源，故首戴五佛之冠，顶分五方之髻，运五乘之要，清五浊之灾。"（《清凉山志》） 4 余光，犹言五台山仙气缭绕、色彩斑斓，《水经注》卷十一："此山名紫府，常有紫气，仙人居之。"《清凉山志》卷八引《文殊般涅槃经》："身诸毛孔出金色光，通照十方诸有，缘者悉令得度。" 5 神草，《张天觉文集》："僧普明居五台，患大风，眉须俱堕。忽遇异人，教服长松，示其形状。明采服之，旬余毛须俱生。今并代间，多以长松杂甘草山药为汤，煎甚佳。"《本草》记长松一名仙茅，生关内山谷中，叶似松根，色如荠苨，味甘微苦，类人参。 6 坠指，《汉书・高帝纪》："至楼烦，会大寒，士卒堕指者十二三。" 7 恫瘝，病痛，疾苦。《尚书・康诰》云："呜呼，小子封，恫瘝乃身，敬哉。"孔传："恫，痛；瘝，病。治民务除恶政，当如痛病在汝身欲去之，敬行我言！" 8 河东悭，即"河东狮吼"，比喻妇人妒悍，大吵大闹。苏轼友陈慥，字季常，其妻柳氏颇悍，季常甚惧之，如苏轼《寄吴德仁兼简陈季常》云："忽闻河东狮子吼，拄杖落手心茫然。”河东为柳氏郡望，故称。

张天觉身长伟岸，洒脱不拘，恃其意气，不肯屈居人下，气节豪迈，为人负气倜傥，日诵万言，苏轼十分欣赏这样的才情，可谓意气相投，因而与其交好。张天觉晚年好佛重道，建华严阁作醮箓，苏轼此诗中亦表达了对佛禅的皈依之情。

赠李道士并叙

驾部员外郎李君宗固，景祐中良吏也，守汉州。有道士尹可元，精练善画，以遗火得罪，当死。君缓其狱，会赦，获免，时可元年八十一，自誓且死必为李氏子以报。可元既死二十余年，而君子世昌之妇，梦可元入其室，生子曰得柔，小名蜀孙。幼而善画，既长，读庄、老，喜之，遂为道士，赐号妙应，事母以孝谨闻。其写真，盖妙绝一时云。

世人只数曹将军[1]，谁知虎头非痴人[2]。腰间大羽[3]何足道，颊上三毛[4]自有神。平生狎侮诸公子[5]，戏着幼舆岩石里[6]。故教世世作黄冠[7]，布袜青鞋[8]弄云水。千年鼻祖守关门，一念还为李耳孙[9]。香火旧缘何日尽，丹青余习至今存。五十之年初过二[10]，衰颜记我今如此。他时要指集贤人，知是香山老居士[11]。

1 曹将军，即曹霸，杜甫有《丹青引赠曹将军》一诗。唐张彦远《历代名画记》卷十："曹霸，魏曹髦之后，髦画称于后代，霸在开元中已得名，天宝末，每诏写御马及功臣，官至左武卫将军。" 2 虎头，《历代名画记》卷五:“顾恺之,字长康,小字虎头,晋陵无锡人,丹青传写莫不妙绝,有画论一篇,义熙初为散骑常侍。” 3 腰间大羽,杜甫《丹青引赠曹将军霸》诗:“良相头上进贤冠,猛将腰间大羽箭。” 4《世说新语・巧艺》云:“顾长康画裴叔则,颊上益三毛,人问其故,曰:‘裴楷隽朗有识具,正此是其识具。’” 5《汉书・高帝纪》:“廷中吏无所不狎侮。” 6《世说新语・巧艺》云:“顾长康画谢幼舆岩石里。” 7 黄冠,犹言道士,韩愈《送张道士》云:“诣阙三上书,臣非黄冠师。” 8 布袜青鞋,喻道士生活。此句化用杜甫《刘少府山水障歌》“青鞋布袜从此始”句。 9 鼻祖,指尹喜。李耳,指老聃。《史记・老子传》记载,李耳为周守藏室史,周衰遂去,至关,关令尹喜强令著书。今李道士前生姓尹,后为李氏子,而皆为道士,故用尹喜、老聃事。 10《申齐集》卷四记载,孔融云:“五十之年融又过二。” 11 白居易为翰林学士,奉诏写真集贤院,乐天《香山居士写真诗》:“昔作少学士,图形入集贤。今为老居士,写貌寄香山。”

苏轼一生出入佛道,常与僧道往来唱和,高谈阔论,切磋诗艺,此诗亦如是。从诗中的有关佛道词汇可以看出,苏轼于佛道二教获取养分甚多,这对其哲学思想、世界观、艺术观及其思维方式都产生了深刻的影响。

次韵王都尉[1] 偶得耳疾

君知六凿[2] 皆为赘,我有一言能决疣[3]。病客巧闻床下蚁[4],痴人[5] 强觑棘端猴[6]。聪明不在根尘[7] 里,药饵[8] 空为婢仆忧。但试周郎看聋否,曲音小误已回头[9]。

1 王都尉,即王诜(1036～1093),字晋卿,太原人。宋英宗女儿蜀国长公主之夫，封驸马都尉。工诗词、书法，尤擅山水画。 2 六凿，指口、眼、耳、鼻等六孔。《庄子·外物》："心无天游，则六凿相攘。"成玄英疏："凿，孔也。"一说六凿犹六情。喜、怒、哀、乐、爱、恶。陆德明《经典释文》引司马彪语："谓六情攘夺。" 3 决疣，《庄子·大宗师》："彼以生为附赘悬疣，以死为决疣溃痈。" 4 床下蚁，《晋书·殷仲堪传》："仲堪父尝患耳聪，闻床下蚁动，谓之牛斗也。" 5 痴人，愚痴之人。《续谷响集》卷七："痴人前不可说梦，达人前不可言命。宋人《就月录》以为陶渊明之言，不知何据。" 6 端猴，燕王好微巧之物，《韩非子·外储说》记载，有卫人请于燕王，言能于棘刺之端造母猴。 7 根尘，又作根境。色之所依而能取境者，称为根，乃认识对象之器官；根之所取者，称为尘，乃所认识之对象。五根即眼、耳、鼻、舌、身，加上"意"则称六根；五尘即色、声、香、味、触，加上"法"则称六尘。根尘二字并举，犹如主观、客观之并列，含有相依又相对立之意。《止观经》云："根尘相对，一念心起。" 8 药饵，即药物。晋葛洪《抱朴子·微旨》："知草木之方者，则曰惟药饵可以无穷矣。" 9《三国志·吴书·周瑜传》云："瑜少精意于音乐，虽三爵之后，其有阙误，瑜必知之，知之必顾。故时人谣曰：'曲有误，周郎顾。'"

王诜为驸马都尉，与苏轼、黄庭坚、米芾等人交好，一干人都受到"乌台诗案"的牵连。王诜得耳疾，苏轼致诗慰问，方式十分独特，他没有执著于病人的病情，而是独辟蹊径，认为"君知六凿皆为赘"、"聪明不在根尘里"。苏轼对疾病如此看得开，与其坎坷颠沛的经历息息相关，在他看来，宦海沉浮，世道艰险，那些假、恶、丑的世事还不如看不见听不着，倒也干脆省心。如此想来，没有世俗之事缠绕烦恼，潇洒自在，便可以达到佛家所言"天眼通"、"天耳通"的境界。苏轼如此劝藉，自然要比那种"悉心静养"云云高明巧妙得多，深得禅家转换视角、逆向思维的精髓。

韩康公[1]坐上侍儿求书扇上二首

其一

窗摇细浪鱼吹日，手弄黄花蝶透衣[2]。不觉春风吹酒醒，空教明月照人归。

1 韩康公，即韩绛（1021～1088），字子华，开封雍邱（今河南开封）人。举进士甲科，通判陈州，直集贤院。尝修起居注，擢右正言，累知开封府，为三司使。韩琦荐绛有公辅器，拜枢密副使，寻参知政事。夏人犯塞，绛请行边，乃以为陕西宣抚使，即军中拜同中书门下平章事，昭文馆大学士。绛素不习兵事，措置失当，为议者所劾，罢知邓州。后复代王安石为相，事多稽留不决，且数与吕惠卿争论，乃密请帝再用安石，未几，出知许州。哲宗朝，封康国公，为北京留守。请老，以司空，检校太尉致仕。　2《侯鲭录》卷四："韩康公绛子华谢事后，自颖入京看上元，至十六日，私第会从官九人，皆门生故吏，尽一时名德。……方坐，出家妓十余人。中宴后，子华新宠鲁生舞罢，为游蜂所螫。子华意甚不怿，久之，呼出，持白团扇，从东坡乞诗。坡书云：'窗摇细浪鱼吞日，舞罢花枝蜂绕衣。不觉南风吹酒醒，空教明月照人归。'上句记姓，下句书蜂事。康公大喜。坡云：'惟恐他姬厮赖，故云耳。'"

其二

一一窗扉面水开，更于何处觅蓬莱。天香[1]满袖人知否，曾到旃檀[2]小殿来。

1 天香，天上之香，亦指人间之妙香。《法华经·法师功德品》云："持是经者，虽住于此，亦闻天上诸天之香。" 2 旃檀，香木名，译曰与乐。出自南印度摩罗耶山，其山形似牛头，故名牛头旃檀。《慧苑音义》卷上云："旃檀，此云与乐，谓白檀能治热病，赤檀能去风肿，皆是除疾身安之乐，故名与乐。"汉明帝时，天竺国竺法师将画释迦像，是优填国旃檀师第四作也。《楞严经》云："佛告阿难，汝嗅此旃檀，此香燃于一株，四十里内同时闻香。"

苏轼喜好佛禅，谙于佛家名物事理，在诗歌中常常表达出对禅宗自由适意、清幽恬淡生活的向往，尤其是他身经千般困苦折磨之后，心灵更加靠向禅旨。

次韵答张天觉[1] 二首·其二

驭风骑气[2] 我何劳，且要长松作土毛[3]。亦如诃佛[4] 丹霞老，却向清凉[5] 礼白毫[6]。

1 张天觉，见前《送张天觉得山字》诗注 1。 2 驭风骑气，犹谓乘风、乘云气飞行，又谓仙道御风而行，形容飘然自得。谢庄《宋孝武宣贵妃诔》云："响乘气兮兰驭风，德有远兮声无穷。" 3 长松，药草名，服之可黑须发。土毛，本指土地上生长的五谷、桑麻、菜蔬等植物，后亦泛指土产。语出《左传·昭公七年》："天子经略，诸侯正封，古之制也。封畧之内，何非君土？食土之毛，谁非君臣？" 4 诃佛，禅林用语，斥骂佛祖之谓，又作杀佛戮祖。禅宗每有诃佛骂祖之语，藉骂倒佛祖，否定权威之法，为学人解缚破执，使其体得自在之境地。《五灯会元》卷七云德山宣鉴禅师云："此子已后向孤峰顶上盘结草庵，诃佛骂祖去在。" 5 清凉，即清凉山，西五台山之别称，四大佛教名山之一。此山岁积坚冰，夏仍飞雪，无炎暑，故称清凉。　6 白毫，意指僧人受用之物。白毫，原指世尊两眉间之白毛，此相称白毫相，为如来诸相中之最胜者。白毫之赐，谓如来灭度后，由于如来白毫相中一分之德，末世一切出家弟子能一心勤行道者，皆得以衣食有余，受用不尽，故亦称毫相一分。《佛藏经》卷下云："但能一心勤行道者，终亦不念衣食所须。所以者何？如来福藏无量难尽。舍利弗！如来灭后，白毫相中百千亿分，其中一分供养舍利及诸弟子。舍利弗！设使一切世间人皆共出家随顺法行，于白毫相百千亿分不尽其一。舍利弗！如来如是无量福德，若诸比丘所得饮食及所须物，趣得皆足。"

苏轼身经磨难后，既追求长生，又悉心向佛，藉以此途摆脱世俗烦恼缠绕，此诗兼含佛道之气，是为显例。

虚飘飘[1]

虚飘飘，画檐蛛结网，银汉鹊成桥[2]。尘渍雨桐叶，霜飞风柳条。露凝残点见红日，星曳余光横碧霄。虚飘飘，比浮名利[3] 犹坚牢[4]。

1 虚飘飘，犹指佛家之虚空也。虚空为六界之一，指一切诸法存在之场所、空间。然于说一切有部中，虚空与空界则有所分别，以虚空非色，空界是色；虚空无见，空界有见；虚空无漏，空界有漏；虚空无为，空界有为。吾人所见之空为空界，非为虚空。但诸经中多将此两者互用，不作分别。又说一切有部主张空界之色以明暗为体，即为实有，其他诸部则持否定之说。印度外道中以虚空为万物之真因，由虚空生风，乃至生万物，其后还没虚空，称为涅槃。　2 此句源于《淮南子》乌鹊填河成桥而渡织女典故。　3 名利，指名声与利益，与"名闻利养”同义。盖名利能满足人之虚荣心及欲望，故若贪求无厌或过分执著，则易陷于名利之大海，而难以自拔，如此，心中充满私心欲望及患得患失等诸多烦恼，忧苦终日。故佛教各宗派皆强调修道者宜深戒名利，以免丧失清净菩提心，而阻断成佛之路。《法华经·序品》云：“贪着于名利，求名利无厌。” 4坚牢，一作坚牢地神，坚牢地祇，坚牢地天，大地神女之名，形像为肉色女形，左手持钵，钵中盛鲜花。其后形像，右手掬而当心，左手亦掬而当股，其解为地之坚牢与神之不坏也。《最胜王经》卷八云：“此大地神女，名曰坚牢。”坚牢心指坚固之正信心，以正信为坚牢而不破，故称为坚牢心。《本行集经》卷六云：“正信是法明门，不破坚牢心故。”

此诗作于元祐三年(1088)秋，是苏轼与黄庭坚、秦观的唱和之作。黄山谷原诗为：“虚飘飘，花飞不到地，虹起漫成桥。入梦云千叠，游空絲万条。蜃楼百尺耸沧海，雁字一行书绛霄。虚飘飘，比人身世犹坚牢。”秦少游原诗为：“虚飘飘，风寒吹絮浪，春水暖冰桥。势缓双垂线，声干叶下条。雨中沤点随流水，风里彩云横碧霄。虚飘飘，比时富贵犹坚牢。”此三诗读来如出一人之手，难怪王十朋《百家注分类东坡诗》把它们全部归在了苏东坡名下。东坡一生游刃于“儒、释、道”三家，其中佛门讲四大皆空，老庄崇尚无为，儒家亦讲“用之则行，舍之则藏”。苏轼为人讲究风节操守，表里如一，因而既不见容于新党，又不得志于旧党，以致仕途坎坷，颇受挫折，因有常常有入世与出世的矛盾，故东坡诗中多有“人生如梦”的思想。苏轼所坚持和执著的理想一旦全数破灭，其世界观难免不产生这种“虚飘飘”的思想。欲洁何曾洁，云空未必空，苏轼这首《虚飘飘》并不是空泛说教，无病呻吟，而是对当时处境和遭遇的真切感受。

王晋卿所藏着色山二首·其一

缥缈营丘水墨仙[1]，浮空[2]出没有无[3]间。迩来一变[4]风流尽[5]，谁见将军[6]着色山。

1 营丘，古邑名。在今山东省淄博市临淄北以营丘山而得名，周武王封吕尚于齐建都于此，后改名临淄。唐杜佑《通典》载："黄帝记方制天下，立为万国。颛顼之所建，帝喾之所授，创建九州，少昊时爽鸠氏居营丘。"《太平寰宇记》卷十八："本夏邑，商以前故国。当少昊时，有爽鸠氏；虞夏时，有季则蒯；汤时有逢伯陵，周以封太公于营丘。"营丘水墨仙，指宋代画家李成。李成，字咸熙，因避乱迁营丘，人称"李营丘"，以山水画知名。幼好文学，气调不凡，性情旷磊有大志，初师关仝，后自成一家。其画山水，北宋初被推为第一。言其"缥缈"，盖其绘画惜墨如金，常用直擦的皴波，写平远寒林，画树木节处，不用墨圈，只点下大点。通过用淡墨涂抹，所作雪景，峰峦林层，凡烟支变灭，水石幽涧，树木萧森，山川险易，莫不曲尽其妙。 2 浮空，浮与空二字皆佛禅最常用语，虚幻空无之义也。 3 有无，指存在和非存在。有，即指一切存在之物，亦指其存在之方式与形态。无，系与"有"对称。在佛教中，若认为一切存在之物皆为一时之假相，称为假有，以其随因缘而生灭，故无固定不变之常住实体（我、自性），即无我、无自性之说；反之，若谓一切为不变之常住（实有），而永久存在，则为有见、我见。如能超越此种有见、我见，即可了知无常、无我、空等之理。然此无我、无常、空等，绝不可视为一种虚无思想，而须透彻了解其真义。 4 变，从甲物产生乙物，称为变。一般称变作、变化、变现。唯识宗认为，一切现象之存在均由识所生、由识所现，称为唯识所变。 5 风流尽，《南史·张绪传》："从弟融敬绪事之如亲兄，斋酒于绪灵前，酌饮恸哭曰：'阿兄风流顿尽。'" 6 将军，《历代名画记》卷九记载，李思训父子画称一时，思训官至左武卫大将军，"世上言山水者，称大李将军小李将军"。

释尊主张一切皆有亦皆无，此乃中道之说法，能破除有、无二边之执著，进而了悟实相之理。苏轼精于佛理，以禅家法眼审书画之美，又因其人生经历之沉浮感悟，遂亦将禅家思想应用于书画创作与评点，往往直破有之思想，并昭然揭示空之真义，使人不致再将空视同虚无思想，而陷于空见与有见之谬途，如能破除一切无、有、虚无等执著，而自其中跃出者，即能得到真正解脱，而自在无碍。

夜直玉堂[1]，携李之仪[2]端叔诗百余首，读至夜半，书其后

玉堂清冷不成眠[3]，伴直难呼孟浩然[4]。暂借好诗消永夜，每逢佳处辄参禅[5]。愁侵砚滴初含冻[6]，喜入灯花欲斗妍。寄语君家小儿子，他时此句一时编。[7]

1 玉堂，此处指官署名，汉侍中有玉堂署，宋以后翰林院亦称玉堂。《宋史·苏易简传》："帝尝以轻绡飞白大书'玉堂之署'四字，令易简牓于厅额。"宋代大学士玉堂制草，见《宋史·职官志》。 2 李之仪，字端叔，姑孰人，举进士，元祐中为枢密院编修官。能诗，善属文，工于尺牍。后坐党籍废斥，所著有《姑溪集》。 3 不成眠，化用孟浩然《春夜忆萧子真》"半夜不成寐"诗句。 4 此句用王维待诏金銮殿召孟浩然商较风雅事，牟子才《玉堂石刻跋》云："玉堂地切禁省，诸学士皆有儤宿之直。唐人每以北厅阶前花砖道，为入直之候。故

旧规交宿例，有早入、晚入、伴入、之名。国朝因唐制，然学士皆早入，又单直，无复伴直矣。故太宗以来，双日夜直，只日下直。”《旧唐书·孟浩然传》：“王维私邀入内署，俄而玄宗至，浩然匿床下，维以实对，帝曰：‘恨未见也，何惧而匿。’诏浩然出云云。” 5 参禅，参入禅道之意，指于师家之下坐禅修行，引申为于禅定中参究真理。《无门关》第一则：“参禅须透祖师关，妙悟要穷心路绝。”《正法眼藏》：“参禅者，身心脱落也，只管打坐始得，不要烧香、礼拜、念佛、修忏、看经。”又参禅宜在静处，并节制饮食，放舍诸缘，休息万事，不思善恶，莫管是非。 6 崔寔《四民月令》：“正月砚冻释，命童幼入小学篇章，十一月砚冻，幼童读《孝经》、《论语》。” 7 此二句用白居易典故，《刘白唱和诗序》云：“命小侄龟儿，编录勒成两卷。”

李之仪与宋朝文学家黄庭坚、秦观、著名书画家米芾等人常常诗词唱和，特别是与苏轼交往甚密。宋仁宗曾下诏给翰林学士院，要他们严格执行值班制度，不能出现脱岗现象，成为定制。苏东坡曾任“端明殿学士”、“翰林院学士”，在翰林院值夜时深知做过秘书之枯燥苦恼。苏轼对李之仪的才华尤为器重，宫禁森严的翰林学士院岂是外人可以随便出入之地，苏轼想让朋友陪伴的想法是永远实现不了的，唯一可行的就是自己带上几本书到值班室看。他利用一个晚上的值班时间，居然读完了李之仪的百余首诗，而且还不是一般的浏览，而是像参禅一样地认真品味和欣赏，读至佳处，遂成此诗。

去杭十五年[1]，复游西湖，用欧阳察判[2]韵

我识南屏金鲫鱼，重来拊槛散斋余[3]。还从旧社得心印[4]，似省前生觅手书[5]。葑合平湖久芜漫[6]，人经丰岁尚凋疏。谁怜

寂寞高常侍，老去狂歌忆孟诸[7]。

1 去杭十五年，苏轼于熙宁五年(1072)通判杭州，八年(1075)九月自杭移知密州，至元祐四年(1089)十五年。 2 欧阳察判，名字失考，按《职官分纪》载，诸州幕职有观察判官。 3 南屏，即南屏寺也，西湖南屏山兴教寺池有鲫鱼十余尾，皆金色，道人斋余，争倚槛投饵为戏。《西湖游览志》卷三："净慈寺畔有南屏兴教寺，旧名善庆，中有齐云亭、清旷楼。载先生此诗于条下。" 4 心印，《祖庭事苑》卷八："达摩西来，不立文字，单传心印，直指人心，见性成佛。"心印又作佛心印，禅宗认为，依语言文字无法表现之佛陀自内证，称为佛心。其所证悟之真理，如世间之印形决定不变，故称为心印。不依文字即可见性，称为传心印。禅之本意，不立文字，不依言语，直以心为印，故曰心印。心者佛心。印者印可印定之义。此印能印可或印定佛法之实义也。 5 前生，佛家语，指过去世之身。王十朋《百家注东坡先生诗》："苏轼游寿星院，入门便悟，尝有诗云：'前生我已到杭州。'又晋羊祜自省前生李氏之子。张文定公方平为滁州日，游琅邪山，至藏院云：'前生写《楞伽经》未终，愿再成之。'" 6 此句言浚湖之事，苏轼《请开西湖状》："钱氏有国，置撩湖兵千人，日夜开浚。自国初以来，稍废不治，水涸草生，渐成葑田。熙宁中，通判本州岛，岛湖之葑合者盖十二三，今者十六七年间，遂塞其半。父老皆言，更二十年无西湖矣。" 7 高适以左散骑常侍致仕，《唐文粹》："唐高适为封丘尉日，有诗云：'我本渔樵孟诸野，一生自是悠悠者。乍可狂歌草泽中，宁堪作吏风尘下。'"

轮回转生说是佛教得以广泛传播的核心教义之一，苏轼对于轮回转生说十分相信，当时均传苏轼前身是一个僧人，此说流传十分广泛，这一点可从他的诗文和有关的笔记、传说中反映出来。除本诗外，苏轼亦多有阐明，如《答陈师仲书》一文里说："轼亦一岁率常四五梦至西湖上，此殆世所谓前缘者。在杭州尝游寿星院，入门便悟曾到，能言其院后堂殿、山石处，故诗中有‘前生已到’之语。”《和张子野见寄三绝句》诗云：“前生我已到杭州，到处长如到旧游。”《南华寺》诗云：“我本修行人，三世积精炼。中间一念失，受此百年谴。”这些并不是用戏谑之语说的，充满虔诚。东坡仕宦沉浮，颠沛辗转，十五年后故地重游，恍如隔世，这种轮回之说更为信却。

次韵答刘景文[1] 左藏有美堂燕集，景文有诗

我老诗坛[2] 仆鼓旗，借君佳句[3] 发良时。但空贺监杯中物[4]，莫示孙郎[5] 帐下儿。夜烛催诗金烬落[6]，秋芳压帽露华滋。故应好语如爬痒[7]，有味难名只自知[8]。

1 刘景文（1033～1092），名季孙，字景文，河南开封人。能诗，苏轼称之为“诗将”。当时刘景文官左藏副使，为两浙兵马都监，驻杭州，常与苏轼往来酬唱。 2 语出杜牧《雪晴访赵嘏街西所居三韵》“今代风骚将，谁登李杜坛”之句。 3 语出杜甫《奉赠韦左丞丈二十二韵》“每于百僚上，猥诵佳句新”。 4 语出李白《忆贺监》：“昔好杯中物，今为松下尘。” 5 孙郎，指东吴孙策。 6 金烬，灯烛的灰烬。刘禹锡《扬州春夜同会水馆夜艾独醒》诗：“寂寂独看金烬落。” 7 爬痒，杜牧《读韩杜集》诗：“杜诗韩集愁来读，似倩麻姑痒处爬。” 8 自知，佛家语，《六祖坛经·自序品》：“如人饮水，冷暖自知。”自知为四知之一，四知为天知，地知，傍人知，自知。

苏轼精于禅理，思维深受其影响，他可以将日常生活中的情景，甚或诸如“背痒”这样难于表达的生理感觉，化用在典雅端庄的诗歌里，苏轼写道：“故应好语如爬痒，有味难名只自知。”此句

将生理感觉升华为一种艺术感受，揭示了艺术欣赏中那种奇妙无比、难以言传的审美现象，这与禅宗“不可言传，只得意会”、“旨在言外”的思维方式十分切合。

文登蓬莱阁下，石壁千丈，为海浪所战，时有碎裂，淘洒岁久，皆圆熟可爱，土人谓此弹子涡也。取数百枚，以养石菖蒲，且作诗遗垂慈堂老人[1]

蓬莱海上峰，玉立色不改。孤根捍[2]滔天，云骨有破碎。阳侯杀廉角[3]，阴火[4]发光彩。累累弹丸间，琐细成珠琲[5]。阎浮一沤[6]耳，真妄[7]果安在。我持此石归，袖中有东海。垂慈老人眼，俯仰了大块[8]。置之盆盎[9]中，日与山海对。明年菖蒲根，连络不可解。倘有蟠桃生，旦暮犹可待[10]。

1 蓬莱阁，在山东蓬莱县城北丹崖山上，宋治平年间登州郡守在海神庙基础上扩建而成。丹崖山石壁千丈，海波拍击石壁，时有碎石落入海中，经海水长期淘洗，变成珍珠或弹丸形状的石子。苏轼元丰八年(1085)知登州时曾登上蓬莱阁。菖蒲，一种水生的植物，根须繁茂于水石之中。垂慈堂老人，指僧了性，为杭州千顷广化院住持。
2 捍，抵挡。　3 阳侯，古时水神之一。廉角，棱角，言海涛磨平崖石的棱角。　4 阴火，海中生物发出的光。刘禹锡《望赋》：“送飞鸿之灭没，附阴火之光彩。”　5 琲，成串的珠。　6 阎浮，佛教阎浮提世界的简称，指须弥山以南的大洲，包括中国和印度等地区。一沤，《楞严经》：“空生大觉中，如海一沤发。”言世界与人生犹如水池一样随生随灭，虚无空家。　7 真妄，一切法有真妄二者，随无明之染缘而生起之法为妄；随二学之净缘而生起之法为真。又如因缘生法总为不实，故为妄法；不生不灭之真如则为真实，故为真法。 8 大块，即大地。 9 盎，一种腹大口小的容器。 10 蟠桃，传说为西王母所养的仙果，三千年一结果。此二句的意思，一说是因食菖蒲可使人延年益寿，遂可期待三千年一熟的蟠桃。一说由"阎浮一沤耳"的思路出发，认为作者意谓三千年也不过是一瞬间，故蟠桃朝夕可待。

此诗作于元祐四年(1089)冬至日，纵观全诗，作者有"袖中东海"、"日对山海"的想象，故由菖蒲根茎繁茂想到蟠桃之生，是很自然的。而蟠桃本也是海上仙山之物，遂将其设想为有可能生于菖蒲水石的盆盎之中，这些意思皆来自于"我持此石归，袖中有东海"的"诗眼"。

参寥上人[1]初得智果院[2]，会者十六人，分韵赋诗，轼得心字

涨水返旧壑[3]，飞云思故岑。念君忘家客，亦有怀归心。[4]三间得幽寂，数步藏清深。攒金卢橘坞，散火杨梅林。茶笋尽禅味，松杉真法音[5]。云崖有浅井，玉醴[6]常半寻。遂名参寥泉[7]，可濯幽人襟。相携横岭上，未觉衰年侵。一眼吞江湖，万象涵古今。愿君更小筑[8]，岁晚解我簪。

1 参寥上人，即道潜(1044～1106)，见前《次韵僧潜见赠》诗注 1。 2 智果院，在杭州西湖畔，《咸淳临安志》卷七十九："智果院，开运元年钱氏建。元祐中，守苏文忠公重建法堂，有题梁。"《西湖游览志》卷八："智果寺，旧在孤山。" 3《礼记·郊特牲》："岁十二月，水归其壑。" 4 此二句表达了诗人对归隐的向往之情。 5 法音，佛禅术语，说法之音声也。《无量寿经》卷上："常以法音觉诸世间。"《法华

经·譬喻品》:“闻此法音,心怀踊跃。” 6 玉醴,扬雄《太玄经》:“饮玉醴以解渴。”张平子《思玄赋》:“饮青岑之玉醴。” 7 参寥泉,智果舍下有泉出石间,东坡名之参寥泉,且为之铭。 8 小筑,指规模小而比较雅致的住宅,多筑于幽静之处。杜甫《畏人》诗:“畏人成小筑,褊性合幽栖。”

道潜是北宋后期的著名诗僧,与苏轼唱和,为忘形之交。道潜与苏轼有长期的交往并建立了深厚的友情,这种交往与友情,既基于共同的文学爱好和对“诗”、“法”相通相长的共识,又以彼此对道德人生的认识为根本保证;考察他们的交往过程和友情的深厚程度可以发现,联系二人的纽带,不仅是文学,还有人生磨难的考验,超越僧俗界线的彼此投契。因此,道潜成为苏门文人群体中的一位特殊成员,就毫不奇怪了。苏轼谪黄州,他曾前去探视,别前又同游庐山。元祐中,苏轼知杭州,二人也多交往唱和。在思想感情上,他显然是同情苏轼的。苏轼在思想上倾向于旧党,曾以诗讽刺新法而获罪,道潜也曾因写诗讽刺时政而被勒令还俗,谪居兖州,建中靖国初年(1101)诏还为僧,崇宁末年(1106),归老于江湖。

次周焘[1] 韵并叙

周焘游天竺,观激水[2],作诗云:“拳石耆婆色两青,竹龙驱水转山鸣。夜深不见跳珠碎,疑是檐间滴雨声。”东坡和之云。

道眼[3] 转丹青,常于寂处鸣。早知雨是水,不作两般声。

1 周焘，史容《山谷外集注》："濂溪先生二子，寿、焘。寿，字季老，后改元翁。焘，字通老，后改次元。元翁于元丰五年黄裳榜登第，次元于元祐三年李常宁榜登第。元翁终司封员外郎，次元终徽猷阁待制。施宿注谓次元终宝文阁待制，未详孰是。" 2 激水，《咸淳临安志》卷八十："天竺灵山教寺，隋开皇中建。中有曲水亭，一曰流杯亭，有水台盘石刻周次元与东坡和诗。" 3 道眼，指能见正道的眼，即观道之眼。修道而得之眼通，又作天眼通，谓由证道而得，故称道眼。《圆觉经》："分别邪正，能施末世一切众生无畏道眼。"《楞严经》："发妙明心，开我道眼。"其注云："真妄显现，决择分明，曰道眼。"

诚如《楞严偈》所云："声无既无灭，声有亦非生。生灭二圆离，是则常真实。"苏轼精于禅理，此诗运用寥寥数语空灵而深刻地阐释了"空即是实"的佛家真谛。

送南屏谦师[1] 并引

南屏谦师妙于茶事，自云得之于心，应之于手，非可以言传学到者。十二月二十七日，闻轼游落星，远来设茶，作此诗赠之。

道人晓出南屏山，来试点茶三昧[2]手。忽惊午盏兔毛斑[3]，打作春瓮鹅儿酒[4]。天台乳花[5]世不见，玉川风腋[6]今安有。先生有意续茶经[7]，会使老谦名不朽。

1 南屏谦师，南屏即南屏山，《咸淳临安志》卷八："南屏山，在兴教寺后，怪石耸秀，中穿一洞，上有石壁若屏障然。"谦师，失考未详。 2 三昧，参见前《题文与可墨竹》诗注 3。 3 兔毛斑，苏轼《月兔茶》诗:“中有迷离玉兔儿。”疑即指此茶也。 4 鹅儿酒,杜甫《舟前小鹅儿》诗:“鹅儿黄似酒,对酒爱新鹅。” 5 天台乳花,天台,浙江省的山名,隋智者大师居于此山开一宗,后世因名其宗为天台宗,简称天台或台宗。天台乳花为天台山所产名茶,《茶寮记》:“云脚渐垂,乳花浮面,又茶有石乳、滴乳,白乳之号。”《天台记》:“丹邱出大茗,服之生羽翼。” 6 风腋,犹言茶之极品,《玉川子茶歌》:“七碗吃不得也,惟觉两腋习习清风生。” 7 茶经,唐代陆羽作《茶经》,被后人称为“茶圣”。

苏轼语于茶道,经常以茶会友。他的茶诗之中往往寄寓着深刻的禅理,他将品茶视为一种极大的享受,正如其《次韵曹辅寄壑源试焙新芽》诗所说:“戏作小诗君一笑,从来佳茗似佳人。”

卧病弥月,闻垂云[1]花开,顺阇黎[2]以诗见招,次韵答之

道人心似水[3],不碍照花妍。宴座春强半,清阴月屡迁。平生无起灭[4],一念[5]有陈鲜。袅袅风枝[6]举,离离日萼蔫[7]。病吟终少味,老醉不成颠。向必遨头出[8],湖中有散仙[9]。

1 垂云,亭名,在杭州西湖孤山宝严院内。 2 顺阇黎,即僧人清顺,为当时杭州的有名诗僧。宋代惠洪《冷斋夜话》卷六:“西湖僧清顺,字颐然,清苦多佳句。” 3 这里指修道之人所达到的心如止水的境界。 4 起灭,谓事物之生与灭。因缘和合则生起,因缘离散则灭谢。《维摩经·问疾品》:“应作是念,但以众法合成此身;起唯法起,灭唯法灭。”《圆觉经》:“生死涅槃同于起灭,妙觉圆照离于华翳。” 5 一念,其说有二:一是指极短促之时刻也,《仁王般若经》上:“九十刹

那为一念，一念中之一刹那，经九百生灭。”二是指思念对境一次也，天台宗以阴妄刹那之心名为一念，又或以本觉灵知之自性，谓为一念。凡念字之义，虽通于观念称念，而弥陀之本愿为称念，故一念十念之念，即指称佛之声也。按义寂之《无量寿经疏》云：“此言念者，谓称南无阿弥陀佛。经此六字顷，名一念。” 6 风枝，梁简文帝《林下妓》诗：“舞袂写风枝。” 7 萼蔫，李商隐《壬申七夕》诗：“日薄不蔫花。” 8 遨头，宋代成都自正月至四月浣花，太守出游，士女纵观，称太守为“遨头”。陆游《老学庵笔记》卷八：“四月十九日，成都谓之浣花，遨头宴于杜子美草堂沧浪亭，倾城皆出，锦绣夹道，自开岁宴游至是而止。” 9 散仙，道教语，仙人未授仙职者之称，这里比喻放旷不羁、自由闲散的人。韩愈《奉酬卢给事云夫四兄曲江荷花行》诗：“上界真人足，官府岂如散，仙鞭答鸾凤，终日相追陪。”

元祐五年(1090)正月，苏轼在龙图阁学士充浙西路兵马钤辖知杭州军州事任，至十二月作此诗。苏轼一生喜与僧人交游，身边不乏著名诗僧，清顺即为一例，据《宋诗纪事》卷九十一记载，熙宁五年(1072)，苏东坡兴游西湖，“于僧舍壁间见小诗(案：即清顺《题西湖僧舍壁》)，问谁所作？或告以钱塘僧清顺，即日求得之，一见甚喜，而顺之名出矣”。道心似水，不事繁华为本诗之旨。

次韵林子中[1] 王彦祖[2] 唱酬

早知身寄一沤[3] 中，晚节尤惊落木风[4]。昨梦已论三世[5]事，岁寒犹喜五人[6] 同。雨余北固[7] 山围座，春尽西湖水映空。差胜四明狂监[8] 在，更将老眼犯尘[9] 红。

1林子中，即林希（1037～?），字子中，号醒老。福州侯官（今福州闽侯）人。嘉祐二年，别头省试第一人，登进士第三甲，初授泾县主簿。历中书舍人，翰林学士。哲宗朝，累迁同知枢密院事。终端明殿学士、知舒州，谥文节。　2王彦祖，即王汾，钜野（今山东钜野）人，进士第。仁宗嘉祐五年知潭州湘乡县，神宗元丰中知兖州，哲宗元祐三年召为太常少卿，四年，知明州，五年，为兵部侍郎，六年，以宝文阁待制知齐州，绍圣三年，落职致仕。　3一沤，语出《楞严经》，沤者，水泡也。海本澄湛，因风飘鼓，发起水泡，以譬大觉之性，真净明妙，因心妄动，生起虚空世界，虚空世界在大觉性中，如大海中之一沤耳。《楞严经》卷六："空生大觉中，如海一沤发。"　4此句叹年老意也，苏轼自注："近闻莘老、公择皆逝，故有此句。"　5三世，又作三际、去来今、去来现、已今当。三世乃过去世、现在世与未来世之总称。现在世与未来世合称为现当二世。所谓三世，指一个人现在生存之现世、出生以前生存之前世及命终以后生存之来世。又有以现在之一刹那为中心，及其前后称为三世者。或以劫为单位，贤劫为现在，以此而建立三世。一般佛教均以时为假立者，然胜论外道或时论师则视时为实在者。至于由过去之业因，所招感之现在果报，此种三世因果应报之理，即称三世因果；而出现于三世之佛，则称三世诸佛。小乘主张一世一佛；而大乘认为空间充满十方诸佛，在时间上普现于三世，此称十方横化、三世竖化。《宝积经》卷九十四："三世，所谓过去未来现在。云何过去世？若法生已灭，是名过去世。云何未来世？若法未生未起，是名未来世。云何现在世？若法生已未灭，是名现在世。"昨梦故当知生死及与涅槃无起、无灭、无去来今。　6五人，苏轼自注："轼与子中、彦祖、子敦、完夫同试举人景德寺，今皆健。"　7北固，润州山名，《南史·梁平乐侯传》："京城之西，有别岭入江，高数十丈，三面临水，号曰北固。蔡谟起楼其上，以置军实。"　8四明狂监，唐贺知章晚节尤诞放，自号四明狂客及秘书外监。　9尘，佛家语，谓一切世间之事法，染污真性者，可分四尘五尘六尘等。《法界次第》："尘即垢染之义，谓此六尘能染污真性故也。"

据《续资治通鉴长编》记载，元祐四年四月王汾知明州，十一月为秘书少监，此诗当是苏轼北归过润州时与林、王二人和唱之作。此时苏轼四方流徙，居无定所，加之渐入衰年，好友相继落世，心情颇为沉重，遂不觉将疲乏之心寄于佛禅，聊为安顿。

寿星院寒碧轩[1]

清风肃肃[2] 摇窗扉，窗前修竹一尺围。纷纷苍雪落夏簟[3]，冉冉[4] 绿雾沾人衣。日高山蝉抱叶响，人静翠羽穿林飞。道人绝粒[5] 对寒碧，为问鹤骨[6] 何缘肥。

1 寿星院，杭州西湖宝云山以西有葛岭，岭下有寿星院。院内有杯泉、灵泉、寒碧轩、此君轩、明远堂等。 2 肃肃，猛烈的风声。王粲《赠蔡子笃》："肃肃凄风"。 3 簟，竹席。 4 冉冉，柔弱低垂貌。 5 绝粒，道家以不火台，不进五谷为修炼方法，叫绝粒，犹如辟谷。 6 鹤骨，形容骨格清瘦。释齐己《戊辰岁湘中寄郑谷》诗："瘦应成鹤骨，闲想似禅心。"

周必大《二老堂诗话》云："苏文忠公诗，初若豪迈天成，其实关键甚密。再来杭州《寿星院寒碧轩》诗，句句切题，而未尝拘'清风肃肃'四句，寒碧各在其中。第五句'日高山蝉抱叶响'，颇似天意，西杜诗云：'抱叶寒蝉静'，并叶言之，寒亦在其中矣。'人静翠羽穿林飞'，固不待言。末句却说破'道人绝粒对寒碧，为问鹤骨何缘肥'，其妙如此。"周必大所言很有助于我们理解此诗。

次韵送张山人[1]归彭城

羡君飘荡一虚舟[2]，来作钱塘十日游。水洗禅心都眼净[3]，山供诗笔总眉愁。雪中乘兴真聊尔[4]，春尽思归却罢休[5]。何日五湖从范蠡，种鱼万尾橘千头[6]。

1 张山人，即张天骥，自号云龙山人。 2 虚舟，《庄子·列御寇》："泛若不系之舟，虚而遨游者也。"杜甫《题张士隐居》诗："对君疑是泛虚舟。" 3 禅心，谓禅定非思量之心，即心专注于一之状态。又指依禅定所得之本来清净心。眼净，苏轼《次韵曹子方同游西湖》："上下碧流清似眼。" 4 此句系指《世说新语》王子猷雪夜访戴安道之事。 5 此句化用杜牧《春尽途中》诗"一年春尽送春诗"。 6《格致镜原》卷九十一引范蠡《种鱼经》："以活鲫鱼用竹刀破之，入水银少许，同水滓油菜碎之，和拌，入鱼腹内，再以菜裹之，悬空处四十九日。用河水取腹内元子一二粒，置于水中，以物盖之。少时，一粒即一鱼。乃鱼活水盆中游，只依元种。"《北户录》卷一记，陶朱公养鱼法，凡种鱼每二月上庚日，取鲤鱼有子者投池中。

宋哲宗元祐五年(1090)十二月，苏轼任杭州太守，张天骥专门到杭州造访，代表徐州百姓郑重地邀请苏轼致仕后到徐州定居。张天骥将归彭城时，东坡赋此诗相赠，其中"何日五湖从范蠡，种鱼万尾橘千头"之句，表达了归老田园、退隐江湖的意愿。

观台[1]

三界[2]无所住[3]，一台聊自宁。尘劳[4]付白骨[5]，寂照[6]起黄庭[7]。残磬风中袅，孤灯雪后青。须防童子戏，投瓦犯清泠。[8]

1 观台，在杭州西湖葛岭寿星院内。　2 三界，佛家语。欲界为一地，四禅四空为八地，合为九地，即三界，是亦名三。凡夫生死往来之世界分为三：一、欲界，有淫欲与食欲二欲之有情住所也。上自六欲天，中自人界之四大洲，下至无间地狱，谓之欲界。二、色界，色为质碍之义，有形之物质也。此界在欲界之上，离淫食二欲之有情住所也。谓为身体，谓为宫殿，物质的物，总殊妙精好，故名色界。此色界由禅定之浅深粗妙分四级，称为四禅天，新曰静虑。此中或立十六天，或立十七天，或立十八天。三、无色界，此界无一色，无一物质的物，无身体，亦无宫殿国土，唯以心识住于深妙之禅定。故谓之无色。此既为无物质之世界。则其方所，非可定。但就果报胜之义，谓在色界之上，是有四天，名为四无色，又曰四空处，说出俱舍论世间品，三界义。　3 无所住，系指禅宗最核心的要义“应无所住而生其心”。《金刚经》中所说的“无所住”犹指不滞住善恶、是非、空有、断常、迷悟等等对待的两边，连中道亦不住。而生其心者，即是生其空寂灵知妙明真如的心。　4 尘劳，心劳尘境，是烦恼的别名。为烦恼之异称。因烦恼能染污心，犹如尘垢之使身心劳惫。贪嗔等之烦恼，坌秽真性，劳乱身心，谓为尘劳。《维摩慧远疏》：“烦恼坌污，名之为尘。彼能劳乱，说以为劳。”《止观经》亦云：“尘劳即是菩提。”　5 白骨，佛家理论之中有白骨观，又作想相生、骨想、枯骨想。为观法之一，即九想观（略称九想）中之骨想。观，意即以智慧专心一致观察念想佛或法等特定之对象，而致力于证悟，为佛教一般之实践修行法，白骨观即其中重要观法之一。盖观想死尸之筋断骨离，形骸分散，白骨狼藉不净之状，藉以知无常而除却贪欲执著之念。佛陀弟子优波尼沙陀即以作此观而成道。《楞严经》卷五："观不净相，生大厌离，悟诸色性，以从不净白骨微尘归于虚空，空色二无，成无学道。" 6 寂照，佛禅用语，真理之体云寂，真智之用云照。智之本体为空寂，有观照之作用，即坐禅之当体、止观。《楞严经》卷六文殊偈："净极光通达，寂照含虚空，却来观世间，犹如梦中事。" 7 黄庭，《黄庭外景经》："上有黄庭下关元。"黄庭者，脾为中，主横，在太仓上。 8 此二句指佛教中的"水观"，典故源于《楞严经》："月光童子，修习水观，室中安禅。有弟子窥窗观室，唯见清水。童稚无知，取一瓦砾投于水内，激水作声，出定心痛。后入定时，童子奉教，除去瓦砾，身质如初。"

苏轼熟悉大乘佛教经典，对《楞严经》尤为推重，他晚年谪居儋州时亦有诗云："楞严在床头，妙偈时仰读。"可见《楞严经》是他终其一生随时阅览的释典。苏轼是一个比较典型的"书生学佛者"，往往以文学的态度出入佛经，《楞严经》雅丽的文辞以及那些形象性的故事，自然会成为他诗歌创作的材料。本诗是苏轼融摄佛教水观内容而创作的诗歌，可称诗禅融通的典范。苏轼结合自己的人生际遇来体味和感悟月光菩萨的水观修习，在更深的层次上认识到，清净心的修得只是一个开始，并非一劳永逸，尚需精心地、持久地、无间断地加以维系与呵护，这是苏轼从佛教水观中得到的又一次开悟。

游中峰杯泉[1]

石眼杯泉举世无，要知杯渡[2] 是凡夫。可怜狡狯维摩[3] 老，戏取江湖入钵盂[4]。

1 杯泉，在杭州西湖寿星寺法堂东廊下，《咸淳临安志》卷七十九：“寿星院在葛岭，有杯泉。” 2 杯渡，晋宋时有一僧，不知姓名，能以木杯渡水，人以“杯渡”称之。事见南朝梁慧皎《高僧传·神异下·宋京师杯渡》。 3 维摩，又称毗摩罗诘、维摩诘、无垢称、净名、灭垢鸣。为佛陀之在家弟子，乃中印度毗舍离城之长者。虽在俗尘，然精通大乘佛教教义，其修为高远，虽出家弟子犹有不能及者。据《维摩经》载，彼尝称病，但云其病是“以众生病，是故我病”，待佛陀令文殊菩萨等前往探病，彼即以种种问答，揭示空、无相等大乘深义。《维摩经·方便品》：“尔时毗耶离大城中有长者名维摩诘，已曾供养无量诸佛。” 4 钵盂，又作钵盂，乃梵汉双举钵之名。《敕修百丈清规》卷五：“梵云钵多罗，此云应量器，今略云钵，又呼云钵盂，即华梵兼名。”此句诗源于佛教，《法苑珠林》：“假使四大海水入此瓶中，犹不能满。”

佛禅思维事事圆融，认为小大相即，小大相即的典型象征是海水入毛孔、毛端含国土、芥子纳须弥，《华严经》、《维摩经》、《涅槃经》、《楞严经》中均表达了这样的思想。禅宗发挥此意，如《传灯录》卷二十一谓“三千大千世界，日月星辰，江河淮济，一切含灵，从一毛孔入一毛孔，毛孔不小，世界不大，其中众生不觉不知”。苏轼一生耽佛，精于禅理，此诗中苏轼歆羡聪明狡黠的维摩居士，谈笑风生变戏法似的将偌大的江湖装进了小小的钵盂。苏轼诗中常常抒写此种观念，如《西塞风雨》云：“仰看云天真箬笠，旋收江海入蓑衣。”《新酿桂酒》云：“收拾小山藏社瓮，招呼明月到芳樽。”《汲江煎茶》云：“大瓢贮月归春瓮，小杓分江入夜瓶。”《月夜与客饮杏花下》云：“山城酒薄不堪饮，劝君且吸杯中月。”《文登蓬莱阁下石壁千丈》云：“我持此石归，袖中有东海。”苏轼此等慧观被袁觉禅师叹为“禅髓”（《五灯会元》卷十九）。

菩提寺南漪堂杜鹃花[1]

南漪杜鹃天下无，披香殿[2] 上红氍毹[3]。鹤林[4] 兵火真一梦[5]，不归阆苑[6] 归西湖。

1 菩提寺，在今杭州，据《咸淳临安志》卷七十九记："菩提院，太平兴国二年钱惟演建，本名惠严，七年改赐今额……有堂二，曰南漪、迎春。"《西湖游览志》卷八亦云："菩提院，本钱惟演别墅也，舍以为寺，有南漪、迎薰等亭……后并入昭庆律寺。"菩提寺杜鹃花最盛。
2 披香殿，汉宫阁名，长安有披香殿，白居易《红线毯》诗："染为红线红于花，织作披香殿上毯。" 3 氍毹，毛织的布或地毯，旧时演戏多用来铺在地上，故此"氍毹"或"红氍毹"，常借指舞台座。佛教中有氍毹座，以毛织物、毛毡类制成之台座，又作毡氍座。于天等部佛像中，为特定诸尊之台座。在绘画上，胎藏界曼荼罗外金刚部院之火天、水天、风天、地天、罗刹天、伊舍那天等诸尊之台座，即属氍毹座，其形状呈圆扁平形，内绘有花纹，或于边缘绘有流苏形垂饰。在雕刻上，一般为覆钵形之台，描绘有彩色之流苏形垂饰。 4 鹤林，佛教中指世尊于印度拘尸那揭罗城跋提河畔入灭之娑罗树林。又称白鹤林、白林、鹄林。据《大般涅槃经后》所载，世尊入涅槃已，娑罗林乃垂覆宝床，遮盖如来，其时娑罗树惨然变白，犹如白鹤。即以世尊入灭时，娑罗树变成白色，犹如白鹤，故有此称。又因世尊于此林入灭，故"鹤林"一词亦转用为"佛涅槃"之意。另据《大般涅槃经义记》卷一载，娑罗树变白之原因有二说：(一)白色乃树之死相，表示圣者之入灭。(二)白色为色之本，即意谓佛之涅槃乃归返其本。此外，后世将僧园亦称为鹤林，或称鹤苑。世有鹤林寺，位于江苏镇江黄鹤山下，其历史可参见《鹤林寺志》一书。 5 梦，佛教杂语，梦中所现无实事，以譬世间之诸法无实性。《维摩经·方便品》:“是身如梦,为虚妄见。”

6 阆苑,阆风山之苑,传说中神仙居住的地方,旧时诗文中常用来指宫苑。

清人陆以湉在《冷庐杂识》中说:“天下西湖三十又六,惟杭州最著。”苏轼知杭州期间,时常探胜西湖,他喜西湖的山,喜西湖的水,更喜西湖周围的寺院风景,与那些高僧谈诗论艺更是悠游乐哉。与黑暗混浊的官场相比,西湖山水无疑是纯净清幽、令人向往的,可以使困顿的灵魂得到静穆的栖息,“不归阆苑归西湖”正是其内心的真实感受。

题杨次公[1] 蕙

蕙本兰之族,依然臭味同。曾为水仙佩,相识楚辞中。幻色虽非实,真香亦竟空。[2] 云何起微馥,鼻观[3] 已先通。

1 杨次公,即杨杰,字次公,自号无为子,无为(今安徽省无为县)人。生卒年均不详,约宋神宗元丰初前后在世,年七十岁。少有名于时。嘉祐中,及进士第。元丰中官太常。一时礼乐之事,皆预讨论。元祐中为礼部员外郎。出知润州,除两浙提点刑狱,卒。著有文集二十余卷,及乐记五卷,均《宋史本传》并行于世。　2 此二句之中幻、色、实、真、香、空等均为佛教词语。幻,一切事象皆无实体性,唯现出如幻之假相,即幻相;其存在则谓幻有。所显现之如幻现象,犹如魔术师之化作,故称幻化。色,指一切有形象和占有空间的物质。色可分为内色、外色、显色、表色、形色五种。内色是指眼耳鼻舌身之五根,因属于内身,故名内色;外色是指色声香味触之五境,因属于外境,故名外色;显色是指我们常见的各种颜色,如青黄赤白等等;表色是指有情众生色身的各种动作，如取舍伸屈等等之表相；形色是指物体的形状，如长短方圆等等。实，即真实不灭之义，含有永久、究极之意味。相关之用语有实教、实人、实智等，因此则有权教、权人、权智。真，即真实，相对于假、俗、伪等义而言。最究竟者，称为真；假则为方便、一时之义。例如佛身分为真身与应身，相对于应化身者即称真身；又如法门分为真谛与俗谛，相对于世俗谛者即称真谛；此外，真假与权实亦为同义。香，乃鼻根所嗅之物，鼻识所分别之对象之一，《俱舍论》卷一："香有四种：好香恶香，等不等香，有差别故。"空，因缘和合而生的一切事物，究竟而无实体，叫做空，也就是假和不实的意思。

3 鼻观，见前《和黄鲁直烧香二首·其一》注 4。

杨杰爱好山水，常以山水为题进行创作，是北宋中期著名的学者、诗人，从他自号看，就溢盈着不忘桑梓的性情。从当时政坛看，正值王安石领导的变法派与司马光领导的守旧派，势同水火并激烈交锋之时。杨杰性情刚正而忠诚质朴，因触怒权贵，而身倦宦海，"一生好入名山游"，在公务之余，每每心亲山水，"从方外之乐"。这样，苏轼就与杨杰性情相似，遂颇为相知。杨杰文学根底深厚，善谈禅，尝著《辅道集》专扬佛教，苏轼为之序，平生所著以释、道二家诗文最多。此诗作于元祐五年(1090)，苏轼认为杨杰具有兰蕙一样高洁的品质，他用香严童子的典故，强调"去无所著，来无所从"。如果从这方面来玩味画蕙、真蕙，就会感悟色即是空、空即是色的禅家真髓。

次韵刘景文[1] 登介亭[2]

泽国梅雨余，衰年困蒸溽。高堂磨新砖[3]，颇觉利腰足。松根百尺井，两绠飞净渌。流觞[4] 聚儿童，一笑为捧腹。清风信可御，刚气在岩麓。始知共此世，物外[5] 无三伏。长歌入云去，不待弦管逐。西湖真西子，烟树点眉目。涛沙少酝藉，高浪翻雪屋。俯仰拊四海[6]，百世飞鸟速。远追钱氏余，近吊祖侯[7]躅。吾生如寄[8] 耳，寸晷轻尺玉。谁似刘将军，逸韵谢边幅。千言一挥手，五车不再读。春岩彩鸡舞，月峡哀猿哭。朝先鶗鴂起，暮与寒蛩续。我老废吟哦，赖君时击触。从今事远览，发轫此幽谷。清游得三昧[9]，至乐谢五欲[10]。莫作狂道士，气压刘师服[11]。

1 刘景文，见前《次韵答刘景文左藏》诗注 1。 2 介亭，位于钱塘旧治凤凰山正南山巅，《涧泉日记》卷下："介亭在旧治后圣果寺。"《咸淳临安志》卷二："熙宁中，郡守祖无择，对排衙石作介亭。"有天风泠然、缥缈凭空之意。 3 磨砖，谓研磨砖瓦欲使成镜，乃比喻修道有所欲求则终不能成就。此譬喻出自《景德传灯录》卷五南岳怀让章，马祖道一竟日坐禅，欲图作佛，南岳怀让禅师遂于彼庵前磨砖欲成镜，以其终不能成之故，明示道一，磨砖若不成镜，徒坐禅亦不能作佛。 4 流觞，指王羲之《兰亭序》群贤野游，被雅称为流觞曲水。5 物外谓超越世间事物，而达于绝对之境界。《景德传灯录》卷八大通神秀章："禅师亦远俗尘，神游物外，契无相之妙理，化有结之迷途。" 6 四海，佛教谓围绕须弥山四方之外海为四海。 7 祖侯，即祖无择，《邵氏闻见录》卷十六云："祖无择，字择之，蔡州人。登甲科，与王介甫同知制诰。熙宁二年，介甫参知政事，时无择知杭州。介甫密谕监司求无择之罪，使御史王子韶按治，无所得。坐送宾客酒三百小瓶，责节度副使安置。元丰中，复秘书监集贤学士，移知光化军。卒，士大夫冤之。"另据《武林梵志》卷八记，英宗治平四年十月丁未，"祖无择以谏议大夫加龙图阁学士知杭州，尝作介亭于凤凰山"。 8 吾生如寄，叹时光飞逝、人生如梦也，犹言佛家之虚空也。 9 三昧，喻指佛家修养之玄妙境界。 10 五欲，指色声香味触之五境也，是为起人之欲心者,故名欲。是为污真理者,故名尘。《智度论》卷十七:"哀哉众生,常为五欲所恼,而求之不已。此五欲者,得之转剧,如火炙疥。五欲无益,如狗咬炬。五欲增争,如鸟竞肉。五欲烧人,如逆风执炬。五欲害人,如践恶蛇。五欲无实,如梦所得。五欲不久,如假借须臾。世人愚惑,贪欲五欲,至死不舍。为之后世受无量苦。"

11 刘师服,道士轩辕弥明与刘师服进士相识,刘与侯喜联石鼎句,弥明应之如响,二子思竭不能续,曰"尊师非人也,某等服矣。"事详韩愈《石鼎联句诗序》。

元祐中苏轼二次知杭州,当时刘景文官左藏副使,为两浙兵马都监,驻杭州,常与苏轼往来酬唱。此诗系二人同游介亭之时苏轼赠刘之作,诗人曲水流觞,思发千古,忘情恣肆,颇含佛禅意趣。

介亭饯杨杰次公[1]

篮舆[2] 西出登山门,嘉与我友寻仙村。丹青明灭风篁岭,环佩空响桃花源。[3] 前朝欲上已蜡屐[4],黑云白雨如倾盆[5]。今晨积雾卷千里,岂畏触热生病根[6]。在家头陀[7] 无为子,久与青山为弟昆。孤峰尽处亦何有,西湖镜天江抹坤[8]。临高挥手谢好住[9],清风万壑传其言。风回响答君听取,我亦到处随君轩。

1 介亭,见前《次韵刘景文登介亭》诗注 2。杨杰,见《题杨次公蕙》注 1。 2 篮舆,古代供人乘坐的交通工具,形制不一,一般以人力抬着行走,类似后世的轿子。《晋书·陶渊明传》陶渊明对王弘云:"素有足疾,向乘篮舆,亦足自返。" 3 苏轼自注:"郡人谓介亭山下为桃源路。"风篁岭下,山水潺湲,如闻环佩之声,无异武陵桃源。 4

蜡屐，涂蜡的木屐，语出南朝宋刘义庆《世说新语・雅量》：“或有诣阮（阮孚），见自吹火蜡屐，因叹曰：‘未知一生当着几量屐！’神色闲畅。”后因以“蜡屐”指悠闲、无所作为的生活。 5 此句形容大雨，杜甫《白帝城中》诗云：“云如屯白帝，城下两翻盆。” 6 此句化用杜甫《贻柳少府》“自非晓相访，触热生病根”诗句。 7 头陀，佛教称语，又作杜荼，杜多，译曰抖擞，抖拣，洮汰，浣洗等。谓抖擞衣服饮食住处三种贪着之行法也。俗称僧人之行脚乞食者为头陀，亦称行者。《释氏要览》：“梵语杜多，汉言抖擞。谓三毒如尘，能坌污真心，此人能振振除去，故今讹称头陀。” 8 坤，大地。与“天”相对。杜牧《池州送孟迟先辈》诗：“大江吞天去，一练横坤抹。” 9 好住，行人临去时慰嘱居留者之词，犹言保重。《六祖坛经》：“和尚报言好住，今共汝别。”

苏轼在诗文中多次表达了对佛禅的向往，此诗即为显例。禅宗主张在家出家的修行方式，鸟窠禅师曾告诫弟子：“汝当为在家菩萨，戒施俱修，如谢灵运之俦也。”（《传灯录》卷四）据《庐山莲社杂录》载，谢灵运想参加白莲社，慧远不允，灵运遂对生法师说：“白莲道人将谓我俗缘未尽，而不知我在家出家久矣。”此诗中苏轼称杨杰是“在家头陀无为子，久与青山为弟昆”，充满艳羡之情。

叶教授[1] 和溽字韵诗，复次韵为戏，记龙井[2]之游

先生鲁诸儒[3]，饮食清不溽[4]。空肠出秀句，吟嚼五味[5]足。华堂闹丝管，眸子涨春渌。先生疾走避，面冷毒在腹。归来煮瓠叶，弟子歌旱麓[6]。声淫及灵台[7]，中有麀鹿伏。功名一走兔[8]，何用千人逐。故应容我辈，清坐时闭目。高亭石排衙[9]，

木杪挂飞屋。我来无时节，客亦不待速。似闻雪髯叟，西岭访遗躅。朝阳入潭洞，金碧涵水玉。泉扉夜不扃，云袂本无幅。慈皇付宝偈[10]，神侣得幽读。讷庵[11]有老人，宴坐天魔[12]哭。时来献璎珞[13]，法供灯相续[14]。吾侪诗酒污[15]，欲往无乃触。齐厨费晨炊，车骑满山谷。愿闻第一义[16]，钵饭非所欲。便投切云冠，予幼好奇服[17]。

1 叶教授，即叶涛（？～1100），字致远，宋处州龙泉（今浙江丽水）人。熙宁六年（1073）进士，从王安石学为文辞，官至中书舍人，曾与苏轼交游。 2 龙井，秦少游《龙井记略》称龙井在西湖之西，浙江之北，风篁岭之上，深山乱石之间，蟠幽而踞阻。岭之左右大率多泉，龙井其尤者也。 3《汉书·叔孙通传》："儒者难与进取，可与守成。愿征鲁诸生，与臣弟子，共起朝仪。" 4《礼记·儒行》："其居处不淫，其饮食不溽。" 5 五味，佛教以乳、酪、生酥、熟酥、醍醐五者比喻《华严经》、《阿含经》、《方等经》、《般若经》、《法华经》与《涅槃经》等五时之教。《涅槃经》十四："善男子！譬如从牛出乳，从乳出酪，从酪出生酥，从生酥出熟酥，从熟酥出醍醐。醍醐最上，若有服者，众病皆除，所有诸药悉入其中。善男子！佛亦如是，从佛出生十二部经，从十二部经出修多罗，从修多罗出方等经，从方等经出般若波罗蜜，从般若波罗蜜出大涅槃，犹如醍醐。" 6 旱麓，《诗经·小雅·瓠叶》："瞻彼旱麓，榛楛济济。" 7 灵台，《诗经·大雅·灵台》："经始灵台，经之营之，庶民攻之，不日成之。" 8 一走兔，《说苑》："一兔走于街，万人追之，一人得之，万人不复走。" 9 排衙，介亭有石如剑锋对峙，谓之排衙石。白居易《雨雪放朝因怀微之》："不知雨雪江陵府，今日排衙得也无？" 10 宝偈，佛教杂语，即至宝之偈颂也。《唯识述记序》："此宝偈南赞。" 11 讷斋，谓辩才法师也。《咸淳临安志》："元丰二年，辩才自天竺退休龙井。游览之所，有方圆庵、归隐桥、寂室、照阁、闲堂、讷斋诸名。" 12 天魔，天子魔之略称，四魔之一，又称天子魔、魔天、魔王，欲界顶上第六天之主也。其名云波旬，不喜众生出离三界，故对佛及修道者作种种扰乱，有无量之眷属，常障碍佛道者。《玄应音义》二十三："梵云魔罗，此译云障，能为修道作障碍也。亦名杀者，常行放逸而自害身故，即第六天主也。名曰波旬，此云恶爱，即释迦佛出世魔王名也。诸佛出世，魔各不同。如迦叶佛时魔名头师，此云恶嗔等也。" 13 璎珞，梵语叫做枳由罗，是一种似玉的宝石，音译作吉由罗、枳由罗。又作缨络。由珠玉或花等编缀成之饰物，可挂在头、颈、胸或手脚等部位。印度一般王公贵人皆佩戴之。又据诸经典所载，在净土或北俱卢洲，均可见树上垂有璎珞。《法华经·普门品》："解颈众宝珠璎珞，价值百千两金，而以与之。" 14 法供，世有长明灯供，灯相续，《僧迦难提传》："嗣续祖灯。" 15 诗酒污，杜甫《谒文公上方》诗："久遭诗酒污，何事忝簪裾。" 16 第一义，《传灯录》载，达摩西来，梁武帝问如何是圣谛第一义，答云："廓然无圣。"第一义即无上甚深之妙理也，其体湛寂，其性虚融，无名无相，绝议绝思，甚深之理不可说。《法华义疏》四："第一义者，一实之道，理极无过为第一。深有所以，称为义也。" 17 奇服，《楚辞·九章》："余幼好此奇服兮，年既老而不衰，带长铗之陆离兮，冠切云之崔嵬。"

叶涛自幼颖敏好学，博览群书，与苏轼交游，时有诗文往来。本诗佛禅语汇、典故较多，可见苏轼此一时期世界观的多元化日益明显，游赏山林、栖心释教的愿望十分强烈。

赠刘景文[1]

荷尽已无擎雨盖[2]，菊残犹有傲霜枝。一年好景君须记，最是橙黄橘绿时[3]。

1 刘景文，见前《次韵答刘景文左藏》诗注 1。 2 荷，即莲花，佛教中常见意象，喻法界真如之常、乐、我、净四德。又莲子有千年不腐而重生的特性，故常用来喻指涅槃境界。擎雨盖，指荷叶形状如遮雨的伞。 3 此句言橙子发黄、橘子将黄犹绿之时，乃指农历秋末冬初时节。

刘景文一生仕途蹇阻，始终保有高尚的情操，苏轼对其称赞有加，誉其为“慷慨奇士”。因此，这首赠诗起首二句以衰荷、残菊为喻，赞刘景文虽已难为“擎雨”之官，但傲霜的骨气仍在。荷出淤泥而不染，为高洁品质之象征；菊傲立寒秋，是孤高与贞亮之代表。三句却忽转基调，以语气直截的“须记”二字喝破机锋——人人皆以萧瑟秋风为严冬的前奏，睹秋残而神伤，而苏轼偏偏赞之为“一年好景”，在前两句枯淡凄清的背景下突然以“橙黄橘绿”的色彩，道出秋光的美好。正如人过壮年，虽已开始人生的下山之路，但也是身心成熟、大有作为的黄金阶段。荷花本是佛花，枯荣之辩又是佛家永恒的思想命题，苏轼不以一字及禅，却道出了非荣非辱、亦辱亦荣的深刻禅思。

辩才老师退居龙井，不复出入。余往见之。尝出，至风篁岭。左右惊曰：“远公复过虎溪[1]矣。”辩才笑曰：“杜子美不云乎：‘与子成二老，来往亦风流。’”因作亭岭上，名曰“过溪”，亦曰“二老”，谨次辩才韵赋诗一首

日月转双毂[2]，古今同一丘[3]。惟此鹤骨老，凛然不知秋。去住两无碍[4]，人天争挽留。去如龙出山，雷雨卷潭湫。来如珠还浦[5]，鱼鳖争骈头[6]。此生暂寄寓，常恐名实浮。[7] 我比陶令愧，师为远公优[8]。送我还过溪，溪水当逆流。聊使此山人，永

记二老游。大千[9] 在掌握，宁中别离忧。

1 虎溪，庐山东林寺门外的一条小溪。 2 此句化用贾岛《古意》“碌碌复碌碌，百年双转毂”诗句。 3《汉书·杨恽传》：“古与今如一丘之貉。” 4 无碍，佛家语，又云无阂，无碍。碍者，涉入自在义。自在通达而无碍也，自在涉入而无碍也，自在融通而为一体也。如灯光互相涉入，是无碍之相也。《往生论注》下：“无碍者，谓知生死即涅槃，如是等入不二门无碍相也。” 5《后汉书·孟尝传》：“合浦郡海出明珠，先时宰守贪秽，诡人探求，珠渐徙于交址，尝为太守，革易前弊，未踰岁，去珠复还。” 6 骈头，《周易·剥》：“贯鱼以宫人宠，无不利。”王弼注曰：骈头相次，似贯鱼也。 7 此二句叹人生短暂，终归空无也。《越绝书》：“名过实者灭，故圣人不使名过实。” 8《庐山记》载，远公与陶元亮、陆修静谈道，不觉过虎溪，因相与大笑，故作三笑图。 9 大千，佛家语，三千大千世界也。柳宗元《石门精舍》诗：“小劫不逾瞬，大千若在掌。”

辩才为当时著名高僧，与苏轼、苏辙、秦观、赵抃、道潜诸辈，相与往还酬唱，盛极一时，龙井和龙井茶的成名与其有很大的关系。辩才退居龙井寿圣院后，苏轼二次出知杭州，常去看望辩才法师，而辩才总是不顾年迈，要亲自送别，但有个“送客不过溪”的规矩。有一回，两人竟忘了这规矩，左右侍者惊呼：“大师，送过溪了！”辩才笑曰：“杜甫不是说过吗，‘与子成二老，来往亦风流’。”为纪念这段佳话，辩才建造了一座亭子，名之为“过溪亭”，也即“二老亭”，并赋诗《龙井新亭初成诗呈府帅苏翰林》以记之：“政暇去旌旆，策杖访林丘。人惟尚求旧，况悲蒲柳秋。云谷一临照，声光千载留。轩眉狮子峰，洗眼苍龙湫。路穿乱石脚，亭蔽重冈头。湖山一目尽，万象掌中浮。煮茗款道论，奠爵致龙优。过溪虽犯戒，兹意亦风流。自惟日老病，当期安养游。愿公归庙堂，用慰天下优。”苏轼依原韵和之，是为本诗。

再和杨公济[1]梅花十绝·其一

一枝风物便清和，看尽千林未觉多。结习[2]已空从著袂，不须天女[3]问云何。

1 杨公济，即杨蟠，字公济，建州人，庆历六年(1046)进士，嘉祐时诗人也。 2 结习，指烦恼习气。结，烦恼；习，习气。见前《座上赋戴花得天字》诗注6、7。《维摩诘经》卷六："有二种习：一结习，二佛法中爱习。得生法忍时，结习都尽，而未断佛法爱习。" 3 天女，指欲界天之女性。色界以上之诸天无淫欲，故亦无男女之相。《维摩经》有天女散花事也。

苏轼写过《次韵杨公济奉议梅花》十首，梅花是"花之四君子"之首，梅花凌霜傲雪，不惧严寒，在古诗文中常常用来象征人的高贵品质。苏轼一生经历千难万险，此诗将梅花系于禅理，实是诗人内心情状的一种自喻。

次韵参寥咏雪

朝来处处白毡[1]铺，楼阁山川尽一如[2]。总是烂银并白玉，不知奇货有谁居[3]。

1 白毡，白羊毛压成的厚垫，常喻指杨花，杜甫《绝句漫兴九首》诗："糁径杨花铺白毡。" 2 一如，一者不二之义，如者不异之义。名不二不异曰一如，一是平等不二，如是如常不变，所以一如就是真如的意思，即真如之理也。谓真如界内，生佛之假名泯绝，平等性之中，无自他之形相。《首楞严三昧经》卷下："魔界如即是佛界如；魔界如、佛界如，不二不别。"《三藏法数》卷四："不二不异，名曰一如，即真如之理也。" 3《史记·吕不韦传》："子楚不得意，不韦贾邯郸，见而怜之，曰：'此奇货可居。'"

元祐中，参寥住杭州智果禅院，与苏轼交游唱和。参寥集中失原唱，从此诗中可以看出，苏轼濡染佛禅，深得理会。白雪铺地，江山一如，面对皑皑世界，悟得人生理趣，岂不乐哉！

送小本禅师[1] 赴法云

寓形天宇间[2]，出处会有役[3]。澹然都无营，百年何由毕。山林等忧患，轩冕亦戏剧。我未即归休，师宁便安逸。王城满豪杰，议论纷黑白[4]。圣谛第一义，对面谁不识。[5] 师来亦何事，孤月挂空碧。是身如浮云，安得限南北[6]。出岫本无心[7]，既雨归亦得。珠泉[8] 有旧约，何年挂瓶锡[9]。

1 小本禅师，即善本，后被称为大通禅师，俗姓董，汉仲舒之后也。 2 陶渊明《归去来辞》："寓形宇内复几时。" 3 有役，陶渊明《归田园》诗："问君亦何为，百年会有役。" 4 黑白，佛家语，即黑白二业，善恶之异名。《俱舍论》十六："诸不善业一向名黑，染污性故。色界善业一向名白，不杂恶故。" 5 此二句典出《传灯录》，达摩谒梁武，帝问"如何是圣谛第一义"，答曰："廓然无圣。"又问："对朕者谁？"答云："不识。"第一义即无上甚深之妙理也，其体湛寂，其性虚融，无名无相，绝议绝思，甚深之理不可说。 6 此二句出自杜甫《别赞上人》

诗。 7出岫，陶渊明《归去来辞》有“云无心而出岫”之语。 8珠泉，在湖南嘉禾县城北郊的石板道旁，是一口名泉，水从泉底如珠串串涌出。泉水碧蓝，清澈如镜，泉底鱼虾，一目了然。夜晚，天空圆月，映入水中，大珠小珠，尽有玉盘，故称珠泉。“珠泉涌月”为嘉禾八景之一。 9瓶锡，即瓶钵与锡杖，皆禅僧用具也，齐己《夏日荆渚书怀》诗云：“中途息瓶锡，十载依公卿。”

善本为杭州净慈寺著名禅师，具有很大的影响力与号召力，当有旨召其住法云寺时，杭人忧之，称“本去，则净慈众散矣”，其受尊仰程度可见一斑。苏轼常与其交往，所受教益颇多，善本离杭自是难舍，遂写诗相赠。

次韵曹子方[1] 龙山真觉院瑞香花

幽香结浅紫，来自孤云岑。骨香不自知，色浅意殊深。移栽青莲[2]宇，遂冠薝蔔林。纫为楚臣佩[3]，散落天女[4]襟。君持风霜节[5]，耳冷[6]歌笑音。一逢兰蕙质，稍回铁石心[7]。置酒要妍暖，养花须晏阴。及此阴晴间，恐致悭啬霖[8]。彩云知易散[9]，鹎鴂忧先吟[10]。明朝便陈迹，试着丹青临[11]。

1曹子方，名辅，字子方，号静常，海陵人。仁宗嘉祐八年(1063)进士。英宗治平间为杭州司法参军。神宗元丰八年，为邮延路经略司勾当公事。哲宗元祐六年，迁职方员外郎，尝知号州，后提点广西刑狱，官至朝奉郎、守司勋郎中。 2青莲，佛教譬喻，青色之莲华也。其叶修广，青白分明，有大人眼目之相，故取以譬佛之眼。《维摩经·佛国品》“目净修广如青莲”肇注：“天竺有青莲华，其叶修而广，青白分明，有大人目相。故以为喻也。” 3《离骚》：“纫秋兰以为佩。”

4 天女，见前《再和杨公济梅花十绝·其一》诗注 3。 5 风霜节，子方为使，故云“风霜节”。 6 耳冷，听觉不灵敏。唐白居易《城盐州》诗：“东西亘绝数千里，耳冷不闻胡马声。” 7 铁石心，皮日休《桃花赋序》：“余尝慕宋广平之为相，贞姿劲质，刚态毅状，疑其铁心石肠，不解婉媚之文。” 8 俗谚有“悭值风，啬值雨”之语。 9 白居易《简简吟》诗：“彩云易散琉璃脆。” 10 忧先吟，《楚辞》：“恐鹈鴂之先鸣兮，百草为之不芳。” 11 丹青临，临摹也，古人谓摹书为临书。

瑞香花，又作睡香，露甲，千里红。叶簇生，椭圆状，春季开花，四时长青。五代北宋初陶谷在《清异录》中说，庐山上的一位和尚大白天睡在一块磐石上，梦中闻到一股浓烈的花香，醒后顺着香味找到了一树奇花，便给该花取名睡香。这事传出后，人皆啧啧称奇，认为是花中祥瑞，又为其取名瑞香。真觉院在杭州龙山以北的玉厨山，此处瑞香花十分繁茂，苏轼与友人常于此聚饮赏瑞香花，除本诗外苏轼还写有一首《西江月》词：“小院朱阑几曲，重城画鼓三通。更看微月转光风，归去香云入梦。翠袖争浮大白，皂罗半插斜红。灯花零落酒花秾，妙语一时飞动。”真觉院幽深静寂，月光微明，清风徐徐，如此美景令人陶醉。引得诗人妙语连珠，好诗频出，诗中含蕴着清幽淡雅的禅意。

破琴诗并引

旧说，房琯开元中尝宰卢氏，与道士邢和璞出游，过夏口村，入废佛寺，坐古松下。和璞使人凿地，得瓮中所藏娄师德与永禅师书，笑谓琯曰：“颇忆此耶？”因怅然，悟前生之为永师也。故人柳子玉宝此画，云是唐本，宋复古所临者。元祐六年三月十九日，予自杭州还朝，宿吴淞江，梦长老仲殊[1]挟琴过予，弹之有异声，就视，琴颇损，而有十三弦。予方叹惜不已，殊曰："虽损，尚可修。"曰："奈十三弦何？"殊不答，诵诗云："度数形名本偶然，破琴今有十三弦。此生若遇邢和璞，方信秦筝是响泉。"予梦中了然识其所谓，既觉而忘之。明日昼寝复梦，殊来理前语，再诵其诗，方惊觉而殊适至，意其非梦也。问之殊，盖不知。是岁六月，见子玉之子子文京师，求得其画，乃作诗并书所梦其上。子玉名瑾，善作诗及行草书。复古，名迪，画山水草木，盖妙绝一时。仲殊本书生，弃家学佛，通脱无所著，皆奇士也。

破琴虽未修[2]，中有琴意足。谁云十三弦，音节如佩玉。新琴空高张，弦声不附木。宛然七弦筝，动与世好逐。陋矣房次律，因循堕流俗。悬知董庭兰[3]，不识无弦曲[4]。

1 仲殊，俗姓张，名挥安，字师利，吴人，生年不详，卒于宋徽宗崇宁中。初为士人，后其妻以药毒之，遂弃家为僧。住苏州承天寺，杭州宝月寺。工于长短句，苏轼兴之往来甚厚。时时食蜜解其药，人称为蜜殊。徽宗崇宁年间，忽上堂辞众，闭门自谥死。仲殊词以体著称，黄升评为"篇篇奇丽，字字清婉，高处不减唐人风致。"有《宝月集》及词集七卷，《花庵词选》传于世。 2《西京杂记》卷三："高祖入咸阳宫，见琴长六尺，安十三弦，用七宝饰之，铭曰：璠玙之乐。" 3 董庭兰，《旧唐书·房琯传》载，房琯为宰相，无匪懈之意，但与刘秩等高谈虚论，此外则听董庭兰弹琴，庭兰自是大招纳货贿。杜甫《奉谢口敕放三司勘问状》："琯性失于简，酷嗜鼓琴，董庭兰今之琴工，游琯门下，依倚为非。" 4 无弦曲，陶渊明有无弦琴一张，"每朋酒之会，则抚而和之，曰：'但识琴中趣，何劳弦上声。'"（《晋书·陶潜传》）

琴在佛教中常常用来譬喻空物，如《楞严经》云："譬如琴瑟琵琶，虽有妙音，若无妙指，终不能发。汝与众生亦复如是，宝觉真心，各各圆满，如我按指，海印发光。汝暂举心，尘劳先起。"又偈云："声无既无灭，声有亦非生。生灭二缘离，是则常真实。"许多写琴诗用典乃出于此。明代李卓吾在其传世名著《焚书》中写道："候谓声音之道，可与禅通，似矣。"苏轼精于音律，他有一个重要的美学观点：艺术创作和艺术欣赏的最上乘境界，是艺术家的身心与艺术品的合一，只要达到了这一点，破琴之中也会充满琴意，发出人间至和至永的美妙之音。苏轼喜好弹琴，并以此寻求自我人格的超越，却不拘泥于对音乐的外在形式及其表面的追求，而重在对其意趣与意境的体验和感悟，在和谐混沌与寂静无声中达到了与天地同和，与天人合一？此诗诗人以琴自喻，谓自熙丰至元祐，屡被攻逐，但依然破琴如故，而音节则不改也。

书破琴诗后并叙

余作破琴诗，求得宋复古画邢和璞于柳仲远[1]，仲远以此本托王晋卿临写为短轴，名为邢房悟前生图，作诗题其上。

此身何物不堪为[2]，逆旅[3] 浮云自不知。偶见一张闲故纸[4]，便疑身是永禅师[5]。

1 柳仲远，即柳子文（？～约 1099），字仲远，柳子玉之子。 2 《庄子·大宗师》："伟哉造物，又将奚以汝为？将奚以汝适？以汝为鼠肝乎？以汝为虫臂乎？" 3 逆旅，《庄子·知北游》云："悲夫世人直为物逆旅耳。" 4 故纸，佛教譬喻，旧纸也，以譬不用物。《临济录》:“三藏十二分教,皆是拭不净故纸。” 5 禅师,本义为修禅定之师,后泛用为对和尚的尊称,尤指禅僧中有德行者。《善住意天子所问经》:“天子问:何等比丘得言禅师? 文殊师利答言:天子! 此禅师者,于一切法一行思量,所谓不生,若如是知得言禅师。”永禅师,智永和尚。参见前《次韵孙莘老斗野亭寄子由,在邵伯堰》诗注 7。

苏轼身后留下了许多佛教轮回的故事,如《春渚纪闻》中说苏轼的前身是西湖寿星寺的僧人,《冷斋夜话》多则故事更是详细地记载了如何证明苏轼的前身是僧人。其实,苏轼自己也十分相信佛教的轮回转世说,唐《高僧传》中记载了邢和璞、房琯游废寺而房琯记起自己前世为僧的故事,苏轼曾多次引用,除本诗外,在《王晋卿前生图偈》中也引用此典故表达了同样的意思。从苏轼自己的创作来看,前世为僧在苏轼世界观中有着坚实的心理基础,在《僧圆泽传》(见《东坡禅喜集》八)结尾处自注说:“此出袁郊所作《甘泽谣》,以其天竺故事,故书以遗寺僧。旧文烦冗,颇为删改。”从文中的“相约游蜀青城峨眉山”等附会来看,苏轼确认自己为僧人转生。

次韵子由书王晋卿画山水一首,而晋卿和二首·其二

此境眼前聊妄想[1],几人林下[2]是真休。我今心似一潭月,君已身如万斛舟[3]。看画题诗双鹤鬓[4],归田送老一羊裘[5]。明年兼与士龙[6]去,万顷苍波没两鸥[7]。

1 妄想,又作分别、妄想分别、虚妄分别、妄想颠倒。以虚妄颠倒之心,分别诸法之相。亦即由于心之执著,而无法如实知见事物,遂

产生谬误之分别。 2 林下，树林之下，这里指辞官归隐。唐韦丹曾寄诗给僧人灵辙，示欲退隐，灵辙答诗云：“相逢尽道休官去，林下何曾见一人。”语意本此。另苏辙原诗有“还君横卷空长叹，问我何年便退休”。东坡亦缘此而发。 3 斛，古时十斗为一斛，是用来装米的大容器。船的载重以其载米的量来衡量。万斛舟，喻大船，这里是说苏辙身如整装待发的大船，将要入于江海之中。 4 双鹤鬓，苏轼时年五十六岁，苏辙五十三岁，二人鬓发皆白。 5 一羊裘，羊裘即羊皮衣。这里是说行装简陋。东汉的严子陵、北朝的房法寿等都有以一羊裘自随的故事。 6 士龙，西晋陆云的字，其与兄陆机均为当时著名文士，后机战败受诬死，云亦遇害。这里代指弟苏辙。 7 此句用杜甫《奉赠韦左丞丈》“白鸥没浩荡，万里谁能驯”的语意。言归隐江湖，如一双鸥鸟相随出没于烟波之间，自由自在。苏辙原诗中有“万里还朝径归去，江湖浩荡一轻鸥”，东坡亦缘此而发。

此诗系苏轼元祐六年(1091)还朝后作，诗共有两首，这里是第二首。苏辙原诗名《题王诜都尉设色山卷后》，在《栾城集》卷十六。苏轼在这年三月九日奉旨离杭赴汴京，经月而至，曾多次上书自辩并乞外任。苏辙时为尚书右丞，苏轼被授翰林侍读学士。这时以刘挚为首的朔党已攻败洛党，挚取代了亲苏氏兄弟的范纯仁为相。苏氏兄弟受到排挤，在朝中很孤立。所以，苏轼此次还朝后，心情一直比较郁闷，作了十多首琴画诗，借以发泄。这首七律即是借画排遣，以明心迹。

次韵子由书王晋卿[1] 画山水二首・其一

老去君空见画，梦中我亦曾游[2]。桃花纵落谁见，水到人间伏流[3]。

1 王晋卿，名诜，见前《次韵王都尉偶得耳疾》诗注 1。 2 杜甫《观李固言》诗："人间长见画，老去限空闻。"此二句言佛禅虚空之旨。 3 伏流，水在地面下流动，即地下暗河。杜甫《崔驸马山亭宴集》诗云："洑流何处入，乱石闭门高"。

苏轼与王晋卿交好，为其创作了许多题画诗。苏轼的题画诗无论在数量还是在质量上，都堪称诗史上的高峰，它不仅表达出众多绘画理论上的高超见解，显示出灵活自如地驾驭诗画艺术规律的高超才能，展现出诗人丰富真挚的思想感情，而且全面地发掘了题画诗的功能，把题画诗真正提高到"以诗赏画，以诗阐画，以诗补画，以诗导画"的位置上。

又书王晋卿画四首·西塞风雨[1]

斜风细雨到来时，我本无家何处归。仰看云天真箬笠，旋收江海入蓑衣[2]。

1 西塞，乃湖州磁湖镇道士矶也，在今浙江省湖州市西南。唐张志和《渔歌子》词："西塞山前白鹭飞，桃花流水鳜鱼肥。" 2 此二句用天形如斗笠、江海如蓑衣譬喻小大相即之理。

佛经中有许多以小囊大的说法，如《华严经》、《维摩经》、《涅槃经》、《楞严经》中均表达了这样的思想。苏轼一生耽佛，精于禅理，诗中常常抒写此种观念。苏轼此等慧观被袁觉禅师叹为"禅髓"（《五灯会元》卷十九）。见前《游中峰杯泉》疏解。

西湖[1] 秋涸，东池鱼窘甚，因会客，呼网师迁之西池，为一笑之乐，夜归，被酒不能寝，戏作放鱼一首

东池浮萍半粘块，裂碧跳青出鱼背。西池秋水尚涵空，舞阔摇深吹荇带[2]。吾僚有意为迁居，老守纵馋那忍脍。纵横争看银刀[3] 出，瀺灂初惊玉花[4] 碎。但愁数罟损鳞鬣，未信长堤隔涛濑。濊濊发发须臾间[5]，圉圉洋洋寻丈外[6]。安知中无蛟龙种[7]，尚恐或有风云会。明年春水涨西湖，好去相忘渺淮海[8]。

1 西湖，我国各地共有西湖三十六处，其中杭州西湖、颍州西湖、福州西湖、惠州西湖为我国四大名西湖。颍州西湖，又称汝阴西湖，《补注东坡编年诗》卷三引《名胜志》："颍州西二里有湖，袤十里，广二里，翳然林木，为一邦之胜。欧阳公自扬移汝，有'都将二十四桥月，换得西湖十顷秋'之句，秦少游亦有诗云：'十里荷花菡萏初，我公所至有西湖。'"颍州西湖闻名天下，招来不少文人志士出守颍州，如文坛巨子晏殊、欧阳修、苏轼等先后任颍州知府，给西湖留下了众多诗篇。苏轼曾在诗中将颍州西湖与杭州西湖相媲美，"大千起灭一尘里，未觉杭颍谁雌雄"。　2 此句化用杜甫《曲江对雨》"水荇牵风翠带长"诗句。　3 银刀，比喻白鱼之状。　4 瀺灂，小水声也。玉花，鱼口吐白沫状。　5 濊濊，鱼网入水声；发发，象激流声音。《诗经·卫风·硕人》云："施罛濊濊，鳣鲔发发。"须臾，佛家表短时间，即暂时、少顷之意，音译牟呼栗多。牟呼栗多代表一昼夜的三十分之一，相当于今日之四十八分钟。　6 圉圉洋洋，圉圉，鱼在水羸劣之貌。洋洋，舒缓摇尾之貌。　7 蛟龙种，陶朱公《养鱼经》："鱼至三百六十头，则有蛟龙长之，因风雨则飞去。"《三国志·吴书·周瑜传》："蛟龙

得云雨，终非池中物。” 8《庄子·大宗师》：“鱼相忘于江湖，人相忘于道术。”白居易《放鱼诗》：“怜其不得所，移放于南湖。南湖连西江，好去莫踟蹰。”此句言归隐之意也。

苏轼深受佛教的影响，多行善事。他为民请愿，开仓放粮，引水修路，抗洪赈灾，设医院收治病人，建大冢埋葬遗骨，成立救儿会感召改变黄州等地溺死初生婴儿的野蛮风俗，他和朝云还一同在惠州创建放生池，此外他拒绝杀食牲畜，克制食欲，足以证明苏轼具备一副菩萨心肠。本诗“吾僚有意为迁居，老守纵馋那忍脍”等语表达了苏轼放生行善的佛家意愿。

泛颍[1]

我性喜临水，得颍意甚奇。到官十日来，九日河之湄[2]。吏民笑相语，使君老而痴[3]。使君实不痴，流水有令姿[4]。绕郡十余里，不驶亦不迟[5]。上流直而清，下流曲而漪[6]。画船俯明镜，笑问汝为谁。忽然生鳞甲[7]，乱我须与眉。散为百东坡，顷刻复在兹。此岂水薄相[8]，与我相娱嬉。声色[9]与臭味，颠倒眩[10]小儿。等是儿戏物，水中少磷淄[11]。赵陈两欧阳[12]，同参[13]天人师[14]。观妙各有得[15]，共赋泛颍诗。

1 颍，即颍河。颍州，治所在今安徽阜阳，城临颍河。泛颍，即泛游颍水。 2 湄，指水边。 3 痴，愚痴之意，愚昧无知，不明事理。为三不善根之一，六根本烦恼之一，十随眠之一；为一切烦恼之所依。 4 令姿，美善之姿。 5 驶，急速。迟，缓慢。 6 漪，水的波纹。 7 鳞甲，波光荡漾如同鱼龙的鳞甲。 8 薄相，形容轻薄。 9 声，指具有呼召作用之音响。为耳根所闻、耳识所认识之对象，为六境(六尘)之一。又称声为声境、声尘、声处、声入、声界。色，广义之色，为物质存在之总称。即五蕴中之色蕴；狭义之色，专指眼根所取之境。对于声、香等而言，色乃专指眼根所识别之对象。 10 眩，眼花。 11 磷，薄。缁，黑。《论语·阳货》："不曰坚乎，磨而不磷；不曰白乎，涅(染黑)而不缁。"这句诗意为水且如儿戏之物，但其本性却如圣人所说的磨而不薄，染而不黑，与声色臭味是不同的。这里写出了诗人"性喜临水"的缘由。 12 赵，指赵令畤，当时签判颍州公事。陈，指陈师道，时为颍州教授。两欧阳，指欧阳棐、欧阳辩，欧阳修之子，当时在颍州住。 13 参，即参谒、参寻、参学、参究之意。学人谒见师家以问道，如"参师问法"。修行坐禅亦称参，如"参禅悟道"。此外，禅林住持集一山之大众以开示说教，亦称为参，即参见住持以求开示。 14 天人师，一本作"天地师"，指佛，《法华经》："无上士调御大夫天人师佛世尊。"佛家谓佛陀为诸天与人类之教师，示导一切应作不应作、是善是不善，若能依教而行，不舍道法，能得解脱烦恼之报，故称天人师。又以佛陀度天、人者众，度余道者寡，故称为天人师。 15 得，惯常含义之外，佛家语中，一切法造作成就而不失称为"得"；反之，一切法不能成就称为"非得"。

本诗为元祐六年(1091)八月在颍州作。当时苏轼因言王安石新法"不可尽改"，受到司马光、程颐一派人的排挤，由翰林学士承旨兼侍读出知颍州。颍州山水景色迷人，四时俱佳，是与友人游赏览胜、吟诗作画的绝佳之地，可以一扫世俗纷扰。

九月十五日，观月听琴西湖[1] 一首示坐客

白露下众草，碧空卷微云。孤光为谁来[2]，似为我与君。水

天浮四坐，河汉落酒樽。使我冰雪肠，不受麴糵醺。尚恨琴有弦，出鱼乱湖纹[3]。哀弹[4] 本旧曲，妙耳非昔闻。良时失俯仰，此见宁朝昏。悬知一生中，道眼[5] 无由浑。

1 西湖，指颍州西湖，见前《西湖秋涸，东池鱼窘甚，因会客，呼网师迁之西池，为一笑之乐，夜归，被酒不能寝，戏作放鱼一首》诗注 1。 2 化用刘禹锡《初夏曲》"百园花已尽，新月为谁来"诗句。 3 此二句用"瓠巴鼓琴，而鸟舞鱼跃"之事，见《列子·汤问》。 4 哀弹，孟郊《秋怀》诗："梧桐枯峥嵘，声响如哀弹。" 5 道眼，修道而得之眼也，又称观道之眼。真妄显现，决择分明，曰道眼。《佛开解梵志阿飚经》："道眼观知可度者。"《圆觉经》："分别邪正能于末世一切众生无畏道眼。"《楞严经》："发妙明心，开我道眼。"苏轼《花落复次韵》诗："道眼已入不二门。"

苏轼此诗写于元祐六年(1091)九月，为与友人赵景贶、陈履常等同题和唱之作。赵景贶次韵："清湖纳明月，远览无留云。人生亦何须，有酒与桐君，自醉宁问客，一尊复一尊。平生今不饮，意得同酣醺。清言冰玉质，坏衲山水纹。殚精有后悟，啬耳无前闻。潜鱼避流光，飞鸟投重昏。信有千丈清，不如一尺浑。"附陈履常次韵："公诗端王道，亭亭如紫云。落世不敢学，谓是诗中君。独有黄太史，抱杓挹其尊。韵出百家上，诵之心已醺。黄钟毁少合，大裘摈不文。世事如病耳，蚁斗作牛闻。苦懔太史患，养豹烟雨昏。后世无高学，举俗爱许浑。"这几首同韵诗歌均表达了佛禅意味，可以参看互解。

六观堂老人草书[1] 诗

物生有象象乃滋，梦幻无根成斯须[2]。方其梦时了非无，泡影一失俯仰殊[3]。清露未晞电已徂[4]，此灭灭尽乃真吾[5]。云如[6]死灰实不枯，逢场作戏三昧[7]俱。化身[8]为医忘其躯，草书非学聊自娱。落笔已唤周越[9]奴，苍鼠奋髯饮松腴[10]。剡藤玉版开雪肤[11]，游龙天飞万人呼[12]，莫作羞涩羊氏姝[13]。

1 六观，取《金刚经》梦、幻等六物也。六观堂，在杭州千顷广化院内。广化院在木子巷，吴越王建（见《武林梵志》卷一）。老人，指僧了性，杭州人，俗姓朱，精于医而善草书，下笔有远韵。 2《左传·僖公十五年》："龟，象也；筮，数也。物生而后有象，象而后有滋，滋而后有数。"滋，滋生，繁衍。斯须，须臾，一会儿。这两句说一切物象皆如无根之梦，转瞬即逝。 3 此二句用《圆觉经》"如梦中人，梦时非无，及至子醒，了无所得"句意。泡影，佛家比喻世法之虚假不实，犹如泡沫与幻影。 4《金刚经》："一切有为法，如梦幻泡影，如露亦如电，应作如是观。"晞，干。徂，往。露尚未干，电已去，形容迅速消失。 5《涅槃经》："诸外无常，是生灭法。生灭灭已，寂灭为乐。"真吾，实在之我。意思是说一切幻象全部消失后，在放灭境界中才能见到"真吾"，现在之我，不过为幻象而已。以上几句皆说六观之义。 6 如，一作云。《庄子·齐物论》云："心固可使如死灰。" 7 三昧，参见前《题文与可墨竹》诗注 3。 8 化身，乃佛为利益地前凡夫等众生而变现种种形相之身。化身与应身、法身合称三身，与自性身、受用身亦合称三身。即佛为人、天等五趣众生所化现之龙、鬼等非佛形之身。 9 周越，宋代书法家，《渊鉴类函》卷三七二引《东轩笔录》："本朝尚书郎周越，以书名盛行于天圣景祐间，然笔法颇俗，无古气。"东坡不喜欢周越草书，尝跋怀素帖："书极不佳，笔意趣乃似周越之险劣。"这句称赞了性书法，说周越和他相比，有如奴才之相。 10 苍鼠奋髯，谓鼠须笔。松腴，指墨。 11 剡藤玉版，谓纸。用剡溪之藤作纸其佳者名为玉版。雪肤，形容纸之白。 12 游龙天飞，比喻书势矫健。万人呼，犹言书法之气势令人惊讶，此处化用杜甫《送蔡希鲁都尉还陇右》"身轻一鸟过，枪急万人呼"诗句。 13 袁昂《古今书评》评羊欣

书:“如大家婢为夫人,虽处其位而举止羞涩,终不近似。”(参见《法书要录》卷二)

此诗是苏轼元祐六年(1091)在颍州作,作为“宋四家”之一的苏轼不但精于书法,而且善于与人以禅论书,惠洪《石门文字禅》卷一九说:“东坡居士,游戏翰墨,作大佛事,如春形容藻饰万象。”禅宗的鲜明特点是轻蔑经教义学和戒律仪规,反对偶像崇拜,认为众生皆有佛性,自我一切具足,关键在于自悟,不必拘于言行和静坐等形式。因此,禅宗反教条、反传统、反权威、反对任何束缚,始终带有一种强烈的批判色彩,禅的这种精神直接影响了苏轼“尚意”书法思想的形成。苏轼游戏三昧,以梦成诗,悟道在心,不拘时地,因而在创作心态上,他真正体会到了庄子所说的“坐忘”的深刻含义。苏轼等宋代书法家敢于蔑视成法,为他们直抒心性提供了精神源泉,可见禅宗思想已经渗透到文人骨子里。

臂痛谒告作三绝句示四君子[1]

其一

公退清闲如致仕[2],酒余欢适似还乡。不妨更有安心病[3],卧看萦帘一炷香。

1 四君子,即赵旹(字景贶,又字德麟)、陈师道(字履常)、欧阳棐(字叔弼)、欧阳辩(字季默)四人。 2 致仕,古代官员退职归家养闲称“致仕”。 3 安心,传禅宗二祖慧可尝请达摩祖师为己安心,《五灯会元》卷一:“可曰:‘我心未宁,乞师与安。’祖曰:‘将心来,与汝安。'可良久曰:'觅心了不可得。'祖曰:'我与汝安心竟。'"所谓"有安心病",即以慧可自比,寓冀求安心之意。另,佛家有安心除病之说,如唐宗密《圆觉经大疏释义钞》卷十一:"然治病之法,不出止观。今初止也,言安心病处者……若能止心,守此(指丹田)不散,久即多有所治。"而苏轼本人亦有"安心是药"(《病中游祖塔院》)之论,故臂痛而思安心以治。

苏轼于此诗中寄予两重希冀:其一,求诸佛家安心之法,以祛体痛;其二,亦是深层寓意,乃是皈依禅宗安心顺性之论,以期得获内心解脱,进而消弭羁宦之烦恼愁情。

其二

心有何求遣病安[1],年来古井不生澜。祇愁戏瓦闲童子,却作泠泠一水看。[2]

1"心有"句,亦化用二祖慧可求安心事(见本诗其一注3),然更进一步,谓心无所求,则无有"不安"之虞。　2"祇愁"二句,典出《楞严经》卷五:"月光童子即从座起,顶礼佛足而白佛言:'我忆往昔恒河沙劫,有佛出世名为水天,教诸菩萨修习水观,入三摩地,观于身中水性无夺……我于是时初成此观,但见其水,未得无身。当为比丘,室中安禅,我有弟子窥窗观室,唯见清水遍在屋中,了无所见。童稚无知,取一瓦砾投于水内,激水作声,顾盼而去。我出定后顿觉心痛……尔时童子捷来我前,说如上事。我则告言,汝更见水,可即开门入此水中,除去瓦砾。童子奉教。后入定时,还复见水,瓦砾宛然,开门除出。我后出定,身质如初……方得亡身。'"按,月光童子所言乃佛家"水观"修习之法。水观,亦称水定、水想,修习者"想见西方一切皆是大水,见水澄清,亦令明了,无分散意。既见水已,当起水想,见水映彻,作琉璃想"(《佛说观无量寿佛经》)。即冥想己身及至身外万物皆是一片清泠澄澈之水,进而臻于消弭身形及世间诸法,唯余清虚净寂之心的境界。

此诗援禅用典，精巧圆融，“驱遣释乘，绝无障碍”（《苏文忠公诗编注集成》卷三十四）之语洵为的评。苏轼自谓心境清虚澄明，波澜不起，已臻无身圆通之境；然世人有如无知童子，不晓其清净寂寥之心，更时时侵扰，着实使人生愁。

其三

小阁低窗卧晏温[1]，了然[2] 非默亦非言。维摩[3] 示病吾真病，谁识[4] 东坡不二门[5]。

1 晏温，《史记·汉武帝纪》：“至中山，晏温，有黄云盖焉。”日出清霁为晏，晏而温也。　2 了然，宋代僧，浙江临海人，俗姓薛，号志涌。世称虎溪尊者。七岁出家，师事祥符道中。十六岁受具足戒，学台教于安国慧。慧殁，更依延庆立，立接以殊礼。初居广严，后迁台州白莲，居二十四年，学者争归。绍兴十一年示寂，世寿六十五。有《止观圆宗记》、《解十不二门枢要》、《虎溪前后集》等。　3 维摩，参加前《游中峰杯泉》诗注 3。　4 识，佛家语，心的异名，《唯识论》卷一：“识谓了别。”心对于境而了别，名为识。　5 不二，又作无二、离两边。指对一切现象应无分别，或超越各种区别。《大乘义章》卷一载，一实之理妙寂离相，如如平等，亡于彼此，故称为不二。又为真如、法性之别名。然主要是作为认识论与方法论而受重视。中论等总结般若思想，以“不生亦不灭”等八不表明法性之本质，并作为不执偏见、契合法性之佛教认识，此称中道观。今之俗语多援引佛教“不二法门”一语，指显示超越相对、差别之一切绝对、平等真理之教法，即在佛教八万四千法门之上，能直见圣道者。

王十朋《百家注东坡先生诗序》：“东坡先生之英才绝识，卓冠一世，平生斟酌经传，贯穿子史，下至小说、杂记、佛经、道书、古诗、方言，莫不毕究。”苏轼喜佛禅，所以时常采摄佛经入诗，《维摩经》就常见于其诗文之中。《维摩经》是一部文学意味十分浓厚的佛书，有引人入胜的故事情节，有出人意料的戏剧效果，人物形象生动，想象力丰富，本诗中苏轼谈到的“不二法门”这个概念就源于《维摩经》。苏轼常借维摩诘之酒杯，浇自己胸中的块垒。在人生际遇中，有时会碰到什么都不能说、不敢说的境况，会遇到说什么也没用的无可奈何，于是也就什么都不想说、不愿说。苏轼仕途上受到极大的挫折，对宦海风波、尘世磨难有了更深切的感受，因此心境越发显得澹泊。苏轼在经历了死亡的威胁以后，在重新学习和理解庄禅的基础上，摆脱了对死亡的恐惧和对命运的困惑，从这种以死生为虚幻、不住于生死的思想里汲取生活的力量与生存的智慧，由此他领悟了佛家的最高境界。

赠月长老[1]

天形倚一笠[2]，地水转两轮[3]。五霸之所运[4]，毫端栖一尘[5]。功名半幅纸，儿女浪苦辛。子有折足铛，中容五合陈[6]。十年此中过，却是英特人。延我地炉[7]坐，语软意甚真[8]。白灰如积雪，中有红麒麟。勿触红麒麟，作灰维那[9]瞋。拱手但默坐，墙壁方谆谆。今宵恨客多，污子白氎巾[10]。后夜当独来，不烦主与宾。蒲团[11]坐纸帐，自要观我身[12]。

1 月长老，颍州僧，尝求苏轼为其作《法施堂铭》，未果。 2 天形倚笠，虞洪《穹天论》：“天形如笠，而冒地之表。” 3《浑天仪注》：“天如鸡子，地如鸡中黄，天地各乘气而立，载水而行，日月星行半覆地上，半绕地中如车毂之运也。” 4《庄子·秋水》：“五帝之所运，三王之所争，尽此矣。” 5 一尘，形容微小，韩愈《杂诗》：“下视禹九州，一尘集毫端。” 6 五合陈，盖言前汉太仓之粟陈陈相因也。 7 地炉，指僧堂内所设置之炉，用于取暖，依僧堂之大小，而设置一个或数个地炉。镇州《临济慧照禅师语录》：“师一日，与河阳木塔长老同在僧堂地炉内坐。” 8 语软意甚真，《维摩经》：“大富梵行所言诚谛，常以软语。” 9 维那，佛院职位，梵语羯磨陀那，司寺中事务者，寺中三纲之一。维为汉语，纲维之义，那取羯磨陀那之那，又称为纲维，次第，授事，知事，悦众，寺护等。《寄归传》四：“授事者，梵云羯磨陀那。陀那是授，羯磨是事。意道，以众杂事指授于人，旧维那者非也。维是周语，意道纲维，那是梵音，略去羯磨陀也。” 10 白氎巾，高昌国多草，外有草实，如茧中丝，如细泸，名为白氎，国人取织以为巾。 11 蒲团，佛物名，僧人坐具，坐禅及跪拜所用也。织蒲为之，厥状团圆，故曰蒲团。 12 佛家有自我观照之修法。《维摩诘所说经》：“尔时世尊问维摩诘：汝欲见如来，为以何等观如来乎？维摩诘言：如自观身实相。观佛亦然。”

苏轼在颍往来僧道，禅学造诣日益增进。此诗中可以看出，苏轼心中的禅法要义在于自我观照，功名富贵，世事如浮云。诗人认识到只有内心沉静，心如止水才能达到禅宗自我解脱的最高境界。

以屏山赠欧阳叔弼[1]

漫郎[2] 天骨清，生与世俗异。学道新有得，为贫聊复仕。每于红尘[3] 中，常起青霞[4] 志。屏山辍赠子，莫遣污簪珥。寓目紫翠[5] 间，安眠[6] 本非睡。梦中化为鹤，飞入长松寺[7]。

1 欧阳叔弼，即欧阳棐（1047～1113），字叔弼，欧阳修三子，庐陵人。广览强记，能文词，与苏轼交游。英宗治平四年（1067）进士乙科，历知襄、潞、蔡州，后以坐党籍废十余年。有文集二十卷，已佚，《宋史》有传。 2 漫郎，《唐书·元结传》："人以为浪者亦漫为官乎，呼为漫郎。" 3 红尘，指的就是这个世间，纷纷攘攘的世俗生活。来源于过去的土路车马过后扬起的尘土，借喻名利之路。 4 青霞，喻隐居、修道。唐陈子昂《晖上人房饯齐少府使入京府序》："朝廷子入，期富贵于崇朝。林岭吾栖，学神仙而未毕。青霞路绝，朱绂途遥。" 5 紫翠，杜牧《早春阁下寓直萧九舍人亦直内署，因寄书怀四韵》："千峰横紫翠，双阙凭阑干。" 6 安眠，安然熟睡，《遗教经》："睡蛇既出，乃可安眠。" 7 长松寺，位于四川简阳县，唐开元中，马祖驻锡于此重建，左右蚕丛王庙。《蜀中名胜记》载，长松寺本蚕丛庙址，开元中马祖行空和尚乃建寺。

苏轼此诗高度赞扬欧阳棐漫郎骨清、超凡脱俗、安贫乐道、仙风道骨等优秀人格气质，这些品质也是苏轼为之不懈追求的。受到道家自然无为的影响，苏轼看破红尘，日益厌倦官场虚幻的富贵生涯，转而向往静谧清幽的田园生活，从烟云似的繁华生活隐退到自由、简朴、自然的林野或山野生活环境中。苏轼已经深入体悟到了生命的无常，其最大意义就是他知道、明了世间的实相。而佛教认为看破红尘就是洞悉与体悟世间的实相，在知性上体悟世间的本质：苦、无常、无我，在情感上不因执著而生起烦恼。

蜡梅一首赠赵景贶[1]

天工点酥作梅花，此有蜡梅禅老家[2]。蜜蜂采花作黄蜡，取蜡为花亦其物。天工变化谁得知[3]，我亦儿嬉作小诗。君不见万松岭[4]上黄千叶，玉蘂檀心两奇绝。醉中不觉渡千山，夜闻梅香失醉眠。归来却梦寻花去，梦里花仙觅奇句。此间风物属诗人，我老不饮当付君。君行适吴我适越[5]，笑指西湖作衣钵[6]。

1 赵景贶，即赵令畤(1061～1134)，初字景贶，改字德麟，自号聊复翁，又号藏六居士。太祖次子燕王德昭玄孙。后坐元祐党籍，被废十年。绍兴初，袭封安定郡王，迁宁远军承宣使。绍兴四年卒，赠开府仪同三司。著有《侯鲭录》八卷，诠释名物、习俗等，有文学史料价值。另外有《聊复集》词一卷。 2 此二句言蜡梅乃天公造化，美丽至极，令人流连忘返。《花疏》："蜡梅是寒花，绝品，人以腊月开，故以腊名，非也，为色正似黄蜡耳。" 3 天工变化谁得知，取法杜甫《杜鹃行》："苍天变化谁料得。" 4 万松岭，杭州胜景，《临安志》卷九云："万松岭，在钱塘旧治正南，到县一十里。" 5 王十朋《百家注东坡先生诗》："先生将有会稽之请。" 6 衣钵，衣指袈裟，钵是出家人用来盛施主供养食物的容器，二者都是出家人重要的法物，并可作师承的信证，衣钵的授受即代表着心法的接受。据《唐摭言》记载，状元以下到主司主事，请谢衣钵，谓与主司名第同者，在禅家谓传法为传衣钵。

元祐中赵令畤签书颍州公事，时苏轼为知州，二人共治颍州西湖。苏轼赏其，遂推荐于朝。因为这个缘故，在清算元祐党人的时候，他也遭到牵连，以"交通元祐奸党"的罪名，被罚金并废锢了整整十年。赵景贶颇富才情，能诗文，因此与苏轼、陈师道等来往甚密，日相唱和。此诗书尽苏轼当时心境，"归来却梦寻花去，梦里花仙觅奇句。此间风物属诗人，我老不饮当付君"等语表达了他看破红尘、归隐赋闲的愿望。

病中夜读朱博士[1]诗

病眼乱灯火，细书数尘沙。君诗如秋露，净我空中花[2]。古语多妙寄，可识不可夸。巧笑在瓶颊[3]，哀音如掺挝[4]。曾坑[5]一掬春，紫饼供千家。悬知贵公子，醉眼无真茶。崎岖烂石上[6]，得此一寸芽。缄封勿浪出，汤老[7]客未嘉。

1 朱博士，朱逊之，名勃，绍圣间任谏官，词人朱敦儒之父。 2 空中花，佛教譬喻，《楞严经》："亦如翳人见空中花，医病若除花于空灭。"《圆觉经》："譬如病目，见空中花，及第二月。" 3 巧笑，《诗经·卫风·硕人》"巧笑倩兮"注："倩，好口辅。正义曰：辅，近颊也。笑之貌，美在于口辅。" 4 掺挝，古代乐奏中的一种击鼓。 5 曾坑，茶名，因地得名。宋子安《东溪试茶录》："佛岭东南曰曾坑，今属北苑，茶少甘而多苦，色亦重浊。" 6 陆羽《茶经》卷上："上者生烂石，中者生栎壤，下者生黄土。" 7 汤老，即水老。陆羽《茶经·五之煮》："腾波鼓浪为三沸，已上水老不可食也。"

苏轼喜茶，写过许多咏茶诗，甚至以饮茶为修禅，此诗便表达了这样的旨趣。谢朓所谓"好诗圆美流转如弹丸"（《南史·王筠传》），在苏轼这里得到了完美的阐释，苏轼注重诗的"新意"、"妙理"，其"以文为诗"的诗歌特征体现出语言形式高度的自由性，如影随形，形象地展现了作者丰富而深刻的精神感受。苏轼常常将通常事理提升到诗性哲理的层次，"带情韵以行"，遂独诣"奇趣"、"理趣"，纪昀谓此诗是将"常意化为新意"。

轼在颍州，与赵德麟[1] 同治西湖，未成，改扬州。三月十六日，湖成，德麟有诗见怀，次其韵

太山秋毫两无穷[2]，巨细本出相形中[3]。大千起灭[4] 一尘[5]里，未觉杭颍谁雌雄[6]。我在钱塘拓湖渌，大堤士女争昌丰[7]。六桥[8] 横绝天汉[9] 上，北山始与南屏[10]通。忽惊二十五万丈，老葑[11]席卷苍云空。揭来颍尾[12]弄秋色，一水萦带昭灵宫[13]。坐[14]思吴越不可到，借君月斧修曈昽[15]，二十四桥亦何有，换此十顷玻璃风。[16]雷塘水干禾黍满，宝钗耕出余鸾龙。[17]明年诗客来吊古，伴我霜夜号秋虫[18]。

1 赵德麟，见前《蜡梅一首赠赵景贶》诗注 1。 2 太山，即泰山。秋毫，鸟兽在秋天新长出来的细毛，喻极细微之物。大之如泰山、小之如秋毫，都是没有穷尽的概念。《庄子·齐物论》："天下莫大于秋毫之末，而太山为小……夫道未始有封（分界线），言未始有常（标准）。" 3 巨细，即大和小。相形，相对照。这里用来说明凡事都是相对的。 4 起灭，谓事物之生与灭。因缘和合则生起，因缘离散则灭谢。《维摩经·问疾品》："应作是念，但以众法合成此身；起唯法起，灭唯法灭。" 5 一尘，一微尘也。为物质之极小者。《涅槃经》卷十："一尘一佛。" 6 苏轼自注："来诗云：与杭争雄。" 7 大堤，指杭州西湖"苏堤"。昌丰，美好丰腴。 8 六桥，"苏堤"上有六座桥，便于行人往来。 9 天汉，天河，这里指西湖。 10 南屏，指西湖南端的南屏山，与北山隔湖相对。 11 老葑，湖中水干以后久积的葑草。当时苏轼估计湖上的葑草有二十五万余丈（见《奏修杭州西湖状》）。 12 揭，通"曷"，为何之义。颍尾，颍水。 13 昭灵宫，祭祀张龙公

的庙。 14 坐,因为。 15 月斧,古代民间传说,月亮由七宝合成,常有八万二千户修其凸处。朣胧,月色不明貌。苏轼将颍州西湖比作月亮,以月斧喻治湖,以修去月之朣胧喻澄清湖水。 16 二十四桥,为扬州名胜。杜牧《寄扬州韩判官》诗:“二十四桥明月夜。”苏轼这两句诗化用欧阳修由扬州改任颍州所作《西湖》诗:“都将二十四桥月,换得西湖十顷秋。” 17 雷塘二句,雷塘在扬州东北十里,为隋炀帝葬处。炀帝平时游览,常有宫女跟随,故后世农民耕地时有宝钗出土。鸾龙,宝钗雕饰之形。 18 号秋虫,秋虫哀鸣。此句苏轼自注云:“德麟见约,来杭寄居,亦有意求扬倅(副职)。”

苏轼元祐六年(1091)三月从杭州召还赴京,党争日炽,所处环境十分不利,遂几经乞去,八月以翰林承旨出知颍州,元祐七年正月又改知扬州。苏轼在许州、杭州、颍州都开浚西湖。此诗中西湖,在颍州西北,曾与赵德麟共治之,由于调转官职湖未成,剩余工程由赵组织完成。竣工日,德麟写诗相告,苏轼此诗为和作。苏轼由于短时间内多次变更职所,飘零流徙,遂生困顿之意,诗中禅语颇多即为显证。

到官病倦,未尝会客,毛正仲[1] 惠茶,乃以端午小集石塔[2],戏作一诗为谢

我生亦何须,一饱万想灭[3]。胡为设方丈[4],养此肤寸舌。尔来又衰病,过午食辄噎。缪为淮海帅,每愧厨传缺[5]。爨无欲清人,奉使免内热[6]。空烦赤泥印[7],远致紫玉玦[8]。为君伐羔豚,歌舞菰黍[9] 节。禅窗丽午景,蜀井[10] 出冰雪。坐客皆可人[11],鼎器手自洁[12]。金钗候汤眼[13],鱼蟹亦应诀。遂令色香味[14],一日备三绝[15]。报君不虚授,知我非轻啜。

1毛正仲，即毛渐（1038～1096），字正仲，衢之江山（今浙江衢州）人也，第进士。哲宗朝，历江东两浙转运副使。浙部水溢，起长安堰，至盐官彻、清水浦入海。累迁秘阁校理，进龙图阁学士。　2石塔，即扬州石塔寺。　3一饱万想灭，禅林语。禅家有“一饱忘百饥”之语，饱食一度即可忘却昔时千百次之饥饿感受。禅林中用以比喻曾一度入于自由自在之解脱境界者，则必不再执迷于此一纷纷尘劳之世间。灭，佛禅术语，梵语涅槃，华译为灭，因涅槃之体，无为寂灭，故名，或指四谛中的灭谛。　4方丈，《孟子·尽心》“食前方丈，侍妾数百人”注：“极五味之馔食，列于前方一丈。”　5厨传阙，《申明扬州公使钱状》：“扬于东南，实为都会，八路舟车，无不由此。使客杂遝，馈送相望，将迎之费，相继不绝。每年公使额钱，只与真泗等列郡一般，比之楚州，少七百贯。兼复累年，接送知州，实为频数用度不赀。”又云：“本州岛与杭州事体一般，杭州公使钱七千贯，而本州岛止有五千贯，显是支使不足。”　6此二句用《庄子》典，《庄子·人间世》：“叶公子高将使齐，问于仲尼曰：‘吾食也执粗而不臧，爨无清之人，今吾朝受命而夕饮冰，我其内热与？’”　7赤泥印，即泥封之印，刘梦得《试茶歌》：“何况蒙山顾渚春，白泥赤印走风尘。”　8紫玉玦，一种上等玉器。蔡襄《茶录》：“茶色贵白，而饼茶多以珍膏油其面，故有青、黄、紫、黑之异。”　9菰黍，即粽子。菰，茭白，此指裹粽菰叶。周处《风土记》：“端午以菰叶裹黏米，谓之角黍，以象阴阳相包。”　10蜀井，扬州有蜀冈，冈上有井水，最宜茶也。　11可人，适合心意的人，《礼记·杂记下》：“孔子曰：‘管仲遇盗，取二人焉，曰可人也。’”又《晋书》桓温过王敦墓曰：“可人，可人。”　12《苕溪渔隐丛话》：“六一居士《尝新茶》诗云：‘泉甘器洁天色好，坐中拣择客亦嘉。’东坡守维扬，于石塔《试茶》诗：‘禅窗丽午景，蜀井出冰雪。坐客皆可人。鼎器手自洁’，正谓谚云‘三不点也’。”　13候汤，即煎茶过程。《茶经·五之煮》：“凡候汤有三沸，如鱼目微有声为一沸，四边如涌泉为二沸，腾波鼓浪为三沸，已上水老不可食也。”　14色香味，五尘（色、声、香、味、触）之一。因此五境能污染真理，故名尘。　15三绝，即指好茶具备香、色、味三种品质。

苏轼元祐七年(1092)正月从颍州改知扬州,时毛正仲正在扬州,尚未罢任赴两浙,遂能彼此相见并聚会畅谈、品茶作诗。苏轼在此诗中与其说是品茶,不如说是以茶代禅,寄寓着世事空幻、欲陶醉山林的深刻禅理。

闻林夫[1]当徙灵隐寺[2]寓居,戏作灵隐前一首

灵隐前,天竺后,两涧春淙一灵鹫[3]。不知水从何处来,跳波赴壑如奔雷[4]。无情有意[5]两莫测,肯向冷泉亭[6]下相萦回。我在钱塘六百日[7],山中暂来不暖席。今君欲作灵隐居,葛衣草履随僧蔬。能与冷泉作主一百日,不用二十四考[8]书中书。

1 林夫,即唐坰,字林夫。父任为官,熙宁初赐进士出身。林夫为人耿直,刚正不阿,曾力数王安石变法之非。 2 灵隐寺,位于杭州西湖灵隐山麓,处于西湖西部的飞来峰旁,离西湖不远。灵隐寺又名“云林禅寺”,始建于东晋,是我国佛教禅宗十刹之一。 3 灵隐、天竺,杭州二寺院,《咸淳临安志》卷二十三:“杭州灵山之阴,北涧之阳,即灵隐寺。灵山之南,南涧之阳,即天竺寺。二涧流水号钱源泉,绕寺峰南北而下,至峰前合为一涧,有桥号合涧桥。”《释氏稽古略》:“西天竺惠理法师,于晋咸和中至杭州,见山岩秀丽,曰‘吾国中天竺灵鹫山之十小岭,不知何年飞来?’有洞,旧有白猿,呼之,应声而出,人始信之。师即其地建两刹,先灵鹫后灵隐。” 4 如奔雷,形容水声之巨,韦应物《听嘉陵江声》:“水性本亦静,石中固无声。如何两相激,雷转空山鸣。” 5 无情有意,盖指佛禅中“无情有性”之说。无情有性为天台宗荆溪湛然所提出之佛性论,佛教一般咸认有情方具佛性,

湛然据《大乘起信论》所说“真如缘起”，而认为山川、草木、大地、墙壁、瓦石等无情亦具佛性。主张此真如即一心，或称本觉。万物由一心、本觉随缘所生，故万物亦体现一心、本觉。主张一尘一心即一切生佛之心性，唯通过对真如之认识，始可成佛，而悟及无情亦具佛性。6冷泉亭，唐杭州刺史元蒖建，在飞来峰下，白居易《冷泉亭记》：“先时领郡者，有相里君，造虚白亭。韩皋作候仙亭，裴棠棣作观风，卢元辅作见山亭，及右司郎中河南元蒖最后作此亭，于是五亭相望，如指之列佳境殚矣。” 7六百日，苏轼解杭守日，作《别南北山道人》诗：“在郡依前六百日，山中不记几回来。” 8二十四考，唐朝郭子仪任中书令甚久，主持官吏的考绩达二十四次，后遂以借称郭子仪。《新唐书·郭子仪传》：“以身为天下安危者二十年，校中书令考二十四。”

苏轼写过数篇关于灵隐寺的诗文，早已栖心于此，当闻友人将隐灵隐，“今君欲作灵隐居，葛衣草履随僧蔬。能与冷泉作主一百日，不用二十四考书中书”等语实为羡慕不已之心情。“无情有意”出自佛家经典，有一种超凡入圣的韵味。时局纷扰，人心思乱，谁能像老僧那样将世俗摒之于外，处世俗而不为世俗所累，保持佛家的清静本色，佛家心境之纯净，涵养之高深，怎不令苏轼为之感慨！

石塔寺并引

世传王播饭后钟诗[1]，盖扬州石塔寺事也。相传如此，戏作此诗。

饥眼眩东西，诗肠忘早晏。虽知灯是火，不悟钟非饭。[2] 山僧异漂母[3]，但可供一莞。何为二十年，记忆作此讪。斋厨养若人，无益只贻患[4]。乃知饭后钟，阇黎盖具眼[5]。

1 王播，唐进士。《唐书·王播传》："播字明敭，其先太原人。父恕为扬州仓曹参军，因家于扬，与弟炎并举元和进士，官至同中书门下平章事，出为淮南节度使。"《饭后钟》，《唐摭言》卷七记载，王播少孤，尝客扬州惠照寺木兰院，随僧粥食。久之，僧颇厌。一日播出，度未回而先饭，讫乃鸣钟鱼。后播镇江都，因访旧游，所题字皆纱罩之，因留诗："上堂已了各西东，惭愧阇黎饭后钟。" 2 以上四句是说饭后钟的典故。灯是火，俗谚云："早知灯是火，饭熟已多时。" 3 漂母，《汉书·韩彭英卢吴传》记载，韩信微时，往城下钓，有一漂母哀之，饭信，竟漂数十日。信谓漂母曰："吾必重报母。"母怒曰："大丈夫不能自食，吾哀王孙而进食，岂望报乎？" 4 贻患，留下危机祸患。《汉书·高帝纪》记载，陈平谏高祖曰："楚兵罢食尽，此天亡之时，不因机而遂取之，所谓养虎自贻患也。"《新唐书·王播传》："播相穆宗，时权幸竞进，播赖其力至宰相，专务将迎，居位无所裨益，复失河北，众望不厌。" 5 阇黎者，意为高僧，也泛指僧人、和尚。《翻译名义集》："梵云阿阇黎，此云轨范师，又云悦众。"《景德传灯录》卷十四："邓州丹霞禅师。有僧于山下见师，师问僧：'什么处宿？'云：'山下宿。'师曰：'什么处饭？'曰：'山下吃饭。'师曰：'将饭与阇黎吃底人还具眼者也。'"具眼，谓对事物具有特殊之见识，或指具有特殊见识之人，又作具眼睛。禅林中，对能透见宇宙之原则，及一切现象之实相者，称具眼者。《碧岩录》云："仰山哈哈大笑，可谓是个时节，锦上铺花；天下人不知落处。何故？土广人稀，相逢者少。一似岩头笑，又非岩头笑；一等是笑，为什么却作两段？具眼者始定当看。"另有"具眼衲僧"，即指修行达于圆熟而能彻见事物道理之禅僧。

"饭后钟"成为古诗中常用的典故，道尽人间冷暖。然而苏轼对这一典故自有独到之见。他从佛家"慈悲为怀"、"普渡众生"的角度重新审视王播其人，认为其是一个"只贻患"的历史罪人。我们翻阅新、旧《唐书》中的"王播传"就会恍然大悟，惊叹苏轼洞察秋毫的读史才赋。其实，王播是一个掌权敛聚的冷血动物。苏轼在本诗中把僧人的冷漠无情说成是慧眼独具，知道王播日后必会贻害百姓，才故意不给他饭吃，以示惩罚。王播先贫后贪，终遭唾弃，如果说他昔日因贫穷而遭木兰院僧人嫌恶，确实令人同情的话，那么，他最后的千夫所指则完全是咎由自取。因而，"饭后钟"的典故可谓意义深远。

送芝上人[1] 游庐山

二年阅三州[2]，我老不自惜。团团如磨牛，步步踏陈迹。岂知世外人，长与鱼鸟逸。老芝如云月[3]，炯炯时一出。比年三见之，常若有所适。逝将走庐阜，计阔道愈密。吾生如寄耳[4]，出处谁能必。江南千万峰，何处访子室。[5]

1 芝上人，名昙秀，著名禅师，苏轼的好友。 2 二年阅三州，苏轼元祐六年(1091)离杭，召为翰林承旨，是年又出守颍州，七年徙扬州，此诗乃七年作也，故云二年阅三州。 3 此句苏轼将昙秀比喻为云月，以示其高深禅法，其《次韵法芝举旧诗一首》："但愿老师真似月，谁家瓮里不相逢。"《送昙秀》："从此期师真似月，断云时复挂星河。"义皆同。 4 吾生如寄耳，佛家空幻之义也，魏文帝《乐府》："人生如寄，多忧何为?"又《法苑珠林》载，《谢安与支遁书》云："人生如寄耳。" 5 末二句表达了对昙秀的依依不舍之情。

"二年阅三州"是苏轼此时为官境遇的如实写照，年岁渐老，却如此频繁地调转职所，使诗人萌生"岂知世外人，长与鱼鸟逸"

的退意。芝上人为苏轼密友，其禅境高深，常常使诗人受益匪浅，遂此别苏轼为之恋恋不舍。

忆江南寄纯如[1] 五首·其五

弱累已偿俗尽，老身将伴僧居[2]。未许季鹰高洁，秋风直为鲈鱼。[3]

1 纯如，姓名失考，盖僧人也。　2 王文诰《苏文忠公诗编注集成》案语云："公此番召还，以避言者，不住子由东府，寓居汶公浴室东堂。以大司马仍居贱贫应举之地，此古今所未见也。诗言将伴僧居，犹以未脱朝簪故耳。"　3 此二句言归隐之意也。《晋书·张翰传》："翰因见秋风起，乃思吴中菰菜、莼羹、鲈鱼脍，曰：'人生贵得适志，何能羁宦数千里以要名爵乎！'遂命驾而归。"

元祐七年(1092)苏轼二月知扬州，八月以兵部尚书召还于京，十一月又兼侍读，此诗当作于京职期间。诗中作者对自己的年龄、身体状况、仕途境遇都进行了自我评估，结果不尽人意，并不喜人。诗人遥想当年张翰思鲈鱼之脍而弃官之事，自己亦欲托身佛老，归隐之意油然而起，这是苏轼当时内心的真实写照。

轼近以月石砚屏[1]献子功中书[2]，公复以涵星砚献纯父侍讲[3]，子功有诗，纯父未也，复以月石风林屏赠之，谨和子功诗，并求纯父数句

紫潭出玄云[4]，翳我潭中星。独有潭上月，倒挂紫翠屏[5]。我老不看书，默坐养此昏花睛。时时一开眼[6]，见此云月眼自明。久知世界如泡影，大小真伪何足评。笑彼三子欧苏梅[7]，无事自作雪羽争[8]。故将屏砚送两范，要使珠璧[9]栖窗棂。大范忽长谣，语出月胁令人惊[10]。小范当继之，说破星心[11]如鸡鸣。床头复一月，下有风林横。急送小范家，护此涵星泓。愿从少陵博一句，山木尽与洪涛[12]倾。

1 月石屏，苏轼所藏之屏风，苏轼《书月石砚屏》："月石屏，扪之，月微凸，乃伪也。真者必平，然多不圆，圆而平，桂满而不出，至难得，可宝。" 2 子功中书，即范百禄，字子功，镇兄锴之子。第进士，又举才识兼茂科。范百禄中制科，元祐中知开封府，召入翰林，拜中书侍郎。所著诗传文集、内外制奏议八十卷。 3 纯父侍讲，《东都事略》卷五十七载，范祖禹，初字梦得，又字纯父。禹少孤，育于叔祖镇。哲宗即位，由秘书省正字迁著作郎兼侍讲，苏轼称为讲官第一。祖禹初擢右正言，拜翰林学士，以叔百禄在中书改侍讲学士，百禄去，乃复为之。 4 紫潭言砚，玄云言墨也。 5 以上二句言真月石屏乃至宝也。 6 开眼，佛家语，新作佛像所行之法会名，开佛眼之义。《佛说一切如来安像三昧仪轨经》："如是供养仪则已周备，复为佛像开眼之光明，如点眼相似，即诵开眼光真言二道。"《大威力乌枢瑟摩明王经》："令匠于坛中速刻本尊……以彩色严之，像额间点赤或黄。至来

月一日开目。"二经中前经说理之开眼，后经说事之开眼，然开眼之古式事理皆为也。《禅林象器笺》："凡新造佛祖神天像者，请宗师家，立地数语，作笔点势，直点开他金刚正眼，此为开眼佛事，又名开光明。"

7 欧阳永叔有《鸦石屏歌》，苏子美有《月石砚歌》，梅圣俞作《月石屏诗》："予睹三人作诗论月石，月在天上，石在山下，安得石上有月迹。至矣欧阳公，知不可诘不竟述，欲使识者默自释，苏子苦豪迈，何用强引犀角蚌蛤巧擗析。" 8 雪羽争，《孟子·告子》："生之谓性也，犹白羽之白欤，曰：然白羽之白犹白雪之白，白雪之白犹白玉之白欤，曰：然。" 9 珠璧，《汉书·律历志上》："日月如合璧，五星如连珠。"

10 此句形容作诗语出惊人，皇甫湜《顾况集序》："穿天心，出月胁。意外惊人，语非寻常。" 11 星心，与上句相似，形容朋友作诗语出不凡，孟郊《闻角》诗："似开孤月口，能说落星心。" 12 洪涛，犹言洪流也，杜甫《戏题画山水歌》："舟人渔子入浦溆，山水尽亚洪涛风。"

苏轼自扬州回京后，与范百禄交往甚密，时有物赠。苏轼一生喜书画，雅爱文房四宝，多有收集，送于范氏的月石砚即为名砚。本诗借砚以抒怀，暗含身世漂浮之意，诗中"久知世界如泡影，大小真伪何足评。笑彼三子欧苏梅，无事自作雪羽争"等语表达了万法归空的佛禅真谛。

轼欲以石易画，晋卿难之，穆父欲兼取二物，颖叔欲焚画碎石，乃复次前韵，并解二诗之意

春冰无真坚[1]，霜叶失故绿。鹦疑鹏万里[2]，蚿笑夔一足[3]。二豪争攘袂[4]，先生一捧腹。明镜既无台[5]，净瓶何用蹙[6]。盆山不可隐，画马无由牧。聊将置庭宇，何必弃沟渎。焚宝真爱宝，碎玉未忘玉。久知公子贤，出语耆年伏。欲观转物[7]妙，故

以求马卜。维摩既复舍，天女还相逐。[8] 授之无尽灯，照此久幽谷。定心[9] 无一物，法乐胜五欲[10]。三峨吾乡里，万马君部曲[11]。卧云行归休，破贼见神速[12]。

1《周易·坤文言》："履霜坚冰至。"意思是走在霜上，就知道温度要下降，河面就会结坚冰。通过这个现象来说明一个道理，人要防微杜渐，有居安思危之心，通过现在的现象，分析未来可能出现的情况。 2 此句在于探讨逍遥之旨，《庄子·逍遥游》："无极之外，复无极也。穷发之北有冥海者，天池也，有鱼焉……其名为鲲。有鸟焉，其名为鹏，背若太山，翼若垂天之云，抟扶摇羊角而上者九万里，绝云气，负青天，然后图南，且适南冥也。斥鴳笑之曰：'彼且奚适也？我腾跃而上，不过数仞而下，翱翔蓬蒿之间，此亦飞之至也。而彼且何适也？'" 3《庄子·秋水》："夔谓蚿曰：'吾以一足趻踔而行，子无如矣，今子之使万足，独奈何？'" 4《晋书·刘伶传》载《酒德颂》："自称为大人先生，唯酒是务。有贵介公子，缙绅处士，闻吾风声，议其所以，乃奋袂攘襟，怒目切齿。"又云："二豪侍侧，焉如蜾蠃之与螟蛉也。" 5 据《景德传灯录》卷三记载，神秀于五祖堂前南廊壁上书偈曰："身是菩提树，心如明镜台。时时勤拂拭，莫遣有尘埃。"时六祖惠能在碓坊闻之，题其旁云："菩提本无树，明镜本无台。本来无一物，何处有尘埃。" 6《景德传灯录》卷九记载，百丈召沩山云："沩山胜景汝当居之，嗣续吾宗。"华林曰："某甲忝居上首，祐师何得住持？"百丈曰："若能下得一句出，格当与住持。"即指净瓶问云："不得唤做净瓶。"华林曰："不可唤作本橛。"百丈又问祐师，师踢倒净瓶，百丈笑云："第一座输却山子也。" 7 转物，即转于物，泯灭物我之义，《楞严经》："众生皆转于物，若能转物，即同如来。" 8 以上四句皆佛典。《维摩经》："魔波旬云：'居士可舍此女以一切所有，施于彼者，是为菩萨。'维摩诘言：'我已舍矣，汝便将去。'于是诸女问维摩诘：'我等云何止于魔宫？'居士乃言：'诸姊有法门，名无尽灯，无尽灯者，譬如一灯燃，百千灯冥自皆明，明终不尽。'" 9 定心，佛家语，修禅行而远离乱意也。《智度论》:“定心者,定名一心不乱。乱心中不能得见实事,如水波荡,不得见面。如风中灯,不能得点。” 10 法乐,佛家语,对于欲乐而有法乐,以法味乐神,名之为法乐。又行善积德以自娱,亦曰法乐。《唯识论》十:“自受用身,尽未来际恒自受用广大法乐。”五欲,指色、声、香、味、触。色是指美丽的色相;声是指宛转的声音;香是指芬芳的香气;味是指可口的味觉;触是指适意的触乐。以上五者因能使人生起贪欲之心,故名五欲。另外或称财欲、色欲、饮食欲、名欲、睡眠欲为五欲。《维摩经》:“维摩诘既得天女,既随所应,而为说法,令发道意。因复,谓曰:‘汝等已发道意,有法乐可以自娱,不应复乐五欲乐也。’” 11 赵次公云:“三峨吾乡里,言真山,万马君部曲,言真马,我有真山,则将卧云,王有真马,则用破贼。如此则假山不必爱,画马不必取也。”(《唐宋诗醇》卷四十) 12 苏轼自注:“晋卿将种,常有此志。”

元祐八年(1093)苏轼为京官,以试读为礼部尚书,仕途较为顺达,遂生文人雅事颇多,常与友人交流收藏金石宝物并唱和,《仆所藏仇池石,希代之宝也,王晋卿以小诗借观,意在于夺,仆不敢不借,以此诗先之》、《王晋卿示诗,欲夺海石,钱穆父、王仲至、蒋颖叔皆次韵。穆、至二公以为不可许,独颖叔不然。今日颖叔见访亲睹此石之妙,遂悔前语。轼以谓晋卿岂可终闭不予者,若能以韩干散马易之,盖可许也。复次前韵》、《轼欲以石易画,晋卿难之,穆父欲兼取二物,颖叔欲焚画碎石,乃复次前韵,并解二诗之意》就是其中著名的姊妹三篇。苏轼谙熟佛典,以上三诗显然受禅家斗机锋影响。本诗多处运用佛禅典故,“欲观转物妙,故以求马卜。维摩既复舍,天女还相逐。授之无尽灯,照此久幽谷。定心无一物,法乐胜五欲”诸语,无不充满禅机。

程德孺[1] 惠海中柏石，兼辱佳篇，辄复和谢

岚薰瘴染却敷腴[2]，笑饮贪泉独继吴。未欲连车收薏苡[3]，肯教沉网取珊瑚[4]。不知庾岭[5] 三年别，收得曹溪一滴无[6]。但指庭前双柏石[7]，要予临老识方壶[8]。

1 程德孺，名之元，乃东坡表弟，其兄之才，字正辅，娶苏轼幼姊八娘。程德孺以父文应荫入官。元符三年(1100)，由河中守为两浙转运使。《施注苏诗》卷三十三："程德孺，名之元。持节岭南归惠此石，故皆用岭南事，德孺时为主客郎中。" 2 言德孺自广南使还也。 3 连车收薏苡，据《后汉书・马援传》记载，马援在交趾，常饵薏苡实，用能轻身省欲以胜瘴气。及军还，载一车欲以为种，时人谗之，以为皆明珠文犀。 4 沉网取珊瑚，《通典・边防》："安息诸胡交市于海中，西南涨海中可七八百里，行到珊瑚洲，水底有盘石，珊瑚生其上。大秦人常乘大舶载铁网，令水工没先入视之，可下网乃下。" 5 庾岭，即大庾岭。据《舆地广记》卷二十五记载，大庾岭本属虔州大庾县，淳化三年(992)以县置南安军。 6 曹溪一滴，《五灯会元》卷十，僧问清凉："如何是曹源一滴水?" 7 庭前双柏，《景德传灯录》卷二十六："上座问如何是祖师西来意，师曰：'不可向汝道庭前柏树子。'" 8 方壶，传说中的仙山。《拾遗记》卷一："三壶则海中三山也：一曰方壶，则方丈也；二曰蓬壶，则蓬莱也，三曰瀛壶，则瀛洲也。"

慧能在《坛经》中提出了以"无念为宗，无相为体，无住为本"的禅学观，对于禅宗要义苏轼心向往之，本诗中就表达了这样的意思，"不知庾岭三年别，收得曹溪一滴无。但指庭前双柏石，要予临老识方壶"之语，可以看出苏轼已经领悟到了禅宗的精神

魅力。

次韵颖叔[1] 观灯

安西老守是禅僧[2],到处应然无尽灯[3]。永夜出游从万骑,诸羌入看[4] 拥千层。便因行乐令投甲[5],不用防秋[6] 更打冰。振旅[7] 归来还侍燕,十分宣劝恐难胜。

1 颖叔,即蒋发运,见前《和蒋发运》诗注 1。 2 禅僧,即禅家坐禅之僧。 3 无尽灯,佛教譬喻,乃以灯火之无尽喻教化之无尽。一人将法展转开导百千万人,甚至于无穷尽的人,如将一灯点燃起百千万盏的灯,灯灯无尽,光光不绝,光明终不尽,故称无尽灯,参见《维摩经・菩萨品》。 4《三国志・魏志・武帝纪》注:"贼将见公,悉于马上拜,秦、胡观者,前后重沓。" 5 投甲,欢呼雀跃状,韩愈《平淮西碑》:"蔡之卒夫,投甲呼舞。" 6 防秋,唐制,《新唐书・陆贽传》:"西北边,岁调河南江淮兵,谓之防秋。" 7 振旅,谓整队班师,多指军旅事,整顿部队,操练士兵。《诗经・小雅・采芑》:"伐鼓渊渊,振旅阗阗。"

宋哲宗元祐七年(1092)九月,苏轼至龙图阁学士守兵部尚书兼侍读,差充南郊卤簿使,十一月迁端明殿学士兼翰林侍读学士守礼部尚书,元祐八年癸酉八月,诏以端明殿学士兼翰林侍读学士充河北西路安抚使兼马步军都总管知定州军州事,罢礼部尚书任作。诗人信马由缰,与友人夜游,走马观灯,由观灯想到禅灯,"到处应然无尽灯"盖指自己屡任外职。

吴子野[1] 将出家赠以扇山枕屏

峨峨扇中山，绝壁信天剖。谁施大圆镜[2]，衡霍[3] 入户牖。得之老月师，画者一醉叟。常疑若人胸，自有云梦薮。千岩在掌握，用舍[4] 弹指久。低昂不自知，恨寄儿女手[5]。短屏虽曲折[6]，高枕[7] 谢奔走。出家[8] 非今日，法水[9] 洗无垢。浮游云释峤[10]，宴坐柳生肘[11]。忘怀紫翠间，相与到白首。

1 吴子野，即吴复古（？～1100），字子野，又号麻田山人，潮阳（今广东汕头潮阳）人，所居名远游庵。苏轼南迁时曾作《远游庵铭》一诗。 2 大圆镜，《楞严经》："于自心现大圆镜，内放十种微妙宝光。"佛教中有"大圆镜智"之称，即指可如实映现一切法之佛智。此种佛智，如大圆镜之可映现一切形象，密教称为金刚智。依唯识宗说成佛以后，烦恼即转变为智慧。此种智慧可分四种，其第四种（即第八阿赖耶识）转变为清净智，此即大圆镜智。密教将此四智，加上法界体性智，合称五智，即东方阿閦佛所成之智。 3 衡霍，《尔雅疏》："衡山一名霍山，汉武帝移岳神于天柱，又名天柱为霍，故汉以来，衡、霍别耳。" 4 用舍，用舍有时，行藏在我。 5 儿女手，此句言英雄义，大丈夫不被儿女之情所困。《后汉书·马援传》："何能卧床上在儿女子手中耶？" 6《南史·王微传》记载，王微兄，名远，时人谓如屏风，屈曲从俗也。 7 高枕，放松自适义，《楚辞·九辨》："故高枕而自适。" 8 出家，出离烦恼之家，亦即出离在家的生活，去修沙门的净行。《维摩经·弟子品》："我听佛言，父母不听，不得出家。"《释氏要览》卷上："毗婆沙论云：家者是烦恼因缘，夫出家者为灭垢累，故宜远离也。" 9 法水，佛教譬喻，妙法能洗烦恼之尘垢，故譬以水。《无量义经》："法譬如水，能洗垢秽……其法水亦复如是，能洗众生诸恼垢。”　10 峤乃峤山，高而锐也。韩愈《人日城南登高》诗：“恋池群鸭回，释峤孤云纵。”　11 柳生肘，《庄子·至乐》“支离叔与滑介叔观于冥伯之丘，昆仑之虚，黄帝之所休。俄而柳生其左肘，其意蹶蹶然恶之”郭庆藩集释引郭嵩焘：“柳、瘤字，一声之转。”指疾病或灾变。

苏轼重视文学创作实践中的想象力。本诗“画者一醉叟。常疑若人胸，自有云梦薮。千岩在掌握，用舍弹指久”等诗句，形象说明了他对想象本质的深刻理解。作为审美意识要素之一的想象，受制于感觉知觉的丰富程度、情感的沛发程度和神思的敏捷程度。苏轼汲取佛教典籍营养，使其心灵深处产生兴奋，审美意识活跃，即感知致敏、情感动荡、想象奔腾、神思飞越，四者交互和谐加速运转，往往于此时爆发出灵感，酝酿出奇幻的诗境。

次韵子由书清汶老所传秦湘二女图

春风消冰失瑶玉，我本无身安有触[1]。羊生得妇[2] 如得风，握手一笑未为辱[3]。先生室中无天游[4]，佩环何处鸣风瓯[5]。随魔未必皆魔女，但与分灯遣归去。[6] 胡为写真传世人，更要维摩一转语[7]。丹元茅茨秖三间，太极老人时往还[8]。检点凡心早除拂，方平神鞭[9] 常使物。

1《大宝积经》卷一百零五：“无眼无色，无耳无声，无鼻无香，无舌无味，无身无触，无意无法。”即不执著于身躯形骸，则不感外物之触激。　2 羊生，即羊权。南朝陶弘景《真诰》卷一载，羊权，字道舆，东晋人，穆帝升平三年（359），有女仙萼绿华降于其家，赠诗，并遗火浣布手巾一条及金、玉条脱二枚。　3“握手”句，或言晋杨羲事。按《真诰》、唐王松年《仙苑编珠》卷下等所记，兴宁三年（365），有女仙紫微王夫人和紫清上宫九华真妃降于晋人杨羲家。九华真妃与杨羲“携手双台，娱数良会”；后杨氏询安身之术、贵贱之分，九华真妃答其问，有言“妾岂以愆累浮卑少时之滞，而亏辱于当真之定质耶”云云（见《真诰》卷一、卷二）。 4《庄子·外物》：“室无空虚，则妇姑勃豀；心无天游，则六凿相攘。”室中无天游，谓心有障蔽，六窍相壤，不能至于无所牵系、清虚空净之境。 5 瓯，一种打击乐器。佩环鸣风瓯，即瓯声随风飘荡，如环佩清响。苏轼《雨中过舒教授》：“疏疏帘外竹，浏浏竹间雨。窗扉静无尘，几砚寒生雾。美人乐幽独，有得缘无慕。坐依蒲褐禅，起听风瓯语。” 6“随魔”二句，用维摩诘度化魔女典。《维摩诘所说经》卷上载，魔波旬带领一万二千魔女，试图迷惑持世菩萨，却为维摩诘识破；波旬不得已将众魔女留予维摩诘。后维摩诘以“无尽灯”之法门教化诸女，且遣其归去。经云：“尔时维摩诘语诸女言：‘魔以汝等与我，今汝皆当发阿耨多罗三藐三菩提心。’即随所应而为说法，令发道意。复言：‘汝等已发道意，有法乐可以自娱，不应复乐五欲乐也。’……魔言：‘居士！可舍此女，一切所有施于彼者，是为菩萨。’维摩诘言：‘我已舍矣！汝便将去，令一切众生，得法愿具足。’……于是诸女问维摩诘：‘我等云何止于魔宫？’维摩诘言：‘诸姊！有法门名无尽灯，汝等当学……汝等虽住魔宫，以是无尽灯，令无数天子天女发阿耨多罗三藐三菩提心者，为报佛恩，亦大饶益一切众生。’尔时天女头面礼维摩诘足，随魔还宫。” 7 转语，禅宗术语，指为迷惑者拨转心机、破解障蔽的机锋之语。 8 太极老人，按唐裴硎《传奇》、宋陈葆光《三洞群仙录》等所载，唐元和中有元彻、柳实二人，舣舟合浦，遇飓风而至仙岛。有仙女二人，赠以玉壶一枚，并题诗。诗曰：“来从一叶舟中来，去向百花桥上去。若到人间扣玉壶，鸳鸯自解分明语。”二人返世间，“归衡山中途，以手扣玉壶，果有鸳鸯语曰：‘当欲饮食，前行自遇耳。’忽道左有盘肴，饮食丰备，二子食之不饥。后遇一叟曰太极先生，以壶告之。先生曰：‘吾贮玉液壶也，亡来已久。’后二子随叟隐祝融峰，疑自此得道也”（《三洞群仙录》卷十二）。 9 方平，即王远，字方平，汉东海人，传说其修道成仙。方平神鞭，《神仙传》卷三载，女仙麻姑应王方平之召，降于蔡经家。蔡经见麻姑手似鸟爪，“中心私言：‘若背大痒时，得此爪以爬背，当佳也。’方平已知经心中所言，即使人牵经，鞭之，曰：‘麻姑，神人也。汝何忽谓其爪可以爬背耶？’便见鞭着经背，亦不见有人持鞭者。方平告经曰：‘吾鞭不可妄得也’”。

诗题《秦湘二女图》，故频用女仙、女魔之典，且多有赞慕之意。苏轼自谓无身无触，无欲无色，而批评子由心无天游，须拂除凡心障蔽，否则自己将要持神鞭以惩戒之。此当是戏谑之语。诗中佛、道思想杂糅，然运用自如，于理无碍，或可视作东坡诗用禅之一特色。

子由生日，以檀香观音像及新合印香银篆盘为寿

旃檀婆律[1] 海外芬，西山老脐柏所薰[2]。香螺脱黡[3] 来相群，能结缥缈风中云。一灯如萤起微焚，何时度惊缪篆[4] 纹。缭绕无穷合复分，绵绵浮空散氤氲。东坡持是寿卯君[5]，君少与我师皇坟[6]。旁资老聃释迦文[7]，共厄中年点蝇蚊[8]。晚遇[9] 斯须何足云，君方论道承华勋[10]。我亦旗鼓[11] 严中军，国恩当报敢不勤。但愿不为世所醺，尔来白发不可耘。问君何时返乡枌[12]，收拾散亡理放纷。此心实与香俱焄，闻思大士[13] 应已闻。

1 婆律，出波斯国，膏香，在木心中。《酉阳杂俎》：“一木五香。根旃檀，节沉香，花鸡舌，叶藿，胶薰陆。”又云：“龙脑香树，出婆利国，

有婆律树，高八九丈，瘦者出龙脑香，肥者出婆律香。"《树艺篇》卷四："婆律香出婆律国，与龙脑同生一树也。" 2 柏所薰，《毛诗名物解》："麝食柏而香也。" 3 香螺脱黡，即甲香也。甲香，海螺之掩也，可聚香使不散，杂众香烧之，使益芳，独烧则臭。 4 缪篆，古书体，《汉书·艺文志》："汉兴，太史试学童以六体，为古文、奇字、篆书、隶书、缪篆、虫书。"《音义》："缪篆谓其文屈曲缠绕，所以摹印章也。" 5 卯君，即子由也，子由己卯生故云。 6 皇坟，言三皇之书，三坟是也。韩愈《醉赠张秘书》诗："高词媲皇坟。" 7 老聃释迦，佛道二教也，苏轼出入佛道，深得其滋。 8 蝇蚊，《后汉书·杨震传》记，杨震死，诏策曰："震正直是与，俾匡时政，而青蝇点素，同兹在藩。"韩愈《杂诗》："朝蝇不须驱，暮蚊不须拍。蝇蚊满八区，可尽与相格。" 9 晚遇，化用白居易《曲江感秋》诗："晚遇何足言，白发映朱绂。" 10 华勋，《尚书·尧典》："曰若稽古帝尧，曰放勋。"又《舜典》："曰若稽古帝舜，曰重华。"后因以"华勋"为尧与舜的并称。 11 旗鼓，《汉书·韩信传》："建大将旗鼓。"苏轼自言帅定州。 12 乡枌，汉高祖少时祭枌榆之社，及移新丰，亦立焉，故后人用"枌榆"字为乡曲。谢灵运《过始宁墅》诗："挥手告乡曲，三载期归旋。且为树枌槚，无令孤愿言。" 13《楞严经》："观世音从闻思修入三摩地。"闻，指听闻教法；思，指思惟义理；修，指修行。而闻慧、思慧、修慧等三慧，即为经由闻、思、修而成之智慧。此三慧乃佛法修行之次第，闻慧者，闻他人说教法而得之智慧；思慧者，自我思惟而得之智慧；修慧者，实地修行而得之智慧。大士，菩萨的通称。士指成办上求佛果，下化众生的大事业的人，如观世音菩萨即叫做观音大士。

此诗作于苏轼知定州之时，诗中佛禅味浓。本诗中"君少与我师皇坟。旁资老聃释迦文"之句，成为苏轼少年时已接触佛教经典的证明。

次韵聪上人[1] 见寄

前身本同社[2]，宿业[3] 独临边。一悟镜空[4] 老，始知圆泽[5]贤。归心忘犊佩[6]，生术寄羊鞭[7]。不似欧阳子，空留六一泉[8]。

1 本诗一作《次韵闻复上人》。聪上人，即思聪，字闻复，钱唐（在今浙江杭州）人。父母欲为其纳室，他深厌家狱，即逃入天竺灵隐山，是灵隐寺参寥大师的小弟子。他立志勤苦，夜而不寝，专诵莲经。传说此人极为聪明，七岁善弹琴，有“琴聪”之称。十二岁工于画，十三岁舍画而学诗，深为参寥大师喜爱，因而与苏轼结成忘年之交。 2 前身，佛家语，即前生也。白居易《临水坐》诗云：“闲思往事似前身。”陶渊明与释慧远、刘遗民等于庐山结白莲社，苏轼心仪神往，故有此说。 3 宿业，佛家语，宿世所作善恶之业因也，又称宿作业，即指于现世感宿业之果报，而现世之行业又成为来世招果报者。一般多以宿业指恶业因，另以宿善指善业因。《长阿含经》一云：“宿世之所成。” 4 镜空，宋代著名禅僧，《宋高僧传》记载，洛阳香山寺镜空游钱塘，至孤山寺西，馁甚，因临流出涕。俄有梵僧顾空笑曰：“颇忆讲《法华》于同德寺乎？”空莫测其由。僧曰：“子应为饥火所烧。”不暇忆故事，乃探囊出一枣，大如拳许，曰：“吾国所产，食之者上智，知过去未来事。下智止知前生事耳。”空因啖枣，掬泉饮之，枕石而寝，顷刻乃悟忆讲经于同德寺，如昨日也。 5 圆泽，唐代著名禅师，参见前《过永乐文长老已卒》诗注 7。 6 犊佩，《汉书·龚遂传》：“民有带持刀剑者，使卖剑买牛，卖刀买犊，曰：‘何为带牛佩犊。’” 7 羊鞭，言养生事，《庄子·达生篇》：“善养生者，如牧羊然，视其后者而鞭之。” 8 六一泉，欧阳修自号六一居士。欧阳修不到杭州，僧惠勤思之，所居有甘泉涌出，遂名之“六一泉”。

苏轼知杭州时，一个傍晚他曾谈禅于灵隐寺，与参寥大师以昏字韵吟诗唱和，思聪侍茶于侧，苏轼为试其诗才，亦令思聪吟诗和之。思聪以目光请示参寥，参寥点头，思聪立时吟出"千点乱山横紫翠，一钩新月挂黄昏"。苏轼大笑，惊叹称赞："奇才，奇才，不需念经，也做得一个和尚了！"遂与思聪成为忘年之交。轮回转生说是佛教得以广泛传播的核心教义之一，苏轼对于此说十分相信，本诗就表达了这样的思想。

赠清凉寺和长老[1]

代北初辞没马尘[2]，江南来见卧云人。问禅不契前三语[3]，施佛空留丈六身[4]。老去山林徒梦想[5]，雨馀钟鼓更清新。会须一洗黄茅瘴[6]，未用深藏白氎巾[7]。

1 清凉寺，《金陵梵刹志》卷十九："石头山清凉寺，在府城西清凉门内古清凉山。吴顺义中，徐温建为兴教寺，南唐改为石头清凉大道场。宋太平兴国五年，改清凉广惠禅寺，南渡后重修，陆游有记。"和长老，失考，苏轼友人也。 2 代北，河北，言苏轼自定州来也，风尘仆仆。 3 问禅，即参禅问答之意，又作问话。宋代以后之禅院，逢檀越及官人来向住持求升座说法时，有选派一特定僧人向住持质问之惯例，此质问僧称为禅客。《禅林象器笺》："盖官人入寺，屡请升座说法，及时禅客出众问答，名之曰问禅。"此外，一般问者以对句之韵语求问，有时亦有用颂叩问之通例。尔后，此种问禅渐次倾向口头之形式，而脱离本来禅问答之领域。前三语，《广清凉传》记载，大历中，释无著至五台山，见一寺有童子出，延无著问一僧："此处众有几何？"答曰："前三三，后三三。"无著无对。僧曰："既不解，速须引去。"童子送出门又问："解否？"答曰："不解。"童子曰："金刚背后看。"师回首，寺即隐。无著怆然有偈云:“言下不知开佛印,回头只见旧山岩。” 4 袁宏《后汉纪》卷十:“西域天竺国,有佛道焉……佛身长一丈六尺,黄金色,顶中佩日月光,变化无方,无所不入,而大济群生。初明帝梦见金人长丈,以问群臣,或曰:‘西方有神其名曰佛,陛下所梦得无是乎?’于是遣使天竺图其形像焉。” 5 梦想,唐代高适《封丘》诗:“梦想旧山安在哉。” 6《旧五代史·杂传》记载,成汭镇荆门,与宰相徐彦若不平,衔之,及彦若出镇南海,路过江陵,汭思岭外有黄茅瘴,患者发落,乃谓彦若曰:“黄茅瘴望相公保重。”彦若应声答曰:“南海黄茅瘴,不死成和尚。”盖讥汭曾为僧也,汭甚愧之。 7 白氎巾,白色细棉布,见前《赠月长老》诗注10。

《东坡全集》卷九十五《阿弥陀佛赞序》:“苏轼之妻王氏,名闰之,字季章,年四十六,元祐八年八月一日,卒于京师,临终之夕遗言舍所受用,使其子迈、迨、过为画阿弥陀佛像。绍圣元年六月九日像成,奉安于金陵清凉寺。”此诗系赠清凉寺住持和长老之作,表达了虔诚的尊佛重教的宗教情结。

尘外亭[1]

楚山澹无尘[2],赣水清可厉。散策尘外游,麾手谢此世。山高惜人力,十步辄一憩。却立浮云端,俯视[3] 万井丽。幽人宴坐处,龙虎为斩薙。马驹[4] 独何疑,岂堕山鬼计。夜垣非助我,谬敬欲其逝。[5] 戏留一转语[6],千载起攘袂[7]。

1 尘外亭,古虔州胜景也,虔州即今江西省赣州市。《江西通志》卷四十二记,虔州马祖岩上有马禅关及云端、驹岩、一憩、尘外四亭。 2 无尘,佛家有“无尘法界”之术语,尘者色等之六尘,即三界之诸法也，法界为真理之异名，理体清净，一切三界诸法唯由理缘起，理外无尘境，故云无尘法界。《观经玄义分》云："无尘法界凡圣齐圆。" 3俯视，原指登高处往下看，这里喻指上升到更高境界。 4马驹，即马祖也，据《虔州志》记载，唐代禅宗大师马祖道一曾驻锡于此，故称马祖岩。 5以上四句说马祖事也。马祖始居此山，山鬼为筑垣，自谓修行不至，为鬼所识，乃舍去。 6转语，随于机宜自由自在转变词锋之语，称为转语。《景德传灯录》卷十五洞山云：直道本来无一物，犹未消得他衣钵，这里合下得一转语。 7攘袂，捋起袖子。

苏轼对于马祖洪州禅深有心得，从本诗用典即可见其端倪。《传灯录》记载，六祖谓南岳曰："向后佛法从汝边去，西天般若多罗谶汝足下出一马驹，踏杀天下人。"厥后江西传法，遂广布于天下，时号马祖。怀让禅师座下九人之中，马祖是唯一承嗣怀让禅师心印的一位。马祖后来离开南岳，独自前往江西开元寺驻锡课徒，以"平常心是道"大弘禅风。本诗前八句重在写尘外亭的风光，抒发悠然尘外的心愿；后八句皆是马祖事，表达了对禅宗的皈依之情。

天竺寺[1] 并引

予年十二，先君自虔州归，为予言："近城山中天竺寺，有乐天亲书诗云：一山门作两山门，两寺原从一寺分。东涧水流西涧水，南山云起北山云。前台花发后台见，上界钟清下界闻。遥想吾师行道处，天香桂子落纷纷。笔势奇逸，墨迹如新。"今四十七年矣。予来访之，则诗已亡，有刻石存耳，感涕不已，而作是诗。

香山居士[2] 留遗迹，天竺禅师有故家。空咏连珠[3] 吟叠壁，已亡飞鸟失惊蛇[4]。林深野桂寒无子，雨浥山姜[5] 病有花。四十七年真一梦，天涯流落涕横斜。[6]

1 天竺寺，《方舆胜览》卷二十："虔州有天竺寺，在水东三里。"《江西通志》卷十三："天竺山，在赣州，出城四里，贡水东，旧有修吉寺。唐元和间，僧韬光自钱塘天竺驻锡于此，故名。"韬光禅师本住西湖，白居易那时在那里做太守，韬光亦能诗，二人以诗会友，时相过从，后禅师云游来赣，爱天竺风光，乃驻锡修吉寺，将白居易亲笔书赠的天竺诗刻石碑于寺。寺因诗得名，遂亦改称天竺寺，历代多有文人前去游赏。 2 香山居士，白居易以刑部尚书致仕，与香山僧如满结香火社，自称香山居士。 3 连珠，形容白居易诗妙语连珠，唐宣宗《吊乐天》诗："缀玉连珠六十年，谁教冥路作诗仙。" 4 飞鸟惊蛇，此句讲怀素草书急势如飞鸟出林、惊蛇入草。 5 山姜，术也，草本植物，《本草》："术一名山姜也。"《岭表异录》："山姜花，茎叶即姜也，根不堪食，而叶间吐花穗如麦粒。" 6 末二句抒发了人生如梦、身世飘零之感。

宋仁宗庆历年间，苏轼父亲苏洵经过赣州，曾去天竺寺观赏，亲见白居易亲笔书写的诗碑。苏洵游学回川，后曾对苏轼提及此事，年幼的苏轼在父亲讲述赣南的山水风光、习俗人情时，内心已然生出向往之情，尤其听说赣州城东天竺寺中有白居易的奇妙题诗，更是神往不已。那时苏轼才十二岁，因缘巧合，谁知四十七年后，苏轼自己亦来到赣州，可寺已荒废，诗碑早已不见，怅惘之情不胜言达，触景生情之际，不禁抚今追昔，感慨万端，遂作诗以发感慨。苏轼童年就牵挂、向往的赣州梦，含藏着多少情缘？当苏轼踏上前往岭南的炎苦行程时，也开始了走向赣州的寻梦之旅。在苏轼的身后，仕途恶化的阴影日渐迫近，嫉恨与攻陷的眼光也更多、更刻毒，正是东坡先生的才高名重，注定了他要为此承受更多苦难。在他已是五十九岁的老人时,再次遭贬,连连降职之外,发往岭南的惠州。东坡有情,赣州有幸,因为苏轼的到来,这里的山山水水释放出从未有过的光彩,这里的人文气象获得了一次莫大的激励和提升。

月华寺[1]

天公胡为不自怜,结土融石为铜山[2]。万人探斫富媪[3]泣,只有金帛资豪奸。脱身献佛意可料,一瓦坐待千金还。月华三火岂天意,至今茇舍[4]依榛菅。僧言此地本龙象[5],兴废反掌曾何艰。高岩夜吐金碧气[6],晓得异石青斓斑。坑流窟发钱涌地,暮施百镒朝千锾[7]。此山出宝以自贼[8],地脉[9]已断天应悭。我愿铜山化南亩,烂漫黍麦苏茕鳏。道人修道要底物,破铛煮饭茅三间[10]。

1 月华寺,在今广东省韶关市曲江乌石镇蒙里村,离曹溪三十里,在韶郡南百里,苏轼自注:"寺邻岑水场,施者皆坑户也,百年间盖三焚矣。"张端义《贵耳录》:"韶州岑水场,以卤水浸铜之地,会百万斤铁,浸烂二十万铜,两广三十六郡皆有所输,或供铅锡,或供银钱,岁计四五万缗。"《名胜志》:"翁源县有岑水,一名铜水,可浸铁为铜。其水极腥恶,石色皆赭,不生鱼鳖禾稼之属,即曲江胆矾水,同源异流也。" 2 铜山,《汉书・荆燕吴传》:"吴有豫章郡铜山。"《管子》卷二十三:"出铜之山四百六十七。"张揖《广雅》卷十:"天下名山,五千二百七十,出铜之山四百六十有七,出铁之山三千六百有九。" 3 富媪,地神。《汉书・礼乐志・郊祀歌》:"后土富媪,昭明三光。"张晏注曰:媪,老母称也。坤为母,故称媪。 4 茇舍,言军队芟除草莽,即于野地宿息。《周礼·夏官·大司马》:“中夏教茇舍,如振旅之陈。”郑玄注:“茇舍,草止之也。军有草止之法。” 5 龙象,原指象中之殊胜者,比喻菩萨之威猛能力。指修行很勇猛而且具有大力的人,今作为出家人的尊称。僧肇注:“象之上者,名龙象。”吉藏之《维摩经义疏》卷四谓龙象,非有二物,如好马名龙马,故好象称龙象。《北本涅槃经》卷二载,断除诸结漏之菩萨,称为大龙象菩萨摩诃萨。后引申作美称最胜之禅定力用,及具足此力用之有德高僧为龙象。 6 金碧气,金碧色的烟霭,《史记·天官书》:“金宝之上皆有气。”杜甫《木皮岭》诗:“润聚金碧气,清无砂土痕。” 7 古者以一镒为一金,二十两为镒也,一锾等于六两。《孟子·公孙丑下》:“齐王馈兼金一百而不受。”《尚书·吕刑》:“其罚千锾。” 8 自贼,自己伤害自己,自杀。《孟子·公孙丑上》:“有是四端,而自谓不能者,自贼者也。” 9 地脉,迷信的人讲风水时描述地形好坏时的用词。《史记·蒙恬列传》蒙恬临死曰:“恬罪固当死矣。起临洮属之辽东,城堑万余里,此其中不能无绝地脉哉?” 10 破铛煮饭茅三间,禅家自适义也。《景德传灯录》卷二十一:“杭州广严院咸泽禅师,僧问:‘如何是广严家风?’师曰:‘一坞白云,三间茅屋。’”又无业禅师云:“看他古德道人得意之后,茅茨石室,向折脚铛中,煮饭吃过三二十年。名利不干怀,财宝不为念,大忘人世,隐迹岩丛。”

月华寺距离六祖惠能曹溪只有三十里,可以说这里是苏轼一直向往的心灵圣地,所以诗中说“僧言此地本龙象”。苏轼虽然不幸贬谪惠、澹,但借此游览了南禅的发源地又是对其所遭受苦难的一种心灵慰藉。“兴废反掌曾何艰”,月华寺百年间经历三次火焚,苏轼于此联想自己宦海沉浮,一生颠沛流离,不禁感慨万分,情不可遏遂作此诗,借以怀古抒今。

南华寺[1]

云何见祖师[2]，要识本来面[3]。亭亭塔中人[4]，问我何所见？可怜明上座，万法了一电[5]。饮水既自知[6]，指月[7]无复眩。我本修行[8]人，三世[9]积精炼。中间一念[10]失，受此百年谴。抠衣礼真相[11]，感动泪雨霰。借师锡端泉[12]，洗我绮语砚[13]。

1 南华寺，坐落于广东省韶关市曲江县马坝东南七公里的曹溪之畔。《传法正宗记》："六祖慧能，俗姓卢，新兴人。少孤，及长，采薪供母。一日闻客读经，'至应无所住而生其心'，问曰：'此法得于何人？'客曰：'此名《金刚经》，得于黄梅忍大师。'师遽告其母，即趋五祖，抵韶州处宝林寺旧基。既得法后，返曹溪。唐景龙元年，诏改宝林为中兴寺，又赠额曰法泉，今南华寺是也。"《宋高僧传》卷八记载，六祖舍新兴旧宅为国恩寺，神龙三年赐额法泉，宋太平兴国三年重建，改名南华寺。《曹溪通志》亦云："南华山南华寺，为六祖慧能道场。" 2 祖师，指开创一宗一派之人（开祖），或传承其教法之人（列祖）。开祖有宗祖、派祖之别，例如一般尊称菩提达摩为禅宗之宗祖，义玄、良价则分别为临济宗、曹洞宗之派祖。 3 本来面，据《景德传灯录》卷四记载，道明禅师闻五祖密付衣钵与卢行者，即蹑迹追逐。至庾岭曰："我来求法，愿行者开示于我。"祖曰："不思善，不思恶，正恁么时，那个是明上座本来面目。"道明禅师当下大悟。 4 塔中人，即禅宗寺院之守塔僧，或掌管塔头之人，禅林中，奉侍祖师之木像、画像、墓所之职称。佛塔中往往藏有佛骨等遗物。 5《金刚经》："一切有为法，如梦幻泡影，如露亦如电。" 6 水之冷暖，饮者自知之，以譬自己之证悟。《景德传灯录》卷四："如人饮水，冷暖自知。" 7 指月，以指譬教，以月譬法。《楞严经》云："如人以手指月示人，彼人因指当应看月，若复观指以月为体，此人岂惟亡失月轮，亦亡其指。”故诸经论多以“指月”一语以警示对文字名相之执著。禅宗则借此发挥其“不立文字，教外别传”之教义。 8 修行，依照佛法去修养、实践。宗教有信仰与修行之双重要求，以佛教而言，行者自身欲实现佛陀体验之境界，而专心精研修养，即为修行。 9 三世，佛教中指过去世、现在世、未来世。凡已生已灭之法叫做过去世，已生未灭之法叫做现在世，未生未起之法叫做未来世。 10 一念，佛家语，出《华严经》。念即心念，此之一念，有真有妄。若凡夫以根对尘所起之念，念念生灭，此妄念也。若离根尘真净明妙虚彻灵通之念，即是如来正智之念也，此正智之念。非生非灭，不常不断，促一刹那而非短，延无量劫而非长。经云“一念普观无量劫”是也。 11 抠衣，《礼记·曲礼上》：“抠衣趋隅，必慎唯诺。”真相，佛教杂语，犹言本来面目。这里指南华寺塔中供放的六祖真身，《传法正宗记》：“六祖于睿宗先天二年示寂，塔真身于曹溪。” 12 锡端泉，即卓锡泉，又名九龙泉。相传慧能要洗袈裟，至南华寺后山，见林木葱郁，就以锡杖卓地（卓，古代有“竖立”之意），挖出泉水，故名“卓锡泉”。苏轼因此称其为锡端泉，意即锡杖那端的泉水。略晚于苏轼的南宋人陈鹏飞（1099～1148）至南华，饮卓锡泉后作歌曰：“拨沙觅山泉，不知泉在师锡端。借师锡端卓白石，不见师泉见山锡。” 13 绮语，又作杂秽语、无义语，指一切淫意不正之言，十恶之一。

五十九岁的苏轼被一贬再贬，惠州安置。南迁路上禅意日浓，他拜谒了当年禅宗六祖慧能光大禅宗的曹溪南华寺，写下这首《南华寺》，全篇用六祖慧能事迹，化用《坛经》之典，娓娓叙说议论出来，层层深入地揭示了诗人内心的大千世界。诗中“本来面”、“明上座”、“了一电”、“饮水自知”、“指月无眩”等都是禅门语。这是苏轼首次有缘拜谒“祖师”、“祖庭”，在南华寺这一禅宗圣地，苏轼重新认识了自我：“我本修行人”，而在尘世中的一切有为之作和坎坷遭际，都是“中间一念失”，之所以要来参拜祖师，就是要认识并回归“本来面目”。诗人认为自己前生三世本都是佛门中人，可惜一念之差，落入尘世，招来一生忧患。当其在祖师面前顶礼膜拜，不免老泪纵横，于是用这曹溪祖庭的清泉，洗尽心中对浮世的留恋。这首诗可以说是苏轼多年皈依禅门最明显的“文字证明”，赵朴初先生曾为南华寺手书此诗，并在款识中写道：“公作此诗时，殆已了悟前世因缘，故其诗动人，绝非口头禅语。”这是诗人在屡次遭到打击、贬谪，致君尧舜、兼济天下的理想一再破灭后，经过对人生、社会哲理性的思考和认识，所形成的禅宗顿悟式的诗歌，是诗人忧患生涯的哲理性认识，因此深警动人。

峡山寺[1]

天开清远峡[2]，地转凝碧湾[3]。我行无迟速，摄衣步孱颜[4]。山僧[5]本幽独，乞食况未还。云碓[6]水自舂，松门风为关。石泉解娱客，琴筑鸣空山。[7]佳人剑翁孙[8]，游戏暂人间。忽忆啸云侣，赋诗留玉环。[9]林空不可见，雾雨霾髻鬟[10]。

1 峡山寺，位于广州清远县境内，苏轼有《题广州清远峡山寺》诗。2 清远峡，广州清远县境内，一名中宿峡，崇山峻峙，中贯江流。峡山寺耸立其上。 3 凝碧湾，清远峡前有凝碧湾，其水甘碧。 4 孱颜，高峻不齐貌，通“巉岩”。 5 山僧，山野之僧。原指止住山中之僧。其后，凡住于聚落者，亦称山僧、山衲，而演成自谦之词，且多为禅僧所用。 6 云碓，即水碓，利用水力舂米的工具，有的地区是用云母石做成的，故称云碓。李白《送内寻庐山女道士李碧空》诗：“水舂云母碓。” 7 石泉二句，意思是泉石仿佛懂得取悦客人似的，那声音如琴筑一般在空寂的山谷中回荡不绝。 8 佳人，一作“幽人”，此处代指裴硎《传奇》中的袁氏女。剑翁,《吴越春秋》载,越王问剑于处女,处女将见王,道逢袁公,袁问曰:“闻子善剑?”女曰:“惟公所试。”袁公随即挽林中之竹,操其本而刺处女。处女举杖击袁公,公即飞上树,化为白猿。此处诗人将传奇中的袁氏女设想为袁公之孙,紧扣白猿事。 9忽忆二句,据裴硎《传奇》载,唐代宗广德年间,有孙恪者,游洛中一大宅第,纳袁氏女为室。后十余年,袁氏随孙恪宦游,“每遇青山高松,凝睇久之,若不快意”。后造访峡山寺。“袁氏欣然易服理妆,携二子诣老僧院,若熟其径者。”将碧玉环子献给老僧说:“此是院中旧物。”后听到数十只野猿悲啸,心中恻然。俄而题诗于壁曰:“刚被恩情役此心,无端变化几湮没。不如逐伴归山去,长啸一声烟雾深”。裂衣化为老猿,追啸者,跃树而去。此时老僧方悟:“此猿是贫道为沙弥时所养。……碧玉环者,本诃陵胡人所施,当时亦随猿颈而往。” 10霾,沾上尘土和湿气。髻鬟,发鬟。苏轼《与述古自有美堂乘月夜归》诗:“香雾凝迷着髻鬟。”

此诗作于绍圣元年(1094),这年苏轼被一贬再贬,八月被责授宁远军节度副使惠州安置,不得签书公事。九月过大庾岭,九月十三日与幼子苏过同游广州清远县峡山寺作此诗,尽书宦海沉浮、空幻茫茫之意。诗题后有作者注云:“传奇所记孙恪、袁氏事,即此寺,至今有人见白猿者。”“传奇”指唐裴硎所撰《传奇》,首篇即孙恪故事。

广州蒲涧寺[1]

不用山僧导我前,自寻云外出山泉[2]。千章古木临无地[3],百尺飞涛泻漏天[4]。昔日菖蒲方士宅[5],后来薝蔔祖师禅[6]。而今只有花含笑[7],笑道秦皇欲学仙[8]。

1 蒲涧寺，位于广州白云山。白云山有溪流一条直泻山脚，名蒲涧水，蒲涧寺依山伴水而建。苏轼自注：“地产菖蒲，十二节。相传安期生之故居，始皇访之于此。” 2 云外，超脱凡俗，出世间之意。又指出世间之道、佛道，形容具有高超、殊胜境地之人。山泉，形容归隐山林之旨。 3 千章，千株大树。《史记·货殖列传》“山居千章之楸”注：“大材曰章。”无地，本义看不见地面，形容位置高渺或范围广袤。王简栖《头陀寺碑》：“飞阁逶迤，下临无地。” 4 漏天，地名，在黎州，以其多雨故曰漏天。《太平寰宇记》卷七十九：“戎州宜宾县，有大黎、小黎二山，四时沾霖，俗谓之大漏天、小漏天。唐诗：‘地道漏天终岁雨。’” 5 菖蒲，草药也，嵇含《南方草木状》：“番禺东有涧，涧中生菖蒲，皆一寸九节，安期生采服仙去，但留玉舄焉。”方士，我国古代好谈神仙之说或奇方异术之人。源于战国时代燕、齐一带之近海地区。以修炼成仙及不死药等方术求得统治者信任，如秦之徐福、汉武帝时之李少君等。 6 薝蔔，又译作瞻卜伽、旃波迦、瞻波等，义译为郁金花。《维摩经》：“如人入薝蔔林中，唯嗅薝蔔，不嗅余香。”《香谱》：“栀子香出大食国，即佛书所谓薝蔔也。”祖师禅，《景德传灯录》卷十一记载，仰山谓香岩禅师曰：“汝只得如来禅，未得祖师禅。” 7 苏轼自注：“山中多含笑花。”《遯斋闲览》：“南方花木，北地所无者，大含笑、小含笑，其花常若菡萏之未敷者，故有含笑之名。” 8 此句言秦始皇寻长生药事也。

宋哲宗绍圣元年(1094)苏轼又被贬到遥远荒蛮的广东惠州，他在广州的白云山曾留下数首诗歌，本诗就是其中之一。蒲涧是葛洪炼丹得道之地，苏轼入粤，专程拜谒此地。苏轼想“长作岭南人”，并非要学秦始皇求教于方士期想做神仙，而是想为岭南民众做一些好事。到了惠州以后，他念念不忘广州民众饮用咸苦水的疾苦，设计出改水方案。他写信给广州太守王敏仲，建议在白云山滴水岩下开凿一个大石槽储存泉水，用大竹筒把山泉分别引到城中各处，用小石槽盛装供居民汲水，使“一城贫富，同甘凉”。身处蛮荒之地，却能心存山林之志，更不忘百姓之忧，这就是苏轼的伟大，他随缘自适、“一蓑烟雨任平生”的达观精神永远值得后人学习。

赠蒲涧信长老[1]

优钵昙[2] 花岂有花，问师此曲唱谁家[3]。已从子美得桃竹[4]，不向安期觅枣瓜[5]。燕坐林间时有虎[6]，高眠粥后不闻鸦[7]。胜游自古兼支许[8]，为采松肪[9] 寄一车。

1 施氏原本题《赠蒲涧信长老》，新刻及诸本俱脱去信字，今补正。 2 优钵昙，《翻译名义集》：“优昙钵罗，此云瑞应。阎浮提内有尊树王，名优昙钵，有实无华，若优昙钵有金华者，世乃有佛。”佛言优昙钵五百年而开花，其花极香且有花而无实。《太平寰宇记》卷一五八：“广州产优昙钵，似枇杷，无花而实。” 3《景德传灯录》卷十三：“风穴延昭禅师，有卢陂长老问曰：‘师唱谁家曲，宗风嗣阿谁？’延昭禅师曰：‘超然迥出威音外，翘足徒劳赞底沙。’” 4《竹谱》卷四：“桃竹，叶如棕，身如竹，密节而实中，盖天成拄杖也。”苏轼自注：“此山有桃竹，可作杖，而土人不识。予始录子美诗遗之。”杜甫《桃竹杖引》诗：“江心蟠石生桃竹，苍波喷浸尺度足。斩根削皮如紫玉，江妃水仙惜不得。”岭南人多种此，而不知其为桃竹。 5 安期，古代方士，相传为神仙，此句咏神仙事也。汉刘向《列仙传·安期先生》：“安期先生者，琅琊阜乡人也，卖药于东海边，时人皆言‘千岁翁’。秦始皇东游，请见，与语三日三夜，赐金璧，度数千万，出于阜乡亭，皆置去，留书以赤玉舄一双为报，曰：‘后数年，求我于蓬莱山。’”李白《赠张相镐》：“惟有安期舄，留之沧海隅。”觅枣瓜，演李少君谓汉武帝曰：“臣尝在海上见安期生食臣枣大如瓜。” 6《法苑珠林》：“晋沙门释法安者，庐山之僧远法师弟子也。义熙末阳新县虎暴甚盛,县有大社树下有筑神庙,左右民居以百数,遭虎死者夕必一两。法安尝游其县暮投此村,民以惧虎早闭门閭,且不识法安不肯受之。法安径之树下坐禅通夜,向晓有虎负人而至,投树之北,见安如喜如跳,伏安前,安为说法授戒,虎踞地不动,有顷而去。至旦村人追死者至树下见安大惊,谓其神人故虎不害,自兹以后而虎患遂息。” 7《五灯会元》卷二:“益州保唐寺无住禅师,初得法于无相大师。乃居南阳白崖山,专务宴寂。经累岁,学者渐至,勤请不已。自此垂诲,虽广演言教,而唯以无念为宗。唐相国杜鸿渐出抚坤维,闻师名,思一瞻礼,遣使到山延请。时节度使崔宁亦命诸寺僧徒远出,迎引至空慧寺……于时庭树鸦鸣,公问:‘师闻否?’师曰:‘闻。’鸦去已,又问:‘师闻否?’师曰:‘闻。’公曰:‘鸦去无声,云何言闻?’师乃普告大众曰:‘佛世难值,正法难闻,各各谛听,闻无有闻,非关闻性。本来不生,何曾有灭?有声之时,是声尘自生。无声之时,是声尘自灭。而此闻性,不随声生,不随声灭。悟此闻性,则免声尘之所转。当知闻无生灭,闻无去来。’公与僚属大众稽首。”

8 言文人曲水流觞宴游也。支许,晋代支道林与许询的并称。《天中记》卷十四:“会稽有佳山水,名士多居之,孙绰、李充、许询、支遁等皆以文义冠世,并筑室东土,与羲之同好,宴集于会稽山阴之兰亭。”

9 松肪,即松脂,一名松膏,为松科植物马尾松或其同属植物树干中取得的油树脂,经蒸馏除去挥发油后的遗留物。《本草》卷十二:“松脂久服,轻身不老,一名松膏,一名松肪。”

此诗系赠酬蒲涧寺长老之诗,诗中数用佛禅典故,心态恬淡平和,可见苏轼晚年对于佛禅的向往与追求。苏轼看到了诗歌的平仄,却引错了花名,虽常人未察,却难逃出考据家之手眼。清人杭世骏《订讹类编·优昙钵》就曾指出此诗的错误,“优钵昙花”应改为“优昙钵花”,《法华经》云:“佛告舍利弗:如是妙法,如优昙钵花,时一现耳。”《太平寰宇记》:“广州产优昙钵,似枇杷,无花而实。”盖蒲涧寺在广州,但只有优昙钵花,未闻有称优钵昙者。

朝云诗[1] 并引

世谓乐天有鬻骆马放杨柳枝词，嘉其主老病不忍去也。然梦得有诗云：春尽絮飞留不得，随风好去落谁家。乐天亦云：病与乐天相伴住，春随樊子一时归。则是樊素竟去也。予家有数妾，四五年相继辞去，独朝云者随予南迁。因读乐天集，戏作此诗。朝云姓王氏，钱唐人，尝有子曰干儿，未期而夭云。

不似杨枝别乐天[2]，恰如通德伴伶玄[3]。阿奴络秀[4] 不同老，天女维摩[5] 总解禅。经卷药炉[6] 新活计，舞衫歌扇[7] 旧因缘[8]。丹成逐我三山[9] 去，不作巫阳云雨仙[10]。

1 朝云，姓王氏，字子霞。熙宁七年（1074）苏轼任杭州通判时，其妻王闰之买朝云为婢，时朝云十二岁，可能是个女歌童，到苏轼家开始读书学字，长大后，苏轼收她作妾。苏轼贬惠州时，妻已死去一年多，只得朝云为伴。朝云颇为了知苏轼，曾称其“满肚皮不合时宜”。朝云于元丰六年（1083）生子，绍圣三年（1096）去逝，年三十四岁。　2 杨枝，白居易家妓樊素能歌善舞，特别以唱杨枝著名，所以朋友们都叫她杨枝，白居易年老体衰时，深受其宠的美妾樊素便溜走了，白居易因而有诗句“春随樊子一时归”。朝云与樊素同为舞妓出身，然而性情迥然相异，朝云愿意跟着苏轼到十分艰苦落后的惠州，这种患难与共、坚贞相随，令垂暮之年的苏轼感激涕零，所以他用不似杨枝别乐天来赞她。　3 晋刘伶元老年的时候得了个小妾叫樊通德，两个人感情很好，还经常在一起探讨文学问题。后人有“刘樊双修”这个词，用来称赞美满姻缘，所以苏东坡用他们的故事来形容自己和王朝云。 4 阿奴络秀，络秀姓李，阿奴是她的儿子。《晋书·列女传》记，络秀不顾阻力嫁心上人周浚，浚后以功封侯，生三子：凯、嵩、谟，小儿子周谟小名即为阿奴。三兄弟后皆为显官。 5 苏轼将王朝云比做天女、维摩，说她学佛粗通佛学大义。 6 王朝云到惠州后水土不服，经常生病，时常念佛熬药，“经卷药炉新活计”说的就是她到惠州后的生活。 7 苏轼回忆从前，感念王朝云抛却长袖舞衫，专心念经礼佛，不离丹灶。 8 因缘，为因与缘之并称。因，指引生结果之直接内在原因；缘，指由外来相助之间接原因。依此，因缘又有内因外缘、亲因疏缘之称。广义而言，因即意谓因与缘，包含内因与外缘。一切万有皆由因缘之聚散而生灭，称为因缘生、缘生、缘成、缘起。因此，由因缘生灭之一切法，称为因缘生灭法；而由因与缘和合所产生之结果，称为因缘和合。一切万有皆由因缘和合而假生，无有自性，此即“因缘即空”之理。若以烦恼为因，以业为缘，能招感迷界之果；以智为因，以定为缘，则能招感悟界之果。 9 三山，传说中的蓬莱、方丈、瀛洲三岛。 10 秦观曾经用巫山神女来比喻早上的云气(即朝云)，苏轼这里反用秦观之意，说一旦仙丹炼就朝云就将随他一起到传说中的蓬莱、方丈、瀛洲去，那时他们不会再如巫山神女那样为尘缘所羁绊了。

苏轼的妻妾中，最投心者莫过朝云。苏轼南贬惠州，妻王闰之已经去世，只有朝云陪伴，他便将全部感情都倾于朝云，写作了许多念朝云之诗词。对苏轼而言，朝云之可爱，最主要的是她最能理解他，与他达到心灵的默契。朝云不仅在生活上给予他精心的照顾，她的心灵和思想情趣也能与丈夫完全相通。苏轼好佛，自诩进入了“维摩境界”，而朝云也直如“散花天女”。从此诗中可以看出，苏轼深深爱着朝云，他欣赏着朝云美丽的容貌、绰约的风姿，吟唱着她那冰肌玉骨的品节，歌咏着她那始终如一的忠敬和辛劳，在他的笔下，朝云栩栩如生，呼之欲出。

次韵定慧钦长老见寄八首并引

苏州定慧[1]长老守钦[2]，使其徒卓契顺来惠州[3]，问予安否，且寄《拟寒山[4]十颂》。语有璨、忍之通[5]，而诗无岛、可之寒[6]，吾甚嘉之，为和八首。

其一

左角看破楚[7]，南柯闻长滕[8]。钩帘归乳燕[9]，穴纸出痴蝇[10]。为鼠常留饭，怜蛾不点灯[11]。崎岖真可笑，我是小乘僧[12]。

1 定慧，寺名，始建于唐咸通年间（860～874），北宋雍熙间（984～987）称西方院，大中祥符间（1008～1016）间赐额定慧禅寺。 2 守钦，生卒年不详。禅宗灯录中曹洞宗谱系下有智门守钦圆照，不知是否即此守钦；然从其为慧能后八世判断，似乎在生活年代上要早于与苏轼交往的这位守钦。苏轼在接到卓契顺带来的《拟寒山十颂》之前，与守钦并不相识。《苏轼文集》卷七十二有《守钦》一文，云：“苏州定慧长老守钦，予初不识。比至惠州，钦使侍者卓契顺来，问予安否，且寄十诗。……予往来吴中久矣，而不识此僧，何也？” 3 绍圣三年（1096）三月二日，卓契顺自宜兴步行抵惠州苏轼处，据《苏轼文集》卷六十九《书归去来词赠契顺》，文中说：“绍圣三年三月二日，契顺涉江度岭，徒行露宿，僵仆瘴雾，黧面茧足以至惠州。得书径还。”《苏轼诗集》将此诗编次于绍圣二年卷（卷三十九）。 4 寒山，唐代僧人、诗人。姓氏、籍贯、生卒年均不详。长期隐居台州始丰（今浙江天台）西之寒岩(即寒山),故号寒山子。与台州国清寺僧拾得友善,时相过从。后代绘画中多有以寒山与拾得友谊为题材的作品。守钦此处作拟寒山诗,在文学含义之外,应也有向苏轼表达仰慕、愿与苏轼结交的意味。 5 璨,禅宗三祖僧璨。生卒年不详。有《信心铭》传世。忍,禅宗五祖弘忍(601～674)。 6 岛,唐代诗人贾岛(779～843)。传说他曾出家为僧,法名无本。其诗作风格孤峭幽静,与孟郊诗并称"郊寒岛瘦"。可,唐代诗僧可明。生卒年不详。 7《庄子·杂篇·则阳》:"有国于蜗之左角者,曰触氏,有国于蜗之右角者,曰蛮氏。时相与争地而战,伏尸数万,逐北旬有五日而后反。"破楚,刘邦破项羽。 8 南柯,出唐李公佐《南柯太守传》(《太平广记》卷四七五收录,题目作《淳于棼》,注出《异闻录》),叙述淳于棼梦至槐安国,被招为驸马,荣华富贵,显赫一时。后率兵战败,公主亦死,遭国王疑忌,遣归人间。梦醒后,在庭前槐树下掘得蚁穴,即梦中之槐安国。"南柯"即槐树南枝下另一蚁穴。后以南柯专指虚幻的梦境。长(zhǎng)滕,语出《左传·隐公十一年》:"十一年春,滕侯、薛侯来朝,争长。薛侯曰:我先封。滕侯曰:我,周之卜正也。薛,庶姓也,我不可以后之。公使羽父请于薛侯……愿以滕君为请。薛侯许之,乃长滕侯。"是为"滕薛争长"的典故,与"南柯闻长滕"与"左角看破楚"相类,均意为在虚幻的世界里争夺名利等不实的身外之物。 9 此句指将帘栊钩卷起来,使误入屋内的小燕子能够飞出去。 10"穴纸"句指将窗纸破个洞,让飞蝇能够脱身。《五灯会元》卷四"古灵神赞禅师"条:"本师又一日在窗下看经,蜂子投窗纸求出。师睹之曰:世界如许广阔不肯出,钻他故纸驴年去! 遂有偈曰:空门不肯出,投窗也太痴。百年钻故纸,何日出头时?" 11 因为怕飞蛾扑向灯火而被烧死,所以不点灯火。 12 小乘,小乘佛教。与公元一世纪左右出现的以"普度众生"为修行目的的"大乘佛教"相对,小乘佛教是早期佛教的主要流派,注重修行、持戒,以求得"自我解脱"为修行目的。此句是对本诗首六句所举行为的否定。

其四

幽人白骨观[1]，大士[2] 甘露灭[3]。根尘各清净[4]，心境两奇绝。真源未纯熟，习气馀陋劣。譬如已放鹰，中夜时掣绁[5]。

1 佛教有“九想”之说，又名“九相”，是对人自身躯体作九种观想，以便去除人们对身体躯壳的留恋，觉知人身种种不净，为观禅中的不净观。白骨观，即“九想”中的第八观想“白骨想”和第九观想“烧灰想”。皆是观想死后枯骨，日久白如珂雪，雨淋日曝，暴露原野；白骨被焚，成为灰烬，如沙土还归大地。 2 大士，菩萨的通称。 3 甘露灭，佛教以甘露喻“涅槃”境界，人达到了涅槃境界也就灭绝了生死之境，称为“甘露灭”。 4 佛教中，将眼、耳、鼻、舌、身、意称为“六根”，与之相应，六根感受到的色、声、香、味、触、法为“六尘”。佛教认为根、尘本身都是“空”的，是需要在因缘的作用下才能发生联系的独立存在。《楞严经》卷四：“若复世间，一切根尘，阴处界等，皆如来藏，清净本然。” 5 掣，牵引，拉。绁，绳索。幼鹰在未驯放的时候，因为从未体验过飞翔的自由，所以从不会拉扯捆绑在身上的绳索；但在有过放飞的经历之后，就会在夜晚拉扯绳索，希望挣脱。苏轼以此比喻经历尘世的染着之后，识心见性、得清净本心是多么的困难。

《楞严经》对根尘问题论述最丰。宋代，《楞严经》在社会上广为流行，尤其是在士人中有深远的影响。苏轼指出，《楞严经》之所以受到如此的欢迎，是因为“其文雅丽，于书生学佛者为宜”（《跋柳闳〈楞严经〉后》），因此，苏轼与苏辙均熟读《楞严》，东坡晚年更是达到“楞严在床头，妙偈时仰读”（《次韵子由浴罢》）的程度。

其八

净名[1] 毗耶[2] 中，妙喜[3] 恒沙[4] 外。初无往来相[5]，二士同一在[6]。云何定慧师，尚欠行脚债。请判维摩凭，一到东坡界。[7]

1 净名，即“维摩诘”在中土的意译，音译为维摩诘。 2 毗耶，城名，又作毗耶离，维摩诘所居之城。 3 妙喜，维摩诘居士所居之国土。《维摩诘所说经》：“佛言：有国名妙喜，佛号无动。” 4 恒沙，即恒河沙的略称。恒河两岸多细沙，因此佛祖说法，每以恒河沙比喻极多之数。5 往来相，佛教神通“十八变”中的第六相，意谓诸佛菩萨，依定自在，随其所乐，迅疾往来，无有滞碍。6 典出《维摩诘所说经》：维摩诘“现神通力，以其右手，断取妙喜世界，置於此土。……妙喜世界，虽入此土，而不增减。于是世界，亦不迫隘，如本无异。 7 以上四句指定慧寺守钦遣卓契顺徒步来苏轼处传书一事。

与其他苏轼曾经交往过的僧友不同，守钦与苏轼并不相识。应该说，是苏轼的人格魅力、经历行事、文学才能吸引了这位禅林朋友，促使守钦要为贬居惠州的苏轼做一些事情。因此，他遣徒千里步行送信的举动就尤为令人感佩。苏轼在《书归去来词赠契顺》一文中，将此事的前后经过叙述备细：“余谪居惠州，子由在高安，各以一子自随。余分寓许昌、宜兴，岭海隔绝。诸子不闻余耗，忧愁无聊。苏州定慧院学佛者卓契顺谓迈曰：‘子何忧之甚，惠州不在天上，行即到耳，当为子将书问之。’绍圣三年三月二日，契顺涉江度岭，徒行露宿，僵仆瘴雾，黧面茧足以至惠州。得书径还。余问其所求。答曰：‘契顺惟无所求而後来惠州。若有所求，当走都下矣。’苦问不已。乃曰：‘昔蔡明远鄱阳一校耳，颜鲁公绝粮江淮之间，明远载米以周之。鲁公怜其意，遗以尺书，天下至今知有明远也。今契顺虽无米与公，然区区万里之勤，倘可以援明远例，得数字乎？’余欣然许之，独愧名节之重，字画之好，不逮鲁公。故为书渊明《归去来辞》以遗之，庶几契顺托此文以不朽也。”正是由于有了这样的前因，苏轼在与守钦的和诗中才既展现了自己的禅学思想，又介绍了在惠州的生活处境。当然，与苏轼一生诗作一以贯之的是，这些专门写给僧人的诗作里依旧儒道释三家思想杂糅，并非绝对言佛。儒、道二家思想成分不在本书论列，不提。

送佛面杖与罗浮长老

十方[1] 三界世尊[2] 面，都在东坡掌握中。送与罗浮德长老，携归万窍[3] 总号[4] 风。

1 十方，东、西、南、北，东南、西南，东北、西北，上、下，为十方。三界，欲界、色界、无色界总称“三界”，是凡夫生死往来的境界。 2 世尊，佛的尊称。 3 万窍，古人观察到风出于孔窍，因此常以“万窍”为风之源。 4 号，号令。

本诗作于绍圣二年(1095)，苏轼到惠州已一年有余，结识了惠州很多的僧人道士，与其中有的人还成为了朋友，德长老就是其中之一。这首小诗写来轻松洗练，苏轼在圆熟地调动佛家思想、词汇之余，文字中充分体现了他的潇洒与幽默。“十方三界世尊面，都在东坡掌握中”，可以看出，佛教在他的生活中完全没有宗教的钳固，相反，是佛教思想、访僧交友的生活一直在支撑着他多舛的人生，丰富着他的生活，排遣着他的苦闷。

残腊[1] 独出二首·其二

江边有微行[2]，诘曲背城市[3]。平湖[4] 春草合，步到栖禅寺[5]。堂空不见人，老稚掩关睡。所营在一食，食已宁复事。客来岂无得，施子净扫地。风松独不静，送我作鼓吹。

1 残腊，农历年尾。腊，农历十二月。 2 江，指流经惠州的广东东江。有，一作“偶”。微行，小路。如作“偶微行”，则微行作“微服出行”解。3 诘曲，曲折。背，离开，远离。4 平湖，惠州西湖由五湖组成，平湖为其中之一。5 栖禅寺，位于惠州西湖孤山之上。

这是一首轻松恬淡的小诗。虽然记录的是独游栖禅寺，文字中却并未借佛教语词、佛家思想来表情达意；尽管如此，它却依然堪称是一首高妙的“禅意诗”。如同王维《鹿柴》诗中“空山不见人，但闻人语响”，苏轼也首先是描绘禅寺的“空”与“静”。然后，在这一片空静的环境背景下，简笔勾勒，“客来岂无得，施子净扫地”，以孤身一人的“自己”破“空”；“风松独不静，送我作鼓吹”，以禅院松风破“静”。作为读者，当我们读到小诗至此悠然而止之时，却分明愈发感觉到了视觉上的空、听觉上的静，所谓“禅味”、“禅意”在此时达到顶点。在造境之外，苏轼那种平静、恬淡、从容的佛家心态也在这聊聊数语之间得到充分的彰显。

赠昙秀[1]

白云出山初无心，栖乌何必恋旧林。道人偶爱山水故，纵步不知湖岭深。空岩已礼百千相，曹溪[2] 更欲瞻遗像[3]。要知水味孰冷暖[4]，始信梦时非幻妄[5]。袖中忽出贝叶书[6]，中有璧月缀星珠。人间胜绝略已遍，匡庐[7] 南岭[8] 并西湖[9]。西湖北望三千里，大堤冉冉横秋水[10]。诵师佳句说南屏，瘴云应逐秋风靡[11]。胡为只作十日欢，杖策复寻归路难。留师笋蕨不足道，怅望荔子何时丹。

1 昙秀，即释法芝，苏轼《送芝上人游庐山》等数篇诗文作品中曾提到过的"芝上人"，为苏轼多年好友。苏轼曾为其居所题名"梦斋"，并为苏辙《梦斋铭》作叙。绍圣三年（1096）秋，昙秀来惠州探访苏轼，住十日。　2 曹溪，指曹溪南华寺。相传南朝梁武帝天监元年（502），有梵僧智药率徒来中国，南游至曹溪口，掬水而饮，觉其水香美，"与西天之水无异"，认为此地必为胜地，于是在此创建了宝林寺。（明万历《曹溪通志》）唐代，六祖慧能在此传法三十七年，创立南宗禅，曹溪由此声名远播。宋代时改名南华禅寺。　3 遗像，慧能圆寂后，其肉身保留在南华寺中供人瞻仰。　4 要知水味孰冷暖，《六祖坛经・自序品》中有"如人饮水，冷暖自知"。　5 苏轼在《梦斋铭・叙》中曾言，他与昙秀是在梦中结识，故此说"始信梦时非幻妄"。苏轼相信梦中的经历并非都是虚幻，与饮水而知冷暖一样，都是由亲身经历而得来的认识。　6 贝叶书，指佛经。贝叶，贝多罗叶的简称。印度人以此树叶书写经文，称贝叶经。其树类似我国所说的棕榈树，一说即菩提树。唐段成式《酉阳杂俎》卷十八将贝多树与菩提树分列："贝多，出摩伽陀国，长六七丈，经冬不凋。"　7 匡庐，指江西庐山。东晋慧远《庐山记略》记载："有匡俗先生者，出殷周之际，隐遁潜居其下，受道于仙人而共岭，时谓所止为仙人之庐而命焉。"庐山因此而得名，故亦称"匡庐"。元祐七年（1092），昙秀曾游庐山，苏轼有《送芝上人游庐山》诗（《诗集》卷三十五）。　8 南岭，今湖南、江西、广东、广西四省交界东北—西南走向的山地的总称。为长江与珠江的分水岭。　9 西湖，即惠州丰湖。丰湖在苏轼之前并无"西湖"之名，因其在惠州城西，加之苏轼在杭州、颍州时这两地均有西湖，因此，苏轼在本诗中第一次将丰湖称作西湖。10 大堤，平湖与丰湖之间的苏堤。始建于本诗写作的绍圣三年，由苏东坡资助栖禅寺僧人希固所筑，本年六月建成。因平湖在丰湖（西湖）之北，因此称"西湖北望"是冉冉大堤。 11 南屏，在杭州西湖。此两句记与昙秀相聚这十日中吟诗忆旧的愉快经历，连南地的山岚瘴气亦随秋风消散。

据苏轼自言，他与昙秀的缘分，始于梦境，因此，对于昙秀这位僧友，在苏轼心中似乎总有一种“天意如此”的认同感。在这种心理的驱使下，每次与昙秀的相聚，就尤其畅快心神，怅恨聚短离长。他们二人这次惠州之会，苏轼已近暮年，因此，在东坡的文字之中，就更多了一分对老友的恋恋不舍。“白云出山初无心，栖乌何必恋旧林”，苏轼在一开篇就为全诗定调，感慨昙秀何必这么快就执意离开。全诗没有佛理禅机的创设，苏轼纯以面对挚友的姿态，对昙秀忆往昔、叹今朝，依依惜别。

和郭功父韵送芝道人游隐静[1]

观音妙智[2]力，应感随缘度。芝师访东坡，宁辞万里步。道义妙[3]相契，十年同去住。行穷半世间，又欲浮杯渡[4]。我愿焚囊钵[5]，不作陈俗具。会取却归[6]时，只是而今路。

1 郭功父，郭祥正（1035～1113），字功父，一作功甫，宋太平州当涂（今属安徽）人。少有诗名，为梅尧臣所赏，有《青山集》三十卷传世。举进士后仕宦坎坷，哲宗即位后曾任端州（今广东肇庆）知州，后弃官归隐当涂，再未出仕。芝道人，即昙秀。隐静，山名，在太平州（当涂）繁昌县东南七十里。此诗盖为昙秀从惠州北归作。 2 妙智，不可思议之佛智。 3 妙，明成化刊《东坡七集》作“偶”。 4 浮杯渡，喻指僧人出行。见前《游中峰杯泉》诗注 2。宋代周暕《送僧归蜀》：“到水浮杯渡，逢山卸笠看”。 5 囊钵，僧之钵盂及放钵的袋子。6 却归，辞官归隐。

苏轼曾作过一首名为《僧》的小诗："一钵即生涯，随缘度岁华。是山皆有寺，何处不为家。……"僧人四海游方，本是随缘而行，但昙秀却为了探访苏轼而特意远道前来，这正是让苏轼分外感动的。因此，当十天小聚将尽，苏轼在诗中表露的，满是对莫逆好友的感激与不舍。当昙秀重新上路，继续湖山之游，苏轼的心也从现实的羁绊中飞向无拘无束的生活。

悼朝云并引

绍圣元年十一月，戏作朝云诗[1]。三年七月五日，朝云病亡于惠州，葬之栖禅寺松林中东南，直大圣塔。予既铭其墓，且和前诗[2]以自解。朝云始不识字，晚忽学书，粗有楷法。盖尝从泗上比丘尼义冲学佛，亦略闻大义，且死，诵金刚经四句偈而绝。

苗而不秀[3]岂其天，不使童乌与我玄[4]。驻景恨无千岁药，赠行惟有小乘禅[5]。伤心一念偿前债，弹指三生[6]断后缘。归卧竹根[7]无远近，夜灯勤礼塔中仙[8]。

1 绍圣元年，公元1094年。朝云，苏轼侍妾。详见前文《朝云诗并引》注。 2 前诗，指《朝云诗并引》。 3 苗而不秀，只长苗而未能开花结果。言朝云之早亡。 4 童乌与我玄，汉代扬雄之子名童乌，九岁时助其父著《太玄》，早夭。 5 小乘，小乘佛教。对亲人之逝赠以小乘禅，意为祝愿逝者能够往生极乐，得到解脱。 6 三生，佛家语，即指前生、今生、来生。 7 竹根，古人有以竹根为酒器者。庾信《奉报赵王惠酒》诗："野鑪然树叶，山杯捧竹根。"归卧竹根，在醉梦中排遣伤痛，忘却生人与逝者天地玄隔。 8 塔中仙，指大圣塔中安葬的朝云。

朝云生前岁月诚心礼佛，口诵六如偈而绝，因此，苏轼的悼诗中也充满了佛教情怀。

次韵子由所居六咏·其四

先生饭土塯[1]，无物与刘叉[2]。何以娱醉客，时嗅砌下花。井水分西邻，竹阴借东家。萧然行脚僧，一身寄天涯。

1 塯，盛饭的瓦器。饭土塯，形容生活简朴。 2 刘叉，唐代元和时人。少任侠，曾因酒杀人。后以诗才客于韩愈之门，却又因不满韩愈写作谀墓之文，盗韩愈数金而去。事见《新唐书·韩愈传》附。

苏辙与其兄苏轼的经历颇为类似，亦是仕途坎坷，一生转徙多州，居无定所。因此，生活环境并不优渥，但简朴中却淡定自适，不为物扰，自得其乐。作为兄长，苏轼自然是最能理解、最了解苏辙之情怀的人，因此，这首小诗写得轻快有趣，如田间野花，于素朴中蕴含感人的强大内力。尽管没有什么明确的佛语佛思，但于内在情致上却充满了佛家万法皆空的人生智慧。至于“行脚僧”之比，则实在既是说苏辙，更是东坡自况了。

吴子野绝粒[1]不睡，过[2]作诗戏之，芝上人、陆道士[3]皆和，予亦次其韵

聊为不死五通仙[4]，终了无生[5]一大缘。独鹤有声知半夜[6]，老蚕不食已三眠[7]。怜君解比人间梦苏轼自注：芝有梦斋，子由作铭，许我时逃醉后禅[8]。会与江山成故事，不妨诗酒乐新年。

1 吴子野，见《吴子野将出家赠以扇山枕屏》注 1。绝粒，辟谷，修行长生出世之道。 2 过，苏轼子苏过。 3 陆道士，名惟忠，字子厚，眉州（今四川眉山）人。好丹药，能诗。 4 五通仙，佛教谓得五神通的仙人为五通仙，即天眼通、天耳通、他心通、宿命通、神足通。《维摩诘所说经・不思议品》："或现离淫欲，为五通仙人。"五通则不死，佛多具一"漏尽通"，为六通，六通则无死无生，因此苏轼要用"聊为"一词。 5 无生，佛家之涅槃真理，无生亦无灭，生、灭均非实有，一切本空。 6《淮南子・说山训》："鸡知将旦，鹤知夜半，而不免於鼎俎。"鹤夜半而鸣，比喻各有专长。 7 蚕从初生至成蛹，大约蜕皮三至四次。蜕皮时不食不动，成睡眠状态。因此古人称其为"三眠"。李白《寄东鲁二稚子》诗有"吴地桑叶绿，吴蚕已三眠"之句。"独鹤"二句均是比喻吴子野的绝食辟谷之术。 8 逃禅，杜甫《饮中八仙歌》诗："苏晋长斋绣佛前，醉中往往爱逃禅。"醉后不尊戒律，谓之逃禅。后引申以文士遁世而参禅为"逃禅"。

苏轼在惠州时期尝精研道家服食养生之法，但并未沉迷其中。好友吴子野辟谷修炼，苏轼在游戏和诗之中，表现出的仍是其一贯的对佛教、对道教豁达超脱的态度。他胸中有佛，可以句句圆通地运用佛家概念来评说事件，但他又能潇洒地游于佛道

之外，不舍口腹之乐，与其如吴子野这样自我折磨地绝粒辟谷追求长生，他还是愿意醉中逃禅，在诗酒之乐中享受生活的禅味。

吾谪海南，子由雷州[1]，被命即行，了不相知[2]，至梧乃闻其尚在藤也[3]，旦夕当追及，作此诗示之

九疑[4] 联绵属衡湘[5]，苍梧[6] 独在天一方。孤城吹角烟树里，落日未落江苍茫。幽人拊枕坐叹息，我行忽至舜所藏[7]。江边父老能说子，白须红颊如君长。莫嫌琼雷隔云海[8]，圣恩尚许遥相望。平生学道真实意，岂与穷达俱存亡。天其以我为箕子[9]，要使此意留要荒。他年谁作舆地志[10]，海南万里真吾乡。

1 绍圣四年(1097)闰二月十九日，责授苏轼琼州别驾，移昌化军安置。昌化军，即儋州，旧治所在今海南省儋县西北，熙宁六年(1073)降为昌化军。此前，二月二十八日，责授“左朝议大夫、试少府监分司南京、筠州居住苏辙”化州别驾、雷州安置。 2 四月十七日，苏轼收到告命，四月十九日即与苏过离开惠州。 3 梧，梧州，藤，藤州。均位于今广西东部，二州毗邻，藤州在梧州西南。藤州现存清代建筑访苏亭，为纪念绍圣四年五月十一日苏轼、苏辙、苏过三人在此相遇而建。 4 九疑，九疑山，位于今湖南宁远县，山势连绵巍峨，地控三湘，临北粤。 5 衡湘，衡州与湘水。 6 苍梧，梧州治所。《史记・五帝本纪》：“舜崩于苍梧之野，葬于江南九疑。” 7 藏，即“葬”。 8 雷州与琼州之间是琼州海峡。 9 箕子，名胥余。商末周初人。与纣同姓，是殷商贵族，性耿直，有才能。武王灭商后，劝其归周，箕子宁死不降。武王无奈，敬其为人，封他为朝鲜侯。《后汉书・东夷列传》记其治理朝鲜：“昔武王封箕子于朝鲜，箕子教以礼义田蚕，又

制八条之教。其人终不相盗,无门户之闭。妇人贞信。饮食以笾豆。”宋代时的儋州与箕子时代的朝鲜类似,都是边远蛮荒之地,礼义教化远逊中原,苏轼此处以箕子自比,充分体现了他积极、乐观的人生态度。 10 舆地,地理。舆地志,南朝顾野王曾作《舆地志》;历代史书中也大多有“舆地”专章。苏轼此处盖泛指地理风物之书。

这又是一篇明里无关佛事、内蕴暗含禅思的作品,它充分体现了苏轼将世间烦恼和逆境看空,无住于外物、无住于坎坷人生经历的精神品质。佛教对苏轼的影响不是在戒律修行的表层,而是在佛家精神内蕴对现实人生的指导这一深度层面。“一钵即生涯,随缘度岁华”(《僧》),佛教中僧侣对待人生的这种随缘无住的态度,与“天其以我为箕子,要使此意留要荒。他年谁作舆地志,海南万里真吾乡”正相吻合。佛教讲“缘起性空”,认为世间的一切都是因缘和合而生,因此,面对一切事情时就要因“缘生”而生,因“缘灭”而灭,不执著,不强求。这种对因缘的态度不是消极的放弃,而是识其本空,无喜无悲,随缘而动。具体到苏轼的行为上,则正是这种“在朝廷就要作贤相,在荒远则要为箕子”的既积极、又潇洒通脱的人生态度。

入寺

曳杖入寺门,辑杖挹[1] 世尊。我是玉堂仙[2],谪来海南村。多生宿业尽[3],一气中夜存。旦随老鸦起,饥食扶桑暾[4]。光圆摩尼珠[5],照耀玻璃盆[6]。来从佛印可[7],稍觉魔忙奔。闲看树转午,坐到钟鸣昏。敛收[8] 平生心,耿耿聊自温。

1 辑,收起。挹,同“揖”,礼拜。 2 玉堂,官署名。汉代时侍中有玉堂署，宋以后翰林院亦称玉堂。玉堂仙，指翰林学士。 3 宿业，往世的善恶因缘。佛教认为众生有三世因果，过去世的善恶业因，可以产生今生的苦乐果报。苏轼认为自己此生命途多舛，当一路走到儋州，前生的恶业该当报尽了。 4 扶桑，神话传说中东方的神木。东汉许慎《说文》："榑桑，神木，日所出也。"暾（tūn），初升的太阳。食扶桑暾，道家食日之法。 5 摩尼珠，佛教传说中的宝珠。《观无量寿经》中说："欲观彼佛者，当起想念，于七宝地上，作莲华想；……如是莲华，具有八万四千叶，一一叶间，有百亿摩尼珠王，以为映饰；一一摩尼珠，于千光明，其光如盖，七宝合成，偏覆地上。" 6 玻璃，本为音译，又作"颇梨"，"颇黎"。佛经中的西土国宝，类似中国古代所说的"水精"。《观无量寿经》中说："尔时世尊，放眉间光，其光金色，偏照十方无量世界……十方诸佛净妙国土，皆于中现。或有国土，七宝合成。……复有国土，如玻璃镜。""光圆摩尼珠，照耀玻璃盆"，大意即为宝珠照耀佛土之意，是苏轼形容自己佛家修行的境界。 7 佛家称"经印证而认可"为印可，《维摩诘所说经·弟子品》："若能如是宴坐者，佛所印可。" 8 敛心，收束散漫放纵之心。

来到儋州，苏轼继续游寺访僧的生涯。入佛门，说佛语，诗中一切与佛教相关的文字看似苏轼在展现自己的佛教修为，而其内里，却又佛道杂陈，并不纯粹。这充分反映出，对苏轼来说，佛家与道家修行层面的东西只是形式，只是一种生活方式，而佛教随缘无住的思想宗旨才是支撑他一生的核心成分。虽然自己是"玉堂仙"，但他却能坦然接受一次又一次的贬谪，将其看做是对前生宿业的消弭。当自己的仕途由京城一路向南走到大陆的最南端，大诗人的人生也已走到暮年；此刻来到佛寺，苏轼的心境比当年在杭州游寺访僧时沉静了许多，低沉了许多。海南的文化氛围难比杭州，甚至连惠州都不如，寺院中除了依旧沉静的佛氛之外，已难觅许多谈得来的僧友，因此，在这样的环境里，他开始回首前路，收束心神，平生的豪气、志向，已换做沉谧、冷静的心思。

独觉

瘴雾[1] 三年恬不怪[2]，反畏北风生体疥。朝来缩颈似寒鸦，焰火生薪聊一快。红波翻屋春风起，先生默坐春风里。浮空眼缬[3] 散云霞，无数心花[4] 发桃李[5]。倏然独觉午窗明，欲觉犹闻[6] 醉鼾声。回首向来萧瑟处，也无风雨也无晴。

1 瘴雾，瘴气。 2 恬不怪，安然处之，不以为怪。 3 眼缬，眼花，亦指醉眼。 4 心花，佛教中将人的清净本心比喻为莲花，是为"心花"。《圆觉经》："若善男子，于彼善友，不起恶念，即能成就正觉，心花发明，照十方刹。" 5 桃李，春花之代表，前句言"红波翻屋春风起，先生默坐春风里"，故此处"心花发"是桃李之花绽放。 6 欲觉犹闻，乃半梦半醒之间。

元丰五年（1082），贬谪黄州后的第三年，苏轼曾作一首《定风波》词。词前有序："三月七日沙湖道中遇雨。雨具先去，同行皆狼狈，余独不觉。已而遂晴，故作此。""莫听穿林打叶声，何妨吟啸且徐行。竹杖芒鞋轻胜马，谁怕？一蓑烟雨任平生。
料峭春风吹酒醒，微冷，山头斜照却相迎。回首向来萧瑟处，归去，也无风雨也无晴。"近二十年的时光过去，大概又是酒醉之后，又是雨后天空局部放晴，相似的情境勾起了苏轼的回忆，因此，他将当年的词句翻为诗作。

我们都有这样的生活经历：大雨初停，天空中还是阴云密布，但一小块的天空却有乌云散开一线，阳光从云缝斜射下来，令人感觉晴空已现，云散不远；而阳光照不到的天地，却仍阴沉萧瑟。天地间此时非雨非晴，无雨无晴。苏轼大概正是目睹了这样一种奇特的天色，写下了充满佛理禅意的诗句。佛教中有“不二法门”，即万事万物平等一如，没有彼此、高下、是非等等对待区别，唯一真实的只是佛性本身。《维摩诘经·入不二法门品》云：“如我意者，于一切法无言无说，无示无识，离诸问答，是为入不二法门。”非雨非晴，无雨无晴，唯一真实的只是自然、天地本身，苏轼借对天气的参悟，表达的是视人生经历为无雨无晴，无逆无顺的思想观念。南方的瘴气虽然可怕，但当长期谪居于此，逐渐适应了气候之后，竟也能对此茫然无觉，甚至反而害怕起干燥的北风来。居处之事能够泰然面对，折射出的，则是对不平经历的安之若素。因此，在寒冷的天气里，生一盆火就觉得如坐春风，醉后半醒就觉得眼亮窗明，苏轼的可爱表现在这样的处逆如顺、潇洒豁达，而深层的思想根源，则是无是无非、无雨无晴、将宠辱看空的佛家境界。“回首向来萧瑟处，也无风雨也无晴”也由此成为千古名句，感染、影响着无数后人。

谪居三适三首·午窗坐睡

蒲团蟠[1] 两膝，竹几阁[2] 双肘。此间道路熟，径到无何有[3]。身心两不见，息息安且久。睡蛇[4] 本亦无，何用钩与手。神凝疑夜禅[5]，体适剧卯酒[6]。我生有定数，禄尽空余寿。枯杨不飞花，膏泽回衰朽。谓我此为觉，物至了不受。谓我今方梦，此心初不垢[7]。非梦亦非觉，请问希夷[8] 叟。

1 蟠，盘曲。　2 阁，通“搁”，放置。　3 无何有，无有，乌有。《庄子·逍遥游》：“今子有大树，患其无用，何不树之于无何有之乡，广莫之野。”成玄英疏：“无何有，犹无有也。”后禅宗也多用此词。临济宗《虚堂和尚语录》:“二林初无门户与人近傍。亦不置之于无何有之乡……” 4 睡蛇,指人心中的烦恼困扰。《佛遗教经》曰:“烦恼毒蛇,睡在汝心。譬如黑蛇,在汝室睡,汝当以持戒之钩早并除之。”此处是因“睡”而用“睡蛇”来表义双关。 5 夜禅,即夜间打坐参禅。 6 卯酒,早晨喝的酒。卯,早晨五点到七点。苏轼在《答张文潜书》中写道:“此外千万善爱,偶饮卯酒醉,来人求书,不能复覼缕。” 7 垢,烦恼染着。 8 希夷,《老子》:“视之不见名曰夷,听之不闻名曰希。”

《谪居三适三首》,分《旦起理发》、《午窗坐睡》、《夜卧濯足》三首,写一天三个时段的典型活动,是苏轼对自己儋州生活的生动描绘。诗中佛家、道家语杂陈,都是苏轼用来展现自己的生活状态与心灵状态的工具,从中可清楚地看出东坡晚年对佛教思想更为深刻的体认。全诗通篇给人的感觉是一个“静”字,但这静却非死气沉沉之静,而是安闲自适之静。作为一个风烛残年的老人,体力日衰,很正常地会对自己的身体产生无力感与虚无感;但苏轼并未因此而烦恼,相反,始终乐观的他在这种无力与虚无中仍能发现生活的乐趣,以诗篇展开思辨的游戏。他巧妙地利用自己衰老的过程中心神感觉依旧敏锐、但身体感觉却日渐麻木的生理特点,变幻出“觉”与“梦”的哲理命题,表达自己对佛家不二法门思想的深刻体认。

次韵子由浴罢

理发[1] 千梳净,风晞[2] 胜汤沐[3]。闭息[4] 万窍通,雾散名干浴[5]。颓然语默丧,静见天地复[6]。时令具薪水[7],漫欲濯腰腹。陶匠不可求,盆斛何由足苏轼自注:海南无浴器,故常干浴而已。老鸡卧粪土，振羽双瞑目。倦马骣[8] 风沙，奋鬣[9] 一喷玉。垢净各殊性[10]，快惬聊自沃[11]。云母透蜀纱[12]，琉璃莹蕲竹[13]。稍能梦中觉，渐使生处熟[14]。楞严[15]在床头，妙偈时仰读。返流归照性[16]，独立遗所瞩[17]。未知仰山禅[18]，已就季主卜[19]。安心会自得，助长毋相督[20]。

1 理发，非今日所言的剪发，乃"梳理头发"之意。 2 晞，晒干。 3 汤沐，热水澡。 4 闭息，闭气。苏轼在《养生诀上张安道》中说："闭息，最是道家要妙。先须闭目净虑，扫灭妄想，使心源湛然，诸念不起，自觉出入息调匀，即闭定口鼻。" 5 干浴，顾名思义，无水之沐浴为干浴。道家养生之法。《云笈七签》卷三二："摩手令热，摩身体从上至下，名曰干浴。"苏辙《浴罢》中写道："逐客例幽忧，多年不洗沐。予发栉无垢，身垢要须浴。"（《栾城后集》卷三）栉，梳头。苏轼这前四句乃对应苏辙诗句而写。 6 复，返归本真。苏辙诗中说："颠隮本天运，愤恨当谁复。"苏轼此二句诗则流露出了一种无奈。 7 薪水，柴火和水。 8 骣（zhàn），马卧土中。 9 鬣，马鬃。喷玉，马嘘气或鼓鼻时喷散雪白的唾沫。杜甫有《醉为马坠诸公携酒相看》诗："安知决臆追风足，朱汗骖驔犹喷玉。" 10《维摩诘所说经》："垢净为二。见垢实性，则无净相。" 11 快惬，称心适意。沃，荡涤、洗濯。以上举鸡和马这两种动物是如何清洗身体的，说明污垢与净洁的标准是相对的。 12 透过轻薄的蜀纱帐，可以看到帐子上装饰的云母片。 13 用琉璃般莹翠的蕲竹编制的竹席。蕲竹，湖北蕲春出产的竹子。《广群芳谱·竹谱·竹一》记载："蕲竹出黄州府蕲州。以色莹者为簟，节疏者为笛，带须者为杖。" 14 生处熟，言修行之法。王十朋引《传灯录》注曰："老宿有语：生疏处，常令热熟；热熟处，放令生疏。"（《集注分类东坡先生诗》卷四十二）原出处今已难觅。《大慧普觉禅师语录》卷二十九《答黄知县》："时时提撕话头，提来提去，生处自熟，熟处自生。" 15 楞严，全名《大佛顶如来密因修证了义诸菩萨万行首楞严经》，简称《大佛顶首楞严经》或《楞严经》，十卷，唐中宗时中印度僧人般剌密帝译。宋代,《楞严经》在社会上广为流行,尤其是在士人中有深远的影响。苏轼指出,《楞严经》之所以受到如此的欢迎,是因为"其文雅丽,于书生学佛者为宜"(《跋柳闳〈楞严经〉后》)。　16 返流而归源,识照心性。《楞严经》中有:"一源返根,六根皆照。"　17 苏辙诗中说:"《华严》有余秩,默坐心自读。诸尘忽消尽,法界了无瞩。"苏轼因有此和。　18 仰山,在今江西宜春南。唐代时属袁州,高僧慧寂曾修行于此,号仰山,后成为佛教禅宗沩仰宗的始祖之一。　19 季主,司马季主,汉代掌卜筮之人。《史记·日者列传》记载:"司马季主者,楚人也。卜于长安东市。宋忠为中大夫,贾谊为博士,同日俱出洗沐,相从论议。"　20 苏辙诗中说:"恍如仰山翁,欲就沩叟卜。犹恐坠声闻,大愿勤自督。"苏轼这末四句和诗也是针对苏辙所言而言的。

海南生活条件艰苦,苏轼连洗澡都成了问题;此次,当苏辙作《浴罢》诗之后,苏轼借和诗之机,充分表达了自己的乐观豁达;同时融会佛教几大观念进行叙事说理,比如"垢净不二"、"梦觉相等"、"安心",还反映了《楞严经》在宋代士人阶层中的思想影响,等等。就表现佛家思想来说,本诗是一首典型的禅意诗,但就作品意趣而言,这类罗列佛理、严格按原诗思路展开叙述的和诗则稍显枯燥、呆板。

和陶王抚军座送客[1] 再送张中[2]

胸中有佳处,海瘴不能腓[3]。三年无所愧,十口今同归。汝去莫相怜,我生本无依。相从大块[4]中,几合几分违。莫作往来相[5],而生爱见悲[6]。悠悠含山[7]日,炯炯留清辉。悬知[8]冬夜长,不恨晨光迟。梦中与汝别,作诗记忘遗。

1 陶渊明《于王抚军座送客》诗:“秋日凄且厉,百卉具已腓。爰以履霜节,登高饯将归。寒气冒山泽,游云倏无依。洲渚四缅邈,风水互乖违。瞻夕欣良䜩,离言聿云悲。晨鸟暮来还,悬车敛馀辉。逝止判殊路,旋驾怅迟迟。目送回舟远,情随万化遗。” 2 张中,昌化军使。绍圣四年(1097)八月到儋州任。对苏轼爱护有加。元符二年(1099)十一月离任。在儋州三个年头。 3 腓,疾病。 4 大块,大自然,大地。语出《庄子・齐物论》:“夫大块噫气,其名为风。”成玄英疏:“大块者,造物之名,亦自然之称也。” 5 往来相,自在往来,佛教“十八变”神通之一。详见《次韵定慧钦长老见寄八首》其八注 5。6 爱见悲,“爱见大悲”之省,佛家语。意为虽然自己未断烦恼,却运用大悲救济众生。爱是“思惑”,见是“见惑”。《维摩诘所说经・问疾品》:“于诸众生,若起爱见大悲,即应舍离。”鸠摩罗什注:“见有众生,心生爱着,因此生悲,名为爱见大悲。” 7 含山,宋刊《东坡先生和陶渊明诗》作“衔山”。 8 悬知,料想,预知。

张中晚苏轼数月到儋州,甫一到任,就安排修建“伦江驿馆”供苏轼居住;在任近三年,对苏轼一直非常照顾。当卸任离开的时候,对苏轼还依依不舍,颇为记挂。苏轼虽说一生仕宦经历坎坷,但却总能遇见心地良善的好人、言行投机的朋友。因此,面对惜别的张中,苏轼作此诗,既是话别,更有劝慰。张中怜苏轼深陷如此艰苦的环境,年近花甲却远离故土;但苏轼却毫不自苦、自伤,“汝去莫相怜,我生本无依”,“悬知冬夜长,不恨晨光迟”,对一切苦难都有心理准备,都能够安之若素。不仅如此,更劝张中不要因爱见而悲。利用简单的一句佛家语,苏轼就将对张中的劝慰、对张中善良心地的赞赏、对自己想法的阐述等数重含义表述无遗。

纵笔三首·其二

父老争看乌角巾[1]，应缘曾现宰官身[2]。溪边古路三叉口，独立斜阳数过人[3]。

1 乌角巾，古代黑色葛制有折角的头巾，常为隐士所戴。杜甫《南邻》诗云："锦里先生乌角巾，园收芋栗不全贫。" 2《法华经》卷七："……若有国土众生应以佛身得度者，观世音菩萨，即现佛身而为说法。……应以居士身得度者，即现居士身而为说法。应以宰官身得度者，即现宰官身而为说法。"苏轼此处将自己的仕宦生涯自比为佛菩萨变身以说法、度人。 3 数过人，点数过往的路人。

苏门四学士之一的黄庭坚说："东坡岭外文字，读之使人耳目聪明，如清风自外来也。"（《诗人玉屑》）苏轼在《与二郎侄一首》中阐述自己的文学观时则说："凡文字，少小时须令气象峥嵘，采色绚烂，渐老渐熟乃造平淡。其实不是平淡，绚烂之极也。"（《侯鲭录》卷八）这首小诗正体现了东坡故造平淡的笔法。全诗用白描手法，叙述诗人独立溪边路口，路人用陌生的眼光看着这位头戴乌角巾的文化人，无论他们是否知道这就是闻名天下的"苏学士"，苏轼面对他们，其实在内心中也同样充满了陌生感。东坡觉得自己就是应化变身的菩萨，不管是过去的现"宰官身"还是现在的现"隐者身"，其实都并非是真实的自我。

紧接着，苏轼笔锋一转，将画面的焦点转向自身——"溪边古路三叉口，独立斜阳数过人"。清人王文诰在对这句诗所加案语中评论道："此三首之第三句，皆于极平淡中陡然而出，而此句尤奇突……"纪昀则有四字评语："含情不尽。"站在溪边古路的三叉口，此时，这里却已不是苏轼人生的岔口，苏轼知道，自己已经走上了人生唯一的归路。独立斜阳，东坡静静地做着的，只是用目光一个个“检数”着过往的路人。依旧是白描的手法，却已在平淡之外，使诗意跃上了一个新的高度。在这个高度上，言已尽，意未穷。东坡与父老的两相观看之间，具有很强的画面感，一如苏轼曾说的“诗中有画”；而且这画面还有大片的留白，若有若无，引人遐思，在文辞的禅意之外，营造出画面的淡淡禅味。

题过所画枯木竹石三首·其一

老可能为竹写真[1]，小坡[2] 今与石传神。山僧自觉菩提长，心境都将付卧轮[3]。

1 老可，即文同(1018～1079)，字与可，北宋文人画家，以画墨竹著称。苏轼画竹受其影响很深，二人共创“湖州竹派”。真，古义为“肖像”，一般指摹画的人像。　2 小坡，“小东坡”之意，即苏轼儿子苏过。　3 卧轮，即昙伦，隋唐时僧人，曾与三祖僧璨谈论禅法。生年不详，约卒于唐高祖武德末年。《六祖坛经·机缘品第七》记载，有僧对六祖慧能说，当年卧轮禅师有一偈：“卧轮有伎俩，能断百思想，对境心不起，菩提日日长。”意思是说，卧轮他有能力断绝一切思维活动，面对大千万物、缤纷世事而不起任何想法，心无染着，因此无上正觉之智(菩提之树)天天长高，对佛法的认识与日俱增。慧能听了不以为然，说道：“此偈未明心地(还未搞清佛法之心是什么——笔者注)，若依而行之，是加系缚。”于是亦作一偈：“慧能没伎俩，不断百思想，对境心数起，菩提作么长。”意思是说，禅法之识心见性并不是要断绝一切思想识见，那样人也就变成了没有思想、意识的枯木一截；相反，只有思想识见、心随境起，才能有机缘悟见真如本心。人的真如本心、菩提智慧是恒定不变的存在,“本来无一物”,即使“心数起”,菩提树也是不长不灭的。

卧轮禅师今天已不算知名,除了禅宗灯录中记载的这段慧能关于他的议论之外,只有敦煌残卷中有零星偈颂流传。但宋代去唐未远,苏轼显然对卧轮很是熟悉,此处巧用卧轮之偈,反义而正用:枯木怪石本来都是没有生命的死物,但苏过却将它们画出了神韵和意气,因此,赏苏过此画,即使山僧也会“对境而不起心”,在心性受到感染的同时心境却愈发沉静,甚至觉得菩提智慧都在增长了。全诗所咏的枯木画与诗文中的菩提(树),一暗一明,形成了一对巧妙的对比。

苏轼是“文人画”的开端人物,一生画枯木竹石,如今,儿子苏过又继续这一主题,并且难得的是,还颇能传达此中精神。枯木竹石题目虽小,在其形象之外,着实寄托了东坡太多的人生思考和感慨,“心境都将付卧轮”,既是就苏过的画作而生发的评论,其实也是在托物起兴。卧轮在这里成为了佛教世界的代名词。通过绘画,作画、赏画,东坡实在有太多的个人意绪,要向佛教世界中寄寓。

合浦[1] 愈上人,以诗名岭外,将访道南岳,留诗壁上云:闲伴孤云自在飞。东坡居士过其精舍[2],戏和其韵

孤云出岫[3] 岂求伴,锡杖凌空自要飞[4]。为问庭松尚西指,不知老奘几时归[5]。

1 合浦,郡名,郡治合浦县,在今广西浦北县西南。　2 精舍,寺

院的别称。 3 岫，山峰。本义为山穴。 4 锡杖，为僧人行路时所应携带的道具，属比丘十八物之一。又称智杖、德杖等等。锡杖凌空自要飞，典出唐代五台山隐峰禅师事。禅师俗姓邓，“唐元和中，登五台，路出淮西，属吴元济阻兵，违拒王命，官军与贼军交锋，未决胜负。师曰：‘吾当去解其患。’乃掷锡空中，飞身而过。两军将士仰观，事符预梦，斗心顿息。” 5 老奘，即唐玄奘。《独异志·卷上》记：“唐初有僧玄奘往西域取经，一去十七年。始去之日，于齐州灵岩寺院，有松一本立于庭，奘以手摩其枝曰：‘吾西去求佛教，汝可西长。若归，即此枝东向，使吾门人弟子知之。’及去，年年西指，约长数丈。一年忽东向指，门人弟子曰：‘教主归矣。’乃西迎之。奘果还归，得佛经六百部。至今众谓之“摩顶松。”苏轼此处用此典故，喻指愈上人访道南岳，不知何时回还。

古人喜题壁，题壁诗为中国文学史、文化史保留下了很多宝贵资料。苏轼曾在很多地方题壁留诗，其中又以僧房题壁为多。如今，见到愈上人外出访道前留下的题壁诗，东坡诗兴大发，乃有此作。小诗简洁洗练，在和韵之外，根据和诗的对象，特意用佛教事典，不仅切合愈上人的身份，更准确传达出了未能与愈上人谋面的遗憾心情。

题灵峰寺壁

灵峰山上宝陀寺[1]，白发东坡又到来[2]。前世德云[3] 今我是，依稀犹记妙高台[4]。

1 灵峰山，在今广州西北三十二公里，为岩石突起江中而成，古时正当江心，故又称为灵洲山、江心洲。宝陀寺，在灵峰山上，始建于晋代，以院中有宝陀佛而得名。山下有超然二堂，为仕官往来宾饯之所。 2元符三年（1100）秋，苏轼在北归途中到此。言“又到来”，盖苏轼在绍圣四年（1097）四五月间由惠州赴儋州途中曾来此地。 3德云，德云比丘，典出《华严经》：“善财童子渐次南行，向胜乐国，登妙峰山。于其山上东西南北四维上下观察求觅，渴仰欲见德云比丘，经于七日，见彼比丘在别山上徐步而行……” 4妙高台，润州金山有妙高台，为元祐时佛印凿崖为之，以梵语“须弥”之意译“妙高”为名。此处，因灵峰与金山同为水中孤立，因此令苏轼想起当年的金山妙高台。苏轼此诗作后，灵峰山乃建妙高台于其上。

金山，因为有苏轼的好友佛印在，黄州时期前后苏轼经常前往，由此在他心中留下了深深的、美好的记忆。当苏轼怀着愉快的心情北还，路过灵峰山，由江中的灵峰很自然地想到了金山，想到了妙高台，想到了妙峰山上的德云比丘（当年作《金山妙高台》诗，苏轼就提到了德云比丘：“何须寻德云，即此比丘是”）。因此，与其说是东坡在题灵峰寺壁，不如说是他在缅怀金山故事，缅怀三年前去世的好友佛印。

昔在九江，与苏伯固[1] 唱和。其略曰：“我梦扁舟浮震泽，雪浪横空千顷白。觉来满眼是庐山，倚天无数开青壁。”[2] 盖实梦也。昨日又梦伯固手持乳香婴儿示予，觉而思之，盖南华赐物也。岂复与伯固相见于此耶？今得来书，知已在南华相待数日矣。感叹不已，故先寄此诗

扁舟震泽[3] 定何时，满眼庐山觉又非。春草池塘惠连梦[4]，上林鸿雁子卿归[5]。水香知是曹溪口[6]，眼净同看古佛衣[7]。不

向南华结香火，此生何处是真依。

1 苏伯固，苏坚，字伯固。 2 这是一首名为《归朝欢》的词作，约作于绍圣元年(1094)。 3 震泽，今日的太湖古称震泽。 4 南朝大诗人谢灵运对族弟谢惠连的诗才极为赏识，南朝钟嵘《诗品》引《谢氏家录》说："康乐(谢灵运袭爵康乐公)每对惠连，辄得佳语。后在永嘉西堂，思诗竟日不就，寤寐间忽见惠连，即成'池塘生春草'(《登池上楼》)。" 5 上林，汉天子的上林苑。子卿，苏武字子卿。本句典出《汉书·苏武传》。苏武奉汉武帝之命出使匈奴。匈奴将他无理扣留，放逐北海(今贝加尔湖)牧羊。苏武饱尝困苦，但威武不屈。公元前86年，汉武帝驾崩，昭帝即位，派使节到匈奴要接苏武还朝，但匈奴坚称苏武已死。汉使节便对匈奴单于谎称："汉天子在上林苑狩猎时，射落一雁，雁足上绑有帛书，上写：苏武等人在某一大泽中。"单于听罢既吃惊又无奈，只好承认苏武还活着，同意放他返回。 6 意指曹溪宝林寺(南华寺)。宝林寺，参见前文《赠昙秀》注2。后来，六祖慧能在此传法三十七年，创立南宗禅，曹溪南华由此声名远播。 7 眼净，《维摩诘经》云："远尘离垢，得法眼净。"苏轼诗中常用"眼净"，如"水洗禅心都眼净"(《次韵送张山人归彭城》)等。古佛衣，五祖弘忍传给慧能的法衣留存在南华寺，即"古佛衣"。

东坡常以"不系之舟"自况，他这叶宦海沉浮的小舟转眼又漂荡了数年，当年与苏坚相约太湖、诗酒泛舟的梦想不知何日能够实现，而同游庐山的经历已一去经年，成为回忆。元符三年(1100)十二月，苏轼遇赦北还。途中，因为梦见苏坚怀抱婴儿，乃创作本诗。在苏轼看来，当年与苏坚九江唱和时所记述的梦境是"实梦"，因为梦见的事物意指明确，都是他和苏坚在现实中共同经历的地点与事件，是日有所思夜有所梦；而这次的梦却是"虚梦"，其情境、时间均突兀，意思更是难以索解。古人相信梦兆，因此，当恰巧收到苏坚的来信后，两相印证，苏轼感叹这一梦境预示着要与苏坚在南华寺相会。于是，再次因梦而作诗。

“春草池塘惠连梦”，扣一个“梦”字，“上林鸿雁子卿归”，扣一个“归”字。“惠连梦”也就是梦惠连，谢灵运梦见族弟而得佳句，苏轼此处借以表达梦见亲如兄弟的苏坚的喜悦；“子卿归”喻指苏轼此时的遇赦北归，其欢快的心情相信不亚于苏武当年由北海之荒回归故国时的激动。

南华寺是南宗禅祖庭，在苏轼的诗中，每次提到南华、提到曹溪，在现实地名的意义之外，往往有其象征意义。本诗末四句同样如此，东坡一方面点扣苏坚在南华寺等待他的到来，来到南华是梦境之归；另一方面，也是因梦发愿，表达自己诚心向佛的坚定决心，来到南华寺，也是自己的人生之归——经过一生的坎坷追求，身体和心灵的最终归依之所，大概只有佛教了。

追和沈辽[1] 赠南华诗

善哉彼上人[2]，了知明镜台[3]。欢然不我厌，肯致远公杯[4]。莞尔[5] 无心[6] 云，胡为出岫来。一堂[7] 安寂灭，卒岁扃[8] 苍苔。

1 沈辽(1032～1085)，字睿达，北宋科学家，沈括侄，沈遘弟。自幼嗜读《左传》、《汉书》，诗文自成一家，尤工书法。曾巩、苏轼、黄庭坚皆与其唱酬往来。熙宁初(1068)，任审官建西院主簿，因与王安石意见不合被免职。后徙官华亭，因县民纷争受嫌株连，罢官流放永州(今湖南零陵)，后改贵池。于贵池齐山建一小屋，名“云巢”。辑所著为《云巢集》，原有二十卷，现存十卷。　2 上人，《释氏要览·称谓》：“内有德智，外有胜行，在人之上，名上人。”自南朝宋以后，多用作对和尚的尊称。　3 明镜台，佛教以心为镜，因其能照鉴万物，称心镜。神秀那首著名禅偈写道：“身是菩提树，心如明镜台。”　4 东晋高僧慧远在庐山结白莲社，招陶渊明前来。陶潜回信说："弟子性嗜酒，若许饮，即往矣。"慧远竟许之。远公杯，即指慧远招待陶渊明饮酒事。明成化刊《东坡七集》"杯"作"材"。 5 莞尔，微笑貌。 6 无心，佛家谓真心离妄念为无心。无妄念之心即清净本心。 7 一堂，指禅堂。 8 扃(jiōng)，闩门。

沈辽原诗今不可考，从苏轼的和诗来看，这位南华寺上人具有高僧慧远般的通脱与高妙——了知心性(了知明镜台)，与文士为友，不拘细行(欢然不我厌，肯致远公杯)。而后四句则既是在谈论这位上人的出世高蹈，同时也是苏轼自己对佛教修行的看法。随着苏轼年龄的增长，其诗歌中体现出的对佛教的认识也在不断加深、变化，从早期的视佛教为单纯的对人生苦难之解脱、排遣，逐渐变化为视佛教为对心灵之解放，妄念之离除。出岫的无心之云，其自由、宁静、纯洁的状态正是苏轼所向往的。

曹溪夜观传灯录[1]，灯花落一"僧"字上，口占

山堂夜岑寂，灯下看传灯。不觉灯花落，荼毗[2] 一个僧。

1《传灯录》，即北宋法眼宗僧人道原编撰的《景德传灯录》的简称，为中国佛教禅宗史书。全书三十卷，文体介于僧传与语录之间，所记禅宗世系源流，上起七佛，下止法眼文益法嗣长寿法齐，共五十二世，一千七百零一人。 2 荼毗，佛家语。梵语音译。意为焚烧。僧死而焚曰荼毗。

口占之诗，往往短小精干、自然真切，很多还都语带诙谐、俏皮有趣。套用文学批评中的说法，就是大多"质"胜于"文"，轻文

辞藻饰，重内容情感。苏轼的这首小诗正是如此，轻描淡写之间，将秉烛夜读时的"灵机一动"记录下来，虽然没有太多的思想意旨要表达，却分明反映了其晚年对禅宗典籍的时常阅读，表现了他对佛家语汇的娴熟运用。"灯下看《传灯》"，"茶毗一个僧"，都是极尽巧妙的语带双关。

东坡居士过龙光[1]，求大竹作肩舆，得两竿。南华[2]珪首座，方受请为此山长老。乃留一偈院中，须其至，授之，以为他时语录中第一问

斫得龙光竹两竿，持归岭北万人看。竹中一滴曹溪水，涨起西江[3]十八滩。

1 龙光，大庾岭龙光寺。 2 南华，即曹溪南华寺，详见前文《赠昙秀》注 2。 3 西江，珠江干流，古称郁水，在广东省西部，由黔、郁、桂三江汇合而成。

元符三年(1100)正月，宋哲宗卒，徽宗继位，二月，苏轼遇赦，由儋州移廉州(在今广西合浦县)安置。靖国元年(1101)正月，北返途中的苏轼在韶州南华寺过春节之后，继续北上；至大庾岭龙光寺时，恰巧肩舆折杠，于是向龙光寺求大竹做轿杠，乃有此诗。

南华寺是南宗禅祖庭，当年慧能祖师只身南逃，至曹溪说法，纯凭一己的佛法修为而开创了南宗禅千年之基，正是滴水而成浩荡大河；此处，苏轼巧妙地以水作喻，"竹中一滴曹溪水，涨起西江十八滩"，蕴含多层意味。首先，暗扣珪长老自南华来龙光一事，曹溪南华寺的一滴佛水，将为以龙光为代表的西江诸寺

带来广大佛法妙谛。其二,"点水之恩,涌泉相报",苏轼受龙光寺大竹之助,无以为谢,权作这首小诗,实在有如滴水之微;但心意不分大小轻重,其所代表的感激之情又实在堪比西江之水。第三,身处南华、龙光这些当年六祖传法活动的地方,苏轼希望通过滴水与江河的反差对比,再次表达心中对慧能祖师的崇敬之情。南贬七年,人到老年的苏轼本已对北归不做奢望,而今竟又能够北返,生性豁达的他自然精神焕发;竹中的一滴禅法之水,正如他心中深藏的一滴希望之水,此刻似乎又要重新波涌潮涨了……

然而,此诗作后七个月,苏轼在常州病故,一颗活跃、潇洒的诗人之心作止水之归了。

次韵阳行先[1]

室空惟法喜[2],心定有天游[3]。摩诘元无病[4],须洹不入流[5]。苦嫌寻直枉,坐待寸田秋[6]。虽未麒麟阁[7],已逃鹦鹉洲[8]。酒醒风动竹,梦断月窥楼。众谓元德秀[9],自称阳道州[10]。拔葵终相鲁[11],辟谷会封留[12]。用舍俱无碍[13],飘然不系舟[14]。

1 阳行先(1039～1122),名孝本,字行先,赣州人。学博行高,因看破官场,隐居赣州通天岩。《宋史》卷四五八《隐逸列传》有传。 2 法喜,闻见佛法而心生欢喜,谓之法喜。 3 心定,佛家语,修禅定之时心远离乱意。天游,道家语,放任自然,语出《庄子·外物》。 4 《维摩诘所说经·文殊师利问疾品》记佛祖说法,维摩诘居士称病不往,佛祖遣舍利弗及文殊师利前往维摩诘住所问疾。文殊问:"居士是疾何所因起?"维摩诘答:"一切众生病,是故我病;若一切众生得不病者,则我病灭。……如我此病,非真非有。"苏轼在诗作中多次用此典，此处以之称颂阳孝本之隐居不出。　5 须洹，即须陀洹，梵语译音，汉语意译为“入流”、“预流”，是声闻乘四果中的初果名。意为初入圣人之流。　6 寸田，道家语，即“心”，因其位于胸中方寸之地，故称。　7 麒麟阁，汉代阁名，在未央宫中。汉宣帝时于阁上绘霍光等十一功臣像，以表扬其功绩。后代因以得画形象于“麒麟阁”为最高的荣誉，“麒麟阁”成为以功勋而获誉、流芳后世的代名词。　8 鹦鹉洲，故地在今湖北省武汉市西南长江中。东汉末江夏太守黄祖长子射在此大会宾客，有人献鹦鹉，著名文士祢衡作《鹦鹉赋》，因得名。后祢衡为黄祖所杀，葬此。旧鹦鹉洲于明末为江水冲没，今天的鹦鹉洲已非故地。　9 元德秀，唐人，字紫芝，孝母，因母丧时尚未婚配，乃终生不再娶。　10 阳道州，指唐人阳城，字亢宗，曾为道州刺史。以忠义卓行著称。《宋史·隐逸·阳孝本》：“苏轼自海外归，过而爱焉，号之曰玉岩居士。尝直造其室，知其不娶，戏以为元德秀之流。孝本自言为阳城之裔，故轼诗有云：‘众谓元德秀，自称阳道州。’嘉之也。　11 葵，“冬葵”。古代主要的蔬菜。典出《史记·循吏列传》，公仪休在鲁国为相，归家，“食茹而美，拔其园葵而弃之。见其家织布好，而疾出其家妇，燔其机，云：‘欲令农士工女安所雠其货乎？’”后以“拔葵去织”为居官不与民争利的之意。　12 封留，留，地名，“封留”指汉高祖封张良为留侯事。后因以其喻功成身退。张良受封之后，随高祖入关，“导引不食谷，杜门不出年余”（《史记·留侯世家》），以远离政治斗争。　13 无碍，佛家语，自在通达，没有障碍。　14 不系指舟，比喻自由而无所牵挂。语出《庄子·列御寇》：“巧者劳而知者忧，无能者无所求，饱食而敖游，泛若不系之舟，虚而敖游者也。”

此诗虽为和诗，乃纯为称颂阳孝本之志节高行。全诗句句用典，史书掌故之外，更兼佛道，自在出入，驾驭圆熟。充分体现了佛道二家——尤其是佛家——对中国古代文学的深刻影响。

器之[1] 好谈禅，不喜游山，山中笋出，戏语器之可同参玉版[2] 长老，作此诗

丛林真百丈[3]，法嗣有横枝[4]。不怕石头路[5]，来参玉版师。聊凭柏树子[6]，与问箨龙儿[7]。瓦砾犹能说[8]，此君那不知。

1 器之，刘安世（1048～1125），字器之。仕途坎坷，转徙多官。徽宗即位，起知郓州、真定府（河北西路治所。今河北正定），为曾布、蔡京所忌，不使入朝。蔡京既相，七谪至峡州（今湖北宜昌一带）编管。后稍复承议郎，宣和七年卒，年七十八。安世正色立朝，弹劾无所顾忌，时号‘殿上虎’。刚正之气形于笔墨间。著有《元城集》二十卷。《宋史》卷三四五有传。《邵氏闻见后录》记：“器之与东坡，元祐初同朝，至元符末，归自岭南，相遇于道，始交欢。” 2 玉版，淡笋干。因皮色洁白如玉得名。李时珍《本草纲目·菜二·竹笋》：“南人淡干者为玉版笋、明笋、火笋，盐曝者为盐笋，并可为蔬食也。” 3 丛林，佛家语，指众僧聚集修道的地方，后来成了寺庙的代称。百丈，字面用“百丈”之宽广、高大义，内里暗含借指唐代洪州禅高僧百丈怀海禅师。 4 法嗣，继承祖师法系的人。横枝，法系传承系统中的旁支。 5 石头，字面用“石头”之本义。内里暗含借指唐代禅僧石头希迁禅师。 6 柏树子，禅林中的一件著名公案：《五灯会元》卷四“赵州从谂禅师”条：“问：‘如何是祖师西来意？’师曰：‘庭前柏树子。’曰：‘和尚莫将境示人？’师曰：‘我不将境示人。’曰：‘如何是祖师西来意？’师曰：‘庭前柏树子。’”又：“问：‘柏树子还有佛性也无？’师曰：‘有。’曰：‘几时成佛？’师曰：‘待虚空落地时。’曰：‘虚空几时落地？’师曰：‘待柏树子成佛时。’ 7 箨龙儿，竹笋的异名。箨（tuò），竹皮、笋壳。唐卢仝《寄男抱孙》诗：“箨龙正称冤，莫杀入汝口。” 8 瓦砾

犹能说，典出《五灯会元》卷十三举南阳忠国师事："僧问：'如何是古佛心？'国师曰：'墙壁瓦砾是。'僧曰：'墙壁瓦砾岂不是无情？'国师曰是。僧曰：'还解说法否？'国师曰：'常说，炽然说，无间歇。'"意思是说最平凡、卑微的事物亦有佛性。

这是一首苏轼掉弄佛家义理、禅宗典故的游戏之作，几乎句句用典，以借喻、借代的手法，趣味盎然地表达瓦砾草芥皆有佛性、皆能展现佛性的观念。《冷斋夜话》卷七《东坡与刘器之同参玉版禅》记："尝要刘器之同参玉版和尚，器之每倦山行，闻见玉版，忻然从之。至廉泉寺，烧笋而食。器之觉笋味胜，问此笋何名？东坡曰：'即玉版也。此老师善说法，要能令人得禅悦之味。'于是器之乃悟其戏，为大笑。东坡亦悦，因作偈曰……"作为苏轼生平一次著名的文人雅游事件，这首诗以及多种史料笔记作品中对此事的记载，充分展现了中国古代饮食文化、宗教文化、士人文化相互交汇、雅趣横生的历史风貌。

戏赠虔州慈云寺鉴老[1]

居士无尘堪洗沐[2]，道人有句借宣扬。窗间但见蝇钻纸[3]，门外惟闻佛放光[4]。遍界难藏真薄相[5]，一丝不挂且逢场[6]。却须重说圆通偈[7]，千眼熏笼是法王[8]。

1 虔州，隋灭陈后置，治赣县（今江西赣州）。南宋绍兴年间改为赣州。慈云寺，《舆地纪胜》记："慈云寺，在赣州城东南，旧名景德寺。"鉴老，明鉴和尚。建中靖国元年（1101）正月下旬，苏轼到虔州。《冷斋夜话》记载此诗时写道："东坡自海南至虔上，以水涸不可舟，逗留月余，时过慈云寺浴。长老明鉴，魁梧如世所画慈恩，然丛林不以道学与之，东坡作偈戏之曰……”　2 现实中的浴室本为洗尘之所，而佛教中“尘”为垢染真性之物，因此，“无尘堪洗”是用佛家义，表明自性之清净。正如慧能反驳神秀的那首著名偈子所言：“本来无一物，何处惹尘埃。”　3 蝇钻纸，与下句“佛放光”均用古灵神赞禅师典。《五灯会元》卷四“古灵神赞禅师”条记：“本师又一日在窗下看经，蜂子投窗纸求出。师睹之曰：‘世界如许广阔不肯出，钻他故纸驴年去！’遂有偈曰：‘空门不肯出，投窗也大痴。百年钻故纸，何日出头时？’”又，惠洪《林间录》记载：“白云端禅师作蝇子透窗偈曰：为爱寻光纸上钻，不能透处几多难，忽然撞著来时路，始觉平生被眼瞒。”苏轼在《次韵定慧钦长老见寄八首》其一中还曾写道：“穴纸出痴蝇”，亦用此典。　4 放光为佛之神通，为照破众生之无明。言“佛放光”，不用“见”却用“闻”，盖因浴室而用典。《五灯会元》卷四“古灵神赞禅师”条：“福州古灵神赞禅师，本州大中寺受业，后行脚遇百丈开悟，却回受业。本师问曰：‘汝离吾在外，得何事业？’曰：‘并无事业。’遂遣执役。一日，因澡身命师去垢，师乃拊背曰：‘好所佛堂而佛不圣。’本师回首视之，师曰：‘佛虽不圣，且能放光。’”　5 遍界，遍三千世界。《五灯会元》卷五“石霜庆诸禅师”条记：“师在方丈内，僧在窗外问：‘咫尺之间为甚么不睹师颜？’师曰：‘遍界不曾藏。’”薄相，衰颓病弱之相。　6 逢场，原指游方艺人遇到合适的场地，就开台表演。后发展处“逢场作戏”一词，多用来表达随意应酬、凑热闹的意思。苏轼在《南柯子》词中还写道：“借君拍板与门槌，我也逢场作戏莫相疑。”此处“一丝不挂且逢场”指在浴室洗浴。　7 圆通，佛家语，性体周遍为圆，妙用无碍为通，简言之，即佛理圆融无碍为圆通。苏轼曾作《余过温泉，壁上有诗云：直待众生总无垢，我方清冷混常流。问人，云长老可遵作。遵已退居圆通，亦作一绝》一诗，记元丰七年（1084）在庐山事；此时既言“重做”，则“圆通偈”盖指庐山圆通禅院温泉壁上的这两句相传为可遵所作的偈语。　8 熏笼，亦作“燻笼”，表面多孔，是一种覆盖于火炉上供熏香、烘物和取暖用的器物，浴室中亦有使用。法王，即佛祖，因其于法自在，故名。“熏笼是法王”，典出《楞严经》卷五，其中记载跋陀婆罗等十六居士菩萨（“十六开士”），“于浴僧时，随例入室，忽悟水因，既不洗尘，亦不洗体，中间安然，得无所有。”则浴室中的熏笼浴具如同佛祖，将其点化。

本诗与前引《余过温泉，壁上有诗云：直待众生总无垢，我方清冷混常流。问人，云长老可遵作。遵已退居圆通，亦作一绝》诗一样，因浴室、泉水而得到灵感，阐述禅宗自性清净，不假外求，直指人心、见性成佛的佛教思想。其间大量引用佛教典故，闪展腾挪，运用自如，充分显示了苏轼文学受佛教思想影响之深。

次韵法芝举旧诗一首[1]

春来何处不归鸿[2]，非复羸牛踏旧踪[3]。但愿老师真似月[4]，谁家瓮里不相逢[5]。

1 法芝，僧昙秀。苏轼与其有多篇诗文唱和。参见《送芝上人游庐山》等诗注。 2 由于本诗是作于建中靖国元年（1101），苏轼遇赦奉召北归的途中，因此有归鸿之叹。 3 苏轼《送芝上人游庐山》诗中写道：“团团如磨牛，步步踏陈迹”，本句正是针对此言而写。 4《送芝上人游庐山》诗中有“老芝如云月，炯炯时一出”之句，《送昙秀》有“从此期师真似月，断云时复挂星河”之句，皆以月喻昙秀之心性澄明、禅法深厚。 5《高僧传·醋头和尚颂》：“揭起醋甕见天下，天下元来在甕中，甕中元来有天下。”苏轼此处未必即用醋头和尚典，但却也是用了水中映月、“一月普现一切水，一切水月一月摄”之意。

年老衰病的苏轼遇赦北归，兴奋的心情令诗人笔下再次露出春的气息，尽管此时，其实距“坡仙”的陨落已经时日无多了。一位暮年的老人，在回忆起昔日给好友的诗作之时，非但没有伤感，反而在言辞间充满了洒脱、幽默以及敏捷的才思，苏轼的才情、禅智在这首诗中得到了充分的展现。

次旧韵赠清凉长老[1]

过淮入洛地多尘，举扇西风欲污人。但怪云山不改色，岂知江月解分身[2]。安心[3] 有道年颜好，遇物无情[4] 句法新。送我长芦[5] 舟一叶，笑看雪浪满衣巾。

1 旧韵，苏轼有《赠清凉寺和长老》诗，此诗即次其韵。清凉长老，即和长老。清凉寺，在金陵。建中靖国元年五月一日，苏轼与刘器之一同到金陵。 2 分身，佛家语，言诸佛菩萨以神通方便之力，分身十方世界示现种种相，普度众生。 3 安心，佛家语，指心意安然于一点，寂然不动。 4 无情，佛家语，无凡俗之情感、意念的牵动。5 长芦；苏轼离金陵将往真州，长芦即真州长芦院。

苏轼之词，是豪放派的代表，而一句“笑看雪浪满衣巾”，使这首诗作中也充满了豪迈气概。这种豪迈的由来，又与佛教精神的影响密不可分。一生尝尽坎坷的苏轼在生命的最后时段才得重回中原，除了喜悦的心情之外，“安心”、“无情”都透露出他在佛教思想影响下，此时的心境已是格外的淡泊、超脱，因其无住于物而显出别样的豪迈。

答径山琳长老[1]

与君皆丙子[2]，各已三万日[3]。一日一千偈[4]，电往那容诘[5]。大患缘有身，无身则无疾[6]。平生笑罗什，神咒真浪出[7]。

1 径山琳长老，即径山惟琳，云门宗五世僧，大觉怀琏弟子，参寥道潜之师。嘉祐初与苏轼结识于京师。建中靖国元年六月，苏轼病卧常州，惟琳作《与东坡问疾》诗："扁舟驾兰陵，自援旧风日。君家有天人，雄雄维摩诘。我口吞文殊，千里来问疾。若以默相酬，露柱皆笑出。"苏轼本诗即为应答之作。 2 惟琳与苏轼皆生于景祐三年丙子。 3 至本诗作时，距苏轼出生尚只二万三千余日，"三万日"乃举其成数。 4 典出《晋书》卷九十五："(鸠摩)罗什从师受经，日诵千偈，偈有三十二字，凡三万二千言，义亦自通。" 5 诘，查究，追问。 6 此二句语出《老子》："吾所以有大患，为我有身，及我无身，吾有何患！"乃为回应惟琳诗中之"千里来问疾"。 7 神咒真浪出，典出《晋书》卷九十五："(鸠摩)罗什未终少日，觉四大不愈，乃口出三番神咒，令外国弟子诵之以自救，未及致力，转觉危殆，于是力疾与众僧告别曰：'因法相遇，殊未尽心，方复后世，恻怆可言。'死于长安。"

面对多年好友惟琳的问疾之诗，苏轼表现出了一贯的乐观豁达。更是引经据典，宽慰友人的关怀之心。这其中，在掉弄佛典的同时，又夹杂着道家的思想文句，在他的诗中我们常可以看到这种佛道并举的现象，比如前举《次韵阳行先》诗中出自《庄子》的"飘然不系舟"。诗歌中佛道思想杂糅，并非苏轼首创。现代历史学家范文澜曾说："禅宗是披天竺式袈裟的魏晋玄学，释迦其表，老庄其实。"正因为禅宗与道家这种割不断的联系，苏轼幼年时又受到道教思想的影响，甚至曾经想过要隐逸山林，后来又出入道观，与道士来往不断，所以他才能以老庄入禅，更为轻易地接受南宗禅的思想，他才能对佛家的教义与思想表现出高人一筹的领悟力，他也才能用禅与老庄来共同消解生活带给他的坎坷与磨难。

钱道人[1] 有诗云“直须认取主人翁”，作两绝戏之

其一

首断故应无断者[2]，冰销那复有冰知[3]。主人若苦令侬认，认主人人竟是谁。

1 钱道人，惠山僧，其兄钱安道与苏轼也是朋友。苏轼曾作《惠山谒钱道人，烹小龙团，登绝顶，望太湖》。 2《圆觉经》：“……菩萨常觉不住，照与照者，同时寂灭。譬如有人自断其首，首已断故，无能断者。则以碍心，自灭诸碍。碍已断灭，无灭碍者。” 3《圆觉经》：“若心照见，一切觉者，皆为尘垢。觉所觉者，不离尘故。如汤销冰，无别有冰，知冰销者，存我觉我，亦复如是。”

其二

有主还须更有宾，不如无镜自无尘[1]。只从半夜安心后[2]，失却当前觉痛人[3]。

1 典出六祖慧能禅偈。这是禅宗史上最著名、也是最生动的故事：禅宗五祖弘忍通过比赛佛法偈颂的方式挑选接班人，首徒神秀作

偈道："身是菩提树，心如明镜台，时时勤拂拭，莫使惹尘埃。"众人皆服。唯有碓房舂米的杂役僧慧能不以为然，他并不识字，就让别人帮他在墙上写了一偈，句句针对神秀之偈，对禅宗"明心见性"法门的识见却高出一筹："菩提本无树，明镜亦非台，本来无一物，何处惹尘埃？" 2 半夜安心，亦典出慧能受传衣钵之事：五祖看了慧能的偈子，知道这正是自己要找的传人，次日，偷偷到碓坊，以杖击碓三下而去。慧能即会祖师意，夜里三鼓入师室；五祖为其说金刚经。至"应无所住而生其心"，"慧能言下大悟，一切万法，不离自性。……三更受法，人尽不知，便传顿教及衣钵。"（《六祖坛经·自序品》） 3 语出《楞严经》卷五："毕陵伽婆蹉即从座起，顶礼佛足，而白佛言：'我初发心，从佛入道。……乞食城中，心思法门，不觉路中毒刺伤足，举身疼痛！我念有知，知此深痛，虽觉觉痛，觉清净心，无痛痛觉。"

题目中一个"戏"字，点出了苏轼创作这两首诗时的心态。他紧紧抓住"主人"一词展开概念游戏，由"主客之对"来否定物我对待的思想认识。"首断无断"、"无镜无尘"要表达的，都是佛教禅宗识心见性、一切本空的思想旨归。而其一中引用《圆觉经》中的句子展开逻辑思辨，也反映了《圆觉经》自唐宗密弘传以来，对中国文人产生的深远影响。

数日前，梦一僧出二镜求诗，僧以镜置日中，其影甚异，其一如芭蕉，其一如莲花，梦中与作诗

君家有二镜，光景如湛卢[1]。或长如芭蕉，或圆如芙蕖[2]。飞电着子壁，明月入我庐。月下合三璧，日月跳明珠。问子是非我，我是非文殊？

1 湛卢，春秋战国时期铸剑高手欧冶子铸造的宝剑。 2 芙蕖，即荷花。

这首诗的语言较为浅近，前八句写梦境，创设了"月下合三璧"的情景，如同李白"举杯邀明月，对影成三人"，言语之间具有极强的画面感。不同的是，李白《月下独酌》的重心在"月"，本诗则重心在"镜"。两面异形而清亮的镜子挂在苏轼家的墙上，反射月光，与天上的月亮同辉映，如同有三个玉璧一般的月亮一样。见此情景，苏轼的思辨思维再度活跃起来：天上的真月亮与墙上镜子中的假月亮，这一对真与幻、是与非的对立体在人眼看来，难道真的有什么区别吗？在连续的写物之后，最后两句奇峰突起——苏轼问这僧人："你"是"非我"吗？"我"是"非文殊"吗？

《楞严经》卷二记载有一段佛祖与文殊菩萨的对话，正是苏轼这最后两句诗之所本。佛祖曰："吾今问汝，如汝文殊，更有文殊是文殊者，为无文殊？"文殊答道："如是世尊，我真文殊，无是文殊。"《楞严经要解》云："此示一真法性本无是非也。'如汝文殊'者，举本无是非之体也。'更有文殊是文殊者'为无文殊。明因有是非遂失本真也。故曰'我真文殊，无是文殊'。盖若有是者，我则非真矣。所谓'才有是非，纷然失心'。何以故？若有是者，则二文殊。然我今日非'无文殊'，于中实无是非二相。"

一个是"文殊"，另一个是"无文殊"，即"不是文殊的人"，是对"文殊"采取否定的表达；而因为实际只有真文殊一个人，没有"无文殊"、"是文殊"或"非文殊"，因此说：是因为有了"是非"，就有了事物的本真的丢失。这就是佛教不二法门要表达的。简单的一个梦，被苏轼参解出了佛教的意蕴，成为他展示佛学修养的工具。

题沈君琴[1]

武昌主簿吴亮君采，携其友人沈君十二琴[2]之说，与高斋先生[3]空同子之文太平之颂以示予。予不识沈君，而读其书，乃得其义趣，如见其人，如闻其十二琴之声。予昔从高斋先生游，尝见其宝一琴，无铭无识，不知其何代物也[4]。请以告二子，使从先生求观之此十二琴者，待其琴而后和。元丰六年闰六月。

若言琴上有琴声，放在匣中何不鸣？若言声在指上头，何不于君指上听？

1 本诗又名《琴诗》。 2 沈君，姓名失考。十二琴，苏轼作有《十二琴铭》，黄庭坚也写过《张益老十二琴铭》，其中所记十二琴的名称不尽相同。 3 高斋先生，赵抃（1008～1084），字阅道，号知非子，浙江衢州人，今天衢州还有他的祠堂存世。官殿中侍御史，弹劾不避权幸，是宋代有名的铁面御史，与包拯齐名。他与苏轼一样，也是反对王安石新法的激烈人物，并曾因此贬官。 4 治平初，赵抃知成都，携一琴一龟（一说为“一琴一鹤”）赴任，颇具名士风范。苏轼在序中提到无铭无识的，大概就是他的这张随身宝琴。

古代文士多好琴，东坡更是精通音乐，雅好古琴，曾作《家藏雷琴》（《文集》卷七十一）、《次韵子由以诗见报编礼公，借雷琴，记旧曲》（《诗集》卷四）、《听僧昭素琴》（《诗集》卷十二）、《破琴》（《诗集》卷三十三）等文章诗词，对于古琴的发声原理和制作、构造都非常精通。因此才会对沈君的十二琴异常向往。

这首小诗只由两个问句构成，语言浅白易懂，就诗歌语言艺术来说，并无过人之处，千百年来，是因诗意中明显的佛家思想理路，而被后世文学研究者看做禅味诗代表作的。苏轼是宋代“文字禅”的鼻祖，诗禅交涉，以禅入诗，以诗蕴禅；他的诗中，有以禅偈为诗者，比如那首《赠东林总长老》：“溪声便是广长舌，山色岂非清净身。夜来八万四千偈，他日如何举似人”，非常典型。但这首《琴诗》的两个问句，文字间流露出的，却全是一种掩不住的轻松感，既如好友间的抬杠打趣，又似孩童的天真好问。这种“抬杠式话语”显然已不止是在以偈为诗，而是重在一个“悟”字，于“琴声之辩”以外，让读者去顿悟佛理。而两个环环紧扣的问句本身，正如高僧点化弟子的情景剧——起首高僧在向徒弟发问：“如果说，是琴发出的琴声，那么，为什么把它放在盒子里就没了乐声呢？……”一问之后，暗隐的是徒弟的回答：“琴是用手来弹的，盒子里没有手它就不响。”但提问者紧跟着又问：“（这么说来，）既然琴声是由手发出的，那为什么不能从手指头上直接听到乐声呢？”弟子遂无语，此中答案和道理他觉得实在很明白，但自己却偏又无法解释……

禅宗讲究顿悟，不立文字，此处用如此浅显的道理提问，用意不在问题本身，而是要点出一个道理。清人冯应榴在注解此诗说：“《楞严经》：譬如琴瑟、箜篌、琵琶，虽有妙音，若无妙指，终不能发。汝与众生，亦复如是。又，偈云：声无既无灭，声有亦非生。生灭二缘离，是则常真实。此诗宗旨，大约本此。”

在佛教看来，世间一切都是因缘和合而成，事物与事物之间只是由于发生了联系与作用，才得以存在。琴也好，手指也好，琴音也好，本身是彼此无关的；只有手指拨琴的因缘产生，才会使美妙的琴音显现。苏轼借题发挥，因他人文章而生发灵感，要阐扬的，正是佛教这一基本理论以及禅宗接引学人的手段。

赠江州景德长老[1]

白足高僧解达观[2]，安排春事满幽栏。不须天女来相试[3]，总把空花眼里看。

1 江州景德长老，姓名失考。江州，今江西九江，北宋属江南东路。曾巩(1019～1083)曾作有《江州景德寺新戒坛记》，云："初，景德寺几废，僧智暹不舍昼夜之勤，凡二十年，为佛殿、山门……" 2 白足，指高僧。参见前文《赠上天竺辩才师》注。 3 天女相试，典出《维摩诘所说经》，当维摩诘与文殊师利辨析佛法之时："时维摩诘室，有一天女见诸天人闻所说法，便现其身，即以天华(花)散诸菩萨大弟子上，华至诸菩萨，即皆堕落，至大弟子，便着不堕……观诸菩萨华不着者，已断一切分别想故。"这也就是"天女散花"的由来。

其实这不过是一首写景之诗，但苏轼却能因景致所处的地点而将全诗构造成了一篇完全的佛意诗，融佛法大义于其中，观实在之花，悟"空花"之空，充分展示了自己的禅智佛识。

观湖二首[1]·其一

乘槎[2] 远引神仙客，万里清风上海涛。回首不知沙界[3] 小，飘衣犹觉色尘高[4]。须弥有顶低垂日，兜率无根下戴鼇。[5] 释梵茫然齐劫火[6]，飞云不觉醉陶陶[7]。

1 冯应榴《苏文忠诗合注》:"'湖'疑'潮'之误。" 2 槎(chá),木筏。 3 沙界,恒河沙之世界,乃极大之世界。"恒河沙数",喻极多。 4 色尘,佛家语,六尘之一,谓眼所见青黄赤白及男女形貌等。 5 须弥,山名,华译妙高山。为诸山之王,故得名妙高。山形上下大,中央小,因此上如天顶。顶分四方,中间乃帝释宫殿,梵语为"兜率天"。戴鼇,有座戴山鼇。中国传说中海上仙山岱舆、员峤、方壶、瀛洲、蓬莱等漂浮不定,天帝让十五只巨鳌将它们昂首顶住("戴之")。故苏轼说"兜率无根下戴鼇",乃和佛教传说与中国神仙传说于一体。 6 释梵,帝释与梵天,是护持世界佛法之天神。劫火,佛家语,佛经所言的在旧世界崩溃的"坏劫"之末所起的大火。 7 醉陶陶,醉酒快乐之貌。

本诗佛教词汇掉弄圆熟,全以佛经、神话传说中的形象来表意,虽显示出了对佛教的熟悉,但在诗歌艺术上却无甚可观。

南华老师示四韵,事忙,姑以一偈答之[1]

恶业相缠五十年[2],常行八棒十三禅[3]。却著衲衣归玉局[4],自疑身是五通仙[5]。

1 明万历刊《重编东坡先生外集》本题作"南华明老示四颂,事忙,只回一偈"。明老,即南华寺住持明和尚。苏轼在建中靖国元年作有《南华长老题名记》,其中记道:"南华长老明公,其始盖学于子思、孟子者,其后弃家为浮屠氏。不知者以为逃儒归佛,不知其犹儒也。南华自六祖大鉴示灭,其传法得眼者,散而之四方。故南华为律寺。至吾宋天禧三年,始有诏以智度禅师普遂住持,至今明公盖十一世矣。" 2 恶业,佛家语,乖理之行谓之恶,身、口、意所行事,谓之业。相缠五十年，案苏轼提举玉局观在六十四岁时，故此言五十年，盖指其与佛教交往的时间概数。 3 八棒十三禅，禅宗公案。《五灯会元》“闽山令含禅师”条：“问：‘明明不会，乞师指示。’师曰：‘指示且置，作么生是你明明底事？’曰：‘学人不会，再乞师指。’师曰：‘八棒十三。’”盖“言语道断心行处灭”之意。 4 衲衣，僧衣。玉局，玉局观，宋代著名道观。在今成都市北。《资治通鉴·后唐庄宗同光六年》：“蜀主诏于玉局化设道场”，胡三省引宋彭乘《修玉局观记》注云：“后汉永寿元年，李老君与张道陵至此，有局脚玉床自地而出，老君升坐，为道陵说《南北斗经》，既去而坐隐，地中因成洞穴，故以‘玉局’名之。”归玉局，指苏轼在自海南北归途中，诏授玉局观提举。 5 五通仙，详见前文《吴子野绝粒不睡，过作诗戏之，芝上人、陆道士皆和，予亦次其韵》注 4。

经过海南艰苦生活的磨难，当垂垂老病的苏轼遇赦北归之时，在他给僧友的这篇诗作中，体现出的是一种略带酸楚的乐观情绪。五通仙在佛教中是不死之神，一句“自疑身是五通仙”将苏轼劫后余生的欣喜、辛酸与感慨表露无遗。

王晋卿[1] 得破墨三昧[2]，又尝闻祖师第一义[3]，故画邢和璞、房次律论前生图[4]，以寄其高趣，东坡居士既作破琴诗[5] 以记异梦矣，复说偈云

前梦后梦真是一，彼幻此幻非有二。[6] 正好长松水石间，更忆前生后生[7] 事。

1 王晋卿，王诜（1048～1104），字晋卿，山西太原人。官至宣州观察史，娶英宗女魏国公主，官左卫将军，驸马都尉。与当时文人名

士交往密切。其收藏书画的宅第“宝绘堂”，苏轼、苏辙、黄庭坚、张耒、书法家米芾、画家李公麟等都是常客。苏轼曾为他作《宝绘堂记》。根据这些文士名流在王诜西园时常进行的吟诗作画的聚会，李公麟创作了《西园雅集图》。　2 破墨，中国山水画中一种渲染水墨的技法，以水破浓墨而成淡墨，浓淡相间，以显示物象的界限轮廓。三昧，奥妙，诀窍。　3 祖师第一义，祖师关于禅学的根本要义。简言之，就是强调人人皆有佛性，皆有成佛之心。成佛之道，要靠个人亲证，要靠顿悟。佛法之传是通过以心传心的方式，等等。　4 邢和璞，唐代道士，两《唐书》仅记其“善算人而知夭寿善恶”，作《颍阳书》三卷。房次律，房琯（697～763），字次律，唐代人。玄宗、肃宗两朝宰相。河南缑氏人。《高僧传》记载：“邢和璞与房琯游废佛堂，以杖击地，令掘之，得一瓦瓶，中有娄师德《与永禅师书》。和璞笑谓琯曰：省此乎？琯仿佛记前生尝为僧，名智永。”　5 破琴诗，见《诗集》卷三十三。本书前文有注。　6 苏轼不止一次地在诗文中提到邢、房这则传说，因为受佛教思想影响，他认为“前世”是一定确实存在的，人的前世今世就如梦觉一般交替进行，前世之于今世，犹如梦之于觉；今世之于来世，亦如觉之于“后梦”。前梦后梦，前世今生，循环不息。梦与觉皆为幻妄，但却又即一无二。　7 佛教有“三生说”，前生、今生、后生（来生），三世转生。前生为过去世之生涯；后生为未来世之生涯。

《圆觉经》有云：“不即不离，无缚无脱。始知众生，本来成佛。生死涅槃，犹如昨梦。”佛教中看待生死轮回就如梦幻一般，因此，后人文学中大凡涉及前生、转世的玄幻之事，也几乎都是在梦境中发生的。苏轼的这首诗先言梦境即一、觉幻无二，后言前世今生，乃在《破琴诗》言琴之外，专门针对佛教转世之说发表自己的见解。

戏答佛印[1]

远公[2] 沽酒饮陶潜[3]，佛印烧猪待子瞻。采得百花成蜜后，不知辛苦为谁甜。

1 佛印，详见《以玉带施元长老，元以衲裙相报，次韵二首》（其一）注 1。 2 远公，东晋名僧慧远（334～416）。 3 陶潜，即大诗人陶渊明，字潜。

慧远与陶潜一个是僧人，一个是文士，二人是中国历史上著名的僧俗知交。渊明好饮，但生活窘困，又“不为五斗米折腰”，于是，慧远尽管按律戒酒，还是沽酒请陶潜喝。苏轼此处自比陶潜，而将佛印比做慧远。苏轼爱吃猪肉，谪居黄州时生活条件很差，唯独猪肉便宜，于是，他就用白水煮猪肉吃，还写有《猪肉颂》一篇。但毕竟是白水煮肉，滋味其实一般。于是，元丰七年（1084）离开黄州后，每次造访金山，佛印都要烧猪肉给苏轼解馋。令人惊讶的是，作为佛门弟子，佛印竟然烹调得一手好猪肉！但是有一天，大概是佛印烧的猪肉太香了，还没等东坡品尝，竟不知被谁给偷走了。苏轼十分心疼，于是挥笔写下了这首趣味盎然的传世名作，其中折射出的，实际是他与佛印间生动、真挚的友谊。

哲学研究丛书

王 耘 1973年6月出生，江苏仪征人。2004年6月毕业于复旦大学中文系，获文学博士学位，同年8月进入苏州大学文学院工作。2005年9月至2007年10月，在苏州大学文学院博士后流动站（生态批评研究中心）从事科研工作。现为苏州大学文学院副教授。主要研究方向为中国美学史、生态哲学等。已出版专著《唐代美学范畴研究》（学林出版社，2005）（获苏州市第九次哲学社会科学优秀成果二等奖），担任《自然与人文：生态批评学术资源库》（学林出版社，2006）副主编，参与编著《中国美学范畴史》（山西教育出版社，2006）、《中国美学简史》（北京大学出版社，2007）等。在《文艺理论研究》、《江海学刊》等期刊上发表过学术论文近三十篇。

哲学